Adolf Kenn

Elemente der Petrographie

SALZWASSER
VERLAG

Adolf Kenngott

Elemente der Petrographie

1. Auflage | ISBN: 978-3-75251-644-9

Erscheinungsort: Frankfurt am Main, Deutschland

Erscheinungsjahr: 2020

Salzwasser Verlag GmbH, Deutschland.

Nachdruck des Originals von 1868.

ELEMENTE

DER

PETROGRAPHIE.

ELEMENTE

DER

PETROGRAPHIE,

ZUM GEBRAUCHE

BEI VORLESUNGEN UND ZUM SELBSTSTUDIUM

BEARBEITET

VON

DR. ADOLF KENNGOTT,

PROFESSOR DER MINERALOGIE AM EIDGENÖSSISCHEN POLYTECHNICUM UND AN DER UNIVERSITÄT IN ZÜRICH.

MIT 25 FIGUREN IN HOLZSCHNITT.

LEIPZIG,

VERLAG VON WILHELM ENGELMANN.

1868.

Inhalts-Verzeichniss.

Verbesserungen.

Seite 14 Zeile 17 von oben lies zuletzt anstatt zuerst.
» 44 » 5 » unten lies sind anstatt wird.
» 126 » 5 » oben lies Sinai anstatt Synai.
» 139 » 3 » unten streiche man das Komma vor der.
» 161 » 3 » oben lies selbst verdünnten.
» 166 » 13 » unten lies als dem anstatt als.
» 170 » 11 » » » setze man bildet vor ,—.
» 173 » 7 » oben lies nur um anstatt um.
» 175 » 13 » » » » 122 anstatt 22.

Einleitung.

Obgleich zur Erkennung und Unterscheidung der Gebirgsarten die Kenntniss derjenigen Minerale nothwendig ist, durch welche die Gebirgsarten gebildet werden, so sind die Eigenschaften, durch welche die einzelnen Minerale charakterisirt werden, nicht nothwendig in dem Maasse als bekannt vorauszusetzen, als es bei dem Studium der Mineralogie unerlässlich ist, um die Arten nach allen Richtungen zu erkennen und zu unterscheiden. Es müssen wohl bei den petrographisch wichtigen Mineralen die morphologischen, physikalischen und chemischen Eigenschaften als bekannt vorausgesetzt werden, aber diese werden auf ein geringeres Maass zurückgeführt, weil die Minerale, welche und wie sie als Gebirgsarten vorkommen oder welche Gebirgsarten zusammensetzen, nicht so viele Varietäten bilden, wie davon in ihrem gesammten Vorkommen bekannt geworden sind.

Unter den morphologischen Eigenschaften spielt die krystallinische Gestalt oder vielmehr der krystallinische Zustand der Minerale eine grosse Rolle, die Krystallgestalten treten aber in der Regel nicht mit der Mannigfaltigkeit von Gestalten auf, wie sie sonst gewisse wichtige Mineralarten zu entwickeln pflegen, wesshalb wir hier vorläufig von der sonst üblichen Unterscheidung nach Systemen und der mathematischen Unterscheidung in denselben absehen können. Es genügt, darauf hinzuweisen, dass die Minerale, welche Gebirgsarten bilden, häufig in Gestalt einzelner Krystalle vorkommen und dass dieselben, wenn sie in Gebirgsarten eingewachsen sind, rundum ausgebildete Individuen darstellen, welche später bei den einzelnen Arten geschildert werden sollen. Diese Gestalten sind nach ihren mathematischen Verhältnissen zu unterscheiden, doch ist häufig ihre individuelle Ausbildung nach aussen eine wenig vollkommene, indem die Flächen sehr oft nicht vollkommen eben, die Kanten und Ecken nicht scharf ausgebildet, sondern meist unterbrochen und zum Theil abgerundet vorkommen. Die Unvollkommenheit der Ausbildung tritt häufig so stark hervor, dass man wohl noch die Individuen als solche unterscheiden kann, aber die Bestimmung der Flächen, Kanten und Ecken nur stellenweise oder gar nicht möglich ist. Solche unvollkommene Krystalle werden zum Unterschiede von den krystallographisch bestimmbaren mit dem Namen Krystalloide bezeichnet, von denen man recht gut weiss, dass sie individuelle Gebilde, Krystalle sind, bei dem Mangel aber bestimmter Begrenzungselemente gewöhnlich nur nach den Dimensionsverhältnissen unterschieden werden. Man beachtet hierbei, ob solche Krystalloide nach 3 Dimensionen annähernd gleich ausgedehnt sind, oder ob 2 Dimensionen besonders vorherrschen oder nur eine und benennt die Krystalloide hiernach als isometrische, lamellare oder lineare, womit man meist ausreicht, wenn auch grosse Verschiedenheiten vorkommen. Im Deutschen werden die isometrischen Krystalloide gewöhnlich körnige genannt oder Krystallkörner, wobei man noch grosse, grobe, kleine und feine Körner unterscheidet, doch ist der Ausdruck Körner nicht immer recht passend. Sie sind rundlich, eckig, zuweilen langgestreckt, abgeplattet u. s. w., so dass man oft zu Namen anderer im Augenblicke zur Vergleichung passender bekannter Körper seine Zuflucht nimmt. Die lamellaren Krystalloide nennt man Blätter oder Schuppen, unterscheidet auch, wenn es zweckmässig erscheint, grosse und kleine Blätter (oder Blätter und Blättchen), grosse und kleine Schuppen (oder Schuppen und Schüppchen), dicke und dünne, langgestreckte, gerade und gebogene u. s. w. Die linearen Krystalloide endlich nennt man Stengel, Nadeln, Fasern oder Haare, welche leicht verständlichen Benennungen, wie man sieht, sich vorwiegend auf die relative Dicke gegenüber der Länge beziehen.

Die Krystalle und Krystalloide finden sich in Gebirgsarten häufig eingewachsen, oder auch, namentlich die letzteren mit einander verwachsen, krystallinische Massen bildend, welche man nach dem vorherrschenden Typus der Krystalloide als krystallinisch-körnige, blättrige oder schuppige, stenglige oder fasrige zum Unterschiede von den dichten und erdigen benennt.

Aufgewachsene Krystalle und Krystallgruppen gehören selten in das Gebiet der Petrographie und werden nur ausnahmsweise erwähnt.

Da bei den Gebirgsarten ganz besonders auf den krystallinischen und unkrystallinischen Zustand Rücksicht zu nehmen ist, die Krystallform in Krystalloiden oft so verwischt ist, dass man nicht entscheiden könnte, ob sie krystallinische Individuen sind, so ist eine allgemeine Eigenschaft der Krystalle für die Petrographie von grosser Wichtigkeit, nämlich die, dass die Krystalle sich nach bestimmten Richtungen spalten lassen, Spaltbarkeit besitzen und da man bei fortgesetztem Spalten in derselben Richtung einen Krystall in dünne Platten oder Blätter zerspalten kann, so hat man diese Erscheinung als Blätterdurchgang bezeichnet, an welcher man den krystallinischen Zustand fast durchgehends erkennt, wenn es auch äusserlich nicht möglich wäre. Blätterdurchgänge zeigen sich in einer, in zwei oder in mehr Richtungen, wonach man von einfachem, zweifachem u. s. w. Blätterdurchgange spricht und ausserdem angiebt, unter welchen Winkeln sich die Blätterdurchgänge schneiden. Diese Angaben sind für die Petrographie sehr wichtig, weil alle Individuen derselben Mineralart in den Blätterdurchgängen übereinstimmen und selbst, wenn man weder die Zahl noch die Lage der Blätterdurchgänge bestimmen kann, so ist schon die Anwesenheit der Blätterdurchgänge bemerkenswerth genug, um den krystallinischen Zustand daraus schliessen zu können. Im Uebrigen ist doch noch zu bemerken, dass die Spaltbarkeit bisweilen als Eigenschaft so schwierig erkannt werden kann, dass man sie gar nicht zu erkennen Gelegenheit findet, woraus hervorgeht, dass der Mangel der Spaltungsflächen nicht immer unkrystallinischen Zustand anzeigt.

Gestalten, welche nicht auf Krystallisation hindeuten, nennt man unkrystallinische, die wie die Krystalloide nach den Dimensionen unterschieden werden, auch kann man

sich hier der leicht verständlichen Ausdrücke: Körner, Kugeln, Blätter, Platten, Säulen, Stengel u. s. w. bedienen.
    Endlich rechnet man noch zu den Gestaltsverhältnissen
das Auftreten von krummen, unebenen oder ebenen Flächen
beim Zerschlagen der Stücke und nennt solche Flächen B r u c h -
f l ä c h e n, die am einfachsten als muschlige, unebene, ebene,
glatte, körnige, erdige und splittrige unterschieden werden.
    Besondere Gestaltsverhältnisse grösserer Massen, die petro-
graphisch wichtig sind, werden später am geeigneten Orte angeführt werden.
    Von den p h y s i k a l i s c h e n E i g e n s c h a f t e n sind zu-
nächst F a r b e, G l a n z und D u r c h s i c h t i g k e i t hervorzuheben. Die F a r b e n unterscheidet man als u n m e t a l l i s c h e
und m e t a l l i s c h e und ausserdem ihrer Art nach als weisse,
graue, schwarze, gelbe, grüne, blaue, rothe und braune, nebenbei noch auf leicht verständliche Weise besondere Nuancen
durch Zusammensetzung der Arten, z. B. blaulichweiss, röthlichgrau, grünlichschwarz u. s. f. oder durch besondere an die
Färbung erinnernde Ausdrücke, z. B. schneeweiss, aschgrau,
pechschwarz, weingelb, olivengrün, ziegelroth u. dergl. Den
G l a n z vergleicht man mit dem des Glases, des Wachses auf
einer frischen Schnittfläche, der Perlmutter und spricht von
G l a s g l a n z, W a c h s g l a n z (Fett-, Harz-, Firniss- Pechglanz),
P e r l m u t t e r g l a n z, bei fasrigen auch von S e i d e n g l a n z,
als besonderen Arten des u n m e t a l l i s c h e n G l a n z e s im Gegensatz zum M e t a l l g l a n z, unter Umständen von h a l b -
m e t a l l i s c h e m G l a n z e, der Uebergänge von Metallglanz
zu den besonderen Arten des unmetallischen Glanzes bezeichnet.
Nach dem Grade der D u r c h s i c h t i g k e i t unterscheidet man
die Minerale als durchsichtige, halbdurchsichtige, durchscheinende, an den Kanten durchscheinende und undurchsichtige.
    Ferner bestimmt man als physikalische Eigenschaft die
H ä r t e, d. h. den Widerstand, welchen sie zeigen, wenn man
sie mit einem Messer, einer Nadel oder einem Minerale ritzen
will. Zur sicheren Vergleichung wurden 10 Minerale aus-
gewählt, welche eine Härtescala bilden, dieselben mit 1 bis 10
bezeichnet und die Härte durch diese Zahlen ausgedrückt. Die
10 Minerale, welche am zweckmässigsten in Krystallen oder
Krystallstücken benutzt werden, sind:

1. Talk (blättriger Steatit) 3. Kalkspath (Calcit) 7. Quarz
2. Gyps 4. Flussspath (Fluorit) 8. Topas
  5. Apatit 9. Korund
  6. Feldspath (Orthoklas) 10. Diamant.

Für die Bestimmung der petrographisch wichtigen Minerale kommen fast nur die Härtegrade 1 bis 7 in Betracht und da man oft in Ermangelung der Härtescalaglieder Minerale mit dem Messer ritzt, oder selbst mit dem Fingernagel ritzen kann, so ist zu bemerken, dass Minerale der Härte = 1 und 2 sich mit dem Fingernagel ritzen lassen, Minerale der Härte 3—6 mit einem Messer geritzt werden können, die der Härte 6 schon sehr schwierig.

Schliesslich wird als physikalische Eigenschaft das specifische Gewicht, die Dichte der Minerale angegeben, ausgedrückt in Zahlen, das destillirte Wasser als Einheit genommen. In Bezug auf die Gebirgsarten sind die Gewichte nicht sehr differirend, wesshalb man besonders auf das Mehr oder Minder bei dem Vergleiche der Minerale untereinander Rücksicht nehmen muss.

Von den chemischen Eigenschaften ist hier nur zu erwähnen, dass jede Mineralspecies durch eine chemische Formel ausgedrückt wird und dass man, soweit es geht, die Procente angiebt, welche von den anzugebenden Bestandtheilen darin enthalten sind. Ausserdem prüft man, ob die Minerale im Wasser oder in Säuren auflöslich sind, wozu man Salzsäure, Schwefelsäure oder Salpetersäure nimmt, ferner wie die Minerale sich verhalten, wenn man sie im Glaskolben über einer Spirituslampe erhitzt, ob und wie die Minerale vor dem Löthrohre schmelzen. Bei besonderen Fällen beobachtet man noch besondere Erscheinungen, welche bei einer oder der anderen Behandlungsweise hervortreten oder hervorgerufen werden und zur Erkennung dienlich sind.

Viele Minerale erleiden im Innern der Erde oder an der Oberfläche durch den Einfluss von Wasser und Luft gewisse Veränderungen, welche man als Verwitterung im Allgemeinen bezeichnet. Da durch solche Veränderungen der chemischen und anderer Eigenschaften, durch die Verwitterung wichtige geologische Thatsachen hervorgehen, die Erkennung

der Minerale in Gebirgsarten stark beeinflusst wird, so pflegt
man diese Erscheinungen der Verwitterung anzugeben.

Vorläufig mögen diese Hinweisungen auf die anzugebenden Eigenschaften der Minerale genügen, in besonderen Fällen
werden die einzelnen Arten noch manchen Nachtrag nothwendig machen, der aber dann um so leichter verständlich werden
wird.

Was die zu charakterisirenden Minerale betrifft, so sind
von den in der Mineralogie bekannt gewordenen Mineralarten,
deren Zahl um 1000 schwankt, verhältnissmässig nur sehr wenige zu beschreiben, welche entweder für sich allein, oder mehrere mit einander die sogenannten Gebirgsarten bilden, d. h.
diejenigen grösseren zusammenhängenden und gleichartig aussehenden Massen, welche die Berge und die feste Erdrinde
überhaupt zusammensetzen. Von letzterer kann nämlich nur
die Rede sein, weil der Mensch nur in sehr geringe Tiefen ein-
gedrungen ist, über die Beschaffenheit des Inneren nur geologische Hypothesen aufgestellt werden können.

Die Mehrzahl der petrographisch wichtigen Minerale sind
ihrer chemischen Beschaffenheit nach sogenannte Salze, einfache und Doppelsalze und die vorzüglichsten Säuren in diesen
sind die Kieselsäure, SiO_2 (früher SiO_3 bezeichnet), Kohlensäure, CO_2 und Schwefelsäure, SO_3, während schon
die wohl weit verbreitete Phosphorsäure P_2O_5 petrographisch
eine unbedeutende Rolle spielt. Die Basen in den Salzen sind
ebenfalls an Zahl gering, es sind nämlich die beiden Alkalien
Kali, K_2O und Natron Na_2O, (früher KO und NaO bezeichnet), die beiden alkalischen Erden Kalkerde, CaO
und Magnesia, MgO, die Thonerde, Al_2O_3 und die beiden Oxydationsstufen des Eisens, das Eisenoxydul, FeO
und das Eisenoxyd, Fe_2O_3. Andere Basen sind nur Vorkommnisse untergeordneter Art.

Ausser diesen Salzen, Silikaten, Carbonaten und Sulpha-
ten, welche zum Theil auch wasserhaltig sind, finden sich auch
noch andere, zum Theil einfachere Verbindungen, unter denen
vorläufig die Kieselsäure selbst, das Wasser H_2O, als tropfbares
und als festes, das Eis, und das Chlornatrium NaCl oder
das vielbekannte Steinsalz zu erwähnen sind, sowie auch die
sogenannten Kohlen als massenhafte Ablagerungen vegeta-

bilischer Reste manchmal bei den petrographisch wichtigen
Mineralen angeführt werden, obgleich sie nicht Mineralarten
im wahren Sinne des Wortes sind, wesshalb sie hier nicht als
Minerale, sondern als Gebirgsarten anhangsweise besprochen
werden sollen.

Diejenigen Minerale, welche hier als petrographisch wichtige beschrieben werden, können nicht in systematischer Reihenfolge betrachtet werden, weil sie aus der grossen Zahl der syste-
matisch geordneten Mineralspecies herausgenommen, nur einen
sehr kleinen Bruchtheil des Systems darstellen, wesshalb wir sie
in einer anderen Reihenfolge betrachten, welche mit ihrem pe-
trographisch-geologischen Charakter harmonirt. Bei der Beschreibung selbst soll auch nur wesentlich auf das Rücksicht
genommen werden, was für die Kenntniss der Gebirgsarten
wichtig erscheint.

Die anzuführenden Mineralarten sind nachfolgende:

1. Der **Quarz** (die Kieselsäure, SiO_2).

Der Quarz ist ein vielfach verbreitetes und durch zahlreiche Varietäten ausgezeichnetes Mineral, welches krystallisirt
leicht erkennbare Gestalten bildet. Die Krystalle sind gewöhnlich hexagonale (gleichseitig sechsseitige) Prismen mit Kanten-
winkeln von 120⁰, die an den Enden sechsflächig zugespitzt
sind (Fig. 1) durch eine sogenannte
hexagonale (gleichseitig sechsseitige)
Pyramide, deren Endkantenwinkel
133⁰ 34′ messen. Die horizontalen
Combinationskanten beider Gestalten
messen 141⁰ 47′. Beide Gestalten
wechseln miteinander bezüglich der
Ausdehnung, so dass die Krystalle

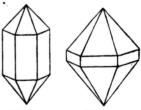

Fig. 1.   Fig. 2.

bald mehr prismatisch, bald mehr pyramidal erscheinen, hexagonale Pyramiden bilden, deren Seitenkanten durch die Prismenflächen gerade abgestumpft sind (Fig. 2).

Die Krystalle, wenn sie in Drusenräumen, Gängen, Klüften u. s. w. aufgewachsen, oder wenn sie in Gebirgsarten, wie in
Gyps, Kalkstein, Marmor u. s. w. eingewachsen vorkommen,
sind gewöhnlich ebenflächig und glasartig glänzend, als Bestandmassen von Gebirgsarten, wie Granit, Porphyr u. a. da-

gegen häufig rauh, uneben und schimmernd, die Kanten und Ecken häufig abgerundet. Bei unregelmässiger oder unvollkommener Ausbildung erscheinen sie meist nur als individualisirte Massen, als eckige oder rundliche Körner, seltner als Stengel. Individualisirte Massen und verwachsene Körner bilden derbe krystallinische oder krystallinisch-körnige Massen von verschiedener Grösse der Körner und gehen, wenn die Körner sehr klein und fest verwachsen sind, in scheinbar dichte Massen über. Ausserdem bildet der Quarz wirkliche dichte Massen, welche als unkrystallinische keine Krystallisation erkennen lassen, dabei oft kuglige, knollige u. a. rundliche unkrystallinische Gestalten darstellen. Der krystallisirte und krystallinische Quarz zeigt in der Regel keine deutlichen Spaltungsflächen, er hat muschligen, unebenen bis splittrigen Bruch.

Der Quarz ist farblos oder weiss, wenn er ganz rein ist, häufig graulich-weiss bis grau, seltener röthlich bis roth, braun, gelb, schwarz und grün durch gewisse eisenhaltige und kohlige Pigmente, ist glasartig bis wachsartig glänzend oder nur schimmernd, halbdurchsichtig bis durchsichtig, durchscheinend bis undurchsichtig, spröde, sehr hart (seine Härte ist der siebente Härtegrad), das sp. G. = 2,55 — 2,75. Seine Härte ist höher als die der meisten anzuführenden Minerale, er lässt sich mit dem Messer nicht ritzen, giebt dagegen am Stahl angeschlagen stark Funken, wesshalb man ihn auch zum Feuerschlagen benützte. Chemisch ist der Quarz die Kieselsäure, welche überaus zahlreiche Verbindungen mit anderen Stoffen, Silikate bildet und mit SiO_2 bezeichnet wird. Andere in Quarzen enthaltene Stoffe sind die Folge von Beimengungen, welche besonders auf die Farbe und Durchsichtigkeit Einfluss haben. Vor dem Löthrohre ist der Quarz unschmelzbar und in den gewöhnlich zur Prüfung der Minerale angewendeten Säuren, Salz-, Schwefeloder Salpetersäure ist er unlöslich.

Unter den zahlreichen Varietäten des Quarzes, welche er als Mineralspecies bildet und unter denen der farblose oder wenig gefärbte, durchsichtige und glasglänzende Bergkrystall allen voransteht, sind hier zu nennen:

Der gemeine Glasquarz oder der gemeine Quarz, welcher häufig krystallisirt vorkommt, auf- und eingewachsene Krystalle, oder undeutlich ausgebildet individualisirte Massen,

Krystallkörner, seltener Stengelbildet, ausserdem die derben krystallinischen Massen, die krystallinisch-körnigen bis ins Dichte verlaufenden Aggregate. Er findet sich häufig auch durch Wasser abgerundet als Geschiebe bis zu den kleinsten Körnern, als Sand, lose oder zu Sandsteinen und Conglomeraten verkittet. Er ist gewöhnlich weiss bis grau, gelblich, röthlich, gelb, roth bis braun, hat muschligen bis unebenen, meist glasartig glänzenden Bruch (selten wachsglänzenden, der sog. Fettquarz), ist halbdurchsichtig bis an den Kanten durchscheinend.

Der dichte Quarz, welcher unkrystallinisch ist und in vier besonders wichtige Varietäten: Hornstein, Jaspis, Kieselschiefer und Feuerstein zerfällt, welche aber so mannigfache Uebergänge in einander bilden, dass man sie nicht immer genau unterscheiden kann. Mit dem Namen Hornsteine werden dichte Quarze bezeichnet, welche massig, derb, eingesprengt, plattenförmig, kuglig, knollig, zum Theil löcherig und porös vorkommen und meist splittrigen, an Horn erinnernden Bruch haben. Die Farbe ist meist unrein, grau, gelb, grün, seltener braun, roth oder schwarz, sie sind schwach durchscheinend, doch mindestens an den Kanten, die Bruchflächen sind schimmernd bis matt. Zu den Hornsteinen rechnet man auch die Holzsteine, hornsteinartigen Quarz, welcher als Versteinerungsmittel von Holz vorkommt und bisweilen etwas körnig wird, sowie auch in den Lücken der Holzsteine öfter kleine Quarzkryställchen oder Quarzkörner gesehen werden. Wird der Hornstein undurchsichtig und hört der splittrige Bruch auf, so heisst der dichte Quarz Jaspis. Derselbe ist meist intensiver gefärbt als der Hornstein, gelb, braun, roth, seltener grün oder grau, matt oder wenig schimmernd, undurchsichtig, hat flachmuschligen bis unebenen Bruch und bildet derbe, zum Theil plattenförmig bis dickschiefrig abgesonderte Massen oder sphäroidische, knollige und nierenförmige Gestalten, zum Theil mit unregelmässiger oder undeutlich schaliger Absonderung, die meist durch Verschiedenheit der Farbe sichtbar wird. Das Pigment des Jaspis ist in der Regel eisenhaltig, gelber, brauner oder rother Eisenocher, bei grünen eine Eisenoxydulverbindung, bei grauen mehr thonig und durch die Menge der Beimengungen wird die Undurchsichtigkeit, der wesentliche Unterschied vom Hornstein erzeugt.

An den Jaspis reiht sich der Kieselschiefer, welcher auch undurchsichtig ist und wie sein Name andeutet, ein plattenförmig bis dickschiefrig abgesonderter dichter Quarz ist, auch häufig unregelmässig zerklüftet erscheint und flachmuschligen bis ebenen, oder unebenen, zum Theil etwas splittrigen Bruch hat. Er ist meist schwarz bis grau gefärbt durch kohlige Stoffe, seltener gelblich bis röthlich, matt bis wenig schimmernd, undurchsichtig bis schwach an den Kanten durchscheinend. Die Klüfte sind häufig durch weissen oder grauen gemeinen Quarz ausgefüllt.

Der Feuerstein (Flint) endlich, welcher sich im Aussehen bald mehr dem Hornstein oder dem Jaspis nähert, ist ein dichter unkrystallinischer Quarz, der besonders häufig kuglige, sphäroidische, knollige, zapfenförmige, ästige u. a. krummflächige Gestalten zeigt, auch derb und lagerartig mit plattenförmiger bis dickschiefriger Absonderung vorkommt. Er hat muschligen, meist flachmuschligen bis ebenen Bruch, der meist glatte schimmernde bis wenig glänzende Bruchflächen und scharfkantige Bruchstücke erzeugt, ist leicht zersprengbar, durchscheinend bis undurchsichtig, weiss, grau bis schwarz, seltener grünlich, gelblich bis braun und hauptsächlich aus sog. Kieselinfusorien, Diatomeen und Spongien u. a. entstanden, daher häufig durch kohlige animalische Substanzen gefärbt, die an der Luft oder auch im Inneren der Erde von aussen nach innen ausbleichen oder verblassen und desshalb eine matte blässere Verwitterungsrinde erzeugen, welche weniger hart ist.

So wie die angeführten dichten Quarze wesentlich in ihrer Verschiedenheit durch gewisse Beimengungen bedingt werden, sind auch noch Quarze nach Beimengungen verschiedener Art benannt worden, so der Stinkquarz, welcher bituminöse Stoffe enthält und beim Reiben oder Zerschlagen einen unangenehmen Geruch entwickelt, der Kohlenquarz, welcher durch beigemengten Kohlenstoff schwarz gefärbt ist und sich weiss brennt, der Thonquarz, welcher Thon beigemengt enthält und dadurch grau bis gelblich gefärbt und im Bruche meist matt ist, der Eisenquarz oder Eisenkiesel, welcher gelb bis braun oder roth gefärbt ist, je nachdem er gelben oder braunen Eisenocher, das ochrige Brauneisenerz, oder rothen Eisenocher, das ochrige Rotheisen-

erz beigemengt enthält. Schliesslich kann auch noch eine Varietät des Quarzes, der Chalcedon erwähnt werden, welcher
nur indirect als petrographisch wichtiges Mineral vorkommt,
in sogenannten Blasenräumen oder in Adern und in Gängen
als spätere Ausfüllung. Der Chalcedon hat grosse Aehnlichkeit
mit manchen Horn- und Feuersteinen, zum Theil auch mit
Jaspis und erscheint als dichter Quarz, ist jedoch kryptokrystallinisch, d. h. so undeutlich krystallinisch, dass man nur
durch Vergrösserung die krystallinische Bildung erkennen
kann. Er bildet stalaktitische oder krustenartige Ueberzüge
mit schaliger Absonderung, oder derbe Massen, ist weisslich,
graulich oder verschiedenartig gefärbt, einfarbig oder bunt,
mehr oder weniger durchscheinend, wenig glänzend bis
schimmernd und wird nach der Färbung mit verschiedenen
Namen benannt, wozu auch die vielfach bekannten bunten
Achate gehören.

Der Quarz ist eine der am häufigsten vorkommenden Mineralarten und findet sich als ein wesentlicher Gemengtheil verschiedener Gebirgsarten, wie des Granit, Gneiss, Glimmerschiefer, gewisser Porphyre u. a. m. oder selbst als Gebirgsart,
als Quarzfels oder Quarzschiefer, oder untergeordnet einge-
lagert und eingewachsen, wie die Horn- und Feuersteine, der
Kieselschiefer, Jaspis und Chalcedon. Das Vorkommen der
Quarzkörner und Geschiebe und der dadurch gebildeten Sandsteine und Conglomerate wurde bereits erwähnt. Er widersteht
durch seine Unlöslichkeit in Säuren den Einflüssen des Wassers
und der Atmosphäre und verwittert daher nicht.

Anhangsweise ist hier auch der stofflich verwandte Opal
zu erwähnen, welcher wasserhaltige Kieselsäure darstellt und
als dichtes Mineral in manchen Abänderungen Aehnlichkeit
mit dichten Quarzen hat, sich aber durch eine geringere Härte
(6 und darunter) und durch minderes Gewicht (2,1—2,3) unterscheidet. V. d. L. ist er unschmelzbar und in Säuren unlöslich
wie Quarz, dagegen giebt er im Glaskolben erhitzt Wasser ab
und ist in Kalilauge auflöslich. Er ist petrographisch von untergeordneter Bedeutung, bildet als Holzopal das Versteinerungsmittel von Hölzern und findet sich als Absatz aus heissen
Quellen (der Sinteropal). Einige andere zu Opal gerechnete
Bildungen werden bei den Gebirgsarten angeführt werden.

2. Die **Feldspathe.**

Dieser Name wird bald generell, bald speciell gebraucht, indem man entweder eine Gruppe von Mineralen Feldspathe nennt oder eine Art derselben ausschliesslich als Feldspath bezeichnet, wesshalb man darauf zu achten hat, ob man vom Feldspath als einer bestimmten Mineralart oder von Feldspathen spricht und diese weiter unterscheidet. Der Name Feldspath kam dadurch in Gebrauch, dass man auf den Feldern der norddeutschen Ebene verschiedene Gebirgsarten als sogenannte nordische Geschiebe fand und findet und dass in vielen derselben sehr häufig ein Mineral durch vollkommene Spaltbarkeit als Gemengtheil ausgezeichnet auftritt, das man wegen seiner vollkommenen Spaltbarkeit und wegen des Vorkommens in den Feldsteinen Feldspath nannte. Spätere Untersuchungen ergaben, dass das für eine Mineralart gehaltene Mineral in den Feldsteinen nicht immer dasselbe Mineral ist, sondern dass besonders in chemischer und morphologischer Beziehung Unterschiede vorhanden sind, welche zur Unterscheidung verschiedener Feldspathe führten, unter denen man das eine noch ausschliesslich Feldspath nannte.

Diese kleine Gruppe verwandter Minerale, welche als Gemengtheile in verschiedenen Gebirgsarten vorkommen und sich durch zwei vollkommene bis deutliche rechtwinklige oder nahezu rechtwinklige Spaltungsflächen, durch annähernd gleiche Härte und wenig verschiedenes specifisches Gewicht als verwandte Species erkennen lassen, sind Silikate und zwar Doppelsalze der Art, dass sie aus einem Thonerde-Silikat und dem Silikat einer Basis mit einem Aequivalent Sauerstoff bestehen, welche Basis vorwaltend Kali, Natron oder Kalkerde ist. Hiernach unterschied man Kalifeldspath als Kali-Thonerde-Silikat, Natronfeldspath als Natron-Thonerde-Silikat und Kalkfeldspath als Kalk-Thonerde-Silikat und fand im Weiteren noch Unterschiede in den Verhältnissen der Kieselsäure, während die Thonerde in einem gleichen Verhältnisse zu den einatomigen Basen gefunden wurde. Aber auch insofern unterschieden sich die Feldspathe, dass sie nicht immer eine Basis, Kali, Natron oder Kalkerde allein enthalten, son-

dern dass auch gleichzeitig zwei oder drei Basen zugleich in
wechselnden Mengen enthalten sind.

Bei diesem wechselvollen Verhältnisse unterschied man
nach und nach eine ganze Reihe von Species, deren gegen-
seitiges Verhältniss die nahe Verwandtschaft nicht verkennen
lässt, deren Unterscheidung aber zum Theil mit gewissen
Schwierigkeiten verbunden ist. Man trennte daher immer
mehr und fand dabei die Trennung in gewissem Sinne für die
Unterscheidung der Gesteine belästigend, bis in der neuesten
Zeit ein Schlüssel gefunden wurde, diese complicirten Verhältnisse aufzuklären. Da jedoch diese Aufklärung die älteren Benennungen nicht vergessen machen kann, so sollen zunächst
die wichtigsten Vorkommnisse so beschrieben werden, wie man
sie früher unterschied und schliesslich soll gezeigt werden,
wie man neuerdings den Sachverhalt betrachtet.

a. Der Orthoklas oder Kalifeldspath.

Diese Species, welche wesentlich ein Kali-Thonerde-Silikat
mit der Formel $K_2O . 3 SiO_2 + Al_2O_3$. $3 SiO_2$ also mit $1 K_2O$,
$1 Al_2O_3$ und $6 SiO_2$ darstellt, hat zwei vollkommene bis deutliche
rechtwinklige Spaltungsflächen oder Blätterdurchgänge, worauf
sich der Name Orthoklas bezieht, aus $\mathit{\grave{o}\varrho \vartheta o\varsigma}$, rechtwinkelig und
$\varkappa \lambda \alpha \omega$, spalten gebildet, weil gerade diese zwei rechtwinkligen
Spaltungsflächen ihn von den anderen Feldspathen unterschei-
den lassen, welche nicht rechtwinklig spaltbar sind.

Die Krystalle des Orthoklas, welche oft rundum ausgebildet in gewissen Gebirgsarten eingewachsen vorkommen, sind
prismatisch oder tafelartig ausgebildet und häufig zwillingsartig
verwachsen. Sie bilden als prismatische die Combination eines
klinorhombischen Prisma, dessen stumpfe Kanten $118^0 47'$
messen und dessen scharfe Kanten durch die sogenannten
Längsflächen gerade abgestumpft sind, mithin die vier Combinationskanten $120^0 36,5'$ messen. Die Prismen- und die Längsflächen sind verschieden ausgedehnt, die letzteren meist breiter
als die ersteren, wodurch die Krystalle auch tafelartig werden.
An den Enden dieser sechsseitig prismatischen bis tafelartigen
Krystalle treten verschiedene Flächen auf und zwar oft an
jedem Ende zwei einander gegenüberliegende (Fig. 3), welche
auf die stumpfen Prismenkanten gerade aufgesetzt bei senk-

rechter Stellung der Prisma eine horizontale Kante von 99⁰ 42′ bilden. Eine der beiden Flächen bildet mit der stumpfen Prismenkante einen Winkel von 115⁰ 58′ und heisst die Basisfläche, die andere bildet mit der stumpfen Prismenkante einen Winkel = 144⁰ 20′ und ist ein sog. hinteres Querhemidoma. Beide Flächen (P und y) schneiden die Längsflächen rechtwinklig und parallel der Basis- und der Längsfläche sind die Krystalle vollkommen spaltbar. Häufig finden sich

Fig. 3.

auch Krystalle, welche die Basis- und Längsflächen (P und M) vorherrschend ausgebildet zeigen und auf diese Weise rechtwinklig vierseitige prismatische sind. (Fig. 4).

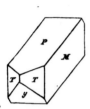

Fig. 4.

Ausser den angeführten Flächen sieht man auch an den Enden ein anderes hinteres Querhemidoma, welches die erwähnte horizontale Kante abstumpft, oder Abstumpfungsflächen der Combinationskanten des zuerst erwähnten Hemidoma mit den Längsflächen, welche einer hinteren Hemipyramide angehören, oder Abstumpfungsflächen der Combinationskanten der Basis- mit den Längsflächen, welche ein sog. Längsdoma darstellen, endlich auch noch Abstumpfungsflächen der Combinationskante der Prismen- und Längsflächen durch ein anderes Prisma, welche sämmtlich untergeordnet auftreten.

Sehr häufig sind zwei Krystalle zwillingsartig verwachsen und die eine Art von Zwillingen, welche nach dem Vorkommen bei Karlsbad in Böhmen Karlsbader Zwillinge heissen, anderwärts aber eben so vorkommen, ist sehr häufig. Ihre Verwachsung kann man sich sehr leicht in folgender Weise vorstellen: Denkt man sich einen einzelnen Krystall, welcher die Combination der Längs- und Prismenflächen mit der Basis und dem erst erwähnten steileren Hemidoma darstellt auf die Längsfläche gelegt und einen zweiten Krystall in paralleler Stellung daneben, doch

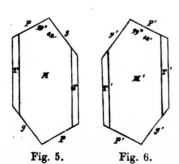

Fig. 5.   Fig. 6.

so, dass die Endflächen verkehrt liegen (Fig. 5 u. 6) und legt

man nun die beiden Krystalle mit den Längsflächen aufeinander, so ergiebt diese Lage (Fig. 7) die Stellung der beiden
einen Zwilling bildenden Indivi-
duen, welche in Wirklichkeit
nicht allein so mit einander, sondern zum Theil, oft zur Hälfte in
einander gewachsen erscheinen,
wodurch dann häufig die verti-
calen Flächen beider Individuen
in einander fallen, die verschieden liegenden Endflächen aber
einander durchschneiden und sofort den Zwilling kenntlich machen.

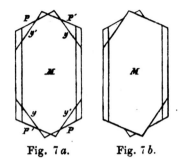

Fig. 7 a.   Fig. 7 b.

Da nun die Krystalle des Orthoklas parallel den Längs-
und Basisflächen spaltbar sind, so spalten die Zwillinge ebenso
vollkommen nach den Längsflächen, wie die einzelnen Krystalle, weil dieselben in beiden Individuen parallel liegen. Zertheilt man sie aber nach der Basisfläche oder findet man sie
beim Zerschlagen der Gesteinsstücke, worin sie eingewachsen
sind, quer durchgeschlagen, so ergiebt wohl die Theilung einen
sechsseitigen Umriss (Fig. 8) wie bei einem
einzelnen durchgeschlagenen Krystall, das
Sechsseit aber zeigt nicht eine glänzende
Spaltungsfläche parallel der Basisfläche, sondern lässt mitten durch eine Trennungslinie
(Fig. 9) erkennen, an deren einer Seite die basische Spaltungsfläche glänzt, während die andere Hälfte nicht glänzt. Dreht man dagegen den Zwilling
von vorn nach hinten, so glänzt die andere Seite als basische
Spaltungsfläche, indem von jedem Individuum nur die halbe
basische Spaltungsfläche sichtbar ist und beide Basen entgegen-
gesetzte Lage haben, daher in derselben Stellung nicht gleichzeitig glänzen können. Hierdurch unterscheidet man also
leicht an Gesteinsstücken die eingewachsenen einzelnen und
Zwillingskrystalle. Andere Zwillinge sind selten an eingewachsenen Krystallen zu sehen.

Fig. 8.   Fig. 9.

Die Flächen der Krystalle sind eben, häufig auch rauh und
uneben, die Krystalle selbst mehr oder weniger deutlich ausgebildet und erscheinen bei undeutlicher Ausbildung als Kry-

stalloide weniger isometrisch, sondern meist etwas langgestreckt, leistenartig, wie man es zu bezeichnen versuchte oder tafelartig, wenn sie mehr lamellar sind. Bei zunehmender Grösse bilden sie sogenannte individualisirte Massen. Der Bruch, wegen der vollkommenen Spaltbarkeit weniger deutlich hervortretend, ist muschlig bis uneben, zum Theil splittrig.

Der Orthoklas ist gewöhnlich unrein weiss, graulich-, gelblich- bis röthlich-weiss, häufig fleischroth oder bräunlichroth bis braun, seltener grünlichweiss bis grün. Der Glanz auf den Krystallflächen ist entweder glasartig, mehr oder minder stark bis gering, oder wachsartiger Glasglanz und auf den Spaltungsflächen in Perlmutterglanz geneigter Glasglanz; die Durchsichtigkeit ist meist gering, häufig ist der Orthoklas nur an den Kanten durchscheinend, doch kommen auch halbdurchsichtige und kleine durchsichtige Krystalle vor. Das Mineral ist spröde und weniger hart als Quarz, seine Härte wird mit 6 in der Härtescala bezeichnet. G. = 2,53 -- 2,60.

Die wesentlichen Bestandtheile Kali, Thonerde und Kieselsäure zeigen nach der Formel

$K_2O . 3SiO_2 + Al_2O_3 . 3SiO_2$ (alte Formel $KO . SiO_3 + Al_2O_3 . 3SiO_3$) das Sauerstoffverhältniss der Basen untereinander 1:3, das Sauerstoffverhältniss der Basen zur Säure = 4:12 = 1:3 und der Orthoklas enthält in 100 Theilen ⟶ 16,88 Kali
Sauerstoffquotient 0,333... = ⅓ ⟶ 18,49 Thonerde
64,63 Kieselsäure.

Ausser Kali enthalten die meisten Orthoklase noch etwas Natron, welches gewöhnlich als Stellvertreter des Kali angesehen wird, so wie geringe Mengen von Kalkerde und Magnesia, welche meist die Folge von Beimengungen sind. Auch kommt Eisenoxyd darin vor, welches wesentlich die gelben, rothen bis braunen Farben bedingt und dessen Menge gewöhnlich eine geringe ist. Wasser ist wesentlich nicht darin enthalten, doch wird häufig etwas Glühverlust gefunden, welcher entweder auf eine beginnende Zersetzung hinweist oder von Beimengungen abhängig ist.

Vor dem Löthrohre schmilzt der Orthoklas für sich nur sehr schwierig zu einem trüben blasigen Glase, wobei natronhaltige die Löthrohrflamme etwas gelblich färben. Von Säuren wird er kaum merklich angegriffen. Das Pulver reagirt auf mit

destillirtem Wasser befeuchtetem Curcumapapier schwach, aber
deutlich alkalisch.

Obgleich der Orthoklas von Säuren nur sehr wenig angegriffen wird, so hat er doch die Eigenschaft, unter günstigen
Umständen zu verwittern, indem ein im Wasser lösliches Kali-
silikat ausgeschieden wird, überhaupt von den Bestandtheilen

$$1\,K_2O \quad 1\,Al_2O_3 \quad 6\,SiO_2 \text{ durch die Verwitterung}$$
$$1\,K_2O \qquad\qquad 4\,SiO_2 \text{ weggeführt werden und}$$
$$1\,Al_2O_3 \quad 2\,SiO_2 \text{ übrig bleiben, welche sich mit}$$

$2\,H_2O$ zu $H_2O.\,Al_2O_3 + H_2O.\,2\,SiO_2$ verbinden und dadurch
eine weisse, scheinbar erdige und leicht zerreibliche Substanz
entsteht, welche K a o l i n oder P o r z e l l a n e r d e benannt
zur Bildung der T h o n e das wesentliche Material liefert, daher
von ihren Eigenschaften dort die Rede sein wird.

Der Orthoklas findet sich wesentlich krystallinisch oder
krystallisirt und man hat gewisse meist tafelartige Krystalle,
welche mehr oder weniger durchscheinend bis halbdurchsichtig,
weiss oder graulich sind, entschieden glasartig glänzen und meist
mit vielen Rissen und Sprüngen durchzogen sind, mit dem Namen S a n i d i n (von σανις, Tafel, wegen der Gestalt) oder g l a -
s i g e r F e l d s p a t h (wegen des glasartigen Glanzes) benannt,
während der nicht oder schwach glasartig glänzende und meist
nur an den Kanten durchscheinende als g e m e i n e r F e l d s p a t h
bezeichnet wurde. Die Trennung des Sanidin vom Orthoklas,
die sogar soweit geführt wurde, den Sanidin als eine eigene Species zu betrachten, wurde auch noch durch die chemische Con-
stitution unterstützt angesehen, insofern man bei dem Sanidin
den Natrongehalt als wesentlich ansah, doch haben spätere Untersuchungen gezeigt, dass der Natrongehalt durch eine Verwachsung mit Natronfeldspath (Albit) bedingt wird, welche aber
auch bei dem sog. gemeinen Feldspath beobachtet werden kann
und sich zum Theil äusserlich in ausgezeichneter Weise zeigt.
Wegen der Farbe benannte man gewisse durch Kupfer span-
grün gefärbte Orthoklase als A m a z o n e n s t e i n, nach einem
Vorkommen am Amazonenstrom und l a b r a d o r i s c h e n oder
o p a l i s i r e n d e n Feldspath, grauen bis röthlichen, welcher in
gewissen Richtungen bunte Farben zeigt. Der krystallinisch
körnige Feldspath wechselt in der Grösse des Kornes und wird
bisweilen feinkörnig, doch nicht dicht, obgleich man auch

dichten Feldspath oder Feldstein als eine Varietät des
Orthoklas aufgestellt hat, derselbe ist jedoch kein reiner Or-
thoklas, sondern die dichte mit dem Namen Felsit benannte
Gebirgsart, welche im Aussehen als dichte Masse mit splittri-
gem bis unebenem Bruche bisweilen grosse Aehnlichkeit mit
Hornstein zeigt.

Der Orthoklas findet sich sehr häufig als ein wesentlicher
Gemengtheil von Gebirgsarten, wie Granit, Gneiss, Felsitporphyr, Trachyt und bildet für sich auch ein Feldspathgestein.
Seine Zersetzung oder Kaolinisirung, welche sich in ähnlicher
Weise bei anderen Feldspathen zeigt, wobei gewöhnlich zunächst Glanz und Durchsichtigkeit vermindert wird, und
welche einen bedeutenden Einfluss auf die Bodenbildung und
auf die Vegetation ausübt, wurde bereits oben erwähnt.

b. Der Albit, ein Natronfeldspath.

Diese in gleicher Weise wie der Orthoklas vorkommende
Species findet sich krystallisirt und krystallinisch und die in
Gebirgsarten eingewachsenen Krystalle desselben haben eine
gewisse Aehnlichkeit mit denen des Orthoklas, zeigen aber abweichende Winkelverhältnisse, die jedoch wenig auffallen. Er
krystallisirt, wie man sich genau an Krystallen in Drusenräumen und in Gängen überzeugt hat, nicht klinorhombisch,
wie der Orthoklas, sondern anorthisch, wodurch die beiden
vollkommenen bis deutlichen Spaltungsflächen parallel der
Basis- und Längsfläche nicht rechtwinklig auf einander stehen,
sondern sich unter $86^0 24'$ und $93^0 36'$ schneiden und den Albit
vom Orthoklas unterscheiden lassen. Ausserdem bemerkt man
auf einer der beiden Spaltungsflächen, welche der Basis entspricht, oft eine eigenthümliche feine Streifung, die sogenannte
Zwillingsstreifung, welche durch eine vielfach wiederholte
Zwillingsbildung oder regelmässige Verwachsung sehr dünner
Lamellen erzeugt wird und dadurch auch den Albit vom Orthoklas unterscheiden lässt, weil bei diesem diese Erscheinung
nicht vorkommt.

Die angegebene Zwillingsstreifung, auch noch bei anderen
Feldspathen vorkommend, beruht darauf, dass bei dem Albit
wie bei dem Orthoklas Zwillinge vorkommen, welche mit der
Längsfläche verwachsen sind. Denkt man sich dabei einen

durch vorherrschende Ausdehnung der Längsflächen tafelartigen Krystall, welcher den analogen Tafeln des Sanidin sehr
ähnlich ist durch eine vertikale der Querachse parallele Ebene
durchschnitten, so bildet dieser Schnitt ein Rhomboid (Fig. 10),
dessen schmale Seite die Durchschnittslinie in der Basis und
dessen lange Seite die Durchschnittslinie in der Längsfläche darstellen soll. Legt man zwei solche tafelartige Krystalle mit ihren
Längsflächen aufeinander, so bilden sie im vollkommenen Parallelismus eine doppelt so dicke Tafel (Fig. 11) und derselbe
Schnitt wie vorhin ergiebt ein Rhomboid mit denselben Winkeln. Dreht man nun die zweite Tafel auf der ersten um 180⁰
herum, so entsteht der Zwilling, dessen Durchschnitt nun die
Figur 12 zeigt und woran P und P' auf der einen Seite einen
ein-, auf der anderen Seite einen ausspringenden Winkel
bilden. An die zweite Tafel reiht sich eine dritte Tafel in der
Stellung der ersten, wodurch der Durchschnitt (Fig. 13) wird,
an die dritte eine vierte in der Stellung der zweiten (Fig. 14)

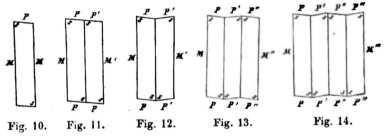

Fig. 10.   Fig. 11.   Fig. 12.   Fig. 13.   Fig. 14.

u. s. f. Sind nun die Tafeln sehr dünn, so erscheint dem Auge
die basische Spaltungsfläche als eine Ebene, welche mit feinen
Linien durchzogen ist, weil sie selbst aus in der Lage wechselnden schmalen Streifen von Ebenen besteht in Folge der
schiefen Winkel, welche die Basis mit den Längsflächen bildet
und so entsteht die sogenannte Zwillingsstreifung.

Der Albit bildet wie der Orthoklas in Gebirgsarten eingewachsene, meist weniger deutliche Krystalle, ähnliche Krystalloide und individualisirte Massen, auch krystallinisch-
körnige Aggregate von verschiedener Grösse des Kornes bis zu
sehr kleinen Dimensionen in scheinbar dichte Massen übergehend, Adinole genannt, doch dürften dieselben meist auch
nur dem Felsit als innige Gemenge mit Quarz zuzuzählen sein,
worüber die Analysen entscheiden können. Mitunter finden

2*.

sich auch blumig blättrige Aggregate durch tafelartige etwas gekrümmte und divergirend verwachsene Krystalloide.

Der Albit ist häufig weiss, worauf sich auch der Name bezieht, graulich-, gelblich-, grünlich- und röthlichweiss bis gelb, grün und roth, hat auf den Spaltungsflächen perlmutterartigen Glasglanz, ist glänzend bis schimmernd, durchscheinend bis fast undurchsichtig, seltener mehr oder weniger durchsichtig. Das spröde Mineral hat nahezu dieselbe Härte wie der Orthoklas, $H = 6,0 - 6,5$, $G. = 2,62 - 2,67$.

Die wesentlichen Bestandtheile des Albit sind Natron, Thonerde und Kieselsäure in demselben Verhältnisse wie bei Orthoklas, daher seine Formel $Na_2O.3SiO_2 + Al_2O_3.3SiO_2$ ist, welche in 100 Theilen 11,81 Natron, 19,62 Thonerde und 68,57 Kieselsäure erfordert. Ausser Natron finden sich auch geringe Mengen von Kali, Kalkerde und Magnesia, Eisenoxyd und öfter auch ein Wenig Wasser, welches auf beginnende Umwandelung hinweist, da der Albit, wie der Orthoklas verwitternd, zur Kaolinbildung führt.

Vor dem Löthrohre schmilzt der Albit schwierig, etwas leichter als Orthoklas, und ruhig zu einem trüben weissen Glase, die Flamme wegen des Natrongehaltes deutlich gelb färbend. Säuren greifen ihn eben so schwierig an wie den Orthoklas. Das frische Pulver reagirt mit destillirtem Wasser befeuchtet auf Curcumapapier deutlich alkalisch.

c. Der Anorthit, ein Kalkfeldspath.

Derselbe hat in seinen Gestalten der Krystalle, welche dem anorthischen Systeme angehören, eine grosse Aehnlichkeit mit dem Albit und somit wie dieser mit dem Orthoklas und unterscheidet sich durch die Winkelverhältnisse, welche an den in Gebirgsarten eingewachsenen Krystallen weniger hervortreten, als bei den in Drusenräumen ausgebildeten Krystallen. Er spaltet gleichfalls nach den Basis- und Längsflächen deutlich und die Spaltungsflächen schneiden sich unter $85^0 48'$ und $94^0 12'$, doch fehlt auf den basischen Spaltungsflächen meist die Zwillingsstreifung, obgleich auch Zwillinge nach demselben Gesetze, wie bei dem Albit vorkommen. In der Art des Vorkommens dem Albit und Orthoklas ähnlich ist der Anorthit meist weiss bis graulichweiss, glasartig glänzend, auf den Spaltungsflächen in Perlmutterglanz geneigt, mehr oder weniger

durchscheinend bis halbdurchsichtig, hat muschligen bis unebenen Bruch, ist spröde, hat die H.$=6$ und G.$=2,67-2,76$.
Vor dem Löthrohre schmilzt er ziemlich schwierig zu kla-
rem Glase, ist in concentrirter Salzsäure vollkommen auflöslich und reagirt als Pulver mit destillirtem Wasser befeuchtet
auf Curcumapapier kräftig alkalisch.

Er enthält wesentlich Kalkerde, Thonerde und Kieselsäure und seine Formel ist CaO. $SiO_2+Al_2O_3$. SiO_2, welche in
100 Theilen 20,07 Kalkerde, 36,92 Thonerde, 43,01 Kieselsäure erfordert und den Sauerstoffquotienten $=1$ ergiebt, während der Sauerstoff der Basen sich wie 1:3 verhält. Oefter findet man noch etwas Kali, Natron, Magnesia, und selten Eisengehalt, durch welche Basen die Mengen der Thonerde und.
Kieselsäure etwas abweichen.

d. Oligoklas, Andesin und Labradorit (Kalk-Natron-
und Natron-Kalk-Feldspathe).

Diese drei Feldspathe, welche nach der Basis neben der
Thonerde zu urtheilen, zwischen Albit und Anorthit zu stellen
wären, wie noch einige verwandte Vorkommnisse ähnlicher
Zusammensetzung, wurden als Species aufgestellt, ohne dass
ausser der chemischen Beschaffenheit die morphologischen und
physikalischen Eigenschaften einen so erheblichen Unterschied
zeigten, als man sonst bei der verschiedenen chemischen Zusammensetzung erwarten sollte. Ihre Krystalle sind anorthische,
wie die des Albit und Anorthit und zeigen nur geringe Win-
keldifferenzen, sie haben dieselbe zweifache Spaltbarkeit parallel der Basis- und Längsfläche und diese schneiden sich unter
fast gleichen Winkeln wie bei jenen, wobei die Messung noch
durch die bei Albit angegebene Zwillingsstreifung gewisse
Schwankungen innerhalb der Grenzen zeigt, welche selbst bei
besser ausgebildeten Krystallen vorkommen, als die hierher gehörigen sind. In Farbe, Glanz und Durchsichtigkeit, Härte
und spec. Gew. stehen sie dem Albit oder Anorthit sehr nahe,
nur liess die Zusammensetzung sie weder mit der einen noch
mit der anderen Species vereinigen. Früher, als man Kalkerde
und Natron als analoge Basen RO ansah, stellten sie und noch
einige andere als Species unterschiedene eine Reihe von Vorkommnissen dar, welche zwischen

Albit NaO, Al_2O_3, $6\,SiO_2$ und Anorthit CaO, Al_2O_3. $2\,SiO_2$
gestellt werden konnten, insofern vom Albit an als dem reinen
Natronfeldspath bis zum Anorthit hin als dem reinen Kalkfeldspath die Basen RO eine Zunahme an Kalkerde zeigten, während die Kieselsäure in abnehmendem Verhältnisse gefunden
wurde, so dass man ihnen die Formeln

$$NaO, CaO \ldots \ldots Ca, NaO, Al_2O_3, \; x\,SiO_2$$

geben konnte, wobei x zwischen 6 und 2 schwankte, ein Verhältniss, welches schon früher auf eine mögliche Vereinigung hinwies.
Neuerdings wurde nun durch G. Tschermak die Zwischenreihe
dieser Vorkommnisse so erklärt, dass Albit und Anorthit zwei
isomorphe Species sind und dass wie Albit Zwillinge für sich und
Anorthit Zwillinge für sich nach den Längsflächen verwachsen
bildet, beide miteinander Zwillinge bilden und somit davon der
Wechsel der Zusammensetzung abhängt, während äusserlich die
Verwachsung keine so prägnanten Unterschiede hervorruft.

Die Zusammensetzung des Albit und Anorthit für sich erscheint wohl auf den ersten Blick der Annahme einer Isomor-
phie zu widersprechen, wenn man dagegen auf das Verhältniss
der Atome Rücksicht nimmt, so ist es bei beiden dasselbe, wie
es die Annahme des Isomorphismus erfordert. Eine andere
Schreibweise der Formeln für

Albit und Anorthit

$$\left.\begin{array}{l} Na_2O \\ Al_2O_3 \end{array}\right\} 6\,SiO_2 \qquad\qquad \left.\begin{array}{l} CaO) \, 2\,SiO_2 \\ AlO) \, AlO_2 \end{array}\right.$$

zeigt, dass im Albit die Atome von Metall und Sauerstoff sich wie
10:16, im Anorthit wie 5:8 verhalten und in diesem Sinne ist bei
analoger Form und gleichen Spaltungsflächen der Isomorphismus erklärt, die zwillingsartige Verbindung beider Species ein
Schlüssel der variablen Vorkommnisse zwischen Albit und
Anorthit, für welche alle möglichen Verhältnisse zulässig sind.

Setzt man z. B. 3 Albit + 1 Anorthit zusammen, was

$$\left.\begin{array}{l} 3\,Na_2O \\ 1\,CaO \end{array}\right\} 4\,Al_2O_3 \; 20\,SiO_2 \text{ oder } \left.\begin{array}{l} \tfrac{3}{4}\,Na_2O \\ \tfrac{1}{4}\,CaO \end{array}\right\} 1\,Al_2O_3 \; 5\,SiO_2 \text{ ergiebt,}$$

so entspricht dies dem Oligoklas.

Setzt man 1 Albit + 1 Anorthit zusammen, was

$$\left.\begin{array}{l} 1\,Na_2O \\ 1\,CaO \end{array}\right\} 2\,Al_2O_3 \; 8\,SiO_2 \text{ oder } \left.\begin{array}{l} \tfrac{1}{2}\,Na_2O \\ \tfrac{1}{2}\,CaO \end{array}\right\} 1\,Al_2O_2 \; 4\,SiO_2$$

ergiebt, so entspricht dies dem Andesin.

Setzt man 1 Albit + 3 Anorthit zusammen, was

$$\left.\begin{array}{l} 1\,Na_2O \\ 3\,CaO \end{array}\right\} 4\,Al_2O_3 \; 12\,SiO_2 \;\; oder \;\; \left.\begin{array}{l} {}^{1}\!/_{4}\,Na_2O \\ {}^{3}\!/_{4}\,CaO \end{array}\right\} 1\,Al_2O_3 \; 3\,SiO_2$$

ergiebt, so entspricht dies dem Labradorit, und man ersieht hieraus, dass vom Albit an mit dem Sauerstoffquotienten 0,333.... bis zum Anorthit mit dem Sauerstoffquotienten 1 die zwischen beiden liegenden Vorkommnisse Sauerstoffquotienten zeigen, welche zwischen diesen beiden Zahlen liegen. Sie sind für obige Verhältnisse Oligoklas 0,4, Andesin 0,5, Labradorit 0,666.... welche als die mittleren der Vorkommnisse angesehen werden, welche man mit jenen Namen belegte. Allgemein ist der Sauerstoffquotient einer Mittelstufe $= \dfrac{x+y}{3\,x+y}$ wenn x die Zahl der Atome Na_2O und y die Zahl der Atome CaO ist.

Ein etwa vorkommender Gehalt an Kali wird dem Natron, die Magnesia der Kalkerde zuzurechnen sein. Immer werden die Analysen nicht so günstig die Berechnung ergeben, wie es die Tschermak'sche Erklärungsweise erfordert, weil Beimengungen anderer Art und beginnende Umänderung auch bedeutend auf die analytischen Resultate einwirken, ohne dass man bestimmt davon Rechenschaft geben kann, ob solche Ursachen vorlagen. Jedenfalls aber ist die angegebene Auffassung für die Feldspathe von grossem Gewicht, weil sie die Zahl der Species vermindert und den mannigfachen Wechsel erklärt. Will man sie noch nicht als vollständig erwiesen ansehen, so ist es für die Petrographie zweckmässig, sich auf die Species Orthoklas, Albit, Oligoklas, Andesin und Anorthit zu beschränken, aber auch bei der Annahme kann man die Namen Oligoklas, Andesin und Labradorit für die Mischlinge gebrauchen.

Zum Schluss mögen die Eigenschaften und die Zusammensetzung übersichtlich für die 5 früher unterschiedenen Species folgen, um sie noch besser beurtheilen zu können. Die Zusammensetzung von Oligoklas, Andesin und Labradorit ist dabei nach obigen Verhältnissen berechnet und kann nur als mittlere angesehen werden, weil eben die Mengen bedeutend variren. Hiernach enthält in 100 Theilen: (bei $Na_2O = 62$, $CaO = 56$, $Al_2O_3 = 103$, $SiO_2 = 60$)

	Natron	Kalkerde	Thonerde	Kieselsäure
Albit	11,81		19,62	68,57
Oligoklas	10,03	3,02	22,22	64,73
Andesin	7,71	6,96	25,62	59,70
Labradorit	4,55	12,33	30,25	52,86
Anorthit		20,07	36,92	43,01

Das anorthische Prisma hat nach zum Theil nur annähernden Bestimmungen bei Albit den vorderen Kantenwinkel 122°
15' bis 120° 37', bei Oligoklas 120° 42', bei Labradorit 118° 40',
bei Anorthit 120° 30', die basische Spaltungsfläche schneidet
die der Längsfläche entsprechende bei Albit unter 86° 24'— 41',
bei Oligoklas unter 86° 10', bei Labradorit unter 86° 25', bei
Anorthit unter 85° 48'; ferner hat bei gleicher Härte

Albit	Oligoklas	Andesin	Labradorit	Anorthit
G.=2,62-2,67	G.=2,63-2,68	G.=2,66-2,73	G.=2,68-2,74	G.=2,67-2,76

Ferner ist in der angeführten Reihe das Verhalten v. d. L.
und gegen Säuren folgendes:

V.d.L. schwierig, leichter, noch leichter, leichter, zieml. schwer schmelzbar
zu weissem bis graulichem Glase, durch den Natrongehalt die
Flamme gelb färbend; in Säuren sind sie

kaum   wenig   unvollständig   vollständig löslich,
wobei der letztere die Kieselsäure als Gallerte ausscheidet.

Man ersieht hieraus, dass alle Verhältnisse der obigen Erklärung entsprechen und die scheinbare Ausnahme der leich-
teren Schmelzbarkeit wird durch die Mischung hervorgerufen,
wie auch bei anderen Löthrohrversuchen von Gemengen ähnliches Verhalten beobachtet wird, z. B. bei Fluorit und Gyps
oder Anhydrit.

Am Schlusse dieser Darstellung der sogenannten Feldspathe ist noch

der Saussurit

zu erwähnen, welcher sich zwar in gewisser Beziehung denselben
anreiht, doch wesentlich davon verschieden ist. Derselbe findet sich in Varietäten der Gabbro genannten Gebirgsart als wesentlicher Gemengtheil und bildet meist krystallinisch feinkörnige bis dichte Aggregate, zeigt selten zwei deutliche
Spaltungsflächen, welche sich unter 124° schneiden sollen, hat
unebenen bis splittrigen Bruch, ist weiss ins Graue und Grüne
geneigt, wenig glänzend bis matt, an den Kanten durchschei-

nend, hat die H$=5,5-6,5$, G.$=3,3-3,4$ (ein hervorzuheben-
der Unterschied von den Feldspathen), ist zähe und schwer zersprengbar. V. d. L. schmilzt er sehr schwierig an den Kanten
zu einem grünlich grauen Glase und wird von Säuren kaum
angegriffen. In seiner Zusammensetzung hat er Aehnlichkeit
mit Anorthit, wesentlich Kalk- und Thonerde und Kieselsäure
enthaltend, jedoch in anderem Verhältnisse, entsprechend der
Formel $3\,(CaO.\,SiO_2) + 2\,(Al_2O_3.\,SiO_2)$.

3. Die **Granate**. $3\,(2RO.\,SiO_2) + 2\,R_2O_3.\,3SiO_2$.

Die mit diesem Namen belegten Minerale, Doppelsalze
wie die Feldspathe unterscheiden sich, mehrere Species mit
gleicher Krystallisation bildend, durch ihre wesentlichen Bestandtheile, nach welchen die drei am häufigsten vorkommenden

als Eisenthongranat $3\,(2FeO.\,SiO_2) + 2Al_2O_3.\,3SiO_2$
 Kalkeisengranat $3\,(2CaO.\,SiO_2) + 2Fe_2O_3.\,3SiO_2$ und
 Kalkthongranat $3\,(2CaO.\,SiO_2) + 2Al_2O_3.\,3SiO_2$

unterschieden werden, doch häufig Uebergänge untereinander
bilden.

Die Granate bilden meist deutliche Krystalle, das Rhombendodekaeder (Fig. 15), auch Granatoeder genannt, oder das
sog. Leucitoeder (Fig. 16), oder beide Gestalten in Combination
miteinander (Fig. 17), oder rundliche bis eckig-körnige Krystalloide, oder krystallinisch-körnige bis fast dichte Aggregate. Sie

 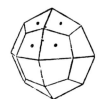 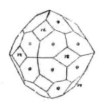

Fig. 15.   Fig. 16.   Fig. 17.

besitzen undeutliche Spaltungsflächen parallel den Flächen des
Rhombendodekaeders, haben muschligen, unebenen bis splittrigen Bruch, sind verschieden gefärbt, gewöhnlich röthlichbraun bis bräunlichroth, roth bis braun, bis schwarz (Melanit),
auch gelblichbraun, gelblichgrün bis gelb und grün, haben
Glasglanz auf den Krystall-, wachsartigen Glasglanz auf den

Bruch- und Spaltungsflächen, sind meist mehr oder weniger durchscheinend bis halb- oder fast undurchsichtig, spröde, mehr oder weniger hart als Quarz, daher H=6,5—7,5 und ihr durch den Eisengehalt wechselndes sp. G. ist = 3,4 — 4,3. V. d. L. schmelzen sie mehr oder weniger schwierig bis leicht zu einem grünen, braunen bis schwarzen Glase, welches bei wesentlichem Eisengehalte auf die Magnetnadel wirkt, die Kalkerde enthaltenden reagiren als Pulver auf mit destillirtem Wasser befeuchtetem Curcumapapier alkalisch, in Salzsäure werden sie nach dem Glühen oder Schmelzen aufgelöst.

4. Der **Leucit**, $K_2O . SiO_2 + Al_2O_3 . 3 SiO_2$.

Derselbe findet sich entweder wie der Granat krystallisirt, doch nur das Leucitoeder (Fig. 18) zeigend, oder in rundlichen

körnigen Krystalloiden oder krystallinisch-körnig, hat muschligen Bruch, ist weiss bis grau, auf Krystallflächen schimmernd bis matt, auf Bruchflächen wachsartig glänzend, mehr oder weniger durchscheinend bis fast undurchsichtig, spröde, hat die Härte =5,5—6,0 und

Fig. 18.

das sp. G.= 2,4—2,5, ist also abgesehen von der hellen Färbung stets weicher und leichter als Granat. V. d. L. ist er unschmelzbar und unveränderlich, in Salzsäure auflöslich, die Kieselsäure als Gallerte ausscheidend. Das Pulver reagirt auf mit destillirtem Wasser befeuchtetem Curcumapapier alkalisch. In 100 Theilen enthält er nach obiger Formel berechnet: 21,51 Kali, 23,57 Thonerde und 54,92 Kieselsäure und sein Sauerstoffquotient ist 0,5, höher als der des Orthoklas.

Dem Leucit nahe verwandt sind

5. der **Sodalith, Hauyn** und **Nosean**,

drei Species, welche gewöhnlich in der Gestalt des Rhombendodekaeders krystallisiren oder körnige Krystalloide bilden, auch mehr oder weniger deutlich parallel den Flächen des Rhombendodekaeders spaltbar sind. Durch ihre Zusammensetzung höchst interessant erweisen sie sich der Hauptsache nach als gleich, indem sie als vorwaltend Natron-ThonerdeSilikate derselben Formel $Na_2O . SiO_2 + Al_2O_3 . SiO_2$ nebenbei noch eine Verbindung enthalten, welche jede der drei Species als solche unterscheidet, indem

$$\left.\begin{array}{l}\text{Sodalith}\\ \text{Hauyn}\\ \text{Nosean}\end{array}\right\} = 3\,(Na_2O.\,SiO_2 + Al_2O_3.\,SiO_2) + \left\{\begin{array}{l}2\,(NaCl)\\ 2\,(CaO.SO_3)\\ Na_2O.SO_3\end{array}\right.$$

ist. Im Aussehen sind sie zum Theil verschieden, zum Theil gleich, indem Sodalith weiss, grau bis grün, selten blau, Hauyn blau, grün, schwarz oder roth, Nosean grau bis weiss, gelblich oder grünlich gefärbt ist, auf vollkommenen Krystallflächen haben sie Glasglanz, sonst wachsartigen Glasglanz bis Wachsglanz, sind mehr oder weniger durchscheinend, haben die H.$=5,0-5,5$, während bei Sodalith G.$=2,1-2,3$, bei Nosean $=2,2-2,3$, bei Hauyn $=2,4-2,5$ ist. V. d. L. sind sie mehr oder weniger schwierig schmelzbar, bei blauer und grüner Farbe sich entfärbend, zu farblosem bis weissem Glase, mitunter wie Hauyn zu grünlichem, in Salzsäure löslich, Kieselgallerte abscheidend. — Da Hauyn und Nosean Schwefelsäure enthalten, zeigen sie mit Soda geschmolzen, Reaction auf Schwefel, der Sodalith reagirt mit Phosphorsalz und Kupferoxyd geschmolzen auf Chlor. Alle drei reagiren als Pulver auf Curcumapapier deutlich alkalisch.

6. Nephelin, $Na_2, K_2O.\,SiO_2 + Al_2O_3.\,SiO_2.$

Derselbe findet sich krystallisirt, vorherrschend ein hexagonales Prisma mit der Basis bildend (Fig. 19) und nach beiderlei Gestalten mehr oder weniger deutliche Spaltungsflächen zeigend, oder er bildet undeutliche Individuen, individualisirte Massen und grosskörnige Aggregate; der Bruch ist muschlig bis uneben. Er ist farblos bis weiss, grau, röthlich, gelblich, blaulich, grünlich, bräunlich bis rothgelb, blaugrün, braun, auf deutlichen Krystallflächen glasglänzend, auf den Bruchflächen wachsglänzend, durchsichtig bis a. d. K. durchscheinend, spröde; hat H.$=5,5-6,0$ und G $=2,5-2,7$. Obgleich beide Alkalien wesentlich sind, ist der Kaligehalt gewöhnlich viel niedriger als der Natrongehalt, durchschnittlich $4\,Na_2O$ auf $1\,K_2O$, und hiernach berechnet sind in 100 Theilen 6,45 Kali, 17,02 Natron, 35,35 Thonerde, 41,28 Kieselsäure enthalten und der Sauerstoffquotient ist 1 wie de-

Fig. 19.

Silikates der vorangehenden drei Species Sodalith, Hauyn und
Nosean. Geringe Mengen von Kalkerde, Magnesia und Eisenoxyd, von Beimengungen herrührend und geringer Wassergehalt
auf beginnende Zersetzung hindeutend wurden durch die Analyse nachgewiesen, wodurch auch die Mengen der wesentlichen
Bestandtheile etwas wechseln. Man hat zwei Varietäten, den
Nephelin und Eläolith (Fettstein) unterschieden, die sich
ähnlich wie Sanidin und gemeiner Feldspath zu einander verhalten, von denen der erstere deutlicher krystallisirt und 'glasglänzend auf frischere Vorkommnisse hinweisend v. d. L.
schwierig schmilzt, der Eläolith, durch seinen Wachsglanz ausgezeichnet, ziemlich leicht schmilzt, beide zu blasigem Glase;
in Salzsäure sind sie auflöslich, Kieselgallerte abscheidend.
Auf Curcumapapier reagiren sie kräftig alkalisch.

7. Turmalin (Schörl).

Die meist prismatisch ausgebildeten Krystalle dieses Minerals sind auch hexagonal, zeigen aber ein hexagonales Prisma,
dessen Kanten gerade abgestumpft sind, doch in der Regel
so, dass die Abstumpfungsflächen dreier abwechselnder Kanten
breiter sind als die der drei anderen Kanten, wodurch das
hexagonale Prisma mit zwei verschieden breiten trigonalen
Prismen combinirt den prismatischen Krystallen einen eigenthümlichen trigonalen Charakter verleiht, um so mehr, je mehr
das eine trigonale Prisma zurücktritt und das andere vorherrscht, selbst über die Flächen des hexagonalen Prisma und
bis zum Verschwinden derselben. Zerbrochene Krystalle lassen
sich daher leicht als dem Turmalin zugehörige durch diese
Bildung, durch ihre dreizähligen Durchschnitte erkennen. An
den Enden sind die prismatischen Krystalle dreiflächig zugespitzt durch die Flächen eines stumpfen Rhomboeders, wozu
auch noch die drei Flächen eines zweiten stumpferen oder
spitzeren kommen, zum Theil auch noch die Basisflächen. Die
Endkanten der drei gewöhnlich vorkommenden Rhomboeder
sind für $1/_2 R'$ 155^0, für R 133^0 $10'$ und für $2 R'$ 103^0 $3'$, ihre
bezüglichen Neigungswinkel zur trigonalen Prismenfläche,
auf welche sie gerade aufgesetzt sind oder zu den Kantenlinien
des hexagonalen Prisma sind $104^1/_2{}^0$, $117^1/_3{}^0$ und 136^0. An
beiden Enden ausgebildete Krystalle, welche seltener gesehen

werden, sind verschieden ausgebildet, hemimorph. Die Krystalle sind gewöhnlich langprismatisch, bei undeutlicher Ausbildung stenglig und bei geringer Dicke nadelförmig, bilden
auch stenglige und nadelförmige Aggregate mit radialer oder
büschliger Gruppirung und als Aggregate kurz nadelförmiger
Krystalloide mit einer gewissen parallelen Anordnung derselben
nicht selten schiefrige Massen (Turmalinschiefer); kurz
prismatische Krystalloide dagegen stellen körnige Aggregate
dar. Spaltungsflächen parallel dem hexagonalen Prisma und
parallel dem Rhomboeder R sind als sehr unvollkommene selten
zu sehen, der Bruch ist muschlig bis uneben. Die Prismenflächen
sind vertical gestreift.

Gewöhnlich ist der Turmalin schwarz, undurchsichtig und
glasglänzend, dünne Splitter sind braun oder grün durchscheinend; anders gefärbte, grüne, braune, gelbe, blaue, rothe,
graue bis farblose sind seltener, auch finden sich zwei- und
mehrfarbige, und die Durchsichtigkeit ist mehr oder weniger
gering. Das spröde Mineral hat die Härte = 7 und das G.
= 2,9 — 3,2.

Die Zusammensetzung der Turmaline ist sehr schwankend,
weil sie als Silikate nicht allein verschiedene Basen, wie Thonerde, Eisenoxyd, Eisenoxydul, Magnesia, Natron, Kali u. a.
enthalten, sondern auch noch etwas Borsäure (eine sonst in Mineralen seltene Säure) und wenig Fluor. Die schwarzen, welche
am häufigsten vorkommen, enthalten vorherrschend Kieselsäure,
Thonerde, Magnesia, Eisenoxydul und Borsäure, ihr Sauerstoffquotient ist nahezu 1,3333.... wenn man die Borsäure zu den
Basen rechnet. Vor d. L. schmelzen sie unter Anschwellen und
Aufwallen der Probe zu braunen oder schwarzen Schlacken, in
Schwefelsäure sind sie unvollkommen, nach dem Schmelzen
aber vollständig löslich. Das Pulver reagirt auf mit destillirtem
Wasser befeuchtetem Curcumapapier nicht alkalisch.

8. Epidot (Pistazit).

Obgleich der Epidot durch seine eigenthümlich ausgebildeten Krystalle ausgezeichnet ist, so sind doch in den petrographischen Vorkommnissen deutlich ausgebildete Krystalle
selten, bei einiger Deutlichkeit bemerkt man prismatische Krystalle mit 6 oder 8 oder noch mehr Flächen in der prismatischen

Zone, die sich unter verschiedenen Winkeln schneiden, häufig auch durch Zwillingsbildung einspringende Winkel zeigen. Gewöhnlich sind die Krystalloide stenglige bis nadelförmige, auch bis körnige, wenn sie kurz sind, verwachsen auch zu derben Massen mit analoger Absonderung und gehen zum Theil in dichte über. Der Epidot zeigt zwei deutliche Spaltungsflächen, welche sich unter $115^0\ 24'$ und $64^0\ 36'$ schneiden und von denen eine deutlicher als die andere ist. Der Bruch ist uneben bis splittrig.

Die gewöhnliche Farbe ist gelbliches Grün, heller oder dunkel, daher bis schwärzlichgrün einerseits schwankend, andererseits, wenn überhaupt die Färbung schwach ist bis ins Graue gehend, der Glanz ist auf deutlichen Krystallflächen glasartig, auf den Spaltungsflächen in Perlmutterglanz übergehend, die Durchscheinheit gering bis an den Kanten. Das Mineral ist spröde, hat H. $= 6,0 - 7,0$ und G. $= 3,2 - 3,5$.

In der Zusammensetzung schwanken die Epidote, indem sie neben wesentlichem Gehalt an Kalk- und Thonerde und Kieselsäure einen wechselnden Gehalt an Eisenoxydul oder Eisenoxyd oder von beiden haben, von welchem besonders die gelblich- bis bräunlichgrüne Farbe abhängt, nach welcher man den Namen Pistazit gab, während eisenarme, welche durch graue Farbe unterschieden sind, als Zoisit neben den Pistazit gestellt gewissermassen als Varietät davon betrachtet werden konnten. Beiden gab man die gemeinsame Formel $3\,(RO.SiO_2)$ $+ 2\,(R_2O_3.SiO_2)$ worin RO wesentlich CaO mit wechselndem Gehalte an FeO, R_2O_3 wesentlich Al_2O_3 mit wechselndem Gehalte an Fe_2O_3 bedeutet. Neuerdings hat man aber den Zoisit entschieden vom Epidot getrennt, dagegen den Saussurit mit dem Zoisit zusammengestellt, welche Auffassung weniger von Bedeutung für die Petrographie ist. V. d. L. schmilzt der Epidot an den Kanten und schwillt zu eigenthümlichen staudenförmigen braunen Massen an, welche sich nicht zu einem Glase zusammenschmelzen lassen. Bei geringem Eisengehalte schmilzt er mit Schäumen zu mehr oder weniger dunklem Glase, — der Zoisit, weil sehr eisenarm, zu einem klaren. Geglüht oder geschmolzen sind alle in Salzsäure auflöslich, gelatinöse Kieselsäure abscheidend. Die alkalische Reaction des Pulvers auf Curcumapapier ist mehr oder weniger kräftig je nach dem höheren oder geringeren Kalkerde- und dem geringeren oder höheren Eisengehalte.

9. Glimmer.

Die so benannten Minerale zeichnen sich durch vorherrschend lamellare Gestalten und durch sehr vollkommene Spaltbarkeit in einer Richtung aus und glänzen gewöhnlich auf der vollkommenen Spaltungsfläche stark perlmutterartig. An regelmässig ausgebildeten Krystallen, sechsseitigen Tafeln mit geraden oder schiefen Randflächen bildet die Tafelfläche, die Basis, ein Sechsseit mit Winkeln von 120°, doch sind die Tafeln gewöhnlich nicht deutlich begrenzt, bilden meist nur Krystallblätter, -Blättchen und Schuppen, finden sich einzeln eingewachsen oder miteinander verwachsen, blättrige bis schuppige, körnigblättrige, auch strahlige Aggregate bildend und in grossen Massen als Gebirgsart schiefrig mit oder ohne Quarz die sogenannten Glimmerschiefer bildend. Selten sind die Krystalle prismatisch.

Obgleich mehrere Arten von Glimmer unterschieden werden, sind sie wie in der Gestalt, so auch im Aussehen schwierig als verschiedene Arten zu unterscheiden, sie sind farblos, grau, weiss, mit verschiedenen Nuancen und übergehend in gelbe, braune, grüne und schwarze Farben, haben auf den Basisflächen und den diesen parallelen Spaltungsflächen Perlmutterglanz, an den Rändern Wachs- bis Glasglanz, sind mehr oder weniger durchscheinend bis undurchsichtig oder auch bis durchsichtig, etwas spröde und in dünnen Lamellen elastisch biegsam, haben die Härte $= 2,0 - 3,0$ und das spec. G. $= 2,8 - 3,1$.

Den grössten Unterschied zeigen die Glimmer in der Zusammensetzung, indem sie als Silikate und Doppelsalze ähnlich den Feldspathen zusammengesetzt zunächst als Kali- und Magnesia-Glimmer zu trennen sind, von denen jener der Kaliglimmer oder Muscovit (von dem Handelsnamen verre de Muscovie benannt) wesentlich ein Kalithonerde-Silikat darstellt, dieser der Magnesiaglimmer, noch weiter als Biotit und Phlogopit unterschieden, wesentlich ein Magnesiathonerde-Silikat ist.

Für den Kaliglimmer oder Muscovit wird die Formel

$K_2O.3SiO_2 + 3(Al_2O_3.SiO_2)$ gegeben, doch scheinen auch andere Verhältnisse vorzukommen, indem gewisse Kaliglimmer, welche mehr oder weniger stellvertretend L i t h i a enthalten und daher auch selbständig L i t h i o n i t (Lithionglimmer) heissen, im Uebrigen ganz ähnliche Eigenschaften wie der Muscovit besitzen, die Formel $K_2O.2SiO_2 + Al_2O_3.SiO_2$ haben oder mit Berücksichtigung des Fluorgehaltes der Formel $2(KF) + Al_2O_3.3SiO_2$ entsprechen.

Die Zusammensetzung des B i o t i t und P h l o g o p i t, der beiden durch krystallographische und davon abhängige optische Verhältnisse von einander unterschiedenen Magnesiaglimmer wird als gleich angesehen und man schrieb früher die Formel derselben $3MgO.SiO_3 + Al_2O_3.SiO_3$, dabei als Stellvertreter der Magnesia Eisenoxydul und immer eine gewisse Menge Kali annehmend. Es genügt daher jetzt nicht eine einfache Umschreibung der $2SiO_3$ in $3SiO_2$, weil der wechselnde Kaligehalt auf andere Weise in Rechnung zu bringen ist und überhaupt die formelle Zusammensetzung der Magnesiaglimmer durch die neueren Untersuchungen sehr unsicher geworden ist.

Weil nun der Biotit und Phlogopit sehr häufig Eisenoxydul, zum Theil auch Eisenoxyd, vielleicht auch beide zugleich enthalten, im Muscovit Eisenoxyd als Stellvertreter der Thonerde weniger einflussreich hervortritt, so entscheidet man oft nach der Farbe und hält die hellen Glimmer, welche besonders farblos, weiss, graulich oder gelblich oder grünlich wasserfarben erscheinen für Kaliglimmer, die dunklen, welche grün oder braun bis schwarz gefärbt sind, für Magnesiaglimmer, doch giebt es auch Magnesiaglimmer, welche eisenarm sehr ähnlich den hellen Kaliglimmern sind und umgekehrt, wesshalb man sie nach den Reactionen unterscheiden muss. Kaliglimmer pulverisirt reagirt schwach, Magnesiaglimmer stark alkalisch auf mit destillirtem Wasser befeuchtetem Curcumapapier; v. d. L. schmilzt Kaliglimmer mehr oder weniger leicht zu wenig gefärbten Email oder Glas, der Lithionit die Flamme purpurroth färbend, Magnesiaglimmer mehr oder weniger schwierig zu grauem oder dunklem Glase. Kaliglimmer werden von Säuren nicht oder kaum angegriffen, Magnesiaglimmer werden von Schwefelsäure zersetzt, die SiO_2 wie man angiebt, in Form kleiner Blättchen zurücklassend.

Den beschriebenen Glimmern würden sich noch einige
Species anschliessen, welche im Aeusseren sehr dem Kaliglimmer gleichen, auch elastisch biegsame Spaltungsblättchen haben, aber wasserhaltig sind, wie der Damourit, Didymit
und Margarodit, wasserhaltige Kaliglimmer, der Margarit,
ein wasserhaltiger Kalkglimmer, der Paragonit, ein wasserhaltiger Natronglimmer u. a. m., da dieselben aber spärlicher
vorkommen, so können sie hier übergangen werden, wogegen
die nachfolgenden zwei phyllitischen Species von grösserer Bedeutung sind.

10. Chlorit.

Streng genommen ist der Name Chlorit für eine bestimmte
Species im Gebrauch, welche mit mehreren anderen sehr nahe
Verwandtschaft hat, so dass in früherer Zeit für alle der Name
Chlorit (von χλωρος, grün) gebraucht wurde, petrographisch
auch für sie gebraucht werden muss, wenn man sie nicht näher
unterscheiden kann. Die Chlorite sind verglichen mit den
Glimmern gleichfalls durch vorherrschend lamellare Krystallisation, durch vollkommene Spaltbarkeit parallel einer Fläche,
der Basisfläche, und durch Perlmutterglanz auf dieser Spaltungsfläche ausgezeichnet, aber die Spaltungsblättchen sind nicht
elastisch-, sondern gemein-biegsam. Deutliche Krystalle haben
auch gleichwinklige sechsseitige Umrisse, und wenn selbst andere Krystallformen auftreten, so ist dies mehr in Drusenräumen und auf Klüften der Fall, während die eingewachsenen
und zu blättrigen bis schuppigen Aggregaten verwachsenen
Krystalloide lamellare mit unbestimmten Umrissen sind. Bei
grosser Kleinheit erscheinen die Schüppchen fast erdig. In
grossen Massen auftretend bilden die Chlorite bei paralleler
Anordnung der lamellaren Krystalloide sogenannten Chloritschiefer.

Die Chlorite sind gewöhnlich grün, graulichgrün bis
schwärzlichgrün, die Blättchen mehr oder weniger durchscheinend bis an den Kanten, milde, haben die H. = 1,0—2,0
und das G. = 2,6—3,0.

In der Zusammensetzung sind sie wasserhaltige Silikate,
welche wesentlich Magnesia und stellvertretend mehr oder weniger Eisenoxydul, desgleichen auch wesentlich Thonerde ent-

halten. Die Mengenverhältnisse sind schwankend, wie' man
aus der Formel

$$\left.\begin{matrix} MgO \\ FeO \end{matrix}\right\} 2\,H_2O + 2 \left[\begin{matrix} \left.\begin{matrix} Mg \\ Fe \end{matrix}\right\} O.\,SiO_2 \\ Al_2O_3 \end{matrix} \right]$$

ersieht, indem einerseits Eisenoxydul die Magnesia und andererseits Thonerde das Silikat RO.SiO_2 in wechselnden Mengen vertritt. Der Wassergehalt beträgt um 10 Procent, daher
Chlorite im Glaskolben erhitzt das Wasser abgeben und die
Menge desselben einen Beschlag an den Wänden des Glases
erzeugt. V. d. L. blättern sie sich mehr oder weniger auf und
schmelzen schwierig a. d. K. zu gelblichem bis schwarzem
Glase. In concentrirter Schwefelsäure sind sie auflöslich und
als Pulver reagiren sie auf Curcumapapier mehr oder weniger
stark alkalisch.

11. Der Talk.

Die krystallinische Varietät der Species Steatit, in gestalt
licher Beziehung wie Chlorit vorkommend, lamellare Kry
stalloide bildend, welche in einer Richtung vollkommen spaltbar sind, mit einander verwachsen blättrige bis schuppig-
krystallinisch abgesonderte Massen gebend und bei paralleler
Anordnung im Grossen schiefrig (Talkschiefer). Wenn die
Lamellen klein und fest mit einander verwachsen sind, bildet
der Talk scheinbar dichte Massen.

Die Färbung ist in der Regel heller als die der Chlorite,
blassgrün bis weiss oder farblos, auch gelblich oder graulich,
der Glanz ist auf den vollkommenen Spaltungsflächen perlmutterartig, im Uebrigen wachsartig, die Durchsichtigkeit höher
als bei Chlorit, die Blättchen mehr oder weniger durchscheinend.
Der Talk ist milde und biegsam, hat eine sehr geringe Härte,
welche mit 1 bezeichnet den niedrigsten Härtegrad in der
Härtescala bildet, das sp. G. $= 2,6 - 2,8$. Sehr charakteristisch
ist für den Talk das seifenartige (fettige) Anfühlen, worauf
sich auch der Name bezieht und womit auch zum Theil die
Verwendung des Talkes zum Schmieren von Maschinen zusammenhängt.

In der Zusammensetzung unterscheidet sich der Talk von
den Chloriten durch die Abwesenheit der Thonerde, indem er

nur Magnesia mit etwas stellvertretendem Eisenoxydul, Kieselsäure und Wasser enthält, entsprechend der Formel 4 (MgO.
SiO_2)$+H_2O.SiO_2$, welche in 100 Theilen 62,76 Kieselsäure,
33,47 Magnesia und 3,76 Wasser erfordert. Vor d. L. brennt
sich der Talk hart und ist fast unschmelzbar, der deutlich blättrige blättert sich ein Wenig auf und phosphorescirt, in Säuren
ist er unlöslich; das Pulver reagirt auf Curcumapapier kräftig
alkalisch.

Beiläufig ist zu erwähnen, dass früher der Talk als eine
eigene Species von dem dicht vorkommenden Speckstein
unterschieden wurde, beide aber jetzt als Varietäten einer —
Steatit genannten — Species betrachtet werden. Der Talk
galt auch als wasserfrei, weil er beim Glühen im Glaskolben
keinen Beschlag von Wasser ergiebt, wodurch er sich auch vom
Chlorit unterscheidet.

Einfacher in ihrer Zusammensetzung sind die Silikate,
welche als einfache Salze ihrer Formel nach zu gelten haben,
wenn auch dieselben nicht immer nur eine Basis enthalten.
Unter diesen sind zunächst diejenigen hervorzuheben, welche
mit den Namen Amphibol und Augit benannt werden und
welche Namen wie die Namen Feldspath, Glimmer und Chlorit
ähnlich, zum Theil generell, zum Theil speciell gebraucht werden. Beide Gruppen, die Amphibole und die Augite sind
ausserdem in ihren Eigenschaften so nahe verwandt, dass man
genau auf die Unterschiede in den Krystallgestalten und in
den Spaltungsflächen zu achten hat.

12. Die **Amphibole.**

Die Krystalle derselben sind klinorhombische und zeigen
als lang- bis kurzprismatische ein klinorhombisches Prisma von
124° 30', dessen scharfe Kanten sehr häufig durch die Längsflächen gerade abgestumpft sind, wodurch die Krystalle als
sechsseitig prismatische zweierlei Winkel zeigen, von denen
zwei gegenüberliegende 124° 30', die anderen vier 117° 45' messen. Bei den langprismatischen bis nadelförmigen sieht man die
Enden selten ausgebildet, bei den kurzprismatischen dagegen sind
die Enden gewöhnlich dreiflächig zugespitzt, die Zuspitzungs-
flächen auf drei abwechselnde Kanten aufgesetzt, wodurch sie
auf den ersten Blick an Turmalinkrystalle erinnern, doch zeigt

der Unterschied in den Winkeln der sechsseitig prismatischen
Gestalten sogleich die Verschiedenheit. Auch die stumpfe drei-
flächige Zuspitzung an den Enden zeigt verschiedene Flächen,
indem je eine der drei Flächen, welche auf die stumpfe Prismenkante von 124⁰ 30′ gerade aufgesetzt ist, die Basisfläche
des Prisma darstellt und mit der Prismenkante einen Winkel
von 104⁰ 58′ bildet (Fig. 20); die anderen zwei Flächen des
einen und des anderen Endes sind auf die Combinationskanten
von 117⁰ 45′ schief aufgesetzt, bilden eine klinorhombische
Hemipyramide und miteinander an jedem Ende einen Winkel
= 148⁰ 39′. Oft kommen bei den kurzprismatischen Krystallen
Zwillinge vor, indem die beiden Individuen mit einer Fläche
verwachsen sind, welche die stumpfen Prismenkanten gerade
abstumpfen würde und erscheinen so bei paralleler Stellung
der Hauptachsen als sechsseitig prismatische Krystalle ganz
wie die einzelnen Krystalle, jedoch mit verschiedener Ausbildung der beiden Enden, indem an dem einen Ende (Fig. 21)
eine horizontale Zuschärfung von 150⁰ 4′ durch zwei Basisflächen und an dem anderen Ende (Fig. 22) eine stumpfe vier-

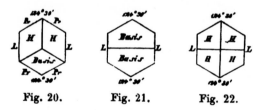

Fig. 20.   Fig. 21.   Fig. 22.

flächige Zuspitzung durch vier gleiche Flächen der Hemipyra-
miden gebildet wird.

Die Krystalle sind mehroder weniger deutlich ausgebildet
oder bilden als unvollkommene entweder stenglige, nadel- bis
haarförmige, fasrige, oder körnige Krystalloide, welche wie
die Krystalle eingewachsen vorkommen oder auch miteinander
verwachsen derbe Massen mit krystallinisch-körniger, stengliger bis fasriger Absonderung darstellen. Hervorzuheben ist
die vollkommene Spaltbarkeit parallel den Flächen des Prisma
von 124⁰ 30′, wodurch sich die Amphibole bei undeutlicher
Gestalt auf das bestimmteste von den Augiten unterscheiden.
Dicht findet sich Amphibol nicht, oder wenigstens nicht von
petrographischer Bedeutung.

Die Amphibole sind gewöhnlich dunkel gefärbt, schwarz bis schwärzlichbraun, grünlichschwarz, grün bis graulichgrün oder grünlichgrau, undurchsichtig bis durchscheinend, haben mehr oder minder starken Glasglanz auf den Krystall-, meist starken perlmutterartigen Glasglanz auf den Spaltungsflächen, sind spröde, haben die Härte $= 5,0—6,0$ und das spec. G. $= 2,9—3,3$.

Die wesentlichen Bestandtheile sind ausser der Kieselsäure die Basen Kalkerde und Magnesia mit mehr oder weniger stellvertretendem Eisenoxydul, doch ist die Formel nicht mit Sicherheit festgestellt, indem für die frühere allgemeine Formel $8RO.9SiO_2$ gegenwärtig die einfachere Formel $RO.SiO_2$ genommen wird und wobei die Mengen der Basen $RO = CaO$, MgO, FeO gegenseitig wechseln. Am häufigsten erscheint das Verhältniss $1CaO$ auf $3MgO$ vorzukommen und das Eisenoxydul in demselben als Vertreter der Magnesia zu gelten, dessen Menge im Allgemeinen mit der dunkleren Färbung zusammengeht. Zu bemerken ist hierbei, dass die Analysen auch mehr oder weniger Thonerde ergeben, deren Anwesenheit noch nicht genügend erklärt ist, häufig von Beimengungen abhängt, doch auch wie vorkommendes Eisenoxyd auf verschiedene Weise in die Formel der Amphibole aufgenommen wird.

Vor dem Löthrohre sind die Amphibole mehr oder weniger leicht zu grauem, grünem bis schwärzlichem Glase schmelzbar, zum Theil mit einigem Aufwallen; das Pulver reagirt mit destillirtem Wasser befeuchtet auf Curcumapapier mehr oder weniger kräftig alkalisch, von Säuren werden sie wenig oder nicht angegriffen.

Als Varietäten unterscheidet man bei den petrographisch wichtigen Vorkommnissen den gemeinen und basaltischen (wegen des Vorkommens in basaltischen Gesteinen) Amphibol und nennt diese beiden auch Hornblende. Der basaltische Amphibol oder die basaltische Hornblende bildet meist kurzprismatische Krystalle von dunkler brauner bis schwarzer Farbe, während der gemeine Amphibol oder die gemeine Hornblende in Gebirgsarten meist undeutlich ausgebildete kurzprismatische Krystalloide, Krystallkörner oder kurze, nadelförmige Krystalloide von schwarzer bis grüner oder graulichgrüner Farbe bildet. An den letzteren reiht sich der sogenannte

Strahlstein (Aktinolith), welcher langprismatische Krystalle oder stenglige bis nadelförmige Krystalloide von schwarzer bis hellgrüner Farbe und von geringer bis starker Durchscheinheit darstellt, schliesslich in fasrige 'Krystalloide übergehend, in sogenannten Asbest, Amphibolasbest im
Gegensatz zu dem Serpentinasbest. Aehnliche Amphibole wie
die Strahlsteine, nur mit geringem Eisengehalt oder fast eisenfreie und daher blassgrün, grau bis weiss, führen auch den
Namen Grammatit, von denen manche schön hellgrün gefärbte zum Theil Smaragdit genannt werden, ohne dass darum
aller sogenannte Smaragdit Amphibol ist.

13. Die **Augite.**

Die Augitkrystalle sind gleichfalls klinorhombische, welche
als prismatische zum Unterschiede von den Amphibolen ein
klinorhombisches Prisma von 87⁰ 6′ bilden, dessen beiderlei
Kanten durch die Quer- und Längsflächen gerade abgestumpft
erscheinen, wodurch die Krystalle achtseitig prismatische sind.
(Fig. 23 a). Die Querflächen, welche die scharfen Prismenkanten abstumpfen, bilden mit den Prismenflächen Winkel
= 133⁰ 33′, die Längsflächen, als Abstumpfungsflächen der

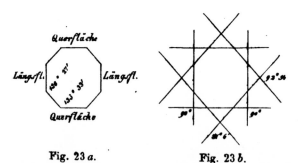

Fig. 23 a.   Fig. 23 b.

stumpfen Prismenkanten, bilden mit den Prismenflächen Winkel = 136⁰ 27′ und wenn die Quer- und Längsflächen vorherrschen, sind die Krystalle rechtwinklig vierseitige, deren
Kanten durch die Prismenflächen abgestumpft sind. An den
achtseitig prismatischen Krystallen herrschen auch zuweilen
die Quer- oder die Längsflächen vor. An den Enden sieht man
meist eine schiefe Endzuschärfung, deren beide Flächen einen

Winkel von 120° 39' miteinander bilden, oder es sind kurze
achtseitig prismatische Krystalle mit einer stumpfen dreiflächi-
gen Zuspitzung versehen, die häufig in eine gekrümmte End-
fläche übergeht. Häufig kommen auch Zwillinge vor, wobei
die beiden mit der Querfläche verwachsenen Individuen der
ersten Art an dem einen Ende eine vierflächige Zuspitzung,
an dem anderen einspringende Winkel zeigen.

Ausser in deutlichen Krystallen findet sich Augit in Gestalt körniger Krystalloide, welche in rundliche Körner übergehen, miteinander verwachsen derbe krystallinisch-körnige
Massen bilden. Der körnige Augit wird zum Theil Kokkolith genannt. Bei abnehmender Grösse der Körner geht der
körnige Augit in dichten (kryptokrystallinischen) über, welcher splittrigen Bruch zeigt. Der Augit ist mehr oder weniger
deutlich spaltbar und zwar parallel den Flächen des Prisma von
87° 6' und parallel den Quer- und Längsflächen, wesshalb die
Spaltungsflächen sich durch die Neigungswinkel bestimmt von
denen des Amphibol unterscheiden, indem bei grösserer Deutlichkeit der prismatischen Spaltungsflächen diese wenig von
90° verschiedene Neigung zeigen (Fig. 23 b), oder bei grösserer
Deutlichkeit der Spaltungsflächen parallel den Quer- und Längsflächen die Neigung derselben 90° beträgt oder wenn alle
4 Spaltungsflächen oder nur 3 gesehen werden, diese in den
Neigungswinkeln den obigen Angaben der Combinationskanten
entsprechen; zuweilen tritt auch nur eine Spaltungsfläche,
parallel der Querfläche stärker hervor, sowie auch Absonderungsflächen parallel der Basis vorkommen und mit der Querfläche einen Winkel von 74° oder 106° bilden. Die Bruchflächen sind unvollkommen muschlig bis uneben, seltener
vollkommen muschlig.

Gewöhnlich sind die Augite grün gefärbt, heller oder
dunkler, bis grünlichschwarz — andererseits bis graulichgrün
oder grünlichgrau, auch gelblichgrün bis bräunlichschwarz, der
Glanz ist meist glasartig, zum Theil in Perlmutter-, zum Theil
in Wachsglanz geneigt, gewöhnlich nicht stark bis matt; sie
sind mehr oder weniger durchscheinend, meist nur an den Kanten bis fast undurchsichtig. H. = 5,0—6,0, sp. G. = 3,2—3,5.

In der Zusammensetzung sind die Augite den Amphibolen
verwandt, da sie auch wesentlich Kalkerde und Magnesia mit

stellvertretendem Eisenoxydul enthalten und ihnen, wenn die
Basen znsammen durch RO ausgedrückt werden, die Formel
$RO.SiO_2$ zukömmt, innerhalb welcher gewöhnlich auf 1CaO
1MgO kömmt und das Eisenoxydul einen Theil der Magnesia
ersetzt. Der wechselnde Gehalt an Eisenoxydul hat wie bei
den Amphibolen gewöhnlich Einfluss auf die Stärke der Färbung. Der ausserdem noch beobachtete Thonerdegehalt vieler
Augite kann häufig von Beimengungen abhängen oder wird
auch auf andere Weise zu erklären versucht.

V. d. L. schmilzt der Augit nicht schwierig zu einem
grünen bis schwarzen, bisweilen magnetischen Glase; in Säuren ist er theilweise löslich, besonders bei grösserem Eisengehalt; das Pulver reagirt mit destillirtem Wasser befeuchtet
deutlich bis stark alkalisch auf Curcumapapier.

Ausser dem oben bereits erwähnten Kokkolith, dem
krystallinisch rundlich oder eckig körnigen Augit im Gegensatz zu dem krystallisirten, welcher ausser Pyroxen noch
anders benannt worden ist, unterscheidet man die heller-
gefärbten als Diopsid, an den sich der sogenannte Smaragdit mit apfel- bis smaragdgrüner Farbe reiht; zum dichten
Augit gehört wahrscheinlich die Mehrzahl der sogenannten
Nephrite, welche aus dem Orient stammen.

Wie bereits oben angedeutet wurde, sind die ausschliesslich Augit und Amphibol genannten Minerale mit anderen
verwandt, welche in der Zusammensetzung bezüglich der wesentlichen Basen abweichen, im Uebrigen aber, so in der Form
dem einen oder dem anderen sich anreihen, so dass, wenn man
bei beiden als wesentliche Basen Kalkerde, Magnesia und
Eisenoxydul hat, schon bei Amphibol die Abtrennung des
Grammatit, bei Augit die Abtrennung des Diopsid darauf
beruht, dass bei beiden der Gehalt an Eisenoxydul als unwesentlich anzusehen ist. Wenn nun Augitspecies vorkommen,
in denen die wesentlichen Basen Magnesia und Eisenoxydul
sind, wie bei dem Hypersthen oder nur Magnesia die
wesentliche Basis ist, wie bei dem Enstatit, so haben Hypersthen und Enstatit als selbständige Species im Allgemeinen dieselbe petrographische Bedeutung, wie der Augit,
wesshalb man sie auch unter diesem generellen Namen umfassen
kann, während sie im Besonderen locale Bedeutung haben.

Der **Hypersthen** (**Paulit**) bildet gewöhnlich undeutliche prismatische oder körnige Individuen, oder körnige Aggregate, ist deutlich parallel den Flächen eines rhombischen Prisma von 86⁰ 30′ spaltbar, vollkommen parallel den Abstumpfungsflächen der scharfen Kanten, unvollkommen parallel den Abstumpfungsflächen der stumpfen Kanten des Prisma, ist bräunlichschwarz bis braun oder grünlichschwarz bis schwärzlichgrün, oder graulichschwarz, hat auf der vollkommenen Spaltungsfläche metallisch schillernden Perlmutter-, sonst schwachen Glasglanz bis Wachsglanz, ist fast undurchsichtig, hat H. = 6,0 und sp. G. = 3,2—3,4. V. d. L. schmilzt er mehr oder weniger leicht zu grünlichschwarzem magnetischem Glase und wird von Säuren äusserst wenig angegriffen. Der Eisenoxydulgehalt geht bis zu dem Verhältniss $3MgO$ auf $1FeO$ herab, während die allgemeine Formel $RO.SiO_2$ ist, worin MgO und FeO die wesentlichen Basen bilden, zum Theil auch wenig CaO und MnO als stellvertretende Basen eintreten.

Der **Enstatit** bildet ähnliche Krystalloide und körnige Aggregate, bisweilen deutliche prismatische Krystalle mit dem rhombischen Prisma = 87⁰ und den Abstumpfungsflächen der beiderlei Kanten, ist deutlich parallel den Prismaflächen, unvollkommen bis deutlich parallel den Abstumpfungsflächen der Kanten spaltbar, ist weiss, grau, grünlich bis grün, perlmutterglänzend auf den deutlichen Spaltungsflächen, sonst wenig glänzend bis schimmernd, halbdurchsichtig bis an den Kantendurchscheinend, hat H. = 5,5 und G. = 3,1—3,2. V. d. L. ist er fast unschmelzbar, in Säuren unlöslich. Seine Zusammensetzung entspricht der Formel $MgO.SiO_2$ und Eisenoxydul tritt als Stellvertreter ein bis zu dem Verhältniss $3MgO$ auf $1FeO$.

Die Augite mit Einschluss des Hypersthen und Enstatit sind gewissen chemischen Veränderungen unterworfen, verwittern und geben dadurch gewisse Vorkommnisse, welche mit eigenen Namen benannt und zum Theil als gesonderte Species betrachtet worden sind. Durch Aufnahme von Wasser, Oxydation des Eisenoxyduls und Bildung von Hydroferrat unter Aenderung der ursprünglichen Mengenverhältnisse der Bestandtheile, entstehen aus Augit und Diopsid der **Diallagit** (Diallage) oder **Schillerspath**, aus Hypersthen der **Bronzit**, aus Enstatit der **Diaklasit** und **Bastit**, welche sich durch einen gewissen perlmutterartigen, bei grösserem Eisengehalt metallisirenden Glanz, verbunden mit gelber, röthlicher bis bräunlicher Färbung auf Spaltungs - und Absonderungsflächen auszeichnen. Dieselben entsprechen den Abstumpfungsflächen der scharfen Prismenkanten und treten in Folge der chemischen Veränderung deutlich hervor. Nebenbei vermindert sich die Härte mehr oder weniger. Da solche Veränderungen ähnlich aussehende Producte ergeben können, so sind auch die Namen weniger genau in Gebrauch, insofern man die grauen und grünen Diallagit oder Schillerspath, die gelben, röthlichen bis braunen Bronzit nennt, ohne genau darauf zu achten, aus welcher Species sie stammen, wie oben angegeben wurde. Augitkrystalle verändern sich auch in erdige grüne Massen, welche Grünerde heissen, andere in gelbe, rothe und braune erdige Gemenge. Schliesslich ist auch noch eine Veränderung eigenthümlicher Art wahrzunehmen, durch welche Augitkrystalle sich in parallelfasrige Aggregate umwandeln, welche Fasern auf die Form des Amphibol zurückgeführt werden und der Zusammensetzung desselben entsprechen. Solche Vorkommnisse heissen Uralit und wenn die Krystalle Diopsid waren, in fasrigen Grammatit umgewandelt erscheinen, Smaragdit und Traversellit.

14. Der Olivin.

Diese auf gewisse Gesteinsarten beschränkte Species bildet kurzprismatische Krystalle meist mit horizontalen Endflächen, undeutliche körnige Krystalloide, Körner und körnige Aggregate. Die Individuen sind wohl in einer Richtung deutlich spaltbar, doch ist diese Spaltbarkeit weniger hervorzuheben, der Bruch ist muschlig. Gewöhnlich ist der Olivin, wie auch der Name andeutet, grün, oliven-, spargel-, pistaziengrün, auch gelb bis braun, durchsichtig bis durchscheinend, glasglänzend, hat H. = 6,5—7,0 und G. = 3,3—3,5. Er ist wesentlich ein Magnesia - Silikat der Formel $2MgO.SiO_2$, worin Eisenoxydul als Stellvertreter enthalten ist, wonach, wenn man als Extrem das Verhältniss $3MgO$ auf $1FeO$ festsetzt, der Olivin in der procentischen Zusammensetzung schwankt zwischen 57,14 Magnesia, 42,86 Kieselsäure und 38,46 Magnesia, 23,08 Eisenoxydul, 38,46 Kieselsäure; Vorkommnisse mit höherem Eisengehalt werden Hyalosiderit genannt, eisenfreie wurden bis jetzt noch nicht gefunden; MnO und CaO können auch in geringen Mengen vicariren. Das Pulver des Olivin reagirt auf feuchtem Curcumapapier stark alkalisch; v. d. L. ist er unschmelzbar, bei hohem Eisengehalt schwierig zu schwarzer magnetischer Schlacke; in Schwefelsäure ist er auflöslich, Kieselgallerte bildend.

Diesen Silikaten reihen sich noch einige an, welche für gewisse Gesteinsarten charakteristisch sind und von denen hier noch erwähnt werden sollen:

15. Der **Zirkon**.

Derselbe findet sich krystallisirt und bildet quadratische Prismen mit einer stumpfen vierflächigen Zuspitzung an den Enden durch eine quadratische Pyramide, deren Endkanten 123^0 19′ messen; andere Flächen kommen auch noch untergeordnet daran vor; oft sind die Krystalle undeutlich und rauhflächig. Er ist gewöhnlich braun bis roth gefärbt, hat diamantartigen Glasglanz, ist mehr oder weniger durchscheinend, hat H. = 7,5 und G. = 4,4—4,6. V. d. L. ist er unschmelzbar und entfärbt sich; in Säuren ist er unlöslich. Er enthält 67 Procent Zirkonerde (Zirkonsäure) und 33 Kieselsäure, entsprechend der Formel $ZrO_2 + SiO_2$ oder nach früherer Schreibweise $2ZrO.SiO_2$.

16. Der **Disthen**, $Al_2O_3.SiO_2$.

Dieser bildet lange und breite an den Enden nicht ausgebildete rhomboidisch-prismatische Krystalle, ist vollkommen nach der breiten, weniger nach der schmalen Fläche spaltbar, deutlich auch in der Quere, wesshalb die Krystalle leicht zerbrechen. Ausserdem findet er sich breitstrahlig bis fasrig. Er ist häufig lichtblau gefärbt, woher auch der häufig gebrauchte Name Kyanit oder Cyanit kommt, bis weiss, auch blaulichgrün, grau, gelb, braun, roth (durch beigemengten Eisenocher), selbst schwarz (durch beigemengten Graphit), durchsichtig bis kantendurchscheinend, glasartig auf den Krystallflächen, perlmutterartig auf den Spaltungsflächen glänzend, hat H. = 5,0—7,0, in verschiedenen Richtungen verschieden, worauf

sich der Name bezieht; G. $= 3,5 - 3,7$. V. d. L. ist er unschmelzbar, in Säuren unlöslich. Ausser seinem untergeordneten Vorkommen in Glimmerschiefer, Quarzit, Eklogit u. a.
bedingt er in grösserer Menge den Disthenfels und Cyanitit.

17. Der **Topas**.

Auch ein Thonerde-Silikat nach obiger Formel, worin ein
Theil des Sauerstoffs durch Fluor ersetzt ist und daher das Mineral bis 20 Procent Fluor enthält. Der Topas bildet ortho-
rhombische prismatische Krystalle, welche vollkommen basisch,
also rechtwinklig gegen die prismatischen Flächen spaltbar
sind, stenglige Krystalloide, Krystallkörner und körnige Aggregate; der Bruch ist uneben bis muschlig. Er ist weingelb
bis weiss, auch grünlich, glasartig glänzend, durchsichtig bis
kantendurchscheinend, hat die H. $= 8,0$, G. $= 3,4 - 3,6$; ist
v. d. L. unschmelzbar und in Säuren unlöslich.

18. Der **Andalusit**.

Ein drittes Thonerde-Silikat wie der Disthen zusammengesetzt aber orthorhombisch, gewöhnlich fast rechtwinklige rhombische Prismen mit der Basisfläche bildend, stenglige oder körnige
Krystalloide, undeutlich spaltbar, im Bruche uneben bis splittrig,
röthlich-blaulich-grünlichgrau, bis graulichweiss, wenig glänzend bis schimmernd, durchscheinend bis fast undurchsichtig.
H.$=7,5$ und niedriger, G. $= 3,1 - 3,2$. V. d. L. unschmelzbar,
in Säuren unlöslich. Bemerkenswerth ist die häufige Bekleidung
an der Oberfläche mit weissen Glimmerlamellen und die meist
bemerkbare geringere Härte als 7, in Folge einer eigenthümlichen Umwandlung.

Fig. 24.

Zum Andalusit gehört auch der Chiastolith,
welcher, wie später angeführt werden wird, in gewissen Thon Schiefern vorkommt und in der Mitte und
längs den Kanten der prismatischen Krystalle Thon-
schiefersubstanz eingewachsen enthält, wodurch die
Krystalle im Querbruche eine an das griechische X erinnernde
Zeichnung zeigen (Fig. 24), wenn sie sehr dünn wird, nur einen
schwarzen Kern längs des Krystalles haben.

Schliesslich ist hier noch eines Silikates zu gedenken,
welches als Gebirgsart vorkommend nicht immer so bestimmt
die specifischen Eigenschaften erkennen lässt. Es ist dies

19. der **Serpentin,**

- ein wasserhaltiges Magnesia - Silikat der Formel $MgO . 2 H_2O$ $+ 2 (MgO . SiO_2)$, worin Eisenoxydul in verschiedener Menge einen Theil der Magnesia ersetzt. Er ist dicht bis undeutlich körnig, seltener schiefrig abgesondert, hat flachmuschligen, splittrigen oder unebenen Bruch, ist mehr oder weniger unrein gelblich-, graulich bis bräunlich- und schwärzlichgrün gefärbt, seltener braun bis roth, einfarbig oder gefleckt, geflammt, geadert u. s. w.; hat grauliches Strichpulver, schwachen wachsartigen Glanz oder ist auch matt, undurchsichtig bis schwach durchscheinend. Er ist milde, hat H. $= 2,0$—$4,0$ und G. $= 2,5$—$2,7$. Durch den wechselnden, fast nie fehlenden Gehalt an Eisenoxydul variren die Mengen und nur eisenfrei berechnet enthält er 43,5 Magnesia, 43,5 Kieselsäure, 13,0 Wasser und ändert mit zunehmendem Eisengehalt wenig die Mengen der beiden letzten Theile, wie die Berechnung eines eisenreichen zeigt, worin der vierte Theil MgO durch FeO ersetzt ist und welcher demnach 30 Magnesia, 18 Eisenoxydul, 40 Kieselsäure, 12 Wasser enthält.

Im Glaskolben erhitzt giebt der Serpentin Wasser, wird dunkler bis schwarz, schmilzt v. d. L. nicht oder nur sehr schwierig an den Kanten zu schwarzem bis gelbem Email und ist als Pulver in Salz- oder Schwefelsäure löslich. Das feine Pulver reagirt auf feuchtem Curcumapapier kräftig alkalisch. — Unter den Varietäten ist der fasrige Serpentin, S e r p e n t i n a s b e s t zu erwähnen, welcher oft in dichtem Schnüre, Adern und Spalten ausfüllend parallel und sehr feinfasrig, gewöhnlich von hellerer Farbe und seidenartig glänzend eingewachsen vorkommt, auch verworrenfasrige, lockere bis feste Massen bildet, welche trivial B e r g l e d e r , B e r g k o r k , B e r g f l e i s c h , B e r g p a p i e r benannt worden sind.

Ein Rückblick auf die verschiedenen beschriebenen Silikate, welche an der Zusammensetzung der Gebirgsarten einen wichtigen Antheil nehmen, zeigt uns, dass die Alkalien Kali und Natron, (seltener die Lithia), die alkalischen Erden Kalkerde und Magnesia, die Thonerde und als Stellvertreter Eisenoxyd und Eisenoxydul, zum Theil auch das Wasser eine besondere Rolle spielen

$$K_2O \qquad Na_2O \qquad CaO \qquad MgO \qquad Al_2O_3 \qquad H_2O$$
$$FeO \qquad\qquad Fe_2O_3$$

und dass die Mehrzahl der angeführten Silikate Basen R_2O mit Thonerde, oder Basen RO mit Thonerde, in besonderen Fällen beiderlei Basen mit Thonerde enthalten, wie die Feldspathe, Granate, Glimmer u. a. m., dass in wenigen Species nur Basen RO oder nur die Thonerde enthalten ist.

Ausser den Silikaten sind noch als besonders wichtige Species Carbonate und Sulfate anzuführen, worin aber von jenen Basen nur die alkalischen Erden Kalkerde und Magnesia oder das Eisenoxydul eintreten, während das Natrium mit Chlor als Steinsalz und das Wasser und Eis noch besonders zu erwähnen sind. Vorher aber wollen wir in Kürze einige Species schildern, welche durch die Oxyde des Eisens gebildet werden und local reichlich vorkommend als Eisenerze von Wichtigkeit sind. Diese sind:

20. Das **Magneteisenerz** oder der **Magnetit**, $FeO . Fe_2O_3$,

welches meist krystallisirt in der Form des Oktaeders vorkommt, oder körnige Krystalloide und derbe krystallinisch-körnige bis anscheinend dichte Massen bildet. Der Bruch ist muschlig bis uneben. Das Magneteisenerz ist eisenschwarz, metallisch bis halbmetallisch glänzend, undurchsichtig, hat schwarzes Strichpulver, H. = 5,5 — 6,0, G. = 4,9 — 5,2 und ist stark magnetisch, oft polarisch (der natürliche Magnet). Es enthält 31,0 Proc. Eisenoxydul und 69,0 Eisenoxyd oder 72,4 Eisen und 27,6 Sauerstoff, ist v. d. L. nur sehr schwer zu schwarzer Schlacke schmelzbar und als Pulver in concentrirter Salzsäure auflöslich.

21. Das **Rotheisenerz** oder der **Hämatit**, Fe_2O_3.

Dieses krystallisirt hexagonal rhomboedrisch, bildet aber petrographisch nur undeutliche Körner oder ähnlich den Glimmern, dünne Blättchen bis Schüppchen (daher Eisenglimmer genannt), krystallinisch-blättrige bis schuppige und krystallinisch-körnige Aggregate, welche in dichtes Rotheisenerz übergehen, seltener ist er erdig (als rother Eisenocher, Röthel). Er ist eisenschwarz oder dunkel stahlgrau und metallisch glänzend, der krystallinisch feinkörnige bis dichte und

der schuppige röthlichgrau bis graulichroth, der erdige kirsch-
roth oder blutroth, wie das Strichpulver, undurchsichtig, hat
H. = 5,5 — 6,5, G. = 5,0 — 5,2. Als Eisenoxyd enthält er
70 Proc. Eisen und 30 Sauerstoff. V. d. L. ist er unschmelzbar, wird in der inneren Flamme schwarz und magnetisch und
ist als Pulver in Säuren löslich. Der feinkörnige bis dichte ist
oft mit Thon oder mit Kiesel innig gemengt, thonige und kieselige Rotheisensteine bildend, der erdige oft mit Thon.

22. Das **Brauneisenerz** oder der **Limonit**, $3 H_2O. 2 Fe_2O_3$.

Dieses ist dicht, derb, bildet zum Theil knollige oder sphäroidische Massen, ist oft löcherig und zerfressen, auch erdig
(brauner oder gelber Eisenocher), der Bruch ist flachmuschlig, uneben, splittrig bis erdig. Die sphäroidischen
Massen, in verschiedener Grösse vorkommend (Eisennieren) haben oft im Inneren schalige Absonderung, sind
auch zum Theil in der Mitte hohl oder mit Ocher ausgefüllt.
Kleinere Eisennieren werden Bohnerz genannt. Der Limonit
ist bräunlichschwarz, dunkel- bis hellbraun, der erdige ochergelb,
schimmernd bis matt, undurchsichtig, hat hellbraunes bis gel-
bes Strichpulver, H. = 4,5 — 5,5 und G. = 3,4 — 4,0. Die
Formel erfordert 85,6 Eisenoxyd und 14,4 Wasser, doch finden sich auch Vorkommnisse mit etwas weniger oder mehr
Wasser, jene durch Beimengung von und übergehend in dichten Pyrrhosiderit $H_2O. Fe_2O_3$, der auch als Brauneisenstein
vorkommt, diese als Gelbeisenerz betrachtet und unterschieden, doch specifisch noch nicht festgestellt. Im Kolben
erhitzt giebt er Wasser und brennt sich roth, v. d. L. ist er
sehr schwer an den Kanten schmelzbar, wird in der Oxy-
dationsflamme roth, in der Reductionsflamme schwarz und
magnetisch, ist als Pulver in Säuren auflöslich.

Das Brauneisenerz ist wie das Rotheisenerz oft nicht rein,
enthält thonige und kieselige Beimengungen und zum Theil
Eisenphosphate, wie das sog. Raseneisenerz, Wiesen-,
Sumpf-, Morasterz, welches gewöhnlich löcherige und
zerfressene Massen bildet.

Die Carbonate, welche durch das kohlensaure Eisenoxydul $FeO. CO_2$ sich hier anreihen, enthalten als Basen wesentlich

CaO, MgO und FeO und bilden eine fortlaufende Reihe von
Species, welche wohl als solche unterschieden

Siderit	Ankerit	Calcit	Dolomit	Magnesit
$FeO.CO_2$	$Fe, CaO.CO_2$	$CaO.CO_2$	$Ca, MgO.CO_2$	$MgO.CO_2$

doch keine scharfe Grenze gestatten und nur nach den wesentlichen Bestandtheilen berechnet nachfolgende Mengen ergeben:

Siderit	62,1	Eisenoxydul		37,9	Kohlens.
—	48,21	—	12,5 Kalkerde.	39,29	—
Ankerit	33,33	—	25,93 —	40,74	—
—	17,31	—	40,38 —	42,31	—
Calcit	. . . . . .	56,0	—	44,0	—
—	. . . . . .	43,75	— 10,42 Magnes.	44,83	—
Dolomit	. . . . . .	30,4	— 21,8 —	47,8	—
—	. . . . . .	15,91	— 34,09 —	50,0	—
Magnesit	. . . .	47,6	—	52,4	—

welche noch ausserdem dadurch schwanken, dass Siderit, Ankerit und Calcit auch Magnesia, Calcit, Dolomit und Magnesit
auch Eisenoxydul enthalten können und dass besonders in den
eisenhaltigen auch etwas Manganoxydul enthalten sein kann.

Siderit, Calcit und Magnesit enthalten wesentlich nur eine
Basis, Eisenoxydul, Kalkerde, Magnesia; untergeordnet treten
dazu beziehungsweise Kalkerde, Eisenoxydul und Magnesia,
Kalkerde. Die Mittelglieder Ankerit und Dolomit schwanken
innerhalb der mit den Strichen — angegebenen Extreme, während der mittlere Gehalt in den Linien angegeben ist, in welchen der Name steht.

Mit diesen Schwankungen in der Zusammensetzung hän-
gen auch andere Eigenschaften zusammen, so die Gestalt, indem alle 5 Species rhomboedrisch spaltbar sind, aber der Endkantenwinkel des stumpfen Rhomboeders etwas differirt, wie
die mittleren Zahlen

$$107^0 \qquad 106^0 12' \qquad 105^0 5' \qquad 106^0 18' \qquad 107^0 28'$$

zeigen, desgleichen auch Gewicht und Härte innerhalb gewisser
Grenzen liegen

G. = 3,7—3,9 　 2,9—3,1 　 2,6—2,8 　 2,8—3,0 　 2,9—3,1
H. = 3,5—4,5 　 3,5—4,5 　 3,0 　 3,5—4,5 　 3,5—4,5

Immerhin lassen sie sich ziemlich sicher unterscheiden, da
man das chemische Verhalten ohne Schwierigkeit prüfen kann.
Am häufigsten findet sich der Calcit, mit dem wir daher die
Beschreibung beginnen:

23. **Calcit, Kalk,** CaO. CO$_2$.

Der Calcit oder Kalk, auch **Kalkspath** oder **Kalkstein**
genannt, je nachdem er mehr oder weniger krystallinisch, ist
cines der am weitesten verbreiteten Minerale und bildet zahlreiche Varietäten. Obgleich der Calcit als Mineralspecies durch
grossen Reichthum an Krystallgestalten ausgezeichnet ist, so
berühren diese uns hier nicht, weil die Krystalle nicht petrographisch vorkommen, sondern wir haben nur auf den vollkommenen dreifachen Blätterdurchgang, parallel den Flächen
eines stumpfen Rhomboeders aufmerksam zu machen, dessen
Endkanten 105^{0}5′ und dessen Seitenkanten 74^0 55′ (kürzer
105^0 und 75^0) messen. Bei deutlich sichtbaren Spaltungsflächen,
wie in den körnigen und stengligen Krystalloiden ist der Bruch
nicht bemerkbar, welcher bei dichten Kalken muschlig, splittrig, uneben, eben oder erdig ist.

Der Kalk ist weiss, wenn er rein ist, doch kommen bei
ihm die verschiedensten Farben vor, welche Folge von Beimengungen sind, er ist undurchsichtig bis durchscheinend, hat
auf deutlichen Spaltungsflächen mehr oder weniger vollkommenen Glasglanz, ist gewöhnlich wenig glänzend bis matt. Er
ist wenig spröde, hat die H. = 3,0, lässt sich leicht mit dem
Messer ritzen und hat G. = 2,5—2,75.

V. d. L. ist er unschmelzbar, phosphorescirt, brennt sich
kaustisch, d. h. wirkt nach dem Glühen stark alkalisch, ist in
Säuren mit starkem Brausen auflöslich, indem die Kohlensäure
rasch ausgetrieben wird, und aus der Auflösung wird durch
Zusatz von Schwefelsäure reichlich Gyps in Gestalt kleiner
Nadeln oder langer Blättchen ausgefällt. Durch den Einfluss
auflösender Feuchtigkeit verwittert er mehr oder weniger.

Als bemerkenswerthe Varietäten sind hervorzuheben:
1) der **krystallinisch-körnige Kalk** oder der **Marmor**,
welcher aus meist fest mit einander verwachsenen körnigen
Krystalloiden zusammengesetzt ist, nach deren Grösse man
gross-, grob-, klein- und feinkörnigen Marmor unterscheidet.
Beim Zerschlagen sieht man in Folge der vollkommenen Spaltbarkeit auf der Oberfläche der Stücke viele glänzende Flächen, welche
um so kleiner sind, je kleiner das Korn und bei grosser Kleinheit
dem Auge nur noch durch schwaches Schimmern den krystalli-

nischen Zustand verrathen, wenn man auf den ersten Blick
den Kalk für dicht halten würde. Der Marmor ist weiss, grau,
gelb, roth, braun bis schwarz   2) Der krystallinisch-
stenglige bis fasrige Kalk, welcher als Ausfüllung von
Klüften und Sprüngen oder als Kalksinter oder Tropfstein
vorkommt, Ueberzüge auf Gesteinsflächen und Absätze in der
Nähe von Quellen oder in fliessendem Wasser bildet. Die Farben sind verschieden wie bei dem Marmor. — 3) Der dichte
unkrystallinische Kalk oder der Kalkstein, welcher
feste derbe Massen mit flachmuschligem bis splittrigem Bruche
bildet, zum Theil mit schiefriger Absonderung (Kalkschiefer). Er ist selten weiss, meist gefärbt, durch Beimengungen,
wie durch Thon, Eisenocher, Kohlenstoff und häufig Versteinerungen enthaltend, welche auf die Zeit der Ablagerung aus
Wasser schliessen lassen. Nach den Beimengungen unterscheidet man thonige, kieselige, kohlige, bituminöse u. a. Kalksteine. 4) Der erdige unkrystallinische Kalk, welcher
mehr oder weniger fest zusammenhängende, meist weisse oder
graue erdige Massen mit erdigem Bruche bildet, die nach dem
Grade der Festigkeit als Kreide, Tuffkalk, Mehlkreide
und Bergmehl unterschieden werden. 5) Der oolithische
Kalk oder Rogenstein, welcher aus kleinen runden Körnern zusammengesetzt ist, welche durch erdigen, dichten oder
krystallinischen Kalk zusammengehalten, verkittet, cementirt
sind. Die Körner, gewöhnlich kleine bis feine, sind durch
Vergrösserung als krystallinisch fasrig erkennbar, indem dieselben um einen Punct concentrisch gelagerte Hüllen darstellen mit radial faseriger Bildung, ähnlich wie bei den sogenannten Erbsensteinen, welche durch Absatz kohlensaurer
Kalkerde mit den Eigenschaften des Aragonit, einer anderen
Mineralspeciés, aus warmen Quellen gebildet werden. — Obgleich manche erdige Kalke Tuffkalk genannt werden, so hat
man noch mit dem Namen Tuffkalk oder Kalktuff, doch
mehr als petrographisches Vorkommen mehr oder weniger
lockere, löcherige, zellige poröse Kalkmassen benannt, welche
durch Kalküberzüge über massenhaft abgelagerten Pflanzen-
und Thierresten und deren Theilen entstehen und dabei auch die
Kalküberzüge als dünne krystallinisch-fasrige erkennen lassen.
Unreine Kalksteine oder Marmore werden auch noch unab-

hängig von diesem Unterschiede nach den Beimengungen benannt, wie schon bei dem dichten Kalk angegeben wurde. Die **Kieselkalke**, innig mit Kieselsubstanz gemengt, brausen mit Säuren ungleich stark und hinterlassen einen unlöslichen Rückstand, welcher von Schwefelsäure nicht zersetzt wird; die **Eisenkalke (Siderokonit)**, innig mit gelbem, braunem oder rothem Eisenocher gemengt, sind schon durch die Farbe erkenntlich und zeigen bei vielem Ocher ein etwas höheres Gewicht; der **Kohlenkalk (Anthrakolith, Anthrakonit)**, innig mit kohliger Substanz gemengt, dadurch schwarz bis grau, hinterlässt bei der Auflösung die Beimengung als schwarzes Pulver und brennt sich v. d. L. weiss; der bituminöse Kalk **(Stinkkalk, Stinkstein)**, innig mit organischen bituminösen Stoffen gemengt, grau, braun bis schwarz, lässt die Beimengung beim Erhitzen, Zerschlagen, Reiben durch einen eigenthümlichen Geruch erkennen und brennt sich weiss; der **Thonkalk** oder **Mergelkalk**, innig mit Thon gemengt, zeigt beim Befeuchten den eigenthümlichen Thongeruch und giebt mit Salzsäure aufgelöst einen feinerdigen Rückstand, welcher in Schwefelsäure auflöslich ist; der **Sandkalk**, zum Theil auch Thonkalk, enthält Quarzsand beigemengt, welcher gleichfalls als in Säuren unlöslicher Rückstand übrig bleibt. **Dolomitischen Kalk** endlich nennt man Kalke, welche durch Gehalt an kohlensaurer Magnesia in den Dolomit überführen und in den gewöhnlich angewendeten Säuren wie der Kalk mit starkem oder weniger starkem Brausen auflöslich sind und da dies nicht entscheidend für die Erkennung ist, mit Essigsäure geprüft werden können, welche die vorhandene kohlensaure Magnesia oder beigemengten Dolomit nicht auflöst.

24. Der **Dolomit, Bitterkalk**, Ca, MgO. CO_2.

Er bildet, wie der Kalk krystallinisch-körnige bis dichte Massen, von denen die ersteren als krystallinische wie bei dem Kalk durch ihre glänzenden Spaltungsflächen erkannt werden, sehr häufig auch drusig-körnig und locker-körnig vorkommen. Sind die Körner lose, so bilden solche Massen den **Dolomitsand**. Der dichte Dolomit, welcher auch löcherig, zellig und porös gefunden wird, hat wie der Kalkstein, dem er sehr ähnlich ist, flachmuschligen, splittrigen bis unebenen Bruch und

geht, wenn seine Theilchen locker verbunden sind, in erdigen
Dolomit über, der zerfallen Dolomitasche heisst. Der Dolomit ist, wenn er ganz rein ist, weiss, doch ist er häufig durch
Beimengungen gefärbt, grau, gelb, braun, roth oder schwarz,
der Glanz auf den Spaltungsflächen ist perlmutterartig; er ist
undurchsichtig bis kantendurchscheinend, wenig spröde, hat
H. = 3,5—4,5 und G. = 2,8—3,0.

Ausser den beiden wesentlichen Basen, Kalkerde und
Magnesia, welche innerhalb der oben S. 48 angegebenen Grenzen schwanken, enthält er stellvertretend häufig etwas Eisen-,
(auch Manganoxydul), welches durch beginnende Verwitterung
gelbe bis braune Färbung hervorruft. Mechanisch beigemengt
sind wie bei den Kalken Thon, Kiesel, Kohle, bituminöse Substanzen, Eisenocher u. a. V. d. L. ist er unschmelzbar, brennt
sich kaustisch, ist in kalter Salzsäure sehr langsam und mit geringer Entwickelung der Kohlensäure löslich, beim Erwärmen
aber rascher mit stärkerem Brausen. Aus der Auflösung wird
durch Zusatz von Schwefelsäure Gyps gefällt, verglichen aber
mit der Lösung des Kalkes, in weit geringerer Menge und nach
Trennung des Gypses durch Filtriren kann man dann die
Magnesia durch Zusatz von aufgelöstem phosphorsaurem Natron
und Ammoniak als phosphorsaure Magnesia fällen.

Als Varietäten unterscheidet man den krystallinisch-
körnigen, dichten und erdigen; die porösen löcherigen oder
zelligen werden Rauhkalk oder Rauhwacke genannt; auch
finden sich, aber seltener oolithische Dolomite. Nach den Beimengungen kann man thonige, kieselige, kohlige, bituminöse,
mergelige, eisenhaltige u. a. unterscheiden. Die Dolomite verwittern im Allgemeinen leichter als die Kalke und das in ihnen
enthaltene kohlensaure Eisenoxydul wird besonders rasch in
wasserhaltiges Eisenoxyd umgewandelt.

25. Der **Magnesit**, $MgO . CO_2$

bildet wie Kalk und Dolomit krystallinisch-körnige, dichte bis
erdige Massen, von denen die ersteren auf den Spaltungsflächen perlmutterartig glänzen. Er ist gewöhnlich weiss oder
grau, undurchsichtig bis kantendurchscheinend, hat H. = 3,5—
4,5 und G. = 2,9—3,1. Ausser kohlensaurer Magnesia enthält er geringe Mengen von CaO, FeO und MnO mit Kohlen-

säure verbunden, ist v. d. L. unschmelzbar, wird dabei oft vorübergehend grau und schwarz und brennt sich kaustisch; als Pulver ist er in erwärmter Salzsäure löslich mit Brausen und Zusatz von Schwefelsäure fällt keinen oder nur sehr wenig Gyps. Das Pulver reagirt auf befeuchtetem Curcumapapier stark alkalisch, während Dolomit viel schwächer, Calcit noch schwächer reagirt.

26. Der **Siderit, Eisenspath,** $FeO.CO_2$

bildet krystallinisch-körnige, bisweilen drusige Massen, ist frisch weiss, doch sehr selten so zu sehen, dagegen meist gelblichweiss, gelb, braun, röthlichbraun bis schwarz in Folge der Veränderungen, welche das FeO erleidet, indem es mehr oder weniger rasch nach Verlust von Kohlensäure sich in Eisenoxyd umwandelt und mit Wasser verbindet, wodurch die gelben bis braunen Farben erzeugt werden, nicht ganz mit Wasser verbunden röthlich braune, als Eisenoxydoxydul schwarze Farbe verursacht, welche letztere auch zum Theil durch die Veränderungen des häufig vorhandenen Manganoxydul eintreten, wenn dieses wie das Eisenoxydul die Kohlensäure verliert und sich verändert. Auf den Spaltungsflächen hat er glasartigen Perlmutterglanz, durch die angegebenen Veränderungen bei dunkler Farbe selbst bis halbmetallischen, ist kantendurchscheinend bis undurchsichtig, hat H. = 3,5 — 4,5 und G. = 3,7 — 3,9. V. d. L. wird er schwarz, magnetisch und schmilzt nicht; in Säuren ist er mit mässigem Brausen auflöslich.

27. Der **Ankerit,** $Fe, CaO.CO_2$,

welcher seltener vorkommt, hat das Aussehen des Siderit, nur ist er viel leichter. V. d. L. ist er unschmelzbar, wird schwarz und magnetisch, in Säuren ist er mit Brausen auflöslich und Schwefelsäure fällt aus der Lösung Gyps, wie bei dem Dolomit. Ausser Kalkerde und Eisenoxydul enthält er oft etwas Magnesia und Manganoxydul und ist als Mittelglied zwischen Calcit und Siderit bald mehr calcitisch, bald mehr sideritisch.

Als Sulfate oder Verbindungen der Schwefelsäure sind nur 2 Species anzuführen, die wasserhaltige und die wasserfreie schwefelsaure Kalkerde, welche als Gyps und Anhydrit unterschieden werden. Am häufigsten findet sich

28. Der **Gyps**, CaO. $H_2O + H_2O$. SO_3

oder CaO. $SO_3 + 2H_2O$ mit 32,6 Proc. Kalkerde, 46,5 Schwe·
felsäure und 20,9 Wasser. Er ist krystallinisch körnigblättrig,
schuppig-körnig, häufig sehr feinkörnig, bis dicht und erdig,
wobei sich der im ersten Anblick für unkrystallinischen Gyps
gehaltene durch einen feinen Schimmer als mikrokrystallinisch
erkennen lässt, während auf deutlichen Spaltungsflächen der
Glanz perlmutterartig ist. Der Gyps findet sich auch krystallinisch-fasrig und seidenartig glänzend, als Ausfüllung von Klüften in feinkörnigem bis dichtem Gyps oder in thonigem Gyps;
zuweilen auch blättrig und mehr oder weniger deutliche linsen
förmige oder prismatische Krystalle bildend, welche in einer
Richtung vollkommen spaltbar sind, eingewachsen in sog.
erdigem Gyps. Der Bruch des krystallinischen Gypses ist undeutlich, der des feinkörnigen bis dichten uneben bis splittrig,
der des dichten bis erdigen auch erdig. Der Gyps ist meist
weiss, aber auch grau, gelblich, röthlich bis gelb, roth oder
braun, an den Kanten durchscheinend bis undurchsichtig, der
deutlich krystallinische und krystallisirte durchscheinend bis
durchsichtig, ist milde, in dünnen Blättchen biegsam, hat H.
= 2 und lässt sich meist mit dem Fingernagel ritzen. G. ist
= 2,2—2,4.

Im Kolben erhitzt verliert er reichlich Wasser, v. d. L.
schmilzt er zu weissem alkalisch reagirendem Email; in Säuren
ist er wenig löslich durch das Wasser, da er auch darin allein
etwas löslich ist, wozu etwa 300—400 Theile Wasser gehören;
dagegen ist er in einer Auflösung von kohlensaurem Kali vollständig zersetzbar. Durch gelindes Brennen verliert er etwa
die Hälfte Wasser und erhärtet als gebrannter und gepulverter
Gyps beim Anfeuchten mit Wasser wieder, wesshalb er als Cement benützt wird. Durch seine Löslichkeit im Wasser und
durch die Einwirkung von Alkalien verwittert er im Ganzen
leicht und zerfällt. Beimengungen von Thon, Steinsalz und
bituminöse Substanzen kommen oft vor.

29. **Anhydrit**, CaO. SO_3,

auch wasserfreier Gyps genannt, bildet krystallinisch-körnige
bis dichte Massen, die bei einiger Grösse der verwachsenen

Krystallkörner drei auf einander senkrechte deutliche bis voll-kommene, perlmutterartig glänzende Spaltungsflächen zeigen. Der dichte hat zuweilen eine gewunden-schalige Absonderung (sog. Gekrösestein). Feinkörnige bis dichte Massen haben ebenen oder splittrigen Bruch. Der Anhydrit ist wie der Gyps meist weiss oder graulich, gelblich, röthlich, blaulich, auch gelb bis roth, durchscheinend bis an den Kanten, hat H. = 3,5, G. = 2,8—3,0, wodurch er sich vom Gyps leicht unter-cheiden lässt. Er enthält 41,2 Proc. Kalkerde und 58,8 Schwefelsäure, gibt im Kolben erhitzt kein Wasser und verhält sich sonst wie der Gyps v. d. L., gegen Säuren und im Wasser. Das letztere wirkt auf ihn besonders ein, indem er es als Ge-stein allmählich aufnimmt, locker wird, aufberstet und sich in Gyps umwandelt, wesshalb man oft bei der Prüfung etwas Wasser findet. Als Beimengungen enthält er wie die Gypse Thon, Steinsalz und bituminöse Substanzen.

Schliesslich ist noch

30. Das Steinsalz, NaCl

anzuführen, welches krystallinisch gross-, grob-, klein- bis fein-körnige Massen bildet, und wenn die Körner nicht zu klein sind, an diesen drei rechtwinklige Spaltungsflächen in gleicher Voll-kommenheit, parallel den Hexaederflächen erkennen lässt. Sel-tener findet man es krystallinisch-stenglig bis fasrig abgesondert als Ausfüllung von Klüften und Adern oder Stalaktiten und Ueberzüge bildend. Das Salz ist, wenn es rein ist, farblos oder weiss, gewöhnlich ist es grau durch thonige, auch gelb bis roth durch Eisenocher-Beimengungen, selten grün oder blau; es ist durchscheinend bis durchsichtig, glänzt mehr oder weniger deutlich glasartig, ist wenig spröde, hat H. = 2,0 und G. = 2,1—2,3. Nach der Formel berechnet enthält es in 100 Theilen 39,3 Natrium und 60,7 Chlor, doch sind Beimengungen, wenn auch meist geringe, ziemlich häufig, welche bei der Auflösung des Salzes in Wasser ungelöst bleiben. V. d. L. erhitzt schmilzt das Steinsalz leicht, färbt die Flamme intensiv gelb durch das Natrium und verdampft bei anhaltendem Blasen. In Wasser ist es leicht auflöslich und die Lösung schmeckt rein salzig. In feuchter Luft zieht es die Feuchtigkeit an und zerfliesst ober-flächlich.

Hiermit wäre die Reihe der wichtigsten Mineralspecies geschlossen, welche bei der Beschreibung der Gebirgsarten als bekannt vorauszusetzen sind. Man könnte noch das **Wasser** und das **Eis**, endlich auch die **Kohlen** anführen, doch sind jene beiden als allgemein bekannt anzunehmen, wesshalb sie hier nicht beschrieben werden, während die Kohlen am Schluss der Gebirgsarten erwähnt werden sollen, weil sie doch eigentlich keine wahren Mineralspecies bilden, sondern meist massenhafte vegetabilische Ablagerungen, welche anderen Gebirgsarten untergeordnet vorkommen und als solche den Gebirgs arten besser an die Seite zu stellen sind.

Allgemeine Verhältnisse der Gebirgsarten.

Wenn man diejenigen grösseren zusammenhängenden Gesteinsmassen, welche man Gebirgsarten nennt und als solche nach ihren Eigenschaften unterscheidet, vergleichungsweise überblickt, so bemerkt man an ihnen sehr mannigfache Verhältnisse, deren Schilderung viel schwieriger wird, als man auf den ersten Blick glauben sollte, zumal die Kenntniss der Gebirgsarten nicht vorausgesetzt werden kann und man weiss, dass man von verschiedenen Verhältnissen erst dann eine klare Einsicht erlangen kann, wenn man dieselben mit der Charakteristik der Gebirgsarten verbindet. Es sollen daher die allgemeinen Verhältnisse nur möglichst einfach besprochen werden, in der Voraussetzung, dass gewisse Gesteine allgemein bekannte sind, so wie, dass die eben beschriebenen Mineralarten dazu den Ausgangspunct bieten. Die Rücksichten überhaupt, unter denen man die Gebirgsarten als solche auffassen, vergleichen und unterscheiden kann, sind sehr verschiedene, da nicht allein die Kenntniss der Minerale zur Bestimmung ausreicht, sondern es auch darauf ankommt, wie diese Minerale die Gebirgsarten bilden und auf welche Weise die letzteren entstanden sind, wodurch der Charakter, unabhängig von mineralogischer und chemischer Beschaffenheit sehr verändert werden kann. Durch alle diese verschiedenen Rücksichten wird auch der Begriff von Gebirgsarten modificirt, die sich überhaupt nicht in dem Sinne als Arten hinstellen und abgrenzen lassen, wie es bei den einzelnen Mineralen möglich ist.

Berücksichtigen wir nun zunächst die mineralogische Beschaffenheit, so werden hiernach die Gebirgsarten als ein-fache und zusammengesetzte, gleichartige und un-gleichartige oder gemengte benannt.

Wir nennen eine Gebirgsart eine einfache, wenn sie
durch ein- und dieselbe Varietät einer Mineralspecies gebildet
wird, so ist z. B. der krystallinisch-körnige Kalk oder der Marmor eine einfache Gebirgsart, desgleichen der dichte Kalk oder
der Kalkstein. Beide Varietäten der Mineralspecies Kalk werden, obgleich sie nur Varietäten einer Species sind, petrographisch zwei verschiedene Gebirgsarten. Dieser Definition
einer einfachen Gebirgsart steht die einer zusammengesetz-
ten Gebirgsart gegenüber, welche durch zwei oder mehr
Varietäten einer Species oder verschiedener Species gebildet
wird. Die Zusammensetzung einer Gebirgsart aus zwei oder
mehr Varietäten einer Species würde der Natur der Sache nach
wohl kaum als vorkommend angenommen werden, weil dies
mit der Entstehung einer Gebirgsart nicht zu harmoniren
scheint, theoretisch aber musste es zunächst so gesagt werden,
und in der That giebt es gewisse Gebirgsarten, welche durch
ihre Entstehungsweise auch diesen Fall einer zusammengesetz-
ten Gebirgsart rechtfertigen; z. B. wenn Bruchstücke dichten
Kalkes durch krystallinisch-körnigen Kalk cementirt sind, weil
bei solchen Gebirgsarten die Bruchstücke und das Cement als
zur Gebirgsart gehörig betrachtet werden.

Die obige Unterscheidung einfacher und zusammengesetz-
ter Gebirgsarten führt uns zu der Unterscheidung der gleichartigen und ungleichartigen. Ungleichartige Gebirgsarten sind diejenigen, welche durch zwei oder mehr Mineralarten gebildet werden, wie z. B. der vielbekannte Granit durch
drei Species: Feldspath, Quarz und Glimmer. Ungleichartige
werden auch gemengte genannt. Gleichartige Gebirgsarten sind diejenigen, welche nur durch eine Mineralart gebildet werden, so der Marmor, welcher durch eine Mineralart
Kalk gebildet wird, aber eben so richtig wird eine aus zwei
Varietäten einer Mineralart gebildete Gebirgsart, als zusammengesetzte gleichartig genannt werden müssen, weil sie nur dieselbe Mineralart enthält, wesshalb die Benennungen gleichartig
und einfach, ungleichartig und zusammengesetzt nicht zusammenfallen. Eine einfache Gebirgsart ist immer gleichartig,
eine ungleichartige Gebirgsart ist immer zusammengesetzt, eine
zusammengesetzte Gebirgsart aber kann gleichartig oder un-

gleichartig sein und eine gleichartige kann eine einfache oder eine zusammengesetzte sein.

Man könnte auch noch in einem anderen Sinne von gleichartigen und ungleichartigen Gebirgsarten sprechen, wenn man zwei Gebirgsarten mit einander vergleicht, es würden dann gleichartige Gebirgsarten solche sein, welche durch dieselben Mineralarten gebildet werden, gleichviel ob sie einfache oder zusammengesetzte sind, Marmor und Kalkstein, Jaspis und Feuerstein, weil sie miteinander verglichen, die einen die Mineralart Kalk, die anderen die Mineralart Quarz, wenn auch in verschiedenen Varietäten enthalten, Granit und Gneiss ebenfalls gleichartige, weil sie beide durch dieselben Mineralarten Feldspath, Quarz und Glimmer gebildet werden. Marmor und Jaspis, zwei einfache Gebirgsarten würden ungleichartige sein, weil sie von verschiedenen Mineralarten, der eine durch Kalk, der andere durch Quarz gebildet wird, Sienit und Glimmerschiefer, der eine aus Orthoklas und Amphibol, der andere aus Quarz und Glimmer zusammengesetzt wären ungleichartige, zwei Gebirgsarten wären auch ungleichartige, wenn sie nur in einer Mineralart differiren.

In dieser angedeuteten Weise hat man die Ausdrücke gleichartig und ungleichartig nicht im Gebrauch, ich würde aber diese Bezeichnung aus verschiedenen Gründen zweckmässig finden, zumal man sich dann viel bestimmter an die Benennungen: einfache und gemengte Gebirgsarten halten könnte.

Diejenigen Minerale, welche eine gemengte Gebirgsart bilden, heissen die Gemengtheile der Gebirgsart, so sind Quarz und Glimmer die Gemengtheile des Glimmerschiefers, Quarz, Feldspath und Glimmer die Gemengtheile des Granites. Von dieser an sich sehr einfachen Bezeichnung ist man im Verlaufe der Zeit insofern abgegangen, als man bei Gebirgsarten wesentliche und unwesentliche, stellvertretende und begleitende Gemengtheile zu unterscheiden angefangen hatte. Vergleicht man die Gebirgsarten und die Mineralarten, so haben beide darin etwas Gemeinsames, dass man bei jenen die Gemengtheile, bei diesen die Bestandtheile angiebt. In demselben Sinne, wie bei einer Mineralart, z. B. Kalk, die Bestandtheile derselben Kohlensäure und Kalkerde

sind, so sind bei einer gemengten Gebirgsart, z. B. Granit die
Gemengtheile derselben Feldspath, Quarz und Glimmer. So
wie bei der Mineralart Kalk die Kalkerde nicht fehlen darf, so
bei der Gebirgsart Granit nicht eine der drei Species, welche
den Granit als Gebirgsart unterscheiden liessen.

So nahe diese Parallele zwischen Mineral - und Gebirgsarten liegt und so einfach es auch scheint, sie durchführen zu
können, so musste in mehrfachem Sinne davon abgegangen
werden, weil es sich herausstellte, dass der Artbegriff bei den
Gebirgsarten ein sehr schwankender ist, immerhin aber konnte
man sich vergleichungsweise an die Bestimmungen der Mineralarten halten. Man benannte daher diejenigen Gemengtheile
wesentliche, welche unbedingt in einer Gebirgsart enthalten sein müssen, um sie als so oder so benannte Art von anderen unterscheiden zu können; die Mineralarten gaben durch
ihre wesentlichen Bestandtheile das Vorbild dazu. Im Gegensatz zu den wesentlichen Gemengtheilen standen die anderen
als unwesentliche. So sind z. B. die wesentlichen Gemengtheile der Gebirgsart Glimmerschiefer Glimmer und Quarz, in
demselben eingewachsene Granaten sind unwesentliche Gemengtheile. Nun machte man aber die Beobachtung, dass in
einer gemengten Gebirgsart neben den wesentlichen Gemengtheilen ein unwesentlicher Gemengtheil vorhanden ist, welcher
mit einem der wesentlichen Gemengtheile insofern eine gewisse
Verwandtschaft zeigt, dass er als unwesentlicher Gemengtheil
den wesentlichen, in der Menge wechselnd, ersetzt, wie es bei
Mineralarten auch beobachtet wird, dass untergeordnete Mengen einer gewissen Substanz einen Theil der wesentlichen Bestandtheile ersetzen. Wie in Kalk, welcher wesentlich Kalkerde und Kohlensäure enthält, etwas Magnesia enthalten sein
kann, welche als $MgO. CO_2$ eine untergeordnete Menge von
$CaO. CO_2$ ersetzt, so enthält z. B. eine Gebirgsart, welche als
Granit wesentlich Feldspath, Quarz und Glimmer zu Gemengtheilen hat, in untergeordneter Menge Turmalin und dieser,
an sich wohl unwesentlich, kann als stellvertretender
Gemengtheil des Glimmers angesehen werden. Solche
stellvertretende Gemengtheile heissen auch vicarirende und
führen, wenn ihre Menge zunimmt, die Menge des vertretenen
Gemengtheiles abnimmt, endlich zu einem anderen Gemenge,

welches eine andere Gebirgsart darstellt, wenigstens immer als
eine andere Gebirgsart angesehen werden sollte. Nach dieser
Trennung der unwesentlichen Gemengtheile sind nun die anderen begleitende oder accessorische oder Uebergemengtheile genannt worden, welche mit den Beimengungen der Mineralarten zu vergleichen sind und in diesem Sinne
kann man auch bei einfachen Gebirgsarten von begleitenden
Gemengtheilen oder Uebergemengtheilen sprechen, welche die
einfache Gebirgsart als eine scheinbar gemengte erscheinen
lassen. Uebrigens kann auch in einfachen Gebirgsarten von
Stellvertretern die Rede sein, doch muss das Verhältniss der
Mengen jederzeit dabei berücksichtigt werden.

Die Mengenverhältnisse der wesentlichen Gemengtheile stehen bei den Gebirgsarten nicht in dem Grade bestimmt
da, wie die Mengenverhältnisse der wesentlichen Bestandtheile
einer Mineralart und lassen sich nicht wie bei diesen numerisch
feststellen. Sind z. B. die wesentlichen Gemengtheile der
Sienit genannten Gebirgsart Orthoklas und Amphibol, während der Orthoklas für sich und der Amphibol für sich als einfache Gebirgsart vorkommen können, so versteht es sich wohl
von selbst, dass man nicht ein aus Amphibol bestehendes Gestein mit einer sehr geringen Menge Orthoklas Sienit nennen
kann, sondern man muss die Menge des Orthoklas im Gestein
als eine bemerkliche wahrnehmen können, wenn man von
Sienit sprechen will. Das procentische Verhältniss aber kann
nicht durch allgemeine Regeln bestimmt werden, man muss
durch die im Allgemeinen sehr schwankenden Verhältnisse der
Gebirgsarten gezwungen in dieser Richtung meist dem besonderen Vorkommen und dem durch Uebung geschärften Urtheile des Petrographen Rechnung tragen, um nicht den Gebirgsarten engere Schranken zu setzen als die Natur.

Was die Gestaltsverhältnisse der Gemengtheile
betrifft, so ist im Allgemeinen auf das zu verweisen, was in der
Folge in dieser Richtung von den Gebirgsarten gesagt werden
wird und was als eine Folge der Mineralaggregate hervorgeht,
nur in Betreff der Uebergemengtheile kann bemerkt werden, dass diese sehr häufig deutliche Krystalle bilden und dass
die Gestalt der Krystalle in gewisser Beziehung eine besondere
Beachtung verdient, indem man beobachtet hat, dass die Kry-

stallgestalten derselben Species, welche in verschiedenen Gebirgsarten als Uebergemengtheil vorkommen, in einem gewissen
Zusammenhange mit der Verschiedenheit der Gebirgsarten
stehen, dass z. B. Granatkrystalle in Talk- oder Chloritschiefer
meist Rhombendodekaeder, Granatkrystalle in Glimmerschiefer
meist Rhombendodekaeder oder Combinationen desselben mit
dem Leucitoeder, Granatkrystalle in Graniten meist Leucitoeder oder Combinationen desselben mit dem Granatoeder
sind, dass z. B. Zirkonkrystalle im Zirkonsienit meist die Combination $\infty P.P$, oder $\infty P.P.3P3$, Zirkonkrystalle in Granit
und Miascit die Combination $P.\infty P\infty.\infty P.3P$ und verwandte, Zirkonkrystalle in basaltischen Gesteinen die Combi-
nation $\infty P\infty.P$ oder $\infty P\infty.P.\infty P$ zeigen. Doch soll diese
beachtenswerthe Erscheinung hier nur angedeutet werden,
weil sie jedenfalls von grösserem mineralogischen als petrographischen Interesse ist, wenn sie auch in der Folge weiterer
Beobachtungen für eingehende petrographische Studien erfolg-
reich sein kann. Ausserdem bilden Uebergemengtheile durch
den Einfluss der Umgebung undeutlich ausgebildete Krystalle,
sogenannte Krystalloide, welche als Körner, Lamellen, Blätter,
Schuppen, Stengel, Nadeln, Fasern u. dergl. unterschieden
werden, auch Aggregate, oder derbe bis eingesprengte Parthien, selbst pulverulente oder erdige Theile.

An sich sind die Uebergemengtheile unwesentliche Vorkommnisse, auf welche bei dem diesem Buche vorgesteckten
Ziele wenig Rücksicht genommen werden kann, nur bisweilen
sind sie für gewisse Gebirgsarten oder für gewisse Fundorte
bezeichnend oder charakteristisch, während ihr Vorkommen
in grösserer Menge auch zur Benützung Veranlassung geben
kann.

Wenn von den Uebergemengtheilen gesagt wurde, dass sie
in der Weise in gemengten Gebirgsarten vorkommen, wie die
Gemengtheile, so ist schliesslich noch anzuführen, dass das
Vorkommen auch so sein kann, dass man den Ausdruck Uebergemengtheile nicht mehr zweckmässig findet, sondern von
begleitenden Bestandmassen anstatt von begleitenden
Gemengtheilen spricht, denen die fremdartigen Einschlüsse angereiht werden. Wie wichtig auch solche Bestandmassen in Gebirgsarten sein mögen, so verhalten sie sich

doch nicht anders zu den Gebirgsarten als solchen wie die Uebergemengtheile, ja diese werden zu Bestandmassen, wenn sie nicht vereinzelt, sondern in der Form von grösseren oder kleineren Aggregaten vorkommen. Man unterscheidet bei den begleitenden Bestandmassen die Concretionen und Secretionen, jene als Anhäufungen oder Aggregate gewisser Mineralsubstanzen innerhalb der Gebirgsarten, welche bezüglich ihrer Entstehung von verschiedenen Puncten aus sich zu bilden beginnen und in ihrer Bildung von innen nach aussen fortgeschritten sind, daher ihre innere Bildungsweise und ihre äussere Form eine gewisse centrische (radiale oder schalige) Anordnung der vorhandenen Substanzen erkennen lassen Radiale Krystallgruppen, concentrische schalige Absonderung, sphäroidische (einfache und zusammengesetzte) Gestaltung weisen auf solche Bildungen hin. Die Secretionen dagegen, als Anhäufungen oder Aggregate gewisser Mineralsubstanzen innerhalb der Gebirgsarten sind Ausfüllungen bereits vorhandener Hohlräume der verschiedensten Gestalt und das Material dazu wurde erst nachträglich in dieselben geführt, entweder durch Wasser, welches die Substanzen aufgelöst enthielt oder in gasiger Form, wodurch in beiden Fällen die Ausfüllung der bereits vorhandenen Hohlräume von aussen nach innen erfolgte. In der äusseren Gestaltung und in der inneren Anordnung können solche Secretionen bisweilen mit den Concretionen Aehnlichkeit haben und damit verwechselt werden. Fremdartige Einschlüsse bilden Krystalle, Krystallstücke, Bruchstücke von Mineralmassen und Gebirgsarten, sowie thierische und pflanzliche Körper und Körpertheile, welche von der entstehenden Gebirgsart eingeschlossen wurden, wenn sie durch Zufall in dieselben hinein kamen.

Nach Allem, was über die Unterscheidung der Gebirgsarten als einfache und gemengte, was über die Unterscheidung der Gemengtheile als wesentliche, stellvertretende und begleitende und was über die begleitenden Bestandmassen und fremdartigen Einschlüsse gesagt wurde, möchte es im ersten Augenblicke scheinen, dass es keiner grossen Schwierigkeit unterläge, die Gebirgsarten nach dieser Richtung hin zu unterscheiden und zu erkennen, doch ist dies in der That in vielen Fällen nicht so leicht. Einerseits bieten schon die einzelnen

Minerale in dem Zustande, in welchem sie zur Bildung der Gebirgsarten beitragen, grössere Schwierigkeiten bei der Bestimmung, weil ihre wesentlichen Eigenschaften nicht mit vollkommener Schärfe hervortreten, die krystallinischen Verhältnisse nicht so bestimmt entwickelt sind und Beimengungen die
chemischen und physikalischen Eigenschaften beeinflussen.
Andererseits aber sind bei gemengten Gebirgsarten die
Grössenverhältnisse oft sehr reducirte und es können dadurch
selbst gemengte Gebirgsarten als scheinbar einfache Gebirgsarten auftreten, wie man schon daraus ersieht, dass
man früher solche Gebirgsarten sogar als einfache Minerale in
die Reihe der Mineralspecies aufnahm. Die Grösse der Gemengtheile ist ein Haupterforderniss, die Gemengtheile als
solche erkennen zu können und selbst wenn man noch durch
das Auge Verschiedenheit erkennt, so sind häufig die Theile
zu klein, um sie mineralogisch bestimmen zu können. Die
Beobachtung, dass krystallinische Aggregate derselben Mineralspecies, z. B. der Marmor durch die Kleinheit der verwachsenen Individuen bei feinem Korne der Massen in scheinbar
dichte Massen übergehen, wiederholt sich bei den Mineral-
gemengen, wodurch dieselben als sogenannte kryptomere
Gebirgsarten gegenüber den phaneromeren (deren Gemengtheile deutlich sichtbar sind) ihre Mengung so verstecken,
dass sie dem Auge als gleichartige Massen erscheinen, während
sie unter der Lupe betrachtet oder vermittelst des Mikroskopes
untersucht als Gemenge erkannt werden, bei erdigen Gemengen oder bei Verschmelzungsproducten selbst diese Hilfsmittel
einer bedeutenden Verschärfung bedürfen und eine besondere
Behandlungsweise der Gebirgsarten bedingen. Auch die
chemische Untersuchung stösst bei solchen Gebirgsarten auf
grosse Schwierigkeiten und wir können daher im Nachfolgenden von den so auf mühsamen Wegen zu erringenden Resultaten in einzelnen Fällen das zur Kenntniss bringen, was
kryptomere Gebirgsarten einigermassen aufgeklärt hat, hier
aber nicht auf solche Untersuchungen eingehen, weil dieselben
eine grössere und umfassendere Kenntniss der Minerale und
Gebirgsarten voraussetzen, als ich jetzt voraussetzen darf.
    Ausser den im Vorangehenden besprochenen Unterschie-
den der Gebirgsarten, welche sich auf die Mineralarten

unmittelbar bezogen, welche Gebirgsarten bilden können, einzeln oder im Gemenge mit einander, werden ferner die Gebirgsarten als krystallinische, halbkrystallinische und unkrystallinische unterschieden.

Auf die Nothwendigkeit, den morphologischen Zustand der Minerale zu unterscheiden, wurde schon im Eingange hingewiesen und da man bei den Mineralen als unorganischen natürlichen Körpern die Krystallisation, die Bildung unorganischer Individuen, die man Krystalle nennt, als eine besondere Art des festen Zustandes der Körper zu betrachten hat, welche sich viel häufiger zeigt, als man überhaupt nur vermuthet, so sind auch krystallinische Gebirgsarten sehr häufig anzutreffen. Einzelne Krystalle zeigen bei einigermassen vollkommener Ausbildung ihre bestimmte Krystallgestalt, wenn aber solche Individuen sich in grosser Anzahl miteinander gleichzeitig bilden, so müssen sie sich gegenseitig in der Entwickelung der Krystallgestalt stören, wodurch das äussere Kennzeichen der Krystallisation abgeschwächt wird und wesshalb man solche äusserlich unvollkommen ausgebildete Individuen, wie bereits angeführt wurde, Krystalloide nennt. Wenn daher Gebirgsarten sich aus Krystallen oder Krystalloiden zusammengesetzt erweisen, so heissen sie krystallinische, und man muss den krystallinischen Zustand auf irgend eine Weise zu erkennen im Stande sein. Sind Krystallflächen zu sehen, auch wenn es bei unvollständigen Individuen nur vereinzelte sind, so ist der krystallinische Zustand unverkennbar, fehlt aber diese äussere Ausbildung der Krystalle, so bleiben nur die sogenannten Spaltungsflächen als Kennzeichen übrig, welche beim Zerschlagen der Gebirgsarten an den einzelnen verwachsenen Krystalloiden sichtbar werden und als ebene Flächen, selbst bei grosser Kleinheit das Licht reflectiren, glänzen, bei minderer Kleinheit der Individuen auch der Zahl und Lage nach bestimmbar werden. Wo weder Krystallflächen noch Spaltungsflächen erkannt werden, kann man über den krystallinischen Zustand nicht entscheiden und nennt solche Gebirgsarten unkrystallinische. Auch für diese Unterscheidung der Gebirgsarten sind dem unbewaffneten Auge Grenzen gesetzt, die man mit Hilfe der Lupe und des Mikroskopes überschreiten kann, doch müssen wir auch hier bei ein   aren Behandlung

der Gebirgsarten von den äussersten Mitteln absehen und uns
zunächst mit der Lupe begnügen. Bisweilen können auch
durch chemische Mittel, wie z. B. durch einfache Behandlung
mit Säuren, krystallinische Zustände sichtbar gemacht werden,
wie dies selbst in der Natur durch die sogenannte Verwitterung
bisweilen geschieht, welche ja auch in diesem Sinne ein chemisches Mittel ist, verborgene Zustände sichtbar zu machen.
Gebirgsarten, welche aus krystallinischen und unkrystallinischen Mineralen zusammengesetzt sind, heissen halbkrystallinische, wobei gewöhnlich die unkrystallinischen Theile
mineralogisch anderer Art sind als die krystallinischen.

Der Unterschied krystallinischer, halbkrystallinischer und
unkrystallinischer Gebirgsarten, zu welchen letzteren namentlich dichte, erdige und glasige Massen gehören, hängt nothwendig mit der Entstehung zusammen und obgleich hier auf
die Entstehung der Gebirgsarten nicht eingegangen werden
kann, so ist sie nur insoweit zu berühren, als dadurch noch gewisse Gebirgsarten unterschieden werden, welche als klastische Gesteine oder Trümmergesteine (von κλαστος,
zerbrochen, zerstückelt) jenen noch angereiht werden können.
Diese bestehen, wie der Name andeutet, aus Bruchstücken,
Trümmern, Theilen früher selbständiger Gebirgsarten, welche
entweder durch ein Bindemittel oder Cement miteinander
verkittet sind, oder auch lose angehäuft vorkommen können.
Da die Grösse der Bruchstücke sehr verschieden, bis verschwindend klein sein kann, die Menge des Bindemittels,
wenn ein solches vorhanden ist, gleichfalls sehr variirt, so
können solche klastische Gesteine bisweilen ihrer Natur nach
verkannt werden, wenn sie im Aussehen einer der drei obigen
Arten ähnlich sind, es kann aber auch bisweilen, abgesehen
von ihrer Natur, mit Recht einer der drei obigen Namen auf
sie in Anwendung gebracht werden.

Ferner werden die Gebirgsarten nach ihrer Structur
unterschieden, d. h. nach der Art und Weise, wie die Massentheile desselben Minerals bei einfachen Gebirgsarten oder wie
die Massentheile verschiedener Minerale bei gemengten Gebirgsarten oder wie die der Trümmergesteine miteinander ver
bunden sind, wobei namentlich die Grössenverhältnisse der
verbundenen Theile und die Anordnung ins Gewicht fallen.

Die wichtigsten Arten der Gesteine sind hiernach folgende:

1) Dichte Gesteine, d. h. solche, welche durch die ganze Masse hindurch keine Massentheile unterscheiden lassen, durch welche sie gebildet sind. In ihnen sind die materiellen Theilchen gleicher oder verschiedener mineralogischer Beschaffenheit so innig miteinander verbunden, dass keine Trennung sichtbar ist, nach welcher Richtung hin man auch die Gesteine zertheilen mag. Solche dichte Gesteine haben daher bei muschligem bis ebenem Bruche glatte Bruchflächen oder es trennen sich höchstens in Folge des innigen Zusammenhanges der kleinsten Massentheilchen durch feine Sprünge Splitter ab, welche mit der Masse zusammenhängend die splittrigen Bruchflächen erzeugen. Es ist auch hier, wie bei den früheren Unterscheidungen leicht erklärlich, dass durch das unbewaffnete Auge allein der Zustand nicht beurtheilt werden kann und häufig wenigstens die Hilfe der Lupe beansprucht werden muss.

2) Erdige Gesteine. Diese grenzen unmittelbar an die dichten Gesteine, nur ist bei ihnen der mindere Zusammenhang der materiellen Theilchen dadurch ersichtlich, dass sich dieselben beim Zerschlagen auf den Bruchflächen ablösen und als pulverulente Theilchen aufliegen, wodurch der erdige Bruch gebildet wird. Durch den geringen Zusammenhang der Theilchen bleiben dieselben bei der Berührung an den Fingern haften, worauf das Abfärben und Schmutzen der erdigen Gesteine beruht, und man kann häufig durch geringen Druck, selbst mit den Fingern solche Gesteine zerkleinern und zu Pulver zerreiben.

3) Körnige Gesteine. Solche zeigen beim Zerschlagen auf den Bruchflächen mehr oder minder hervorragende körnige Theile und bedingen den unebenen oder körnigen Bruch; mit dem Auge erkennt man bei ihnen die Zusammensetzung aus grösseren als staubartigen Theilen und unterscheidet sie ausser nach der Grösse, noch nach der Beschaffenheit und Entstehung als krystallinische und unkrystallinische, wie aus dem Frühern hervorgeht.

Krystallinisch-körnige Gesteine sind daher solche, welche aus Krystallen oder körnigen Krystalloiden zusammen-

gesetzt sind, die in den Dimensionen annähernd gleichmaassig-
oder nicht sehr differirende sind. Nach der Grösse der Körner, die man ungefähr bemisst, feine nennt, wenn sie kleine-
als Hirschkörner sind, kleine, wenn kleiner als Hanfsamen
grobe, wenn kleiner als Erbsen und grosse, wenn sie grösse
sind, nennt man sie wohl gross-, grob-, klein-, feinkör
nige, ohne sich zu streng an diese schon wechselnden Maass-
zu halten, zumal die Körner auch längliche und platte sein kön.
nen. Auch nach der Art der Verwachsung werden noch fest
und lockerkörnige Gesteine unterschieden, wenn sie fes
zusammenhalten oder sich leicht trennen lassen, und drusig
körnige, wenn die krystallinische Gestalt bei nicht vollstän-
diger gegenseitiger Berührung theilweise frei ausgebildet zu
sehen ist. Bei abnehmender Grösse des Kornes gehen die feinkörnigen in dichte Gesteine über. Bei gemengten Gebirgsarten
können die Maassverhältnisse der einzelnen Gemengtheile verschiedene sein, in welchem Falle gewöhnlich das vorherrschende
Maass über die Benennung entscheidet. Beim Zerschlagen der
krystallinisch-körnigen Gesteine werden auch meist die zur weiteren Bestimmung dienenden Spaltungsflächen sichtbar und
bestätigen in vielen Fällen erst den krystallinischen Zustand.

　　　Unkrystallinisch-körnige Gesteine sind aus unkrystallinischen Körnern zusammengesetzt, welche in der Regel mehr rundlich sind; zu diesen gehören auch klastische Gesteine, deren Körner als solche in ihrer äusseren Form nicht
krystallinische sind, selbst wenn sie ursprünglich krystallinische
waren. So können z. B. die krystallinischen Quarzkörner der
Granite aus denselben durch Verwitterung und durch Einflüsse
des Wassers gelöst zur Bildung von Sandsteinen Veranlassung
geben, ohne dass diese krystallinisch-körnige Gesteine zu nennen sind, weil die Körner nicht als solche innerhalb der Gebirgsart durch Krystallisation entstanden und eine secundäre,
jetzt unkrystallinische Gestalt durch die Abrundung bei der
Fortbewegung im Wasser erhalten haben. Bisweilen kann auch
die äussere ursprüngliche Form der Körner als eine unkrystallinische erscheinen, während im Inneren der Körner eine krystallinische Bildung sichtbar ist, wie bei oolithischen Kalksteinen,
wenn auch die Aehnlichkeit des Aussehens zu Benennungen
führte, die verschiedene Bildungen umfassen, wie gerade der all-

gemeinere Ausdruck oolithische Gesteine, die bald wie der Kalkoolith krystallinisch, wie die Eisenoolithe entweder unkrystallinische oder krystallinische sind. Wegen der äusseren Form aber der Oolithkörner werden die durch sie gebildeten körnigen Gesteine unkrystallinisch-körnige genannt, wie auch die pisolithischen und sphärolithischen Gesteine. Im Besonderen werden unkrystallinisch-körnige Gesteine wie die krystallinischen nach der Grösse der Körner und nach dem festen oder lockeren Zusammenhang in derselben Weise benannt.

4) Blättrige Gesteine, mit Einschluss der schuppigen. In dieser Weise ausgebildete Gesteine sind nur krystallinische, welche aus lamellaren Krystalloiden zusammengesetzt sind, bei unkrystallinischen Gesteinen ist eine Zusammensetzung dieser Art aus unkrystallinischen lamellaren Gebilden nicht möglich. Die lamellaren Krystalloide, Blätter oder Schuppen sind in der Regel mit einem gewissen Parallelismus angeordnet, wodurch die blättrigen Gesteine eine schiefrige Absonderung zeigen, wie diese auch bei unkrystallinischen Gesteinen vorkommt und später betrachtet wird. Ausserdem können auch die Blätter und Schuppen unregelmässig durcheinander verwachsen vorkommen, wodurch sie als körnig-blättrige oder schuppig-körnige in die körnigen Gesteine übergehen, welcher Uebergang auch durch die Zunahme der Lamellen in der Dicke bedingt wird, so wie dadurch, dass körnige und lamellare Bildung gleichzeitig bei Verschiedenheit der Gemengtheile beobachtet wird. Sowie die Ausdrücke Blätter und Blättchen, Schuppen und Schüppchen für lamellare Krystalloide abnehmender Grösse, die Unterschiede gross- und kleinblättriger, klein- und feinschuppiger Aggregate auf die abnehmende Grösse hinweisen, gehen auch feinschuppige Gesteine allmählich in scheinbar dichte, bei lockerem Zusammenhang in scheinbar erdige über, die jedoch noch immer durch einen gewissen Schimmer und unter der Lupe als krystallinische erkannt werden, schliesslich durch das Mikroskop.

5) Stenglige bis fasrige Gesteine, welche als krystallinische und unkrystallinische unterscheidbar, aus linearen Theilen zusammengesetzt sind. Bei den krystallinischen, wo zur Bezeichnung der linearen Krystalloide, welche die Gesteine zusammensetzen, die Ausdrücke Stengel, Nadeln und

Fasern nach dem Verhältnisse der Dicke und Länge gebraucht
werden, finden sich die Krystalloide oft mit einem gewissen
Parallelismus angeordnet, wodurch wie bei den blättrigen Gesteinen eine schiefrige Absonderung erzeugt wird, oder sie sind
unregelmässig miteinander verwachsen oder zeigen auch stellenweise eine radiale Anordnung   Sowie die linearen Krystalloide
in körnige oder in lamellare übergehen, so bilden auch die Gesteine derartige Uebergänge in der ganzen Masse oder in einzelnen Theilen.   Unkrystallinische Gesteine zeigen auch Zusammensetzung aus linearen unkrystallinischen Gestalten,
welche als Stengel oder Fasern unterschieden werden. Bei den
Stengeln, geraden oder gebogenen, findet eine parallele oder
radiale Anordnung statt, die bei grösseren Dimensionsverhältnissen in die säulenförmige Absonderung übergeht, bei den
Fasern ist die Verwachsung meist eine unregelmässige, ver-
worrene, wie z. B. bei den Bimssteinen.

Die vorangehenden Unterschiede der Gebirgsarten als
dichte, erdige, körnige, blättrige und stenglige mit ihren Varietäten beruhten wesentlich auf der Art und Weise, wie man in
den Massen die sie zusammensetzenden Theile als solche unterscheiden kann, da aber diese Zusammensetzung auch auf das
Aussehen der ganzen Massen im Grossen von Einfluss ist, so
hat man nach diesem ferner zu unterscheiden:

6) Die massigen Gesteine. Als solche benennt man
diejenigen einfachen oder gemengten Gesteine, welche als
grössere zusammenhängende Massen betrachtet, nach jeder
Richtung hin eine gleichmässige Ausbildung zeigen, wesshalb
man sie als Gesteine mit richtungsloser Textur bezeichnet hat.

7) Die geschichteten und schiefrigen Gesteine.
Schon bei den blättrigen und stengligen, schuppigen und fasrigen Gesteinen wurde bemerkt, dass die lamellaren oder linearen Krystalloide einen gewissen Parallelismus in ihrer Anordnung zeigen und eine solche Anordnung können auch in anderen Gesteinen die Theile erkennen lassen, bei gemengten
bisweilen nur einer der Gemengtheile.   Durch diesen Parallę-
lismus erweisen sich die ganzen Massen mehr oder weniger
deutlich geschichtet bis schiefrig und man kann dieselben in
dieser einen Flächenrichtung hin in der Regel leichter zertheilen oder sie erscheinen schon in Folge ihrer Bildung aus

solchen aufeinander folgenden Schichten zusammengesetzt, geschichtet bis schiefrig, welche letztere Benennung gebraucht wird, wenn die Schichten oder Platten, welche durch den Parallelismus der Ausbildung bedingt werden, verhältnissmässig dünn sind, wie z. B. bei dem gewöhnlichen Tafelschiefer, einem Thonschiefer, der wegen seiner schiefrigen Ausbildung eine so ausgedehnte Verwendung findet. Man kann auch noch ausser der Dicke der Schichten die geschichteten oder schiefrigen Gesteine weiter unterscheiden, so als vollkommen und unvollkommen geschichtet bis schief- rig, wenn diese Bildungsweise einen mehr oder minderen Grad von Gleichmässigkeit zeigt, als gerade oder eben geschichtet bis schiefrig, wenn die Platten, in welche sich solche Gesteine zertheilen lassen, ebenflächig sind, im Gegensatz dazu gebogen oder krumm, in besonderen Fällen als wellenförmig, gefältelt, zickzackartig oder geknickt, wenn die Schichtungs- oder Schieferungsflächen durch ihre besondere Ausbildung diese leicht verständlichen Ausdrücke rechtfertigen. Da diese Verhältnisse durch die Dimensionen sehr beeinträchtigt werden, so ist leicht einzusehen, dass sie in der Regel viel richtiger an dem Vorkommen an Ort und Stelle, als an Handstücken beurtheilt werden, weil diese häufig zu klein sind, um die Anordnung richtig überblicken zu können.

8) Die porphyrischen oder Porphyr-Gesteine oder die Gesteine mit Porphyr-Structur. Der in verschiedener Ausdehnung gebrauchte Name Porphyr ist zunächst auf gewisse Gesteine angewendet worden, welche als gemengte gegenüber den krystallinisch-körnigen und dichten halbkrystallinische sind, indem in einer dichten Gesteinsmasse durch die ganze Masse hindurch Krystalle oder Krystalloide vereinzelt oder auch zu zweien oder mehreren miteinander verwachsen eingewachsen sind und mit zu dem wesentlichen Bestand der Gebirgsart gehören. Die dichte Gesteinsmasse wird die Grundmasse der Porphyre genannt und die eingewachsenen Krystalle oder Krystalloide heissen die Einsprenglinge. Aus den vorangehenden Unterschieden der Gebirgsarten ersahen wir, dass wir bei dem Ausdrucke dichte Gesteine keine feste Grenze gegen die krystallinischen haben konnten, weil die krystallinischen so kleinkrystallinisch werden, dass sie schliess-

lich als dichte erscheinen, während sie doch noch krystallinisch
sein können und in dieser Weise fassen wir die Grundmasse
der Porphyre als eine dichte auf, während sie in der That noch
häufig mikro- oder kryptokrystallinisch ist, nur dem Auge dicht
erscheint, in anderen Fällen aber auch wirklich eine dichte sein
kann, was hiermit beides unter der Bezeichnung dichte Grundmasse zusammengefasst wird.

Die mineralogische Beschaffenheit der dichten Grundmasse, ob sie eine Mineralart darstellt, ob sie aus mehreren zusammengesetzt ist und aus welchen, kann nur durch eine
genaue chemische und mineralogische Untersuchung und durch
Schlüsse aus der Vergleichung verschiedener Theile derselben
Gebirgsart, sowie zum Theil aus den Einsprenglingen ermittelt
werden. Wenn wir uns überhaupt jetzt schon eine Vorstellung
von der Entstehung der Porphyre machen, so können wir uns
denken, dass die Gesteinsmasse, welche zum Porphyr wird,
ursprünglich eine weiche war, welche diejenigen chemischen
Elemente in sich enthielt, welche für die Grundmasse und Einsprenglinge wesentliche sind, und dass bei dem Starrwerden dieser
weichen Masse die Krystallisation an vielen Puncten begann, wodurch die Einsprenglinge entstanden. Man kann daher aus der
mineralogischen Beschaffenheit der Einsprenglinge, aus den Mineralarten, welche sie darstellen, schliessen, dass auch diese
Mineralarten in der Grundmasse uns unsichtbar enthalten sind,
ausserdem aber auch noch andere enthalten sein können,
welche nicht als Einsprenglinge sichtbar sind, weil es nicht
nothwendig, in vielen Fällen nicht wahrscheinlich ist, dass
alle im Schoosse der Grundmasse verborgenen Mineralarten
individuell hervortreten. Der Verlauf der Krystallisation hängt
meist von dem Verlauf des Starrwerdens der ganzen Masse ab
und wir finden daher auch die Porphyre insofern verschieden,
als solche mehr oder weniger Einsprenglinge haben und sie
dadurch einerseits bei wenigen Einsprenglingen in dichte Gesteine übergehen, bei sehr zahlreichen Einsprenglingen die
Grundmasse sichtlich zurücktritt und andererseits die Porphyre
in krystallinische Gesteine übergehen, während sie an sich als
halbkrystallinische in der Mitte zwischen dichten und krystallinischen stehen.

Wenn so die Porphyre als eine bestimmte Gattung von

Gesteinen gelten, so konnte der einmal gebildete Begriff dieser
Anordnung, dieser Bildungsweise auf andere Gesteine übertragen werden, wodurch man im Allgemeinen von porphyrartigen Gesteinen spricht, auch wenn keine wirklichen
Porphyre vorliegen. Man hat dabei nur das Vorhandensein
vereinzelt eingewachsener Krystalle und die Gesteinsmasse im
Auge, in welcher sie eingewachsen sind und erweitert dadurch
den Begriff porphyrartiger Gesteine. Wenn so z. B. im Granit, als einer krystallinisch-körnigen gemengten Gebirgsart,
deren wesentliche Gemengtheile Feldspath, Quarz und Glimmer
sind, vereinzelte Krystalle von Feldspath in jenem Gemenge eingewachsen sind und diese ebenso zum Granit gehörig angesehen
werden, wie die Einsprenglinge in den Porphyren, so nennt man
einen solchen Granit ein porphyrartiges Gestein; ja man hat bisweilen diesen Ausdruck noch weiter ausgedehnt und Gebirgsarten porphyrartige genannt, wenn die vereinzelt eingewachsenen Krystalle nicht als wesentlich zur Gebirgsart gehörig
aufgefasst werden, was mir nicht zweckmässig erscheint, weil
in den Porphyren die Einsprenglinge wesentliche Theile der
Gebirgsart sind und desshalb die Bezeichnung porphyrartig
nur soweit ausgedehnt werden darf, als die vereinzelt eingewachsenen Krystalle wie die Einsprenglinge in den Porphyren wesentliche Theile der porphyrartigen Gesteine sind.
Wenn daher ein Granit als krystallinisch-körnige gemengte
Gebirgsart, deren wesentliche Gemengtheile Feldspath, Quarz
und Glimmer sind, Granatkrystalle eingewachsen enthält, so
ist er nicht porphyrartig zu nennen, weil die Granaten unwesentliche, accessorische, Uebergemengtheile sind.

In krystallinischen massigen, geschichteten und in porphyrischen Gebirgsarten können auch noch unbestimmt gestaltete Hohlräume verschiedener Grösse vorkommen, in welche die
Gemengtheile als Krystalle hineinragen wie bei den drusig-
körnigen krystallinischen Gesteinen, und es stehen somit in dieser Weise diese mit den sogenannten Krystalldrusen verglichen-
nen und daher auch Drusenräume genannten Hohlräume mit
den kleinen Lücken der drusig-körnigen Gebirgsarten in
einem nahen Zusammenhange, nur sind sie grösser. Bisweilen können solche Drusenräume auch später noch durch
andere K   gekleidet und selbst ganz ausgefüllt wer-

den. Ebenso können in den genannten Gebirgsarten durch Verwitterung und Auslaugung durch Flüssigkeiten ähnliche Hohlräume entstehen und durch Auskleidung mit Krystallen zu Drusenräumen werden, sie sind aber nicht zu verwechseln mit den Drusenräumen und beide nicht mit den Blasenräumen, welche

9) die blasigen Gesteine charakterisiren. Solche Gesteine enthalten nämlich in Folge von Gasen, welche sie in ihrem weichen Zustande durchdrangen, rundliche Hohlräume, am nächsten vergleichbar mit den Blasenräumen im Brode, oder auch anders gestaltete, welche durch die ungleichartige Ausdehnung der Gase, den localen Widerstand der weichen Masse und durch oft nachweisbare Bewegung der Blasen und der weichen Masse in der Form sehr verschieden sein können, immer aber von der rundlichen Gestalt ableitbar sind, so mannigfaltig sie auch sein mögen. Die Wandung der Blasenräume ist nach dem Zustande der starr gewordenen Gesteinsmasse mehr oder weniger glatt oder uneben und die Blasenräume sind in blasigen Gesteinen unerfüllt. Da einerseits die Gestalt der Blasenräume sehr mannigfaltig sein kann, kugelrund, eiförmig, elliptisch, röhrenförmig u. s. w., andererseits die Menge derselben gegenüber der Gesteinsmasse und die Grösse sehr wechselnd ist, so sind blasige Gesteine auch schlackige, schwammige, schaumige, poröse, zellige genannt worden. Häufig bilden die blasigen Gesteine Uebergänge in andere, und so werden bei krystallinischer Ausbildung der weichen Gesteinsmasse Blasenräume zu Drusenräumen und poröse Gesteine gehen in drusigkörnige über, ausserdem können durch Absätze von Mineralen in den Blasenräumen die blasigen Gesteine zu Mandelsteinen werden. Umgekehrt können auch in nicht blasigen Gesteinen durch Auswitterung Hohlräume entstehen, welche Aehnlichkeit mit Blasenräumen unregelmässiger Gestalt zeigen.

10) Mandelsteine oder Gesteine mit Mandelstein-Structur werden ursprünglich blasige Gesteine genannt, bei denen sich durch Mineralabsätze aus Wasser, welches die Gesteine durchdringt und mineralische Bestandtheile aufgelöst enthält, meist unmittelbar aus dem Gesteine selbst entnommen, die Blasenräume ganz oder theilweise ausgefüllt haben. Die Ausfüllung wird durch sehr verschiedene Minerale, wie krystallisirten und krystallinischen Quarz, Chalcedon, Achat, Kalk-

spath, wasserhaltige Silikate mannigfacher Zusammensetzung (die sog. Zeolithe) und andere mehr bewerkstelligt und die Absätze gehen meist in sehr regelmässiger Weise vor sich, concentrisch von aussen nach innen, bis die Blasenräume ganz voll sind. Alle diese, die Blasenräume nach und nach ausfüllenden Minerale, gehören nicht zu den Gemengtheilen der Mandelsteine oder können höchstens als accessorische, sowie sonstige in gemengten und einfachen Gebirgsarten eingewachsene Minerale angeführt werden, denen sie aber in der That nicht gleichstehen. Da nun die Ausfüllungsmasse der Blasenräume beim Zerschlagen einen zusammenhängenden Körper bildet, dessen äussere Gestalt der der Blasenräume entspricht, so hat man nach der häufiger vorkommenden etwas platt gedrückten eiförmigen Gestalt, die auch nach der spitzeren Seite etwas verlängert an die Gestalt der Mandelkerne erinnert, diese Steinkerne Mandeln und die sie enthaltenden Gebirgsarten darum Mandelsteine genannt. Diese Mandeln liegen auch oft im Gesteine in einer gewissen parallelen Richtung ihrer längeren Achse, wie überhaupt blasige Gesteine einen gewissen Parallelismus der Blasenräume zeigen, und man kann daraus auf eine Bewegung der die Blasenräume enthaltenden weichen Massen, auf wirklich in weichen teigähnlichen Gesteinsmassen aufsteigende Gase, auf einseitigen Druck, auf Widerstände durch umgebende feste Gesteine und andere Verhältnisse mehr schliessen, welche es für gewisse Gebirgsarten wahrscheinlich machen, dass sie nach Art der noch jetzt aus dem Erdinnern emporgedrängten, mit Gasen erfüllten Lavamassen entstanden sind. Die Grösse der Mandeln und der Blasenräume überhaupt ist sehr verschieden in verschiedenen und häufig in derselben Gebirgsart, daher auch die Ausfüllung in derselben Gebirgsart eine ungleichmässige ist, indem die kleineren eher vollständig ausgefüllt werden können als die grösseren. Die Reihe der interessanten Beobachtungen, welche man hierbei machen kann, und die Schlüsse, welche daraus hervorgehen, würden uns aber hier zu weit führen und zum Theil verfrüht sein, nur in Betreff der Auskleidung von Blasenräumen möge noch erwähnt werden, dass zum Theil auch gasförmige Stoffe in denselben fest werden und sich als Krystalle ansetzen können. Die Ausfüllung der Blasenräume zeigt häufig eine gewisse

Regelmässigkeit, wodurch concentrische, den Wandungen der
Blasenräume entsprechende Lagen sichtbar werden, zum Theil
verbunden mit einem Wechsel der auskleidenden Minerale,
bisweilen können auch Blasenräume durch besondere krystallinische Bildung des ausfüllenden Minerals so ausgefüllt erscheinen, dass ein einziges Individuum den Raum ausfüllt, wie von
Kalkspath, doch sind diese Individuen nicht mit porphyrartig
eingewachsenen Krystallen zu verwechseln, weil ihre äussere
Form durch den Blasenraum bedingt ist.

Da die Trennung der blasigen Gesteine und der Mandelsteine gewissermassen von der Zeit abhängig gemacht wird, weil
die Mandelsteine die blasigen Gesteine voraussetzen, d. h. blasige
gewesen sind, so geht daraus hervor, dass eine scharfe Unterscheidung nicht immer möglich ist, weil die Ausfüllung einerseits bei Mandelsteinen nicht immer eine gleichmässige, vollständige ist und innerhalb desselben Gesteins einzelne Blasenräume voll, einzelne nur zum Theil bekleidet, einzelne auch
leer sein können, andererseits bei blasigen Gesteinen auch vereinzelte Krystalle in Blasenräumen gefunden werden oder
selbst die ganze Wandung mit Krystallen bedeckt sein kann,
ohne dass man darum von Mandelsteinbildung spricht. Es
entscheidet dann immer der Totaleindruck, das entschiedene
Mehr der Bildungsweise für die eine oder für die andere Benennung, wobei besonders das natürliche Vorkommen zu berücksichtigen ist, die Gesteinsart in ihrer ganzen Ausdehnung.

Aehnlich den Mandeln in den Mandelsteinen finden sich
auch bisweilen in anderen Gesteinen, welche nicht blasige waren, ähnliche Gesteinskörper eingeschlossen, die sich in ähnlicher Weise in Hohlräumen bildeten, in solchen Fällen entstanden aber die Hohlräume durch Auswitterung und Auslaugung vorhandener Mineralmassen, und gestatteten so eine
spätere Ausfüllung.

Nach allen diesen Verschiedenheiten, welche die Gebirgsarten zeigen und nach denen sie verschieden benannt werden,
welche auch bei eingehenderer Beschreibung noch vielseitiger
dargestellt werden könnten und sogar schon manchen Hinweis
auf die Entstehung der Gesteine und auf spätere Vorgänge
in denselben nothwendig machten, können noch die Abson-
derungsverhältnisse der Gesteine im Grossen erwähnt

werden, welche sich zum Theil an früher angeführte Verhältnisse anschliessen und öfters unmittelbare Folge derselben
sind. Diese Absonderung der Gesteine ist meist eine Folge
der Contraction, wenn weiche Massen starr werden oder erhär-
ten, oder entsteht durch Zerklüftung in Folge äusseren Druckes,
beginnender Zersetzung, oder durch andere Umstände, welche
Vorgänge grossentheils in das Gebiet der Geologie gehören, wesshalb wir uns hier mehr auf die Erscheinung selbst beschränken
müssen. Man unterscheidet nach den relativen Dimensionsverhältnissen der durch die Absonderung entstehenden Gesteinsstücke:

1) Die säulenförmige oder prismatische Absonderung, welche sich an die stenglige Structur der Gesteine anreiht, wenn ein Gestein, unabhängig von seiner sonstigen
Beschaffenheit sich in mehr oder minder lange säulenförmige
Stücke zertheilt zeigt, welche Säulen prismatisch bis cylindrisch
gestaltet parallel geordnet oder auch divergirend, radial gestellt
erscheinen können. Dicke Säulen werden auch Pfeiler genannt und die Absonderung eine pfeilerförmige. Die
Säulen stehen oder liegen unmittelbar nebeneinander, berühren
sich unmittelbar oder zeigen eine fremdartige Ausfüllung der
Absonderungsklüfte, sind auch bisweilen in ihrem Inneren
noch concentrisch-schalig abgesondert, oder erscheinen ihrer
Länge nach gegliedert, wodurch bei einer gewissen Abrundung
der Glieder eine secundäre kuglige Absonderung erzeugt werden kann, sind entweder (meist) gerade oder auch gebogen.
Die Grösse solcher Säulen ist sehr verschieden, sowie auch die
relative Dicke gegenüber der Länge, meist abhängig von der
Ausdehnung der Gesteinsmassen, so dass sie nach Zollen und
Fussen, zum Theil auch nach Klaftern in ihrer Grösse bemessen
werden.

2) Die plattenförmige oder schalige Absonderung, welche sich häufig an die Schichtung und Schieferung
der Gebirgsarten anschliesst, wenn Gebirgsarten als grössere
zusammenhängende Gesteinsmassen in mehr oder minder dicke,
lange und breite plattenförmige Stücke abgesondert erscheinen,
welche Platten sich wie die Säulen entweder unmittelbar berühren oder durch fremdartige in den Klüften abgesetzte Mi-
neralmasse getrennt sind. Durch transversale Sprünge und

Absonderung können auch die Platten in kleinere Stücke ge-
theilt sein, wodurch die Gesteine wie ein Mauerwerk zusammengesetzt erscheinen und bei grösseren Dimensionsverhältnissen sogenannte Bänke und Blöcke gebildet werden,
wonach man auch im Besonderen von der bank- und block-
förmigen Absonderung spricht. Wenn man hier theoretisch die plattenförmige Absonderung von der Schichtung
trennt, so hängt sie doch häufig mit der Schichtung zusammen
und wird durch dieselbe in ihrer Entstehung begünstigt, in
vielen Fällen bleibt der wahre Verhalt auch zweifelhaft. Gegenüber der Schichtung, welche durch gleichmässige Ursachen
innerhalb der ganzen Gesteinsmassen bedingt wird, bemerkt
man auch oft, dass die plattenförmige Absonderung nicht so
gleichmässig durch die Massen hindurchgeht, sondern dass die
Absonderungsflächen, wenn auch im Allgemeinen parallele, oft
unterbrochen sind und in ihren Abständen wechseln.

3) Die parallelepipedische oder cubische Absonderung, wenn die Gesteinsmassen in Stücke von mehr
gleichmässiger Dimension abgesondert erscheinen, reiht sich
zunächst an die plattenförmige, wie schon dort die Ausdrücke
Bänke und Blöcke andeuteten, und hängt in ihrer Ausbildung
von der gegenseitigen Richtung und Zahl der Absonderungs-
klüfte ab und schliesst sich bisweilen an die säulenförmige
Absonderung an, wenn die Säulen dicke und gegliederte sind.
Sind die Gesteinsmassen durch regellose nach verschiedenen
Richtungen hin verlaufende Klüfte in unbestimmt eckige
Stücke abgesondert, so hat man hiernach die unregelmässige
Absonderung von der cubischen getrennt.

4) Die kuglige Absonderung zeigt sich dadurch, dass
Gesteinsmassen aus grossen oder kleinen Kugeln zusammengesetzt erscheinen oder dass in den Gesteinsmassen kugelige
Körper von nahezu gleicher petrographischer Beschaffenheit
eingewachsen sind, wobei, wenn die ganze Gesteinsmasse aus
Kugeln zusammengesetzt ist, diese dieselbe Gebirgsart bilden,
oder wenn in einer Gebirgsart sich vereinzelte Kugeln durch
die Gebirgsart gewissermassen gebunden ausgeschieden haben,
die Kugeln aus denselben Mineralen gebildet sind, welche die
Gemengtheile der Gebirgsart darstellen. In dem letzteren Falle
schliessen sich solche kugelige Absonderungen an die porphyri-

schen Gesteine an, nur bildeten sich nicht einzelne Krystalle, sondern radiale und schalig concentrische Gruppen, wie bisweilen in krystallinisch-körnigen gemengten und einfachen Gebirgsarten Krystalloide einer Species sich radial gruppirt ausscheiden, wie bei den Concretionen angeführt wurde. Wenn die kugeligen Formen nicht deutlich und regelmässig gestaltet sind, so nennt man auch die Absonderung knollig, doch dürften die Formen nicht so streng zu berücksichtigen sein, weil bei solchen Gestalten Unregelmässigkeit der Form, namentlich durch Verwachsen mehrerer Kugeln nahe liegt. Durch Verwitterung wird oft erst die kuglige Absonderung deutlich, indem der Zusammenhang gelockert wird und die Gestaltung hervortritt, bis zum Zerfallen der Gesteine in Kugeln, wobei nicht selten eine schalige Absonderung der Kugeln sichtbar wird.

Bei diesen Absonderungen kann auch noch der sogenannte Tutenkalk erwähnt werden, dessen Bildung zweifelhaft ist und zum Theil zu den Concretionen gerechnet wird. In mergeligen Kalksteinen (daher auch Tutenmergel genannt) sieht man dichtgedrängt und in paralleler Stellung kegelförmige Körper, welche zusammen Platten bilden und eine regelmässige concentrische Bildung der Art zeigen, dass ein einzelner Kegel aus concentrischen Lagen, dem Kegelmantel entsprechend zusammengesetzt ist, wie wenn man einen ersten kleinen Kegel durch umgelegte Hüllen vergrösserte (im Vergleiche mit ineinander gesteckten Düten [Tuten], daher Tutenkalk genannt). Dabei sind die concentrischen Hüllen krystallinisch-fasrig und die Oberfläche der Kegel ist quer gerunzelt; die Basen der Kegel platt oder ein Wenig gewölbt mit kreisförmigen Erhöhungen. Bei der Verwitterung der Gesteine treten diese Gebilde an der Oberfläche hervor, daher auch der Name Nagelkalk. Noch zweifelhafter sind die in Kalksteinen und Mergeln vorkommenden Stylolithen, zoll- bis fusslange cylindrische Säulen oder Stengel, welche der Länge nach gefurcht oder gestreift sind und meist senkrecht gegen die Schichtungsflächen gestellt erscheinen, mit den Enden nach einer Seite hin in das Gestein verlaufend. Sie zeigen gleichfalls eine versteckte krystallinische Bildung des Kalkes, und da sie zu den Concretionen gezählt werden können, so dürfte dies für die Tutenkalke auch am zweckmässigsten erscheinen.

Aus den Arten der Absonderung, welche so bei den Gebirgsarten als säulen- und plattenförmige, als cubische und
kugelige unterschieden werden und denen der Mangel an Absonderung, die massige Bildung im Grossen gegenüber-
steht, ersieht man, dass sie im Allgemeinen im Grossen das
wiederholen, was sich bei den früheren Verhältnissen der Gebirgsarten im Kleinen zeigte, und so reihen sich den Ab-
sonderungsverhältnissen die Lagerungsverhältnisse der
Gebirgsarten an, welche das gegenseitige Vorkommen verschiedener Gebirgsarten betreffen, wie sie auf- und nebeneinander
die uns bekannte Erdrinde zusammensetzen, denn auf diese be-
schränkt sich überhaupt nur unser Wissen von der Beschaffenheit des Erdkörpers, von dem man annimmt, und zwar gestützt
auf eine Reihe geologischer Beobachtungen, dass er im Inneren
eine feurig-flüssige Masse bildet, welche von einer verhältnissmässig nur sehr dünnen festen Rinde umgeben ist, und diese
Rinde wird von den Gebirgsarten zusammengesetzt. Der Unterschied der massigen und geschichteten Gebirgsarten zeigte uns
Gebirgsarten, welche aus Schichten zusammengesetzt auf- oder
an anderen aufliegen, lagern, daher man zunächst die Lager
oder Schichten der Gebirgsarten von den massigen Gebirgen,
den Massifs unterscheidet. In diesem Sinne ist der Ausdruck
Schichten oder Lager gleichbedeutend, der letztere jedoch, weil
gelagerte Gebirgsarten auch ohne Schichtung vorkommen, vorzuziehen, um den Gegensatz der Schichtung in derselben Gebirgsart auch im Ausdruck hervortreten zu lassen, ohne dass
man gerade immer so streng auf diesen Unterschied hält.
Wenn nun eine Gebirgsart auf einer anderen als Lager
aufliegt, so nennt man sie aufgelagert; man unterscheidet
an dem Lager die obere und die untere Fläche (die Dach-
und die Sohlfläche desselben), und nennt den kleinsten Ab-
stand dieser beiden Flächen die Dicke oder die Mächtigkeit des Lagers, welche innerhalb desselben auf weite Strecken
hin ziemlich gleich bleiben kann oder auch mehrfach wechselt,
im Allgemeinen auch wechseln muss. Solche als Lager gebildete Gebirgsarten entstanden im Laufe einer gewissen Zeit als
mechanische oder chemische Absätze aus Wasser, daher der
Name sedimentäre Gesteine, Sedimentgesteine. Die
Gebirgsart, welcher eine andere aufgelagert ist, heisst das

Liegende oder die Sohle des Lagers, und wenn das Lager
von einer anderen Gebirgsart überdeckt ist, so bildet diese das
Hängende oder das Dach des Lagers. Das Liegende oder
die Sohle des Lagers bedingt im Wesentlichen die Gestaltung
der Sohlfläche und im Weiteren die des Lagers überhaupt, wodurch ein solches mehr oder weniger eben oder gekrümmt
erscheint, mulden- und sattelförmig. Bei der Aufeinanderfolge zweier oder mehrerer Lager übereinander kann es
auch vorkommen, dass ein Lager zwischen zwei anderen ein-
gelagert ist, wenn seine Ausdehnung geringer ist als die jener
beiden und dasselbe daher nur theilweise das obere und das untere Lager von einander trennt.

Von den weiteren Unterschieden der Lagerung hier ab-
sehend ist ferner das Vorkommen der Gebirgsarten in der Form
von Gängen zu erwähnen, wenn dieselben als Ausfüllungsmasse von Spalten oder Klüften in massigen und geschichteten
Gebirgsarten auftreten. Dass weiche Massen beim Starr- oder
Festwerden Risse und Sprünge bekommen, sieht man oft im
Kleinen und dasselbe fand auch bei den Gebirgsarten im
Grossen statt, ausserdem entstanden und entstehen bei bereits
festen Gebirgsarten durch verschiedenartige Ursachen Spalten
und Klüfte, welche oft bedeutende Dimensionsverhältnisse er-
reichen. Die ausfüllende Masse, das Material der Gänge heisst
die Gangmasse oder die Gangart und als solche kann diese
oder jene Gebirgsart vorkommen; andere Gänge sind durch ein
oder mehrere Minerale ausgefüllt, welche aber nach der Art
des Vorkommens nicht die petrographische Bedeutung als Gebirgsart haben. Die Weite oder Mächtigkeit der Gänge und die
Richtung, in welcher sie die Gebirgsarten durchsetzen, ist sehr
verschieden, daher man besondere Ausdrücke hat, um diese
Verhältnisse zu benennen, die hier weniger in Betracht kommen, nur möge noch erwähnt sein, dass kleine Gänge auch
Adern genannt werden und dass man mit dem Ausdrucke
Stöcke oder stockförmige Massen solche bezeichnet,
welche sowohl als kurze aber mächtige Gangmassen oder als
eingelagerte Massen von verhältnissmässig geringer Ausdehnung, aber dagegen von auffallender Mächtigkeit vorkommen,
daher man auch stehende und liegende Stöcke unterscheidet.

Wie bei den Lagern und Gängen die Dicke oder Mächtigkeit gemeinschaftlich die eine Dimension der Massen bestimmt, so ist auch bei den Lagern die Ausdehnung in die Länge und Breite wie bei den Gängen zu berücksichtigen, sowie auch die Richtung, in welcher sie sich gegenüber den anderen Gebirgsarten und im Allgemeinen gegenüber der local als horizontal gedachten Oberfläche der Erde ausdehnen oder erstrecken. Man spricht in diesem Sinne von dem Streichen und Fallen. Beide, die Lager und die Gänge, stellen sich als nach Länge und Breite ausgedehnte, mehr oder minder mächtige Schichten oder Platten dar und man bestimmt das Streichen oder die Richtung, nach welcher sich diese Schichten sichtlich überwiegend erstrecken, nach der Weltgegend hin, vermittelst des Compass, wobei natürlich die vier Weltgegenden, Nord, Süd, Ost und West nicht ausreichen, sondern noch eine weitere Eintheilung die Richtung genauer angiebt. Ausser dem Streichen wird noch das Fallen bestimmt, das heisst die Neigung der Lager oder Gänge, (indem sie im Ganzen als mehr oder minder mächtige sich nach einer Weltgegend hin erstreckende Schichten oder Platten anzusehen sind und als solche bestimmt werden können) gegen den Horizont, welche Neigung als Winkel, den die Schichte mit dem Horizont macht, gleichfalls vermittelst des Bergcompass gemessen wird. Ist dieser Winkel Null-Grad, die Schichte horizontal, so nennt man das Fallen ein söhliges oder die Lagerung söhlig, ist dagegen der Fallwinkel 90 Grad, also die zu bestimmende Schichte senkrecht gegen den Horizont, so nennt man das Fallen ein seigeres. Es versteht sich wohl hierbei von selbst, dass Lager als sedimentäre Gebirgsarten ursprünglich mehr horizontal als geneigt sich abgesetzt haben, doch findet sich häufig ihre ursprüngliche Lage durch spätere Einflüsse bedeutend verändert, wesshalb auch für sie diese Bestimmungen nothwendig geworden sind. Bei den Gängen ist an sich schon durch die Zerklüftung die grösste Mannigfaltigkeit des Fallens gegeben.

Endet eine Schichte, Lager oder Gang in ihrer Erstreckung nach Länge oder Breite an der Oberfläche der Erde, so sagt man, sie gehen zu Tage aus und nennt den an der Erdoberfläche sichtbaren Theil das Ausgehende.

Da bei den Lagern bemerkt wurde, dass dieselben durch

sedimentäre Gebirgsarten gebildet werden, welche durch
mechanischen oder chemischen Absatz im Wasser suspendirter,
oder von demselben fortbewegter, oder im Wasser aufgelöster,
oder darin sich neu bildender Minerale entstehen, und da ferner bemerkt wurde, dass man unter der festen Erdrinde die
Existenz feurig-flüssiger Mineralgemenge annehme, welche
durch Spalten in der Erdrinde an die Oberfläche der Erde gedrängt werden, wie die Laven bei den Vulkanen, so hat man
nicht allein die vulkanischen Gesteine den sedimentären
entgegenzustellen, sondern hat mit dem Namen eruptive
Gesteine, Eruptivmassen alle diejenigen bezeichnet, von
denen man annimmt, dass sie auf die angedeutete Weise aus
dem Inneren der Erde emporgedrängt worden wären. Dieselben bilden nun unter Umständen auch ausgedehnte Massen,
welche mit den Lagern der sedimentären Gesteine nach Form
und Auflagerung verglichen werden können, und diese nennt
man dann im Gegensatze zu den Lagern der sedimentären Gebirgsarten Decken, oder wenn sie, wie die noch gegenwärtig
in ihrem Verlauf zu beobachtenden Laven bei dem Ausflusse
aus den Spalten stromartig sich nach einer Richtung hin ausdehnen, Ströme. Diesen beiden Formenverhältnissen eruptiver Gebirgsarten reihen sich dann auch noch die Kuppen
an, wenn durch locale Anhäufung von Eruptivmassen isolirte
gewölbte (kegel-, pyramiden-, dom- oder glockenförmige) Berge
entstehen. In Spalten und Klüften gedrängte Eruptivmassen
können Gänge bilden.

Bei der Mannigfaltigkeit aller dieser Verhältnisse, welche
hier nur kurz berührt werden konnten, ist schliesslich auch
noch, bevor die einzelnen Gebirgsarten beschrieben werden,
in gleicher Kürze der sogenannten Formationen zu gedenken. Sowie bei den einzelnen Gebirgsarten die Bildung derselben in allen Theilen verfolgt wird und man dabei gewisse
übereinstimmende Verhältnisse findet, nach welchen sie verglichen werden können, um sie als gleichartig gebildete oder
als verschieden anzusprechen, so lassen auch local zusammen
vorkommende und als Gebirgsarten verschiedene einerseits und
an verschiedenen Orten vorkommende andererseits sich als
Gruppen gleichartiger Bildung zusammenstellen, in welchem
Sinne man von Kohlenformationen, Steinsalzformationen

Sandsteinformationen, Kalksteinformationen, vulkanischen Formationen u. a. m. spricht. Die Aufeinanderfolge solcher Bildungen an einzelnen Orten und die Vergleichung der gegenseitigen Verhältnisse solcher Formationen an verschiedenen Orten lässt nun nicht allein auf die übereinstimmende Bildung, sondern auf die Zeitverhältnisse schliessen, um an denselben Orten ältere und jüngere, um an verschiedenen Orten gleichzeitige Formationen zu erkennen, und auf diesem Wege hat man vorwaltend durch die sedimentären Formationen geleitet, eine Reihenfolge von Gruppen aufgestellt, die man mit bestimmten Namen als Formationen belegt und deren relative Altersverhältnisse die Reihenfolge bestimmen, sowie auch durch sie das Alter eruptiver Gebirgsarten bestimmt wird.

Solcher Formationen sind sehr mannigfache und zahlreiche aufgestellt worden und bei den Fortschritten der Geologie und Paläontologie hat die Gliederung zugenommen, auch wurden die Formationen nicht immer auf gleiche Weise gegeneinander abgegrenzt, desshalb sollen die hier aufgeführten Formationen nicht als allgemein giltige angesehen werden, sondern nur, ohne jede weitere Erklärung hier die von der Mehrzahl der Geologen angenommene Gliederung als Anhaltspunct dienen, wenn im Verlauf auf Verschiedenheiten in den Gebirgsarten bezüglich der Altersverhältnisse hingewiesen wird. Bei dieser Aufzählung erschien es am zweckmässigsten, sie in der Reihenfolge aufzustellen, wie sie von oben nach unten in der Erdrinde aufeinander folgen, so dass die jüngsten als die obersten auch hier zu oberst stehend den Anfang machen.

Da jedoch eine nähere Auseinandersetzung über diese Formationen hier nicht stattfinden kann, weil sie nicht Gegenstand der Petrographie ist, so ist nur in Betreff der Namen zu bemerken, dass diese nicht allgemein gebraucht, sondern durch Synonyme ersetzt werden. Auch die beispielsweise beigefügte weitere Gliederung der Hauptgruppen ist theilweise noch weiter geführt worden. Es handelte sich hier nur um einen Hinweis, um zu zeigen, dass die sedimentären Gebirgsarten, zum Theil in einzelnen Formationen nach dem Vorkommen innerhalb dieser Gruppen benannt, in verschiedenen Altersstufen auftreten, mit welchen auch die Altersverhältnisse der Eruptivgesteine verglichen werden können, je nachdem man diese älter oder jünger als bestimmte Formationen findet. Man hat aber bei ihnen nicht in demselben Sinne die Benennung Formationen gebraucht, sondern in dem, wie zuerst angedeutet wurde.

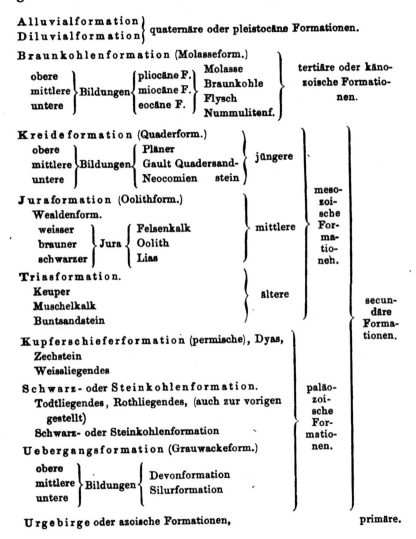

Alluvialformation ⎫
Diluvialformation ⎭ quaternäre oder pleistocäne Formationen.

Braunkohlenformation (Molasseform.)

obere ⎫		pliocäne F. ⎫	Molasse	tertiäre oder käno-
mittlere ⎬ Bildungen		miocäne F. ⎬	Braunkohle	zoische Formatio-
untere ⎭		eocäne F. ⎭	Flysch	nen.
			Nummulitenf.	

Kreideformation (Quaderform.)

obere ⎫
mittlere ⎬ Bildungen { Pläner / Gault Quadersand- / Neocomien stein } jüngere

Juraformation (Oolithform.)
Wealdenform.

weisser ⎫
brauner ⎬ Jura { Felsenkalk / Oolith / Lias } mittlere
schwarzer ⎭

Triasformation.
Keuper
Muschelkalk
Buntsandstein } ältere

Kupferschieferformation (permische), Dyas,
Zechstein
Weissliegendes

Schwarz- oder Steinkohlenformation.
Todtliegendes, Rothliegendes, (auch zur vorigen gestellt)
Schwarz- oder Steinkohlenformation

Uebergangsformation (Grauwackeform.)

obere ⎫
mittlere ⎬ Bildungen { Devonformation / Silurformation
untere ⎭

meso-
zoi-
sche
For-
ma-
tio-
neh.

secun-
däre
Forma-
tionen.

paläo-
zoi-
sche
For-
matio-
nen.

Urgebirge oder azoische Formationen,   primäre.

Mit den sedimentären und diesen, als den sogenannten neptunischen Gebilden, entgegengesetzt treten in allen Formationen Eruptivgesteine auf, welche, wie man mit Wahrscheinlichkeit allgemein annimmt, als weiche oder breiartige Massen aus dem Erdinnern emporgedrängt wurden und denen

sich die jüngsten vulkanischen Gesteine anreihen, die man noch
gegenwärtig als eruptive Bildungen beobachtet. Obgleich man
nun alle eruptiven Gesteine vulkanische nennen könnte, so hat
man die älteren als plutonische von den vulkanischen,
als den jüngeren, unterschieden. Als ältere lassen sie sich durch
das Auftreten mit den älteren sedimentären Gesteinen unterscheiden und reichen ungefähr bis zur Triasformation hinauf.

Wenn es sich nun um eine Eintheilung der Gebirgsarten
handelt, um sie der Reihe nach zu betrachten, so könnten wir
einerseits die sedimentären und eruptiven, oder die
neptunischen und vulkanischen unterscheiden, da jedoch
bei dieser Trennung die vulkanischen auch die plutonischen umfassen und diese meist getrennt werden, und da in neuerer Zeit
auch noch gewisse Gebirgsarten als metamorphische unterschieden werden, das heisst als solche, welche durch allmähliche
Umwandelung aus anderen entstanden sind, und da diese metamorphischen überhaupt solche sind, welche man früher zum
Theil als sedimentäre, zum Theil als eruptive betrachtete und
jetzt für metamorphosirte sedimentäre annimmt, so werden wir
bei der Betrachtung der einzelnen Gebirgsarten einer anderen
Eintheilung folgen.

Die Erwähnung der metamorphischen Gesteine giebt hier
Veranlassung auch der Verwitterung der Gesteine zu gedenken oder überhaupt der Umwandelung, welche die Gesteine
im Laufe der Zeit erfahren. Das Studium der einzelnen Minerale und der Gebirgsarten zeigt überall, dass dieselben, so
dauerhaft sie nach dem beschränkten Begriffe der Dauer sind,
nach und nach Veränderungen erleiden, und da diese Veränderungen bei Gebirgsarten häufig von aussen nach innen fort-
schreitend durch den Einfluss der Witterungsverhältnisse,
durch Wasser und Temperaturwechsel der Luft eingeleitet
werden, so sind sie als Verwitterung bezeichnet worden. Diese
aber als eine Umwandelung der Gesteine überhaupt weiter ausgedehnt, zeigt sich auch von den Witterungsverhältnissen unabhängig und man bezeichnet daher passender alle Veränderungen der Gesteine während ihrer Existenz mit dem Ausdrucke Metamorphose, wie schon die Unterscheidung
metamorphischer Gesteine diesen andeutete.

Allerdings sollen die metamorphischen Gesteine mit den

verwitternden nicht verwechselt werden, weil sie so, wie sie sich gegenwärtig zeigen, als Gebirgsarten charakterisirt werden, während die verwitternden denen beigezählt werden, durch deren Verwitterung sie sichtlich hervorgehen, da jedoch die Benennung Verwitterung schon weiter ausgedehnt wird, als die atmosphärischen Einflüsse reichen und die mannigfachsten chemischen Veränderungen dazu gezählt werden, die sich wieder an die metamorphischen Gesteine anschliessen, so dürfte es nicht unzweckmässig erscheinen, alle Veränderungen mit einem Ausdrucke »Metamorphose« zu bezeichnen, wobei es immer freisteht, die metamorphischen Gesteine im engeren Sinne getrennt zu halten.

Die Veränderungen, welche die Gesteine erleiden, sind sehr mannigfaltig und bereiten bei der Bestimmung der Gebirgsarten viele Schwierigkeiten, weil durch sie grösstentheils die Gemengtheile undeutlich werden, die zur Unterscheidung dienen sollen. So verwittern Gesteine, welche der Oberfläche der Erde zunächst sichtbar sind, durch die Temperaturwechsel der Atmosphäre und die atmosphärischen Niederschläge und durch den Einfluss der Vegetabilien, so werden in den Gesteinen, welche tiefer liegen, durch das in Folge der atmosphärischen Niederschläge in die Erde eindringende Wasser chemische Veränderungen erzeugt, in gleicher Weise auch durch das Wasser, welches sich im Inneren fortbewegt und wieder nach der Erdoberfläche emporgedrängt wird, und diese Veränderungen werden dadurch vermehrt, dass das Wasser Gase absorbirt, verschiedene Stoffe der Gesteine auflöst und seine Temperatur wechselt, wobei nebenbei auch der erhöhte Druck im Inneren der Erdrinde befördernd einwirkt. Von allen solchen Veränderungen giebt die Beschaffenheit der Quellwasser den besten Beweis, welche jährlich eine verhältnissmässig grosse Menge der verschiedensten Stoffe aus der Erde herauf befördern.

Diese durch Wasser, Wärme und Druck hervorgebrachten Auflösungen und Veränderungen der Gebirgsarten beschränken sich aber nicht allein auf die allmähliche Zerstörung des vorhandenen Materials der Gebirgsarten, sondern es werden dabei auch neue Minerale erzeugt und die krystallinischen und unkrystallinischen Zustände der Minerale verändert, insofern krystallinische in unkrystallinische und umgekehrt umgewandelt werden oder die krystallinische Ausbildung vermehrt wird, so dass wir schliesslich zu den Veränderungen vorschreiten, welche zur Unterscheidung der metamorphischen Gebirgsarten führten. Zu diesen Umbildungen der Gesteine, welche als wässerige, oder auf dem nassen Wege hervorgebrachte sehr mannigfaltig und zum Theil sehr complicirte sind, kommen noch diejenigen Veränderungen, welche durch die Einwirkung der Hitze hervorgerufen werden, wenn feurig-flüssige Gesteinsmassen aus dem Erdinnern emporgedrängt werden, was so wie gegenwärtig durch alle Formationen bis zu den ältesten hin statt fand, in geringem Maasse auch durch die Hitze, welche locale Entzündung und Verbrennung in der Erdrinde enthaltener brennbarer Stoffe erzeugt, die Kohlenbrände. Durch die Hitze werden Gesteine in ihrem Wassergehalte verändert, eines Theiles ihrer Bestandtheile beraubt, gebrannt, gefrittet, geschmolzen, verglast, in krystallinischen Zustand übergeführt u. s. w., welche Veränderungen auch in dieser Richtung hin schliesslich an die metamorphischen Gesteine reichen, wodurch eine scharfe Trennung derselben von den sonst umgeänderten unmöglich wird, weder in den Ursachen, noch in den Erfolgen.

Beschreibung der Gebirgsarten.

Aus den oben in Kürze geschilderten allgemeinen Verhältnissen der Gebirgsarten ergiebt sich, dass der Begriff G e - bir g s a rt in keiner Weise scharf abgegrenzt werden kann, weil sowohl in rein mineralogischer Beziehung, in Rücksicht auf die Substanz, als in petrographischer Beziehung, in Rücksicht auf die Structur- und Texturverhältnisse der Gesteine die mannigfachsten Uebergänge stattfinden. Will man den Begriff Gebirgsart einigermassen bestimmen, so würde man sagen können, dass man als Gebirgsart ein Gestein benennt, welches mit Rücksicht auf die sogenannten Lagerungsverhältnisse, auf das Vorkommen überhaupt, auf eine ausgedehnte Erstreckung hin einen gleichmässigen Charakter zeigt, welcher als solcher durch die wahrnehmbaren Eigenschaften bestimmt, Vorkommnisse verschiedener Orte als dieselbe Gebirgsart erkennen lässt. Jede Gebirgsart erhält einen bestimmten Namen und die Charakteristik der so oder so genannten Gebirgsart giebt die wesentlichen Verhältnisse an, um bei Vorkommnissen an verschiedenen Orten denselben Namen in Anwendung bringen zu können, wenn die Charakteristik übereinstimmend gefunden wird. Dass hierbei die undeutliche Ausbildung, die wechselnden Mengenverhältnisse der Bestand- und Gemengtheile und schliesslich die Metamorphose die Erkennung der zur Charakteristik gehörenden Eigenschaften sehr häufig erschweren, ist leicht einzusehen und aus der Entstehung der Gebirgsarten, wie sie mehrfach angedeutet wurde, geht hervor, dass in den meisten Fällen Gebirgsarten in einander Uebergänge bilden, wodurch die Begrenzung der Art im Begriff und im Vorkommen schwierig wird. Dabei erklärt es sich auch, dass zahlreiche Gebirgsarten verschieden charakterisirt werden, dass Varietäten

einer Gebirgsart nach der Ansicht des einen Forschers als solche
aufgestellt, von einem anderen als Arten angesehen und benannt
werden und umgekehrt, und dass, wenn man Gebirgsarten in
Gruppen zusammenstellt, die man aber hier nicht gut als Ge-
nera benennen kann, wie bei den Mineralen, selbst solche
Gruppen des einen von einem anderen als Arten und die Arten
der Gruppe als Varietäten angesehen werden.

Da nun zur Beschreibung der Gebirgsarten eine Reihenfolge oder eine gewisse Gruppirung erforderlich ist, so tritt
auch hier eine neue Schwierigkeit entgegen, welche es
geradezu unmöglich macht, Gruppen aufzustellen, welche
nicht auf Widersprüche stossen. Man darf nur an die Unterscheidung sedimentärer und eruptiver, neptunischer, vulkanischer und plutonischer, hydrogener und pyrogener, ursprünglicher und metamorphischer, krystallinischer und unkrystallinischer u. s. w. zurückdenken, so treten überall durch die
Uebergänge und durch die oft ungenügende Kenntniss Widersprüche entgegen, wodurch eine allgemein angenommene und
allgemein giltige Eintheilung erschwert wird und selbst, wenn
eine solche aufgestellt würde, so lassen sich wieder Gebirgsarten
nicht mit Bestimmtheit einordnen, insofern sie mit gutem
Grunde auch anders eingeordnet werden könnten.

Dem Zwecke dieses Buches entsprechend erschien mir
die Eintheilung der Gebirgsarten in vier grosse Gruppen am
dienlichsten, so dass hiernach nacheinander die krystallinischen, die porphyrischen, die dichten und die klastischen Gesteine folgen sollen, ohne dass auf eine bestimmte
weitere Gliederung von vornherein Rücksicht genommen wird.
Die krystallinischen Gebirgsarten sind hiernach
solche, welche in allen Theilen erkennen lassen, dass sie durch
Krystallisation entstanden sind, ohne dass man im Einzelnen
immer bestimmt angeben kann, auf welchem Wege, ob sie
neptunische, plutonische, vulkanische oder metamorphische
sind. Es genügt hier nur, die krystallinische Bildung der ganzen Masse zu erkennen, wobei selbstverständlich auch auf die
Uebergänge Rücksicht zu nehmen ist, welche den krystallinischen Zustand in einem so untergeordneten Grade zeigen, dass
man zweifelhaft werden kann, ob sie einer anderen Abtheilung
angehören. Obgleich zur Erkennung der krystallinischen

Bildung, wie wir oben gesehen haben, das Auge nicht ausreicht, und man durch Lupe und Mikroskop häufig dieselbe
viel weitergehend erkennt, so müssen wir hier uns wesentlich
auf das unbewaffnete Auge beschränken, weil die gewöhnliche
Untersuchung und die zunächst liegenden Bedürfnisse nicht
einer solchen Verschärfung bedürfen, selbst auf die Gefahr hin,
den vollen Anforderungen der Wissenschaft nicht zu entsprechen.

Die porphyrischen Gesteine sind solche, welche in
einer dichten Grundmasse zur Gebirgsart als solcher gehörige
Krystalle und Krystalloide als Einsprenglinge enthalten, so
dass die porphyrartigen oder porphyrähnlichen davon aus-
geschlossen sind. Bezüglich der Entstehung sind sie plutonische oder vulkanische Gebirgsarten.

Als dichte Gesteine werden wohl eine Reihe von Gebirgsarten zusammengestellt werden, welche nicht zu den beiden vorangehenden gehören, aber abgesehen von den beiderseitigen Uebergängen ist bei den dichten eine genaue Begrenzung gegen die klastischen unmöglich, immerhin aber ist es
nothwendig, für gewisse zweifelhafte Gebirgsarten nach anderen Verhältnissen über die Stellung zu entscheiden. Ihrer
Entstehung nach sind sie neptunische, plutonische, vulkanische
oder metamorphische. Hier ist auch noch der Ort, auf die Benennung dialytischer Gesteine aufmerksam zu machen,
welche man für solche Gebirgsarten in Anwendung gebracht
hat, welche in Folge chemischer Veränderung aus krystallinischen oder porphyrischen entstanden sind und als dichte mit
gewissen klastischen eine solche Aehnlichkeit haben, dass man
bei substantieller Uebereinstimmung wirkliche klastische und
solche dialytische Vorkommnisse in eine Gebirgsart zusammenstellt. Als ein Beispiel dieser Art kann der viel bekannte Thon
angeführt werden, welcher als solcher an dem einen Orte das
unmittelbare Umänderungsproduct vorher dagewesener feldspathiger Gesteinsmasse ist, an einem anderen Orte durch
Wasser fortgeführt und abgesetzt zu den klastischen Gesteinen
gehörig betrachtet werden kann, insofern die materiellen
Theilchen durch Zertheilung hervorgegangen sind. Zu den
dichten Gebirgsarten werden auch erdige gerechnet, weil bei
unseren vier umfassenden Abtheilungen die erdigen nur als

dichte mit geringem Zusammenhang der Theile aufzufassen
sind.

Die klastischen Gebirgsarten, die Trümmergesteine, welche durch Bruchstücke anderer Gebirgsarten
gebildet werden, müssen als solche diese Abstammung bestimmen lassen, doch können, wie soeben angedeutet wurde,
klastische, welche aus sehr kleinen Theilen anderer Gebirgsarten bestehen, mit dichten verwechselt werden, wesshalb bei
der Bestimmung der Gesteine derartige zweifelhafte oder nur
zweifelhaft einzureihende in anderer Beziehung die Stellung
rechtfertigen lassen sollen.

I. Die krystallinischen Gebirgsarten.

Die krystallinischen Gesteine können, wie die allgemeinen
Verhältnisse der Gebirgsarten gezeigt haben, als einfache und
gemengte unterschieden werden, und es möchte zweckmässig
erscheinen, sie in dieser Richtung angeordnet zu beschreiben,
doch wurde schon oben bemerkt, dass innerhalb der vier umfassenden Abtheilungen kleinere Gruppen hervortreten und in
Rücksicht auf diese wurde die Reihenfolge im Nachfolgenden
gewählt, ohne dass es nothwendig erschien, solche Gruppen
gesondert hinzustellen, weil dazu eine umfassendere Beschreibung gehört, als hier gegeben werden konnte, weil nicht alle
bis jetzt unterschiedenen Gebirgsarten beschrieben werden
und weil aus der Beschreibung selbst sich diese kleineren
Gruppen ergeben.

1. Der Granit.

Der Granit (von granum, Korn benannt) ist eine krystallinisch-körnige, gemengte und massige Gebirgsart, welche wesentlich aus Alkalifeldspath,
Quarz und Glimmer besteht.

Die Ausdrücke »Alkalifeldspath und Glimmer« zeigen sogleich, dass der Feldspath in Graniten nicht immer derselbe
ist, sondern dass in ihnen als wesentlicher Gemengtheil Kali-
Feldspath (Orthoklas), oder Natronfeldspath (Albit) oder kalkhaltiger Natronfeldspath (Oligoklas) vorkommen kann, einzeln
oder als stellvertretende Gemengtheile auch miteinander, dass

ebenso der Glimmer nicht immer derselbe ist, sondern dass Kali-
oder Magnesiaglimmer (Muscovit, Phlogopit, Biotit), bisweilen
auch Lithionglimmer (Lithionit) als wesentlicher Gemengtheil
vorkommen, einzeln oder miteinander als stellvertretende Gemengtheile.

Der Feldspath, welcher am häufigsten gefunden wird, ist
der Orthoklas, der Kalifeldspath und ebenso ist auch der Kaliglimmer aufzufassen, wonach man vielleicht als normalen
Granit den hinstellen könnte, welcher aus Orthoklas, Quarz
und Muscovit zusammengesetzt ist, während die anderen Granite
dann solche wären, worin Orthoklas und Muscovit, zum Theil
oder ganz durch anderen Feldspath oder Glimmer vertreten
wären. Diese Trennung in Varietäten wäre zulässig, erscheint
aber nicht zweckmässig, weil die Verhältnisse sehr wechselnde
sind, wesshalb auch die Trennung in Kaligranite und Natrongranite nicht gut durchzuführen ist, weil als Bestandtheile fast immer beide Basen gefunden werden.

Der Granit als krystallinisch-körniges Gemenge enthält
den Feldspath und Quarz vorwaltend in Gestalt körniger Krystalloide, während der Glimmer vorwaltend lamellare Krystalloide bildend in dem körnigen Gemenge jener beiden ziemlich gleichmässig vertheilt eingewachsen ist und den Eindruck
des körnigen nicht stört, zumal er in der Regel an Menge jenen
beiden bedeutend nachsteht, von denen selbst wieder der feldspathige Gemengtheil meist der überwiegende ist, wie die obige
Reihenfolge der Gemengtheile es andeutete. Bisweilen sind
auch Granite drusig-körnig, und man kann dann in den schein-
baren Drusenräumen frei ausgebildete Krystalltheile, besonders
des Feldspathes sehen. Ausserdem kommen auch in Graniten
die Krystalle der Gemengtheile deutlicher ausgebildet vor, seltener die des Quarzes oder die des Glimmers, häufiger die des
Feldspathes, von dem auch sogar oft, und zwar im Besonderen
vom Orthoklas mehr oder minder grosse rundum ausgebildete
Krystalle in dem granitischen Gemenge zahlreich eingewachsen
sind, welche sich dann zu dem granitischen Gemenge wie die
Einsprenglinge zu der Grundmasse der Porphyre verhalten,
aus welchem Grunde man solche Granite porphyrartige
Granite oder Porphyrgranite nennt, weil sie eine porphyrartige Structur haben.

Der Feldspath der Granite ist, wie bereits erwähnt wurde, verschieden, er ist sehr häufig Orthoklas oder wenigstens vorherrschend Orthoklas in den sogenannten Kaligraniten, denen man die Natrongranite (auch Sodagranite genannt) gegenüberstellt, wenn der Natronfeldspath vorherrscht. Der Natronfeldspath ist entweder Albit oder der kalkhaltige Natronfeldspath, den man als Oligoklas benannt hat, dieser sogar häufiger als der Albit, das heisst, kalkhaltiger Natronfeldspath häufiger als reiner Natronfeldspath, wenn man überhaupt die Kalkerde und Natron enthaltenden Feldspathe, wie bei diesen Species gezeigt wurde, neuerdings nicht als selbstständige Species, sondern als homologe Verwachsungen von Albit mit Anorthit ansieht. Der Orthoklas lässt sich in der Regel durch seine rechtwinkligen ungestreiften Spaltungsflächen als solcher erkennen, während bei den Natron- und Kalknatronfeldspathen die zwei Spaltungsflächen nicht rechtwinklig sind. Da jedoch bei kleinen Dimensionen dies weniger zu unterscheiden ist, so untersucht man die Spaltungsflächen, ob sie die oben (S. 18) angeführte Zwillingsstreifung haben, wobei man gut thut, sich der Lupe zu bedienen, um sie deutlich zu sehen, weil dazu eine gewisse Uebung erforderlich ist, wenn die Individuen klein sind; bei grösseren sieht man sie leicht mit dem unbewaffneten Auge. Die einzeln ausgeschiedenen grösseren Orthoklaskrystalle in den Porphyrgraniten sind häufig Zwillinge (die sogenannten Karlsbader-Zwillinge S. 14), die, wenn sie durch das Zerschlagen der Stücke zertheilt sind, auch auf den Spaltungsflächen sich als Zwillinge erkennen lassen. Wenn auch bei gleichzeitigem Vorkommen zweier Feldspathe in demselben Granit diese durch die Farbe unterschieden sind, so kann man doch im Allgemeinen die Feldspathe nicht durch die Farbe unterscheiden, wenn auch vorherrschend die Orthoklase gelblich bis fleischroth, ziegel-, blut- oder bräunlichroth gefärbt sind, weniger häufig weiss oder graulichweiss sind, weil die Natronfeldspathe ebenfalls gelblich bis verschieden roth gefärbt vorkommen, häufiger aber doch weiss oder graulichweiss sind. Die letzteren sind ausserdem oft grünlichweiss, beide selten auch grün gefärbt. Bisweilen findet sich eine homologe Verwachsung der Art, dass Orthoklasindividuen von einer Hülle des Oligoklas umwachsen erscheinen und die Spaltungsflächen beider in einander verlaufen. Zur genauen Erkennung der Feldspathe ist auch noch das Löthrohrverhalten zu prüfen nothwendig, auf dessen Unterschied bei der Beschreibung der Feldspathe aufmerksam gemacht wurde, wesshalb hier sowohl, wie auch später diese Unterschiede nicht besonders wiederholt werden.

Der Glimmer in den Graniten ist vorherrschend lamellar ausgebildet, die relative Grösse der Lamellen steht in der Regel in demselben Verhältnisse mit den anderen Gemengtheilen und er zeichnet sich durch seine stark perlmutterartig glänzenden Spaltungsflächen aus, welche bei dunkler Farbe oder wenn eine Zersetzung einzutreten beginnt, einen halbmetallischen Glanz erhalten können. Selten kommen deutliche Krystalle vor, welche dann meist sechsseitige Tafeln oder kurze sechsseitige Prismen sind und sich vollkommen basisch spalten lassen, oder es sind die Krystalle einseitig verzogen, doch auch hierbei durch den einfachen Blätterdurchgang leicht erkenntlich. Die äusseren Flächen solcher Krystalle sind wie die der Orthoklaskrystalle rauh, nur bei drusigen Graniten in den Höhlungen freistehende Krystalltheile wachs- bis glasartig glänzend. Die Spaltungslamellen sind mehr oder weniger elastisch biegsam. Da der Glimmer entweder Muscovit oder Kaliglimmer, oder Biotit (auch Phlogopit) oder Magnesiaglimmer ist und der letztere grün, braun bis schwarz, der erstere gewöhnlich weiss oder grau, oder gelblich gefärbt ist, so pflegt man schlichthin den dunklen für Magnesiaglimmer, den hellen für Kaliglimmer zu erklären, doch ist manchmal die Farbe allein nicht ausreichend. So sind auch entsprechend der Farbe die helleren Lamellen durchsichtig bis durchscheinend, die dunklen durchscheinend bis undurchsichtig, doch ändert sich dies mit der Dicke. Bisweilen ist der Glimmer röthlich oder roth bis röthlichbraun gefärbt, was bei Magnesiaglimmer auf Umwandelung hinweist. Der selten vorkommende Lithionglimmer gleicht im Aussehen dem Kaliglimmer, eben so die manchmal gefundenen wasserhaltigen elastisch-biegsamen Glimmer.

Da der Glimmer an sich untergeordnet als Gemengtheil der Granite auftritt, so pflegt man nach ihm nicht Granite zu unterscheiden, nur der als Granitit besonders benannte Granit enthält neben Orthoklas, Oligoklas und Quarz wesentlich dunklen Magnesiaglimmer; im Allgemeinen wechseln die Glimmer sehr und es sind häufig beide zu bemerken, was eine natürliche Folge der Rolle ist, welche überhaupt der Glimmer im Granite spielt. Würde der Granit keinen Glimmer enthalten oder tritt der Glimmer so zurück, dass er nicht mehr zu beachten ist, so ist dann das dem Granit äusserst nahestehende Gestein ein glimmerfreier Granit, ein sogenannter Halbgranit (Haplit, Aplit, Granulit). Da jedoch seltener zu erwarten ist, dass die ursprünglichen Bestandtheile genau das Verhältniss der Basen unter einander so gehabt haben, wie es die Feldspathe erfordern, sondern kleine Abweichungen stets näher liegen, so erscheint der Glimmer gewissermassen dazu bestimmt, diese kleinen vom Basenverhältniss der Feldspathe abweichenden Differenzen durch seine Bildung aufzunehmen, wesshalb in der Regel seine Menge gegenüber dem Feldspath untergeordnet ist und er in der Art wechselt.

Der Quarz erscheint fast durchgehends nur in Gestalt unbestimmt eckiger oder rundlicher Körner, körniger Krystalloide, ist grau, auch bisweilen röthlich bis bräunlich, selten blaulich gefärbt, mehr oder weniger durchscheinend bis fast durchsichtig, hat auf der Oberfläche schwachen, auf den muschligen Bruchflächen stärkern glasartigen Glanz, zuweilen mehr wachsartigen. Selten finden sich rundum ausgebildete, rauhflächige pyramidale Krystalle, während dagegen in drusigen Graniten in die hohlen Räume hineinragende Krystallenden glattflächig und glänzend sind, die gewöhnliche Gestalt der Quarzkrystalle zeigend. Bemerkenswerth ist ein eigenthümliches Vorkommen des Quarzes in gewissen Schriftgranit genannten Graniten, welche aus grossen Feldspathindividuen zusammengesetzt, stenglige oder auch deutlicher prismatisch ausgebildete Quarzkrystalle enthalten, welche in den Feldspathindividuen eingewachsen, einen gewissen Parallelismus der Stellung, nach ein, zwei oder drei Richtungen zeigen, wodurch sie an arabische Schriftzeichen erinnerten. Sind solche Granite drusig, so ragen aus den Feldspathkrystallen die Enden der Quarzkrystalle bisweilen frei heraus, wodurch man die parallele Anordnung besser erkennt; bei dem Kleinerwerden der Feldspathindividuen verschwindet natürlich die zufällige Anordnung ganz. Sie wird bedingt durch die krystallinische Ausbildung des Feldspathes, innerhalb dessen die gleichzeitig sich krystallinisch bildenden Quarzindividuen durch die überwiegende Krystallisationskraft des vorherrschenden Feldspathes so parallele Systeme bildend sich gruppiren mussten, was bei dem gewöhnlichen Vorkommen unbestimmt ausgebildeter Krystallkörner mit darauf hinweist, dass die Körner überhaupt krystallinische sind, was man bei dem Mangel deutlicher Spaltungsflächen des Quarzes nicht erkennen könnte.

Die Granite, als krystallinisch-körnige Gesteine zeigen in der relativen Grösse der verschiedenen Gemengtheile untereinander im Allgemeinen keinen grossen Unterschied, dagegen einen um so grösseren in der absoluten Grösse der verwachsenen Krystallindividuen, wonach man die Granite als gross-, grob-, klein- bis feinkörnige unterscheidet und nach beiden Seiten hin gehen die Extreme sehr weit auseinander, so dass bei grosskörnigen Graniten die Individuen nicht bloss nach Zollen, sondern nach Fussen bemessen werden können, worauf auch der Name Riesengranit deutet. Andererseits wird bei feinkörnigen auch das Korn so fein, dass man es kaum noch unterscheiden kann, und auf dieser Seite gehen schliesslich die Granite in scheinbar dichte oder wirklich dichte Massen über, welche Felsit genannt werden und in der Reihe der dichten Gesteine besonders erwähnt werden müssen, weil sie keine Granite mehr sind. Auf diesem Wege können auch die oben erwähnten Porphyrgranite mit rundum ausgebildeten Orthoklaskrystallen in dem granitischen Gemenge in wirkliche Felsitporphyre übergehen, wenn die granitische Grundmasse felsitisch wird, daher auch der Name Granitporphyre, wenn solche Uebergänge im Hinblick auf ihren Uebergang aus Porphyrgraniten mehr Aehnlichkeit mit Porphyr durch die feinkörnige Grundmasse haben. Aus solchen Uebergängen, wie sie bei anderen Gebirgsarten auch vorkommen, ersieht man immer recht deutlich, dass bestimmte Grenzen für die einzelnen Gebirgsarten nicht gezogen werden können. Auch die an sich untergeordneten Lamellen der Glimmer können einen Uebergang der Granite in Gneiss hervorrufen, wenn in dem massigen Gestein allmählich durch eine parallele Anordnung der

Glimmerlamellen eine Art Schichtenbildung erzeugt wird, und
solche Granite benennt man dann Gneissgranite, die wie-
derum durch den Granitgneiss in den wahren Gneiss überführen. An Handstücken lassen sich solche Uebergänge oft
nicht recht deutlich sehen, sondern besser am Fundorte selbst,
wie dies auch bei anderen Uebergängen immer sehr zweckmässig ist, das Vorkommen in der Natur zu berücksichtigen.

Aus den Gemengtheilen der Granite, welche, wie wir gesehen haben, wesentlich Feldspathe verschiedener Art, Orthoklas, Albit, Oligoklas oder Kalifeldspath, Natronfeldspath und
Kalknatronfeldspath, Glimmer verschiedener Art, Kaliglimmer
oder Magnesiaglimmer, und der Quarz sind, ergeben sich als Bestandtheile der Granite viel Kieselsäure, als Basen Thonerde,
Kali, Natron, Kalkerde, Magnesia und Eisenoxydul oder auch
Eisenoxyd, welches besonders die gelbliche bis fleischrothe,
blutrothe bis bräunliche Farbe der Feldspathe bedingt, doch
lassen sich keine bestimmten Mengenverhältnisse der Bestandtheile angeben, weil einerseits die Gemengtheile der Art nach
wechselnde sind, andererseits die Mengenverhältnisse der Gemengtheile untereinander auch sehr wechseln können. Wenn
daher Granite analysirt werden, so werden die Mengen der
Bestandtheile sehr verschiedene sein, eine nothwendige Folge
der verschiedenen Zusammensetzung nach Art und Procent-
verhältniss der Gemengtheile, oder es hängt vielmehr von den
ursprünglich vorhandenen Mengenverhältnissen der Bestandtheile die Varietät der Granite ab. Will man daher die Mengenverhältnisse der vorhandenen Bestandtheile der Granite mit
denen anderer Gebirgsarten vergleichen, so kann man nur von
annähernden oder mittleren, durchschnittlichen Verhältnissen
sprechen, welche sich aus einer grossen Anzahl von Analysen
ergeben haben, und in diesem Sinne kann man sagen, dass in
Graniten der Gehalt an Kieselsäure um 70 Procent beträgt, der
Gehalt an Thonerde um 15 Procent, während auf den Rest die
verschiedenen anderen Bestandtheile kommen. So ergab mir
das aus 35 guten Analysen verschiedener Granite berechnete
Mittel M, während die unter E stehenden Zahlen die extremen
Werthe sind, welche bei diesen 35 Analysen gefunden wurden:

M.	E.	
70,97	76,02—62,08	Kieselsäure
14,18	17,87—11,24	Thonerde
3,69	7,72— 1,39	Eisenoxyd
4,33	6,39— 2,19	Kali
3,04	4,02— 1,86	Natron
1,95	5,22— 0,69	Kalkerde
0,55	2,80— 0	Magnesia
0,08	0,85— 0	Manganoxydul
0,90	2,34— 0	Wasser (Glühverlust).
99,69		

Diese Zahlen dienen aber nur als Beispiel, wie man von der mittleren Zusammensetzung einer Gebirgsart sprechen kann, sie würden andere geworden sein, wenn man noch mehr Analysen zusammengerechnet hätte, niemals aber kann man daran denken, für gemengte Gebirgsarten chemische Formeln in dem Sinne aufzustellen, wie sie für die einzelnen Mineralarten aufgestellt werden. Dessenungeachtet sind genaue Analysen der Gebirgsarten immer eine wissenschaftliche Nothwendigkeit, weil man dadurch in den Stand gesetzt wird, die Gemengtheile bezüglich ihrer Menge und Art besser zu beurtheilen, die mineralogische Bestimmung zu controliren, die genetischen Beziehungen verwandter und verschiedener Gebirgsarten herauszufinden u. s. w. Bei einer solchen Mannigfaltigkeit der Bestandtheile und bei der Verschiedenheit der chemischen Formeln, welche die Gemengtheile haben, kann man auch nicht häufig aus den Analysen die einzelnen Minerale bestimmt herausrechnen, welche in dem Gemenge enthalten sind, man kann aber einzelne Gesichtspuncte besser beurtheilen, so z. B. das relative Verhältniss der Basen untereinander, das Verhältniss der Basen zur Kieselsäure, eingetretene Verwitterung, die unter Umständen dem Auge noch entgeht, die Gemengtheile, wenn sie bei grosser Kleinheit der Individuen nicht deutlich unterscheidbar sind, Uebergemengtheile u. a. m.

Obige mittlere Zahlenwerthe würden nicht dazu dienen können, zu zeigen, wie man solche Berechnungen machen könnte, jedoch will ich hier nur andeuten, wie man aus Analysen durch Berechnung zu gewissen Schlüssen gelangt, weil solche Berechnungen überhaupt hier nur für einmal erwähnt werden sollen. Sie würden uns bei öfterer Wiederholung zu weit führen. Würde man sich zu diesem Zwecke vorstellen, dass Granite existirten, welche, wie oben angedeutet wurde, nur aus Orthoklas, Muscovit und Quarz beständen und diese Minerale in dem Zustande der grössten Reinheit und Einfachheit der Zusammensetzung enthielten, so würden die Analysen solcher Granite nur drei Bestandtheile Kali, Thonerde und Kieselsäure ergeben.

Stellen wir uns daher einmal fünf solche Analysen vor, wie sie nicht vorkommen, z. B.

1.	2.	3.	4.	5.	
12,66	12,66	11,50	10,60	9,40	Kali
14,87	15,87	16,50	18,80	20,60	Thonerde
72,47	71,47	72,00	70,60	70,00	Kieselsäure,

, so würde die Berechnung der Sauerstoffverhältnisse derselben Sauerstoff in

	1.	2.	3.	4.	5.
K_2O	2,155	2,155	1,957	1,804	1,600
Al_2O_3	6,930	7,396	7,689	8,761	9,600
SiO_2	38,651	38,117	38,400	37,653	37,333

oder

	1.	2.	3.	4.	5.
in K_2O, Al_2O_3	9,085	9,551	9,646	10,565	11,200
SiO_2	38,651	38,117	38,400	37,653	37,333

ergeben, woraus man, wenn man mit der Sauerstoffzahl der Kieselsäure in die Sauerstoffzahl der Basen dividirt, die Sauerstoffquotienten

1.	2.	3.	4.	5.
0,235	0,251	0,251	0,281	0,300

erhält, welche, weil sie kleiner sind als der Sauerstoffquotient 0,333 des Orthoklas, anzeigen, dass die Gesteine reicher an Kieselsäure sind als derselbe, mithin, da der Sauerstoffquotient des Muscovit 0,833 noch grösser als der des Orthoklas ist, überschüssige Kieselsäure als Quarz enthalten müssen.

Wenn man nun die Sauerstoffmengen in Kali und Thonerde

1.	2.	3.	4.	5.
2,155	2,155	1,957	1,804	1,600
6,930	7,396	7,689	8,761	9,600

mit einander vergleicht und die Sauerstoffmenge des Kali überall durch 1 ausdrückt, so ergiebt sich dann für den Sauerstoff in der Thonerde

1.	2.	3.	4.	5
3,216	3,432	3,929	4,856	6,000

woraus man ersieht, dass, weil in Orthoklas der Sauerstoff des Kali sich zu dem Sauerstoff in der Thonerde wie 1:3 verhält, ein Ueberschuss von Thonerde vorhanden ist, welcher, da der Sauerstoff des Kali sich zu dem Sauerstoff der Thonerde in Muscovit wie 1:9 verhält, auf Gemenge von Orthoklas und Muscovit in zunehmendem Verhältniss des Muscovit hinweist.

Um nun die Mengen des vorhandenen Orthoklas und Muscovit nebeneinander zu berechnen, berücksichtigt man, dass, weil

in Orthoklas 1 K_2O, 1 Al_2O_3, 6 SiO_2
in Muscovit 1 K_2O, 3 Al_2O_3, 6 SiO_2

enthalten sind, bei der Anwesenheit von x Aequivalenten Orthoklas und y Aequivalenten Muscovit, in den Graniten $(x+y)$ Aequivalente Kali und $(x+3y)$ Aequivalente Thonerde enthalten sein müssen. Berechnet man nun z. B. aus der ersten Analyse aus 12,66 Procent Kali und 14,87 Procent Thonerde die Aequivalente, so erhält man 0,1347 K_2O und 0,1444 Al_2O_3 und da

$$x+3y = 0,1444$$
$$x+y = 0,1347$$

so bleibt nach Abzug der zweiten Gleichung von der ersten $2y = 0,0097$ oder $y = 0,0049$, mithin ist $x + 0,1298$.

Multiplicirt man nun, um wieder die Procente zu erhalten 0,1298 und 0,0049 mit 94, der Aequivalentzahl des Kali, so erhält man 12,20 Procent

Kali für den vorhandenen Orthoklas und 0,46 Procent Kali für den vorhandenen Muscovit. Multiplicirt man ferner 0,1298 mit 103, der Aequivalentzahl der Thonerde und 0,0049 mit $3 \times 103 = 309$ dem dreifachen Aequivalent der Thonerde, so erhält man 13,37 Procent Thonerde für den vorhandenen Orthoklas und 1,51 Procent Thonerde für den vorhandenen Muscovit.

Nach der Formel des Orthoklas kommen auf 94 Theile Kali 103 Theile Thonerde und 360 Theile Kieselsäure, wonach auf 12,20 Procent Kali 46,72 Procent Kieselsäure für den vorhandenen Orthoklas hervorgehen, folglich 12,20 Procent Kali, 13,37 Procent Thonerde und 46,72 Procent Kieselsäure zusammen 72,29 Procent Orthoklas in dem Granit 1. ergeben.

Nach der Formel des Muscovit kommen auf 94 Theile Kali 309 Theile Thonerde und 360 Theile Kieselsäure, wonach auf 0,46 Procent Kali 1,89 Procent Kieselsäure für den vorhandenen Muscovit hervorgehen, folglich 0,46 Procent Kali, 1,51 Procent Thonerde und 1,89 Procent Kieselsäure zusammen 3,86 Procent Muscovit in dem Granit 1. ergeben. Somit bleiben 23,85 Procent als Quarz übrig und der Granit 1. enthält 72,29 Procent Orthoklas, 3,86 Procent Muscovit und 23,85 Procent Quarz.

Berechnet man nun in gleicher Weise auch die anderen beispielsweise angeführten Analysen, so ergeben sie nacheinander wie oben mit den Bestandtheilen gereiht:

1.	2.	3.	4.	5.	
72,29	69,63	57,65	43,37	27,85	Orthoklas
3,86	7,35	14,36	27,43	38,15	Muscovit
23,85	23,02	27,99	29,20	34,00	Quarz

und man ersieht, wie es die Beispiele zeigen sollten, eine Abnahme des Orthoklas, bei der Zunahme des Muscovit und gleichzeitig auch eine allmähliche Zunahme des Quarzes.

Würde man, um noch ein Beispiel der möglichen genauen Berechnung zu zeigen, einen Granit annehmen, welcher Orthoklas, Kalknatronfeldspath, Muscovit und Quarz als Gemengtheile enthielte und bei der Analyse

$$69,10 \text{ Kieselsäure}$$
$$18,35 \text{ Thonerde}$$
$$7,36 \text{ Kali}$$
$$3,98 \text{ Natron}$$
$$\underline{1,21 \text{ Kalkerde}}$$
$$100,00$$

ergeben haben würde, so zeigen zunächst die Sauerstoffmengen in

SiO_2	Al_2O_3	K_2O	Na_2O	CaO
36,853	8,551	1,253	1,027	0,346

dass der Sauerstoff der Kalkerde nahezu den dritten Theil des Sauerstoffs des Natrons ausmacht und dass man den Kalknatronfeldspath Oligoklas nennen könnte, dass ferner der Sauerstoff der drei Basen Kali, Natron und Kalkerde zusammen 2,626 zu dem Sauerstoff der Thonerde 8,551 sich wie 1:3,256 verhält, also ein Ueberschuss von Thonerde vorhanden ist, um Glimmer bilden zu können, weil die Feldspathe das Verhältniss 1:3 erfordern, und dass ferner der Sauerstoff aller Basen zusammen 11,177 betragend den Sauerstoffquotient des Granites = 0,303 ergiebt.

Aus der Menge der Kalkerde und des Natrons können wir unmittelbar die Menge des Kalknatronfeldspathes berechnen, welcher, wenn wir ihn aus Natronfeldspath nach der Formel des Albit und aus Kalkfeldspath nach der Formel des Anorthit (s. S. 22) zusammengesetzt berechnen

auf 3,98 Natron	6,61 Thonerde	23,11 Kieselsäure
auf 1,21 Kalkerde	2,23 Thonerde	2,59 Kieselsäure
5,19	8,84	25,70

zusammen 39,73 Procent des Granites betragen würde. Aus dem Reste 7,36 Kali, 9,51 Thonerde, 43,40 Kieselsäure, berechnen wir in gleicher Weise, wie es früher gezeigt wurde, den Orthoklas und Muscovit und erhalten

6,70	0,66 Kali
7,35	2,16 Thonerde
25,66	2,53 Kieselsäure
39,71 Orthoklas	5,35 Muscovit

wonach als Rest 15,21 Procent Quarz bleiben. Der Granit würde also aus 39,71 Procent Orthoklas, 39,73 Procent Oligoklas, 15,21 Procent Quarz und 5,35 Procent Muscovit bestehen.

Irgend ein specielles Beispiel einer Granit-Analyse würde uns sogleich auf Schwierigkeiten führen, welche uns zeigen, dass man dann nur die Hauptgemengtheile annähernd genau bestimmen kann. Wir wählen hierzu aus der zahlreichen Reihe von Granitanalysen nur zwei. S. Haughton fand in grobkörnigem Granit von Three Rock Mountain bei Dublin in Irland, dessen spec. G. = 2,652 ist

70,28 Kieselsäure
16,44 Thonerde
2,60 Eisenoxyd
5,79 Kali
2,82 Natron
2,04 Kalkerde
99,97

Die Anwesenheit von Natron und Kalkerde weist auf einen Kalknatronfeldspath hin und wenn wir denselben so berechnen, wie man es vorhin that, so erfordern

2,82 Proc. Natron nach der Albitformel   4,68 Thonerde, 16,39 Kieselsäure
2,04 » Kalkerde » » Anorthitformel 3,75   »   4,37   »
wonach der Kalknatronfeldspath 34,05 Procent betragen haben würde, nach dessen Abzug noch

49,52 Kieselsäure
8,03 Thonerde
2,60 Eisenoxyd
5,79 Kali

übrig bleiben. Nach der Beschreibung war grauer und schwarzer Glimmer vorhanden, in Ermangelung von Magnesia aber können wir nur auf einen, auf Kaliglimmer schliessen, und der Eisengehalt könnte dessen wechselnde Färbung bedingt haben. Wir können somit nur mit Wahrscheinlichkeit die Rechnung weiter fortführen. Um sie zu vereinfachen und dem obigen Modus besser anzuschliessen, setzen wir für 2,60 Procent Eisenoxyd die entsprechende Quantität Thonerde, 1,69 Procent, so wären 9,72 Procent Thonerde und 5,79 Kali zu vergleichen, um wie oben das Verhältniss zwischen Muscovit und Orthoklas festzustellen. Die analoge Berechnung würde zu 25,15 Proc. Orthoklas und 12,50 Muscovit führen, dessen Menge, wenn wir ihm das ganze Eisenoxyd zurechnen 13,41 Procent betragen würde. Nach Abzug des Kieselsäuregehaltes beider Silikate würden 27,38 Quarz übrig bleiben und der Granit könnte somit 34,05 Procent Kalknatronfeldspath, 25,15 Orthoklas, 13,41 Muscovit und 27,38 Quarz enthalten haben.

Das zweite Beispiel bietet schon grössere Bedenken. A. S t r e n g fand in einem feinkörnigen Granit aus dem Holzemmenthal des Brockengebietes im Harz

71,93 Kieselsäure
12,89 Thonerde
5,56 Eisenoxydul
0,10 Manganoxydul
1,81 Kalkerde
0,47 Magnesia
4,88 Kali
1,86 Natron
0,49 Wasser
———
99,99

Berechnet man zuerst den Kalknatronfeldspath, der als grünlichweisser Oligoklas in geringer Menge in dem sehr innigen bräunlichen Gemenge wahrgenommen wurde, so ergiebt nach der obigen Weise dieser Kalknatronfeldspath auf

1,86 Proc. Natron nach der Formel des Albit   3,09 Thonerde 10,80 Kiesels.
1,81 » Kalkerde »   »   »   » Anorthit 3,33   »   3,88   »

seine Gesammtmenge beträgt demnach 24,77 Procent, und es bleiben nach dessen Abzug noch

57,25 Kieselsäure
6,47 Thonerde
5,56 Eisenoxydul
0,10 Manganoxydul
0,47 Magnesia
4,88 Kali
0,49 Wasser

zur weiteren Berechnung. Da von dem Granit gesagt ist, dass er ein inniges bräunliches Gemenge darstellt und der Orthoklas auch bräunlich war, so könnte man vermuthen, dass die bräunliche Farbe durch feinvertheilten braunen Eisenocher bedingt war, worauf auch das Wasser hindeuten könnte. Brächte man nach der Menge des Wassers das dazu gehörige Eisenoxyd in Rechnung, welches einen Theil des angegebenen Eisenoxyduls ausmacht, so würden 0,49 Wasser 3,39 Procent braunen Eisenocher voraussetzen, auf dessen Rechnung 2,61 Eisenoxydul abgingen und

57,25 Kieselsäure
6,47 Thonerde
2,85 Eisenoxydul
0,10 Manganoxydul
0,47 Magnesia
4,88 Kali

übrig blieben. Der schwarze Magnesiaglimmer würde nun wohl die Magnesia in Rechnung bringen lassen, es war nach der Beschreibung nicht viel vorhanden, aber man müsste Bedenken tragen, ihm das gesammte Eisenoxydul zuzurechnen, nebst dem Manganoxydul und nebst noch etwas Kali. Die Menge des letzteren wäre jedenfalls sehr gering, wesshalb man fast ganz das Kali dem Orthoklas in Anrechnung bringen könnte. Hiermit wäre eigentlich die Rechnung schon abgeschnitten, doch können wir, um nahezu die Menge des Orthoklas zu berechnen 0,18 Procent Kali dem Magnesiaglimmer angehörig betrachten und dann würden

4,80 Procent Kali nach der Formel des Orthoklas 5,30 Thonerde, 18,38 Kieselsäure zusammen 28,48 Procent Orthoklas ergeben, nach dessen Abzug noch

38,87 Kieselsäure
1,17 Thonerde
2,85 Eisenoxydul
0,10 Manganoxydul
0,47 Magnesia
0,18 Kali

übrig blieben, welche nicht berechnet werden könnten. Der Quarzgehalt würde gewiss um 35 Procent betragen, während die Feldspathe 53,25 Proc. ergaben. Man ersieht also hieraus, dass selbst bei guten Analysen die vollständige Berechnung nicht möglich wird. Diese gesammten Angaben über die Berechnung mögen genügen, um überhaupt nur zu zeigen, wie man bei solchen Berechnungen verfahren könne, und es soll in Zukunft nicht weiter auf die Berechnung von Gebirgsarten eingegangen werden, wenn auch von ihren ungefähren procentischen Verhältnissen etwas angeführt wird.

Im Vorangehenden wurden zwei Puncte berührt, welche bei der Beschreibung der Granite scheinbar übergangen wurden, nämlich das specifische Gewicht und die Farbe. Was das erstere betrifft, so giebt man wohl bei Gebirgsarten dasselbe an, so bei Granit = 2,59 — 2,73, es hat aber die Angabe desselben nicht den Werth, welchen sie bei einer Mineralspecies hat. Bei gemengten krystallinischen und bei vielen porphyrischen ist es eine nothwendige Folge des specifischen Gewichtes der vorhandenen Gemengtheile, und kann in seiner mittleren Höhe nach dem der Gemengtheile geschätzt werden, insofern diese der Qualität und Quantität nach beurtheilt werden können. Es kann auch bei diesen Gebirgsarten möglichst

genau bestimmt werden, doch haben auch Uebergemengtheile
einigen Einfluss darauf und es ist meist nur zweckmässig, dasselbe
der Vergleichung wegen zu beachten. Bei den klastischen Gesteinen ist es viel weniger wichtig, dagegen bei manchen dichten, z. B. den Schmelzproducten von besonderer Wichtigkeit,
weil man daraus manche wichtige Schlüsse ziehen kann.

. Was die Farbe betrifft, so zeigt der Granit nach allem,
was darüber in Bezug auf die Gemengtheile angegeben wurde,
dass die Angabe der Farbe bei gemengten Gebirgsarten keine
bestimmte sein kann, indem sie nämlich von den Farben der einzelnen Gemengtheile abhängt, also nach ihrer Farbe und nach
ihrer Menge wechselt, und insofern zufällige Beimengungen
darauf Einfluss haben. Bei grob- bis grosskörnigen Gemengen
wird der Wechsel viel bedeutender ins Auge fallen, während
bei klein- bis feinkörnigen Gemengen ein allgemeiner Eindruck möglich wird, wonach z. B. Granite grau, gelb, roth,
braun bis schwärzlich erscheinen können, andere Gebirgsarten
wieder andere Farbentöne hervortreten lassen werden, die
selbst auch auf die Benennung von Einfluss gewesen sind.

Nachdem wir nun jetzt aus der Beschreibung der Granite
ersehen haben, dass sie eine Reihe von Gesteinen darstellen,
welche aus den angegebenen wesentlichen Gemengtheilen als
krystallinisch-körnige und massige zusammengesetzt sind, und
dass selbst wieder die wesentlichen Bestandtheile Kieselsäure,
Thonerde, Kali, Natron, Kalkerde, zum Theil Magnesia, sind,
wozu durchgehends auch geringe Mengen von Eisenoxyd oder
Eisenoxydul kommen, so war aus den Angaben über den
Wechsel der wesentlichen Gemengtheile ersichtlich, dass dieselben ihrer Art nach und in der Menge durch die ursprünglich
vorhandenen Bestandtheile bedingt werden, wodurch die Granite hervorgehen. Unter Umständen können aber ursprünglich
noch andere Bestandtheile in untergeordneter Menge vorhanden sein, welche mit localen Verhältnissen wechseln, oder es
können selbst local verschiedene Mengenverhältnisse der wesentlichen Bestandtheile es bedingen, dass ausser den wesentlichen Gemengtheilen noch andere Minerale entstehen, welche
in den Graniten als accessorische oder sogenannte Uebergemengtheile auftreten und zwar meist krystallisirt. In dieser
Richtung zeigen nun die Granite bei ihrem an sich häufigen

Vorkommen eine grosse Mannigfaltigkeit, indem bis jetzt schon
eine grosse Anzahl Mineralspecies bekannt sind, welche in
Graniten eingewachsen, in mineralogischer Beziehung von
grossem Interesse sind. Einzelne solcher Minerale haben auch
auf die Varietäten der Granite einen Einfluss, insofern local
dieselben so auftreten, dass sie entweder als stellvertretende
angesehen werden können oder durch ihre Menge so bedeutend
erschienen, dass man Granite darnach benannt hat. So sind
beispielsweise Turmalin, Dichroit, Pinit, Epidot, Andalusit,
Granat, Talk, Chlorit, Hämatit, Graphit, Amphibol, Kassiterit
u. a. m. zu nennen, und die für Varietäten gegebenen Namen, wie
Turmalingranit, Dichroitgranit, Epidotgranit u. a. m.
sind so verständlich, dass sie keiner weiteren Erklärung bedürfen. Schon aus der Rolle, welche der Glimmer in den Graniten
spielt, indem er neben den beiden vorherrschenden Gemengtheilen Feldspath und Quarz auftritt, zunächst durch das von
der Feldspathformel abweichende Verhältniss der Basen untereinander entsteht und daher in der Regel auch mehr untergeordnet vorkommt, geht hervor, dass solche accessorische Gemengtheile mit der Menge des Glimmers in Zusammenhang stehen
und ihn zum Theil oder fast ganz ersetzen, wie z. B. der Turmalin
im Turmalingranit, der Talk oder Chlorit in den Protogin oder
Protogingranit genannten Graniten, lamellarer Hämatit
oder der sogenannte Eisenglimmer in dem sogenannten Eisengranit, der Amphibol in dem Sienitgranit, einem Uebergange in die Sienit genannte Gebirgsart, oder in dem Diorit-
granit, einem Uebergangsgliede in die Diorit genannte Gebirgsart, während Feldspath und Quarz nicht durch andere
Minerale ersetzt werden können, ohne dass dadurch der Granit
als solcher aufhört, Granit zu sein.

Bezüglich der Entstehung kann man wohl ohne Zweifel
aussprechen, dass die Granite meist zu den älteren Eruptivgesteinen gehören, als solche Gebirgsmassen, lagerähnliche
Decken und Gangmassen bildend, und sich durch ihr massenhaftes Auftreten auszeichnen. Die ursprünglichen teigartigen
oder weichen Massen, welche aus dem Erdinneren emporgedrängt wurden, bedingten durch die Art und Menge der
wesentlichen Bestandtheile die Bildung der wesentlichen Gemengtheile und aus der gegenwärtigen Beschaffenheit der

Granite kann man entnehmen, dass die Krystallisation durch die ganzen Massen hindurch sich langsam und stetig wirksam zeigte, wodurch der feste Zusammenhang der Gemengtheile und ihre im Allgemeinen gleichmässige Ausbildung selbst bis zu grossen Dimensionsverhältnissen hin erklärlich ist. Die Uebergänge einerseits in Gneiss, andererseits in Felsitporphyre lassen dabei auf eine besondere Beschaffenheit der eruptiven Massen schliessen, welche wahrscheinlich nicht wie die gegenwärtigen Laven und manche jüngere Eruptivmassen als ein wahres Schmelzproduct emporgedrängt wurden, sondern in einem durch Wasser teigartigen Zustande, immerhin aber bei einer gewissen höheren Temperatur, welche aber doch weit unter der angenommen werden kann, unter welcher nachweislich andere Eruptivmassen entstanden sind und noch entstehen, wesshalb man die Granite auch zu den plutonischen Gesteinen zählt, im Gegensatz zu den vulkanischen. Als charakteristisch kann schliesslich noch der Mangel an Blasenräumen in den Graniten hervorgehoben werden und in Folge dessen auch die fehlende Mandelsteinbildung, wenn auch bisweilen für gewisse Granite der Ausdruck granitische Mandelsteine gebraucht wird. In solchen erinnerten nämlich nur kuglige Ausscheidungen, Concretionen in der allgemeinen Form an die Mandelsteinausfüllungen, während sie in der Anordnung deutlich als Concretionen aufzufassen sind.

Mit der Ausbildung der Gemengtheile ging auch durch locale Stoffverhältnisse die Bildung der Uebergemengtheile Hand in Hand, doch können einzelne derselben im Laufe der Zeit erst später sich gebildet haben, da die Granite den Einwirkungen des in sie eindringenden Wassers unterworfen sind, durch welches sowohl Umbildungen als auch Neubildungen erzeugt werden können. Die allgemeine Zersetzung der Granite, die man Verwitterung nennt, durch welche sie allmählich in einen lockeren Gesteinsschutt umgewandelt werden, hängt von der Zersetzung des vorherrschenden feldspathigen Gemengtheiles ab, indem die Feldspathe kaolinisirt werden, d. h. allmählich in Kaolin (s. S. 17) oder in ähnliche Zersetzungsproducte übergehen, während der Glimmer weniger zersetzt wird, der Quarz fast immer unverändert bleibt. Geringe Grade der Zersetzung werden gewöhnlich kaum bemerkt, höchstens beim Befeuchten

der Stücke mit Wasser durch den eigenthümlichen Thongeruch
verrathen, ist sie aber weiter vorgeschritten, so sieht man an
den Feldspathen die Veränderung durch den mangelnden Glanz
der Spaltungsflächen und findet sie auch weniger hart und fest,
bis sie schliesslich in eine feinerdige Substanz umgewandelt
werden. Solche Veränderungen treten bei verschiedenen Feldspathen in demselben Granit auch in verschiedener Weise ein,
ohne dass man theoretisch bestimmen kann, welcher am leich-
testen verwittert, weil darauf immer besondere Umstände Einfluss haben. Als massige Gesteine zeigen Granite auch quader-
förmige, säulenförmige, kuglige, plattenförmige bis schalige
Absonderungen, welche zum Theil mit der Umwandlung in
Zusammenhang stehen, zum Theil dieselbe einleiten und befördern.

2. Der **Gneiss**.

Derselbe ist eine krystallinisch-körnige, gemengte,
geschichtete und schiefrige Gebirgsart, deren wesentliche Gemengtheile Alkalifeldspath, Quarz und Glimmer sind.

Schon aus dieser Definition der Gneiss genannten Gesteine
ergiebt sich unmittelbar die nahe Verwandtschaft der Gneisse und
Granite, und der wesentliche Unterschied liegt in dem Gegensatz
der Schichtung und Schieferung zu der massigen Ausbildung,
welcher in gewissen Gesteinen so wenig scharf ausgeprägt ist, dass
man bei den Graniten die Gneissgranite und bei den Gneissen
die Granitgneisse unterscheidet, um den allmählichen
Uebergang beider Gesteinsarten in einander zu bezeichnen.
Wie bei den Graniten angegeben wurde, heissen diejenigen
Granite Gneissgranite, in denen durch sichtlich hervortretende
parallele Anordnung des Glimmers die Andeutung der Schichtung hervortritt, und so ist es auch bei den Gneissen die parallele Anordnung des Glimmers, wodurch die Schieferung und
Schichtung hervorgerufen und im Wesentlichen sichtbar gemacht
wird, insofern der Glimmer in dem krystallinisch-körnigen
Gemenge des Feldspathes und Quarzes nicht mehr regellos eingewachsen ist, sondern in parallelen Ebenen mit einem gewissen Parallelismus seiner lamellaren Krystalloide in der Ausdehnung dieser Ebenen das Gemenge durchzieht und hier-

durch Gneissstructur erzeugt. Während bei anderen in dieser
Richtung analogen Gebirgsarten kein solches Gewicht auf den
Unterschied der massigen Ausbildung und des Parallelismus in
der Anordnung der Gemengtheile gelegt wurde, um sie als verschiedene Gebirgsarten zu unterscheiden und zu benennen, so
liegt darin eine gewisse Inconsequenz in der Auffassung der
Gebirgsarten, doch liegt diese mehr in anderen Verhältnissen
und man vermeidet es gern, eine solche Inconsequenz dadurch
aufzuheben, dass man Gneisse und Granite unter einem Namen
als Gebirgsart zusammenfasst oder dass man der hier bestehenden Trennung entsprechend eine andere Gebirgsart in zwei
zerlegt, die massigen und geschichteten Vorkommnisse immer
mit eigenen Namen unterscheidet. Indem wir die Trennung
der Gneisse von den Graniten als eine überkommene und
zweckmässige Thatsache hinnehmen, die zunächst von dem
verbreiteten Vorkommen im Gegensatz zu anderen abhängen
möchte, ist in Betreff der Bildung der Gneisse, welche mit der
Anordnung des Glimmers zusammenhängt, beizufügen, dass
man dieselbe und die Anordnung des Glimmers dabei bis ins
Detail der Verschiedenheiten verfolgt hat, um Varietäten des
Gneisses zu unterscheiden, was man auch wieder bei anderen
Gebirgsarten zu thun unterlassen hat. Hierauf beziehen sich die
Unterschiede des gewöhnlichen oder normalen Gneisses,
des körnig-schuppigen, körnig-flasrigen, flasrigen,
schiefrigen Gneisses, Schiefergneisses, des Lagen-
gneisses oder des körnig-streifigen, des stengligen
oder des Stengel- oder Holzgneisses. Es ist wohl selbstverständlich, dass, wie die Uebergänge aus Granit in Gneiss
durch Gneissgranit und Granitgneiss zeigen, der Glimmer
durch seine Menge, Ausbildung und Anordnung Unterschiede
hervorrufen muss, dass seine Lamellen deutlich ausgebildet
und in parallelen Ebenen geordnet vorkommen können, wonach sich der Gneiss längs diesen Ebenen leicht zertheilen
lässt und der Glimmer auf diesen Flächen in seiner Menge am
stärksten hervortritt, wodurch der Gneiss in anderen Richtungen zertheilt ein streifiges Aussehen erlangt, dass der Glimmer
auch in den Zwischentheilen des Gemenges mehr oder weniger
eintritt und seine Menge auf solchen Schichtungsflächen zurücktritt, dass die lamellare Ausbildung des Glimmers undeutlicher

wird, die Lamellen scheinbar in einander übergehen, sehr dünn werden und mit feinen Häutchen vergleichbar in einander verwoben erscheinen, wie bei dem flasrigen Gneiss. Es scheint, dass man auf diese mannigfaltigen Unterschiede ein zu grosses Gewicht gelegt hat, die noch durch andere Ausbildungsweisen vermehrt werden, indem nebenbei noch, wie bei dem Stengelgneiss, die anderen beiden Gemengtheile auch linear gestreckt erscheinen, oder wie bei dem Lagengneiss die Mengenverhältnisse des Glimmers und der anderen Gemengtheile wechseln, oder in anderer Weise hervortretend Gneissvarietäten unterscheiden lassen.

Was die wesentlichen Gemengtheile der Gneisse betrifft, so könnte man einfach auf das verweisen, was bei dem Granit angeführt wurde, weil, wie der Ausdruck Alkalifeldspath andeuten sollte, der Feldspath seiner Art nach eben so wechselnd gefunden wird, wie bei den Graniten, dass er entweder Kalifeldspath oder Orthoklas, Natronfeldspath oder Albit, oder Kalknatronfeldspath ist, den man als Oligoklas bezeichnet, unter Umständen bei grösserem Kalkerdegehalte auch noch anders nennen könnte. Bei dem Wechsel der Feldspathe und dem Zusammenvorkommen zweier würde es auch nicht zweckmässig erscheinen, Varietäten als Orthoklas-, Albit-, Oligoklas-Gneiss aufzustellen oder durchgreifend festhalten zu wollen, weil, wie die Analysen zeigen, dies kaum möglich ist. Eben so wechselt der Glimmer als Kali- oder Magnesiaglimmer, ohne bestimmte Gneissvarietäten zu bilden. Gegenüber den Graniten sind in den Gneissen die besonderen Arten der wesentlichen Gemengtheile schwieriger zu unterscheiden, weil die Gneisse als krystallinisch-körnige Gesteine keine solche Mannigfaltigkeit in der Grösse des Kornes zeigen, sondern nur grob-, klein- bis feinkörnige sind, bei zunehmender Feinheit des Kornes Uebergänge in Thonschiefer bilden können, wie der sogenannte Cornubianit oder Proteolith, oder in schiefrigen Felsit oder Felsitschiefer. Derartige Uebergänge sind verhältnissmässig seltener als bei den Graniten, weil der Glimmer durch seine ausgezeichnete krystallinische Ausbildung die wirkliche Trennung erleichtert. Ebenso ist auch bei den Gneissen eine deutliche Ausbildung einzelner Feldspathkrystalle weniger häufig, wo-

durch sie als porphyrartige Gneisse oder Porphyr-
gneisse erscheinen, oder bei undeutlicher Ausbildung der
Ausscheidungen auch Augengneisse genannt werden, indem
mehr oder weniger rundliche Feldspathausscheidungen vom
Glimmer umsäumt augenartig hervortreten. Solche porphyrartige Ausscheidungen des Feldspathes, vorzüglich auch des
Orthoklas, wie bei den Graniten, werden durch die Schichtung
und Schieferung gehindert, während sie selbst wieder auf die
Bildung normalen Gneisses hindernd einwirken mussten.

Die wesentlichen Gemengtheile zeigen im Allgemeinen,
was ihre Farbe, Glanz und Durchsichtigkeit betrifft, gleiche
Unterschiede wie in den Graniten, daher auch die Gneisse
ebenso durch dieselben gefärbt erscheinen, nur dass bei dem
kleineren Korne des Gemenges und bei der Schichtung die
Färbung mehr eintönig und mit Streifung hervortritt,' grau,
gelblich bis roth und braun. Obgleich man sonst nicht auf derartige Farbenunterschiede, welche von der wechselnden Färbung der Gemengtheile abhängen und durch Beimengungen,
wie rothen und braunen Eisenocher in fein vertheiltem Zustande bei den Feldspathen und dem Quarz verursacht werden,
ein besonderes Gewicht legt, um Varietäten zu unterscheiden,
wenigstens nicht bei dem verwandten Granit, so ist hier anzuführen, dass nach den Vorkommnissen in Sachsen, denen sich
auch andere anschliessen, der graue und rothe Gneiss, als
zwei verschiedene Varietäten unterschieden worden sind, welche
in der That eine gewisse Verschiedenheit ausser der Färbung zeigen, die in gewisser Beziehung aber mit der Färbung zusammenhängt und auf welche sogleich näher eingegangen werden soll.
Das sp. G. der Gneisse steht dem der Granite ziemlich nahe,
ist = 2,56—2,76.

Aus der Art der Gemengtheile geht hervor, dass die wesentlichen Bestandtheile der Gneisse denen der Granite in
Qualität und Quantität im Allgemeinen gleich sind, dass auch
hier wesentlich Kieselsäure, Thonerde, Kali, Natron, Kalkerde, Magnesia, Eisenoxydul und Eisenoxyd in nahe gleichen
Verhältnissen vorkommen, im Mittel etwa 70 Procent Kieselsäure auf 15 Proc. Thonerde kommen und in den Rest, worin
die Alkalien vorherrschen, die übrigen Basen sich theilen. Die
beispielsweisen Berechnungen bei Granit zeigten, dass von den

Mengen der vorhandenen Basen die Gemengtheile abhängen,
und hierin zeigt sich nun für die grauen und rothen Gneisse
in der Art ein Unterschied, dass die grauen durchschnittlich
um 65 Procent Kieselsäure und um 15 Procent Thonerde enthalten und dass die Alkalien minder stark vorwalten, dagegen
der Gehalt an Kalkerde, Magnesia und Eisenoxydul im Gegensatz zu den rothen Gneissen stärker hervortritt, wodurch
die letzteren um 75 Procent Kieselsäure und um 13 Procent
Thonerde enthalten, und dass dabei im Rest die Alkalien stärker hervortreten, dagegen der Gehalt an Kalkerde, Magnesia
und Eisenoxydul bedeutend niedriger ist. Bei den Graniten
würde ein solcher Unterschied auch gefunden werden, wenn
man ihre Analysen entsprechend ordnete, ohne dass er gerade
im Allgemeinen sichtlich durch die Färbung unterstützt würde.
Er ist aber bei den Gneissen um so prägnanter, weil bei diesen
im Ganzen genommen der Glimmer stärker hervortritt, und es
lassen sich daher die rothen Gneisse als solche erkennen,
welche mehr Alkalifeldspath und mehr Kaliglimmer enthalten,
während die grauen Gneisse neben Alkalifeldspath mehr Kalknatronfeldspath und mehr Magnesiaglimmer nachweisen, womit auch der mindere Kieselsäuregehalt zusammenhängt, ohne
dass sie desshalb auffallend weniger Quarz enthielten, wenn
auch in der That etwas weniger aus den Durchschnittszählen
gefolgert werden kann. Da aber die Farben nicht durchgehends von diesen Mengenverhältnissen allein abhängen, und
jene Unterscheidung eine weitergehende geologische Bedeutung hat, so muss man nicht allein nach der Farbe entscheiden,
sondern stets die Gemengtheile als den wahren Unterschied
feststellen, wenn es sich um eine geologische Unterscheidung
handelt.

Der Wechsel der Gemengtheile bezüglich der relativen
Menge von Feldspath, Quarz und Glimmer, deren Mengen
überhaupt durch die Reihenfolge wie bei den Graniten ausgedrückt sind, ist hier in gleicher Weise zu beobachten, und
man ersah schon aus den oben angeführten Varietäten bezüglich der Anordnung des Glimmers, dass auch die Menge desselben damit zusammenhängt, und es kann derselbe einerseits
abnehmend zu dem Granulit überführen, welcher wesentlich
glimmerfreier Gneiss wäre, wesshalb man die Uebergänge

Granulitgneiss nennt, andererseits kann die Menge des
Glimmers so zunehmen, dass Uebergänge aus dem Gneiss in
den Glimmerschiefer entstehen, welcher wesentlich nur
Glimmer und Quarz enthält, ohne dass man für nöthig erach-
tete, solche Uebergänge besonders zu benennen.

Schliesslich enthält auch der Gneiss viele andere Minerale als unwesentliche oder Uebergemengtheile eingewachsen,
von denen manche in gleicher Weise wie bei den Graniten als
stellvertretende betrachtet werden oder wenigstens so wichtig
erschienen, um locale Varietäten des Gneisses durch sie eigends
zu benennen. So tritt Amphibol neben und für Magnesiaglimmer ein, den Syenit- oder Diorit- oder den Amphibol-
gneiss als Uebergangsglied in Syenit oder Diorit bildend, so
Talk und Chlorit anstatt des Magnesiaglimmers den Protogingneiss als eine Varietät des Gneiss bildend, die auch so
wie Protogingranit als eigene Gebirgsart betrachtet wird,
während man beide zusammen unter dem Namen Protogin
begreift und als krystallinisch-körnige gemengte aus Alkalifeldspath, Quarz und Talk oder Chlorit bestehende betrachtet
und als Protogingranit und Protogingneiss trennt. In gleicher
Weise wird Turmalingneiss mit Turmalin als stellvertretendem Gemengtheil des Glimmers, Graphitgneiss,
Dichroitgneiss, Eisenglimmergneiss u. s. w. unterschieden; hervorzuheben sind noch Granat, Epidot, Andalusit, Disthen, Pinit u. a. m. als Uebergemengtheile vorhandene Minerale, ohne dass man den Gneissen besondere Namen
giebt, die aber im vorkommenden Falle immer leicht verständlich sind.

Ungeachtet der nahen Verwandtschaft und den unzweifelhaf-
ten Uebergängen des Granit in Gneiss ist bei der ausgesprochenen
Schichtung und der ausgedehnten Erstreckung des Gneiss derselbe meist nicht als eruptives Gestein anzusehen, wenn auch seine
Bildung Massen voraussetzt, welche durch den Einfluss einer
höheren Temperatur und des Wassers als weiche vorhanden
gewesen sein müssen, und durch deren Krystallisation der
Gneiss entstand, wesshalb man ihn in Verbindung mit anderen
verwandten Gesteinen, in die er Uebergänge bildet, den
Glimmer- und Glimmerthonschiefern als die oberste Erstarrungsrinde der Erde ansieht, unter welcher die anderen feurig-

flüssigen Massen waren und sind, die zu älteren und jüngeren Eruptivgesteinen Veranlassung gaben.

Wenn auch in dieser Beziehung Gneiss und Granit eine gewisse Verschiedenheit zeigen, so hängt doch ihre Bildung, wie ihre materielle Beschaffenheit innig zusammen, und man ersieht hieraus, dass man einerseits sie mit·Recht als massige und geschichtete, als verschiedene Gebirgsarten trennen konnte, dass man aber andererseits sie auch wieder gemeinschaftlich mit anderen Gebirgsarten vergleichen kann, bei denen jener Unterschied nicht so auseinandergehalten wird, um sie in Arten zu zerlegen.

Granit und Gneiss stimmen in ihrer Zusammensetzung so überein, dass man, wenn es sich nur um die Gemengtheile handelt, beider Verhältnisse gleichzeitig berücksichtigen kann, und bei beiden wurde darauf hingewiesen, dass im Allgemeinen der feldspathige Gemengtheil vorherrscht, dann an Menge der Quarz folgt und der Glimmer bei beiden nachsteht, dass aber mit dem Wechsel der Mengen der Bestandtheile die der Gemengtheile wechseln müssen. So wurden bei beiden Gebirgsarten Vorkommnisse erwähnt, welche glimmerarm endlich zu glimmerfreien Gemengen von Feldspath und Quarz führen können. Wenn auch solche Fälle verhältnissmässig selten eintreten, so bilden sie doch den Ausgangspunct einer Betrachtung, wonach eine Reihe Gebirgsarten in einen gewissen Zusammenhang gebracht werden können. Wenn wir daher schlichthin den Alkalifeldspath der Granite und Gneisse (den Kalknatronfeldspath mit eingeschlossen) als Feldspath benennen, so sind in Granit und Gneiss die drei Gemengtheile Feldspath, Quarz und Glimmer zusammen enthalten und durch das Zurücktreten des Glimmers treten Gesteine auf, welche nur wesentlich aus Feldspath und Quarz zusammengesetzt sind. Die Mengenverhältnisse wechseln in diesen ebenfalls und müssen zu Extremen führen, welche einerseits nur Feldspathgesteine, andererseits nur Quarzgesteine bilden. Nach jeder Richtung hin diesen Wechsel der drei wesentlichen Gemengtheile der Granite und Gneisse bezüglich der Menge verfolgend, zeigt uns zunächst das Schema

Quarz
. . •.

{ Quarz } { Feldspath } { Quarz }
{ Feldspath } { Quarz } { Glimmer }
{ Glimmer }

Feldspath . . . { Feldspath } . . . Glimmer
{ Glimmer }

dass eine ganze Gruppe krystallinischer Gesteine sich an die
Granite und Gneisse anschliesst, die es mit den drei wesentlichen Gemengtheilen derselben, Feldspath, Quarz und Glimmer zu schaffen hat. Der natürliche Verlauf der Uebergänge
durch die wechselnden Mengenverhältnisse erfordert eine
solche Gruppe von Gebirgsarten, die auch in der Mehrzahl
ihrer Glieder als solche existirt, die zum Theil auch noch wie
Granit und Gneiss die Unterscheidung als massige oder geschichtete und schiefrige zulassen, wie die nachfolgenden Gebirgsarten zeigen.

3. **Haplit** und **Granulit.**

Wenn in Granit der Glimmer sehr zurücktritt, das krystallinisch-körnige, massige, gemengte Gestein wesentlich nur
noch aus Feldspath und Quarz besteht, so ist es eben kein
Granit mehr und man nannte solche Vorkommnisse Halbgranit, Granitell oder Aplit (von ἁπλοος einfach), daher
der Name richtiger Haplit zu schreiben ist; sie sind, und daher auch ihr seltenes Auftreten, mehr als eine locale Zufällig-
keit zu betrachten, weil das Verhältniss der Thonerde zu den
Basen Kali, Natron und Kalkerde selten gerade in der Weise
vorkommt, um nur Feldspath neben Quarz herbeizuführen.
Ausser solchen grob- bis grosskörnigen Gemengen, die zum
Theil auch hier als Schriftgranit ausgebildet vorkommen können,
ist noch der klein- bis feinkörnige Granulit anzuführen, welcher
eine krystallinisch klein- bis feinkörnige gemengte massige oder
geschichtete und schiefrige Gebirgsart ist, deren wesentliche Gemengtheile Alkalifeldspath und Quarz sind, und welche als Uebergemengtheil häufig kleine bis sehr kleine rothe Granatkrystalle

eingewachsen enthält. Als gewöhnlich geschichtet und schiefrig reiht sich der Granulit auch in seinem Vorkommen dem Gneiss
an, daher der Name Granulitgneiss oder Gneissgranulit
im Gegensatz zu den Namen Granulitgranit oder Granit-
granulit, um dadurch die mehr massigen Vorkommnisse im Anschluss an Granit zu bezeichnen. Der Feldspath der Granulite ist
vorwaltend Orthoklas, nebenbei auch Natronfeldspath. So wie
der Granat in Granit und Gneiss als Uebergemengtheil zu betrachten ist, so auch hier in den Granuliten, welche zum Theil
noch andere Uebergemengtheile, wie Turmalin (daher Turmalingranulit), Disthen, Glimmer, selbst Amphibol enthalten.
Durch den Glimmer gehen die Granulite wieder in Gneiss oder
Granit über, während die sehr kleinen Amphibolkryställchen,
in sehr feinkörnigen bisweilen nur als dunkle Flecke sichtbar,
die Annäherung an Sienitgneiss vermitteln. Im Vorkommen
schliessen sich Haplite und Granulite an Granit und Gneiss an,
und ihre Unterscheidung wird durch das Fehlen des Glimmers
bedingt; die sehr feinkörnigen Granulite gehen in Felsit über,
besonders in schiefrigen.

4. Feldspathgesteine.

Bisweilen finden sich im Zusammenhange mit den Graniten Gesteinsmassen, welche wesentlich nur aus Alkalifeldspath, Orthoklas allein oder Gemengen von Orthoklas und
Albit bestehen und so als krystallinisch grob- bis feinkörnige
nur Feldspathgestein bilden, welches nach der besonderen Art
des Feldspathes Orthoklasfels oder albitischer Orthoklasfels ist, wie untersuchte Vorkommnisse zeigen, unter Umständen auch Albitfels oder Oligoklasfels sein kann, oder
Gemenge von verschiedenen Feldspathen bildet.

5. Quarzit.

Wenn der krystallinische Quarz selbständig als Gebirgsart
vorkommt, so wird dieselbe als Quarzit bezeichnet, und da
diese als eine krystallinisch-körnige, massige oder geschichtete
und schiefrige erscheint, so unterscheidet man den Quarzfels
und den Quarzschiefer. Dehnt man den Namen Quarzit
auch auf dichte Vorkommnisse aus, so heissen die sichtlich
krystallinischen körnige Quarzite. Die hierher gehörigen
Gebirgsarten sind krystallinisch-körnige Aggregate von ver-

schiedener Grösse des Kornes, zum Theil drusig-körnige, und
gehen bei abnehmender Grösse des Kornes in scheinbar dichten Quarzit über. Eine eigenthümliche Varietät ist der sogenannte Kieselpisolith, eine Art oolithischer Bildung,
welche Aggregate kugliger Gebilde verschiedener Grösse darstellt, deren Inneres zeigt, dass die Kugeln aus radial gruppir-
ten stengligen bis fast fasrigen Quarzindividuen bestehen,
durch deren äussere Enden die Kugeln rauh oder drusig
erscheinen. Die Kugeln werden durch ein kieseliges Bindemittel zusammengehalten, welches zum Theil die Zwischen-
räume zwischen den kugligen Gebilden ganz ausfüllt oder sie
zum Theil unausgefüllt lässt. Auch im Quarzfels ist stellenweise radiale Gruppirung stengliger Krystalloide bemerkbar.

Die Quarzite sind gewöhnlich als Quarz ziemlich rein,
daher weiss bis grau oder schwach gelblich, röthlich bis bräunlich gefärbt, local bisweilen intensiver, glasartig glänzend bis
schimmernd, selten wachsartig glänzend, an den Kanten mehr
oder weniger durchscheinend, und zeigen im Uebrigen die bekannten wesentlichen Eigenschaften des Quarzes.

Abgesehen von zufällig eingewachsenen Mineralen, welche
nicht selten sind, kommen gewisse, wie Glimmer, Turmalin
und Feldspath in solcher Weise darin vor, dass diese als Uebergemengtheile allmählich deutliche Uebergänge in Glimmerschiefer und Greisen, in Turmalinfels und Turmalinschiefer
und in Gneiss bilden. Namentlich enthält der Quarzschiefer
häufig Glimmerlamellen, welche besonders auf den Absonde-
rungs- oder Schichtungsflächen hervortreten, auch in ähnlicher
Weise Talkblättchen. Einzelne hervortretende mehr oder minder zahlreiche Feldspathkörner verleihen dem Quarzit ein
porphyrartiges Ansehen (porphyrartiger Quarzit). Zu
den schiefrigen Quarziten gehört auch das mit dem Namen
Itacolumit (nach dem Berge Itacolumi in Brasilien) genannte Gestein, welches in Brasilien Diamanten und Gold, in
Nord-Carolina und Georgia andere Minerale eingewachsen enthält, und sonst noch unter dem Namen elastischer oder
biegsamer Sandstein, Gelenkquarz oder biegsamer
Quarz bekannt ist. Dasselbe ist ein körnig-schiefriger Quarzit
mit dick- oder dünn-plattenförmiger bis schiefriger Absonderung, welcher kleine Glimmer-, Talk- oder Chloritblättchen

eingemengt enthält, wodurch die Quarzkörnchen so zusammengehalten werden, dass dünne Platten eine gewisse Biegsamkeit
zeigen, sich biegen lassen, ohne sofort zu zerbrechen, welche
Biegsamkeit aber keine elastische ist.

Ihrem Vorkommen nach schliessen sich die Quarzschiefer
zunächst den Glimmerschiefern, den Glimmerthonschiefern,
welche als Phyllit von den Thonschiefern zu trennen sind, weniger dem Gneiss an, während die Quarzfels genannten Quarzite
sich mehr als Gangmassen in älteren Eruptivgesteinen finden.
Weil sie nicht verwittern, werden die Quarzite oft als mauer-
ähnliche Felsen gefunden, nachdem das verwitterte und zer-
fallene Material der sie früher umschliessenden Gebirgsarten
durch Wasser entfernt worden ist.

6. Der Glimmerschiefer.

So werden krystallinische, geschichtete und
schiefrige Gesteine genannt, welche als gemengte wesentlich aus Quarz und Glimmer bestehen. Die Schichtung und Schieferung wird besonders durch den Glimmer bedingt, dessen Lamellen in dem Gemenge im Allgemeinen eine
parallele Anordnung zeigen und nach Menge, Vertheilung und
Grösse der Gemengtheile mannigfache Abänderungen bilden.
Der Quarz bildet vorwaltend unbestimmt eckige oder körnige Krystalloide verschiedener Grösse, welche mehr oder weniger regelmässig im Gemenge vertheilt sind oder lagenweise
mit dem Glimmer wechseln, aber auch flachere rundliche,
eiförmige oder ellipsoidische Knollen. Er ist wie in den Graniten und Gneissen weiss oder grau, oder durch Verunreini-
gung etwas gefärbt, gelblich, röthlich, bräunlich, selten farblos, mehr oder weniger glasartig glänzend und halbdurchsichtig
bis kantendurchscheinend. Der Glimmer ist wie bei Granit
und Gneiss entweder Kaliglimmer oder Magnesiaglimmer, häufig beide zusammen, bildet Lamellen verschiedener
Grösse bis zu den feinsten Schüppchen hinab, welche in einem
gewissen allgemeinen Parallelismus meist lagenweise mit dem
Quarz wechseln oder mit demselben regelmässig gemengt sind
und zum Theil die Quarzkörner mehr oder minder fest um-
hüllen, deren Menge dadurch verdeckend.
Im unmittelbaren Anschluss an die glimmerführenden

Quarzschiefer bilden die Glimmerschiefer eine Reihe von Abänderungen, welche durch die relative Menge der beiden Gemengtheile unterscheidbar sind, wonach man am einfachsten
glimmerarme und glimmerreiche oder quarzreiche
(sandsteinähnliche) und quarzarme unterscheiden kann, von
denen die letzteren in Vorkommnisse überführen, welche wesentlich nur aus Glimmer bestehen und gleichfalls nur Glimmerschiefer genannt werden können. Hierzu gehören auch
einige locale Gebirgsarten, welche schlichthin als Glimmerschiefer bezeichnet werden, wenn man gerade kein grosses Gewicht auf die Unterscheidung des Glimmers selbst legt, welche
aber weder der gewöhnliche Kali- noch der Magnesiaglimmer
sind, sondern andere phyllitische Mineralspecies, wasserhaltige
Glimmer, (s. S. 33) wie z. B. der Paragonit, Damourit, Margarit
und Didymit, wie ja auch in ähnlicher Weise Talk und Chlorit
Schiefer bildend als Talk- oder Chloritschiefer vorkommen
und zum Theil Uebergänge in Glimmerschiefer bilden, die
man dann als Talkglimmerschiefer oder Chloritglim-
merschiefer benennt.

Ferner unterscheidet man nach der Dicke der Schichten,
dick- und dünnschiefrige, nach ihrer Vollkommenheit der
Ausbildung, nach der Flächenausbildung der Schichten u. s. w.
noch vollkommen- und unvollkommen schiefrige, gerade und gebogen schiefrige, knieförmige, wellenförmige,
gefältelte, schuppig-schiefrige, körnig-schuppige, knotige,
Wulstglimmerschiefer, Lagenglimmerschiefer u. a. m., Varietäten, welche durch ihre Benennung leicht verständlich sind
und im Allgemeinen keine grosse Bedeutung haben.

Nach dem Wechsel der Gemengtheile in der Menge und
nach der Verschiedenheit des Glimmers selbst zu urtheilen,
sind die Bestandtheile der Glimmerschiefer sehr wechselnd in
der Menge, wenn sie auch wesentlich vorwaltend die Kieselsäure angeben lassen, neben welcher Thonerde, Kali, Magnesia
und Eisenoxydul oder Eisenoxyd zu nennen sind, und deren
verschiedene Verhältnisse untereinander bald mehr zur Bildung
von Kali- oder von Magnesiaglimmer beitragen. Diese und noch
andere Bestandtheile, welche als accessorische hinzukommen,
bedingen auch die Anwesenheit sehr verschiedener Minerale,
welche in Glimmerschiefern als Uebergemengtheile eingewach-

sen vorkommen und ihnen zum Theil ein porphyrartiges Aussehen verleihen, wie die so häufig vorkommenden Granat-krystalle. Ausser diesen sind beispielsweise noch Turmalin, Andalusit, Staurolith, Disthen, Chlorit, Talk, Amphibol, Graphit, lamellarer Hämatit oder der sogenannte Eisenglimmer, Epidot u. s. w. zu bemerken, von denen einzelne durch ihre zunehmende Menge gleichsam als Stellvertreter des Glimmers in andere Gebirgsarten, wie der Turmalin in den Turmalin-schiefer, der Chlorit in Chloritschiefer, der Talk in Talkschie-fer, der Amphibol in Amphibolschiefer, der Feldspath in Gneiss überführen oder überhaupt nur durch ihre Anwesenheit eine Varietät des Glimmerschiefers bedingen, die man ähnlich wie Graphitglimmerschiefer, Chloritglimmerschie-fer, Talkglimmerschiefer u. s. w. benennen kann.

Eben so bedingt auch die Feinheit der Quarzindividuen und die feinschuppige Beschaffenheit des Glimmers verbunden mit inniger Mengung der Gemengtheile den Uebergang der Glimmer-schiefer in gewisse Thonschiefer, so dass man von Thonglim-merschiefer oder Glimmerthonschiefer spricht, weil in der That keine Grenze gezogen werden kann. Wirklich dicht werden die mikrokrystallinischen Glimmerschiefer nicht, weil dies die lamellare Bildung des Glimmers verhindert, dessen Lamellen selbst bei grösster Kleinheit sich durch ihren Glanz oder Schimmer verrathen.

Aus dem Zusammenhange der Glimmerschiefer mit Gneiss und Glimmerthonschiefer kann man entnehmen, dass sie zum grossen Theile ihrer Entstehung nach mit zu denjenigen Gebirgs-arten gehören, welche die erste Erstarrungsrinde der Erde bilden, doch finden sich auch Glimmerschiefer, welche unverkennbar metamorphisch zu nennen sind, durch allmählich eintretende Umwandlung und Krystallisation sedimentärer Gebirgsarten, gewisser Thonschiefer und Schieferthone entstanden sind.

7. Der **Greisen**.

Mit diesem Namen hat man eine verhältnissmässig selten vorkommende Gebirgsart benannt, welche sich zu dem Glim-merschiefer verhält wie der Granit zum Gneiss, ein krystal-linisch-körniges, gemengtes, massiges Gestein, wel-ches wesentlich aus Quarz und Glimmer zusammengesetzt ist und als Glimmer Kaliglimmer (Muscovit) oder lithionhaltigen Kaliglimmer (Lithionit) enthält. In der Grösse des Kornes ist es sehr verschieden, was mehr von den Quarzkörnern abhängt, indem der Glimmer in der Regel mehr lamellar ausgebildet, aber unregelmässig eingewachsen vorkommt, daher keinen Schiefer bedingt. Durch die relative Menge des Quarz und Glimmers grenzt einerseits der Greisen an körnigen Quarzit, andererseits an Glimmerfels, womit man die gleichfalls seltenen Vorkommnisse benennt, welche wesentlich nur Glimmeraggregate sind, körnig-blättrige oder schuppig-körnige. Solche Aggregate können auch durch Magnesiaglimmer oder durch wasserhaltige, wie Margarit, Margarodit und Lepidolith gebildet werden, auch diese, wie namentlich der lithionhaltige Lepidolith mit Quarz gemengt sein und dem Greisen zugezählt werden. Der Greisen, welcher als Uebergemengtheil vorzüglich das Zinnerz oder den Kassiterit eingewachsen enthält, steht in naher Beziehung zum Granit und geht durch Aufnahme von Feldspath in Granit über, so dass man ihn eben so als Halbgranit betrachten könnte, als einen Granit, dem ein Gemengtheil fehlt, hier der Feldspath, wie man den Haplit (s. S. 96 u. 115) benannte, weil ihm der Glimmer fehlt.

Die im Vorangehenden betrachteten Gebirgsarten schliessen sich wesentlich an Granit und Gneiss an, und wenn wir jetzt durch ihre Namen in dem obigen Schema (S. 115) die Stelle der dort angeführten Gemengtheile ersetzen, so zeigen

Quarzfels
Quarzschiefer
. . .
. .
.
Haplit   Granit   Greisen
Granulit   Gneiss   Glimmerschiefer
.   .   .
.   .   .
.
Feldspathgestein   { Glimmer }   Glimmerfels
             { Feldspath }   Glimmerschiefer

dieselben ihre gegenseitigen Beziehungen durch den Wechsel der drei Gemengtheile Feldspath, Quarz und Glimmer in den verschiedensten Zwischenstufen, während sie fast durchgehends wie Granit und Gneiss entweder massige oder geschichtete und schiefrige Gebirgsarten sind.

Es wurde bei den Bestandtheilen darauf hingewiesen, dass, wenn in dieser Gesteinsgruppe Kieselsäure, Thonerde und Alkalien die Hauptrolle spielen, zu denen noch in mehr untergeordnetem Grade Magnesia und Kalkerde nebst den Oxyden des Eisens hinzutreten, es wesentlich von den relativen Mengenverhältnissen abhängt, dass einerseits sich bei Ueberschuss an Kieselsäure Granit, Gneiss, Haplit und Granulit mit den verschiedenen Varietäten bilden, wenn das Verhältniss der Thonerde zu den anderen Basen die vorherrschende Ausbildung der Feldspathe bedingt, und dass gewissermaassen glimmerfreier Granit oder glimmerfreier Gneiss seltene Vorkommnisse und daher mehr locale Ausnahmen sind. Von den relativen Mengenverhältnissen hängt eben so die Bildung der Glimmerschiefer und die des selten vorkommenden Greisen ab, indem bei diesem letzteren der Einfluss des Glimmers auf Schichtung und Schieferung ausnahmsweise zurücktritt. Alle diese Gesteinsarten enden in den Quarziten, wenn die Kieselsäure ihr Maximum erreicht, die sich formell als Quarzfels und Quarzschiefer den massigen und geschichteten Arten anschliessen. Wenn nun einerseits die Haplite und Granulite, andererseits die Glimmerschiefer und der Greisen bei abnehmendem Kieselsäuregehalt in die Feldspathgesteine oder in Glimmerschiefer und Glimmerfels überführen, so müssen auch die Granite und Gneisse bei abnehmendem Kieselsäuregehalt in quarzfreie Gesteine übergehen, die man als wesentlich aus Feldspath und Glimmer bestehend erwarten müsste.

Solche Gesteine aber haben nicht allein ihre theoretische Berechtigung, sondern sie finden sich auch in der That als Gesteinsvarietäten oder besondere Arten vor, nur werden sie in der Regel entweder anderen Gebirgsarten als Varietäten angereiht oder als selbstständige Gebirgsarten hingestellt, weil sie entweder anderen Gebirgsarten sich näher anzuschliessen scheinen, wie der sogenannte Glimmersyenit an den Syenit, der Glimmerdiorit an den Diorit, der Kersanton, Kersantit und gewisse Varietäten der Minette genannten Gesteinsreihe an Felsitporphyre, oder weil das Hinzutreten eines oder des anderen neuen Minerals, wie das des Nephelin (Eläolith)

in dem Miascit, dem sich als verwandte der Zirkonsyenit,
der Ditroit und der Foyait anreihen lassen, solche Gemenge als selbstständige Gebirgsarten herausstellte. Es möge
daher hier, wo es sich doch mehr um eine übersichtliche all-
gemeinere Darstellung der Gebirgsarten handelt, wo die Zer-
splitterung weniger zweckmässig erscheint, diese kurze Erwähnung ausreichen, dass Gesteine, wie der Glimmersyenit, Glimmerdiorit, Kersanton, Kersantit und gewisse Varietäten der
Minette unter einem gemeinschaftlichen Namen hätten zusammengefasst werden können, als eine Gebirgsart, welche wesentlich aus Feldspath und Glimmer besteht, als krystallinisch-
körnige, gemengte, massige oder geschichtete mit einem eigenen
Namen benannt, ihre Varietäten bildet, und dass die Uebergänge
derselben in Syenit, Diorit, Felsitporphyr und andere sich eben
so ergeben hätten, wie sie selbst als Varietäten dieser angesehen
werden.   Die anderen, welche als eigene Gebirgsarten aufgefasst werden, wie der Miascit, Ditroit und Foyait, weil
in ihnen neben den Feldspathen Nephelin u. a. vorkommen,
können als selbstständige Gebirgsarten gelten, sie würden aber
eben so als Varietäten jener wesentlich aus Feldspath und
Glimmer bestehenden Gebirgsarten angesehen werden können,
weil die Bildung an Kieselsäure ärmerer Species neben dem
Feldspath, wie die des Nephelin, eine nothwendige Folge des
niedrigen Gehaltes an Kieselsäure ist. Wegen ihres Zusammenhanges mit den oben beschriebenen Gebirgsarten mögen sie daher nur ganz kurz hier charakterisirt werden, zumal sie sel-
tenere Vorkommnisse sind.

Der Miascit, benannt nach seinem Vorkommen bei
Miask und längs des Miaskflusses im Ilmengebirge in Russland,
ist eine krystallinisch-körnige, gemengte Gebirgsart, welche
wesentlich aus Orthoklas, Nephelin und Magnesiaglimmer besteht. Der Orthoklas, vorwaltend weiss bis grau, ist meist
natronhaltig und bei zunehmendem Natrongehalt wird er auch
durch kalihaltigen Natron- und Kalknatronfeldspath ersetzt,
daher man als feldspathigen Gemengtheil, Orthoklas, Albit
und Oligoklas anführen kann. Der Nephelin, die mit dem Namen Eläolith benannte Varietät darstellend, graulich oder
gelblich gefärbt, erinnert im Aussehen etwas an den Quarz der
Granite, doch lässt er sich durch seinen wachsartigen Glanz,

durch seine mindere Härte, durch seine Schmelzbarkeit vor
dem Löthrohre und durch seine Löslichkeit in Säure leicht
unterscheiden. Der **Magnesiaglimmer** ist grün bis schwarz
und seine Lamellen sind in dem körnigen Gemenge des Feldspath und Nephelin eben so untergeordnet vertheilt, wie bei
den Graniten. Durch das Zurücktreten des Nephelin, durch
Aufnahme von Amphibol oder durch Eintreten von Quarz
werden Uebergänge in Syenit oder Diorit einerseits oder in Granit andererseits erkenntlich, so wie auch das von Granit und
Gneiss begrenzte Gestein massig bis geschichtet erscheint,
durch die erforderliche Anordnung des Glimmers gneissähnlich
wird. Ausser anderen Mineralen, welche als Uebergemengtheile enthalten sind, findet sich auch Sodalith.

Der **Ditroit**, benannt nach seinem Vorkommen bei Ditro
in Siebenbürgen, auch **Hauynfels** genannt, ist eine verwandte krystallinisch-körnige, gemengte Gebirgsart, welche
wesentlich aus Orthoklas, Nephelin und Sodalith besteht, zum
Theil auch Glimmer und Amphibol enthält. Eine verwandte
Gebirgsart, aus Orthoklas, Nephelin, Sodalith, Magnesiaglimmer und Zirkon bestehend, wozu auch noch klinoklasti-
scher Feldspath tritt, findet sich in Massachusetts in Nordamerika, so wie bei Ditro auch Miascit vorkommt.

Der **Zirkonsyenit**, so genannt, weil er wegen des Amphibol als eine Varietät des Syenit betrachtet wurde und Zirkon
enthält, ist eine krystallinisch-körnige, gemengte Gebirgsart,
welche wesentlich aus Orthoklas, Nephelin und Zirkon besteht,
häufig aber auch Amphibol enthält, welche besonders im südlichen Norwegen vorkommt und sehr reich an eingewachsenen
Mineralen verschiedener Art ist.

Der **Foyait**, benannt nach dem Vorkommen, das Gestein
der Berge Foya und Picota im Gebirge Monchique in der Provinz Algarve in Portugal bildend, ist eine krystallinisch-körnige
gemengte Gebirgsart, welche wesentlich aus Orthoklas, Nephelin und Amphibol besteht und sich durch letzteren an den Syenit anschliesst.

Hier reiht sich auch H. **Fischer's Kinzigit** an, welcher als krystallinisch-körniges Gemenge von Oligoklas, schwarzem Glimmer und Granat, bei Wittichen an der Kinzig im
Schwarzwald u. a. a. O. vorkommend ein Feldspathglimmer-

gestein ist, worin der Granat als stellvertretender Uebergemengtheil, wie der Nephelin im Miascit wegen des geringen
Kieselsäuregehaltes da ist. Das Gestein ist weniger alkalisch
als Miascit und verwandte, daher hier die Granatbildung statt-
fand.

Wenn die bis jetzt beschriebenen Gebirgsarten, welche
genetisch verwandt, wenn sie massig vorkommen, meist als
ältere Eruptivgesteine oder geschichtet als Bildungen der ersten
Erstarrungsrinde unserer Erde betrachtet werden, eine Uebereinstimmung und einen gegenseitigen Zusammenhang der Bestandtheile in der Richtung zeigen, dass Kieselsäure, Thonerde
und die Alkalien die Hauptrolle spielen, dass Kalkerde, Magnesia
und die Oxyde des Eisens untergeordnet sind und bis auf ein
Minimum herabsinken, wodurch vorwaltend Quarz und Alkalifeldspathe mit den beiden als Kali- und Magnesiaglimmer unterschiedenen Glimmern diejenigen Mineralspecies sind, welche als
wesentliche Gemengtheile hervorgehoben wurden und in ihren
Mengenverhältnissen varirend verschiedene Gebirgsarten hervorrufen, welche nebenbei bei analoger mineralogischer Beschaffenheit noch als massige, geschichtete und schiefrige unterschieden werden konnten, so wenden wir uns jetzt an einige
Gebirgsarten, welche bezüglich der Bestandtheile ausser den
dort vorwaltenden durch einen höheren Gehalt an Kalkerde
und Magnesia und dadurch in den Gemengtheilen wesentlich
durch den Amphibol charakterisirt sind, denen sich dann analoge Gebirgsarten anschliessen, worin der Augit als wesentlicher
Gemengtheil in gleicher Weise auftritt. Amphibol und Augit,
Silikate mit den Bestandtheilen Kalkerde und Magnesia, wozu
noch Eisenoxydul als Stellvertreter hinzukommt, (s. S. 35 u. 38)
stehen einander so nahe, dass die wesentlich Amphibol oder
Augit enthaltenden Gebirgsarten in vielfacher Beziehung einander ähnlich sind und namentlich auch darin, dass die Kieselsäure abnimmt und der Quarz, welcher dort als Gemengtheil
und bis zum Maximum als Quarzit auftrat, hier nicht mehr,
oder nur ausnahmsweise in Uebergangsgliedern vorkommt.

8. Der Syenit.

Diese Gebirgsart, als krystallinisch-körnige, gemengte, enthält als wesentliche Gemengtheile Orthc

klas und Amphibol, und ist massig, bisweilen auch schiefrig. Der schon in alter Zeit gebrauchte Name bezog sich auf
ein anderes Gestein aus der Gegend von Syene in Oberägypten
und wurde von Werner dem jetzt so genannten gegeben, und
obgleich am Berge Synai wirklich Syenit sich findet und desshalb
von Rozière der Name Sinait vorgeschlagen wurde, so behielt
man doch allgemein für die charakteristische Gebirgsart den Namen Syenit bei. Im weiteren wurde auch hier davon abgesehen,
wie bei Granit und Gneiss ein solches Gewicht auf den Unterschied schiefriger Vorkommnisse gegenüber den massigen zu
legen, um dadurch zweierlei Gebirgsarten zu unterscheiden und
mit verschiedenen Namen zu benennen, man begnügte sich,
den schiefrigen Syenit einfach Syenitschiefer (auch Syenitgneiss) zu nennen, wonach derselbe nur als Varietät in
der Reihe mit dem Namen Syenit benannter Gesteine anzusehen
ist. Man ersieht hieraus, wozu noch oft Gelegenheit geboten
wird, dass man durchaus nichtgleichmässig die Gebirgsarten
trennte und benannte, was übrigens oft ohne besonderen Einfluss ist, wesshalb man das Abgehen von der Consequenz lieber
übersieht, als durch neue Namen abzuhelfen sucht, wo es nicht
unbedingt nothwendig wird.

Das krystallinisch-körnige Gemenge ist in der Regel grob-
oder feinkörnig und enthält bisweilen grössere Krystalle oder
Krystalloide des Feldspath im Gemenge ausgeschieden, wodurch der Syenit porphyrartig, als Porphyrsyenit benannt,
bei zunehmender Kleinheit des körnigen Gemenges den Uebergang in den Syenitporphyr bildet, wie er auch ohne solche porphyrartig ausgeschiedene Krystalle als sehr feinkörniger Syenit
an Felsit und Aphanit sich anreiht.

Der Feldspath der Syenite ist wesentlich Orthoklas, gewöhnlich durch Eisenoxyd fleischroth, gelb bis röthlichbraun gefärbt, auch weiss oder grau oder grünlich; doch da auch Natron
als stellvertretender Bestandtheil neben Kali, ausserdem die
Kalkerde vorhanden ist, so zeigt sich ausser natronhaltigem
Orthoklas auch als Stellvertreter neben dem Orthoklas kalkhaltiger Natronfeldspath, den man als Oligoklas bezeichnet oder
selbst noch reicher an Kalkerde sein kann, wodurch der Syenit
in Diorit übergeht. Die verschiedenen Feldspathe unterscheiden sich, wie bei den Graniten, meist durch die Farbe, im

Uebrigen durch die bekannten Eigenschaften. Der Amphibol, grün bis schwarz gefärbt, bildet gewöhnlich krystallinische Parthien, die zum Theil aus kleineren nadelförmigen oder strahligen Individuen zusammengesetzt sind, auch feinkörnige schwärzliche Concretionen, seltener einzelne Kryställchen. In der Menge ist gewöhnlich der Feldspath überwiegend, wesshalb auch das sp. G. der Syenite im Allgemeinen wenig höher als das der Granite ist, etwa 2,63—2,90, doch ist auch bisweilen der Gehalt an Amphibol überwiegend und durch seine Zunahme können Syenite in Amphibolit übergehen, wie andererseits durch allmähliches Zurücktreten des Amphibol in Feldspathgestein, wenn sonst keine andere Veränderung in dem Gemenge eintritt.

Aus den Gemengtheilen des Syenit ergeben sich als wesentliche Bestandtheile Kieselsäure (um 60 Procent), Thonerde (um 17 Procent), Kali mit stellvertretendem Natron, Kalkerde, Magnesia und Eisenoxydul (dieses um 8 Procent) und aus dem Wechsel derselben untereinander erklärt sich der Wechsel in der Menge des Amphibol gegenüber den Feldspathen. Häufig jedoch tritt auch neben dem Amphibol Magnesiaglimmer als Uebergemengtheil auf, welcher dunkelgrün bis schwarz gefärbt gewöhnlich den Amphibol umgiebt und ihn ersetzend so reichlich vorhanden ist, dass die oben (S. 122) angeführten Glimmersyenite hervorgehen bis zum Verschwinden des Amphibol. Ausser diesem Uebergang in die granitischen Gesteine wird auch durch das Eintreten von Quarz und Glimmer ein solcher vermittelt, wie bereits in umgekehrter Weise dies früher angeführt wurde, welche Uebergänge Syenitgranit und Syenitgneiss benannt werden. Unter den verschiedenen, als Uebergemengtheile vorkommenden Mineralen ist das Titanit genannte hervorzuheben, welches meist kleine deutlich ausgebildete Krystalle (Fig. 25) von gelber bis brauner Farbe und mit bald mehr wachsartigem, bald mehr glasartigem Diamantglanz bildet. Dasselbe ist eine Verbindung der Kalkerde mit Kiesel- und Titansäure und wird häufig in Syeniten gefunden. Ausserdem finden sich Granat, Vesuvian, Epidot, Augit, Magneteisenerz, Pyrit u. a. m., ohne dass man besondere Varietäten darnach unterscheidet, nur der als Eläolith benannte Nephelin bedingt

Fig. 25.

den Uebergang in das oben (S. 123) beschriebene, Miascit genannte Gestein. Ebendaselbst wurde des Zirkonsyenit gedacht, welcher, wenn Amphibol darin enthalten ist, auch zum
Syenit zu rechnen ist.

Wenn bei der Verschiedenheit der Farbe der beiden wesentlichen Gemengtheile Feldspath und Amphibol die Syenite
bunt gefärbt erscheinen, so kann bei zunehmender Kleinheit der
Gemengtheile das Gestein zuweilen unbestimmt einfarbig und
überhaupt die Unterscheidung des Syenit und Diorit zweifelhaft
werden, in welchem Falle nämlich auch bei Syeniten durch die
intensivere dunkle und grüne Farbe des Amphibol sogenannte
Grünsteine bis Aphanite möglich sind, die man gewöhnlich
ohne genauere (und in solchen Fällen auch meist unwichtige)
Untersuchung den Dioriten anzureihen pflegt.

9. Der **Diorit.**

Mit diesem Namen bezeichnet man dem Syenit sehr
nahe stehende krystallinisch-körnige, gemengte
Gesteine, welche als wesentliche Gemengtheile Natronfeldspath und Amphibol enthalten. Der von dem
griechischen Worte διορίζειν, unterscheiden, abgeleitete Name
bezieht sich zunächst auf das leichte Erkennen der beiden
durch die Färbung verschiedenen wesentlichen Gemengtheile,
des hellen Feldspath und des dunklen Amphibol. Die Diorite
sind massig oder schiefrig und geschichtet, und es werden
auch hier die geschichteten und schiefrigen Vorkommnisse nur
als Dioritschiefer (Dioritgneiss) innerhalb des gesammten Diorit unterschieden.

Der Diorit ist gross-, grob-, klein- bis feinkörnig, und
wenn er sehr feinkörnig wird, scheinbar dicht, so geht er in
den Aphanit über, der Dioritschiefer in den Aphanitschiefer. In dieser Beziehung verhält sich der Diorit zum
Aphanit wie der Granit zum Felsit. Ausserdem wurde der
Diorit auch Grünstein genannt, weil er durch die häufig
vorkommende grüne Färbung des Amphibol, welche selbst auf
den Feldspath Einfluss hat, grün gefärbt ist und überhaupt der
grüne Farbenton stark hervortritt, besonders wenn das Gemenge klein- bis feinkörnig ist, für welche dann auch der
Name Grünstein in gewisser Beziehung passend erscheint.

Immerhin ist aber dieser Name, wie schon seinem Ausdrucke
nach ein sehr unbestimmter, da aus gleichem Grunde auch andere Gebirgsarten Grünsteine genannt wurden, und man kann
ihn überhaupt nur als provisorischen für Diorite gebrauchen,
die bei kleinem und feinem Korne es nicht sofort entscheiden
lassen, ob sie Diorit sind oder nicht. Selbst der engere Name
Urgrünstein, um auf das Alter hinzudeuten, genügt nicht,
da ebenfalls andere Grünsteine so benannt werden können und
benannt wurden. Zuweilen finden sich in dem dioritischen Gemenge vereinzelt grössere Feldspath- oder Amphibolkrystalle,
oder Krystalloide porphyrartig ausgeschieden, und der Diorit
ist dann porphyrartig und bildet als Porphyrdiorit den
Uebergang in den Dioritporphyr und Aphanitporphyr, wenn
das dioritische Gemenge in der Feinheit des Kornes vorschrei-
tet, daher auch der Name Grünsteinporphyr, der aber
doch wieder weiter greift.

Die grosse Aehnlichkeit der Diorite und Syenite, welche
sich in den angeführten Verhältnissen zeigt, oder die unsichere
Grenze beider Gebirgsarten gegeneinander tritt um so mehr hervor, wenn es sich um die Unterscheidung nach den Gemengtheilen handelt. Wenn auch der Syenit als wesentlich aus Orthoklas und Amphibol bestehend charakterisirt wird, so wurde
bei demselben angegeben, dass durch stellvertretenden Gehalt
an Natron in den Syeniten ausser Orthoklas auch kalihaltiger
Natronfeldspath oder natronhaltiger Kalifeldspath vorkommt,
dem sich der sogenannte Oligoklas als kalkhaltiger Natronfeldspath anschliesst. Für den Diorit wurde oben angegeben, dass
der Feldspath Natronfeldspath ist, aber wie die Untersuchung der
Feldspathe zeigt, ist der Natronfeldspath auch kalihaltig und
kalkhaltig und in diesem Sinne ist der Feldspath der Diorite verschieden, insofern er am seltensten als Albit erscheint, sondern
häufiger kalihaltig und kalkhaltig, so dass einerseits der Feldspath
der Diorite, wie der mancher Syenite ist, eine Trennung, eine
Grenze unmöglich wird, andererseits der Feldspath der Diorite bei
verschiedenem, wechselndem Gehalte an Natron und Kalkerde
als Oligoklas, Andesit oder Labradorit auftritt, ja selbst Gesteine zu Diorit gezählt worden sind, wie der sogenannte Kugeldiorit, der Anorthit und Amphibol enthält. Trennt man
auch solche Gemenge des Amphibol mit Kalkfeldspath oder

Anorthit als Anorthitdiorit oder als Corsit nach Zirkel, so würden sich wieder die Diorite von den Corsiten ebensowenig scharf abgrenzen lassen, wie von den Syeniten, da Gemenge von Amphibol und Labradorit bald zu der einen, bald zu der anderen Art gezählt werden könnten, weil der Labradorit doch im Wesentlichen ein Kalkfeldspath ist, dem Anorthit näher steht, als dem Oligoklas.

Im Allgemeinen verhalten sich die Diorite zu den Syeniten wie die Natrongranite zu den Kaligraniten, und wenn man consequent verfahren wollte, so müsste man beide unter einem Namen als eine Gebirgsart vereinigen oder die Granite trennen. Hält man dagegen an den bestehenden Namen fest, so genügte dieser Hinweis zu zeigen, dass der Schwerpunct der Unterscheidung bei den Gemengen des Amphibol mit Feldspath darin liegt, den Feldspath nach dem Vorherrschen der Basis als Kali-, Natron- oder Kalkfeldspath zu unterscheiden, wonach die Syenite den feldspathigen Gemengtheil mit überwiegendem Kaligehalt haben, in den Dioriten der Natrongehalt überwiegt und als Corsite diejenigen zu trennen wären, welche wesentlich Kalkfeldspath und Amphibol enthalten.

Der Feldspath der Diorite ist gewöhnlich weiss, grau oder grünlich, auch gelblich bis röthlich, aber seltener, der Amphibol wie in den Syeniten dunkelgrün bis schwarz, in ähnlicher Weise auch eingewachsen, mehr nadelige Gruppen und kleinere Parthien körnig-blättriger Individuen bildend, weniger deutlich abgegrenzte Individuen, und die gegenseitigen Mengenverhältnisse der Gemengtheile sind ebenfalls wechselnde, so dass bei dem Zurücktreten des Amphibol die Diorite sich dem Feldspathgestein nähern, bei dem Vorherrschen des Amphibol schliesslich in Amphibolit übergehen. Daher ist auch das sp. G. der Diorite wechselnd, sehr nahe dem der Syenite, im Allgemeinen ein Wenig höher, die Angabe 2,75—2,95 nur eine ungefähre, die nicht zur Unterscheidung beiträgt.

Aus den wesentlichen Gemengtheilen, mit Berücksichtigung des schwankenden Gehaltes der Feldspathbasen, ergeben sich als wesentliche Bestandtheile der Diorite Kieselsäure (um 55 Procent), Thonerde (um 15 Procent), Kalkerde, Magnesia, Eisenoxydul (um 10 Procent), Natron und Kali, und da nicht allein durch den Wechsel der Bestandtheile die relativen Mengen der wesentlichen Gemengtheile verschiedene sind, sondern durch diesen auch andere Minerale erzeugt werden, so ist zunächst hervorzuheben, dass Magnesiaglimmer, wie in den Syeniten häufig als Uebergemengtheil vorkommt, der bei bedeutender Menge Diorite als Glimmerdiorite benennen lässt, bis schliesslich Glimmerdiorite hervorgehen, welche als Gemenge von Natronfeldspath und Glimmer bereits oben (S. 122) erwähnt wurden, die als solche überhaupt von den Dioriten getrennt werden könnten, indem sie sich den granitischen Gebirgsarten als Gemenge von Feldspath und Glimmer anreihen, wie die entsprechenden Endglieder der Syenite.

An diese Uebergänge der Diorite in die Reihe granitischer Gesteine schliessen sich die quarzhaltigen Diorite, welche in der Regel auch Magnesiaglimmer enthalten und je nach ihrer Structur als Granitdiorit oder Gneissdiorit zu benennen sind, wenn man mehr die Verwandtschaft mit Diorit ausdrücken will, während sie oben (S. 106 u. 113) als Dioritgranit und Dioritgneiss erwähnt wurden.

Zu solchen Uebergangsgliedern ist auch die von G. vom Rath Tonalit genannte Gebirgsart zu rechnen, welche in den östlichen Alpen südlich von Tonale in Oberitalien vorkommt und aus natronhaltigem Kalkfeldspath, Quarz, Magnesiaglimmer und Amphibol besteht.

Von anderen begleitenden Mineralen ist noch der Titanit hervorzuheben, welcher wie in Syeniten (S. 127) krystallisirt ist, der Chlorit, welcher vielleicht als ein Umwandlungsproduct des Amphibol auftritt, der Pyrit, Magnetit und der Calcit (Kalk), welcher wahrscheinlich auch in Folge von Zersetzung darin enthalten ist, (Kalkdiorit).

Anhangsweise möge hier nur noch einmal des Corsit gedacht werden, welchen Namen Zirkel für den sogenannten Kugeldiorit von Corsika vorschlug und überhaupt auf krystallinisch-körnige, gemengte Gesteine anwendet, welche wesentlich aus Anorthit und Amphibol bestehen, noch zweckmässiger auch auf die ausgedehnt werden könnte, welche sogenannten Labradorit oder natronhaltigen Kalkfeldspath und Amphibol enthalten. Der Kugeldiorit (Kugelfels, Kugelgrünstein, Kugelgranit) nicht zu verwechseln mit dem Kugelporphyr von Corsika, enthält als krystallinisch-körniges Gestein

ein bis 3 Zoll im Durchmesser haltende Kugeln, welche krystallinische Concretionen der beiden Gemengtheile darstellend,
im Inneren eine concentrische wechselnde Bildung der Art
zeigen, dass um einen Kern krystallinischen Anorthits öder
krystallinischen Amphibols concentrische Hüllen aufeinander
folgen, welche aus beiden Mineralen zusammengesetzt abwechselnd reicher an Amphibol oder an Anorthit sind, wodurch
die zertheilten Kugeln hellere und dunklere Ringe abwechselnd
zeigen.

Ihrer Entstehung nach werden Syenit und Diorit, welche,
durch die mehr lineare Ausbildung und parallele Anordnung
des Amphibol schiefrig, ausserdem auch geschichtet, meist
aber massig vorkommen, wie die Granite zu den älteren
eruptiven Gesteinen (den plutonischen) gerechnet und bilden
wie diese Massengesteine oder Ganggesteine, im Allgemeinen
von geringerer Ausdehnung als die Granite, und erleiden
durch Verwitterung, welche auf beide Gemengtheile sich erstreckt, mannigfache Veränderungen. Beiden schliesst sich
durch Zunahme des Amphibol an

10. der **Amphibolit,**

mit welchem Namen man als krystallinische einfache
Gebirgsart diejenigen Gesteine bezeichnet, welche wesentlich
aus Amphibol bestehen. Da die Krystalloide des Amphibol bald
mehr körnige oder körnig-blättrige, bald mehr lineare, strahlige, nadelförmige sind, und durch eine gewisse parallele Anordnung, namentlich der mehr linearen, die Amphibolite
(Hornblendegesteine) ausser massig auch geschichtet und schiefrig vorkommen, so unterscheidet man den Amphibolfels
und Amphibolschiefer, die beide wieder in einander
übergehen. Der Amphibol ist gewöhnlich dunkelgrün bis
schwarz, zuweilen auch heller grün, durch geringeren Eisengehalt, welche Varietät des Amphibolit dann als Strahlsteinfels oder Strahlsteinschiefer (Aktinolithschie-
fer) unterschieden wird.

Die Amphibolite, gewöhnlich grob- oder feinkörnig, oder
körnig-stenglig bis fein nadelförmig, bestehen selten nur aus
Amphibol, wie die Analysen zeigen und wie aus dem Uebergange aus Sienit und Diorit hervorgeht, sondern enthalten noch

andere Minerale als accessorische beigemengt, welche, wie Feldspath, Glimmer, Chlorit, Granat, Epidot, Quarz u. a. m. wegen des überwiegenden Amphibol weniger deutlich hervortreten und es entstehen dadurch Uebergänge, ausser in die genannten, auch noch in andere Gebirgsarten, wie durch Chlorit in Chloritschiefer, durch Granat in Eklogit. Ihrem Vorkommen nach reihen sie sich als Amphibolfels dem Diorit und Syenit, als Amphibolschiefer dem Gneiss und Glimmerschiefer an, und sind verhältnissmässig seltener und von geringer Ausdehnung, weil zu ihrem Auftreten immer die Bedingung gewisser Mengenverhältnisse der wesentlichen Bestandtheile gehört, um vorwaltend Amphibol zu bilden.

Da, wie die Betrachtung der einzelnen Mineralarten (S. 35 u. 38) zeigte, Amphibol und Augit in ihrer chemischen Zusammensetzung zwei sehr verwandte Minerale sind, die, wenn wir wesentlich nur auf die im Besonderen Amphibol und Augit genannten Rücksicht nehmen, dieselben Bestandtheile enthalten, und dann abgesehen von dem noch nicht sicher festgestellten Verhältniss der Kieselsäure zu den Basen in der Hauptsache ein anderes Verhältniss der Basen untereinander zu zeigen scheinen, dass nämlich in den Amphibolen das Verhältniss von CaO zu MgO mit stellvertretendem FeO im Mittel 1:3, in den Augiten wie 1:1 ist, diese also reicher an Kalkerde sind, so liegt es auch nahe, dass die Augite in ähnlicher Weise vorkommen, Gemenge mit Feldspath bilden und namentlich mit Kalkfeldspath, wesshalb wir auch zunächst

11. den **Gabbro**

zu betrachten haben. Mit diesem Namen, womit die Italiener ein den jetzt allgemein Gabbro genannten Gesteinen verwandtes, einen diallagithaltigen Serpentin benannten, bezeichnet man krystallinisch-körnige, gemengte Gesteine, welche zunächst wesentlich aus Kalkfeldspath und Augit zusammengesetzt sind.

Der Gabbro als krystallinisch-körnige Gebirgsart ist gross-, grob-, klein- bis feinkörnig und geht bei verschwindend feinem Korne in scheinbar dichte Gesteine über, die dann, wie bei dem Diorit, zum Aphanit gestellt werden, wie auch in gleicher Weise bei kleinem und feinem Korne oft der Name

Grünstein gebraucht wird. Zuweilen wird auch der Gabbro
porphyrartig, wenn der feldspathige Gemengtheil feinkörnig
ist und darin grössere Individuen des augitischen Gemengtheiles eingewachsen, ein porphyrartiges Aussehen hervorrufen; auch findet sich in feinkörnigem Gabbro der feldspathige Gemengtheil in Gestalt rundlicher Körner ausgeschieden, welche in gewisser Beziehung auch porphyrartige Bildung
mit dem Namen variolitischer Gabbro benannt wird.
Durch lagenweise Vertheilung der Gemengtheile entstehen die
schiefrigen Gabbro oder Gabbroschiefer, wobei das
geschichtete bis schiefrige Gestein meist feinkörnig ist und in
Aphanitschiefer übergeht, überhaupt schwierig zu erkennen
und vom Diabasschiefer zu trennen ist, wie manche massige
Gabbro ebenso nahe dem Diabas stehen und mit ihm verwechselt werden.

Was die wesentlichen Gemengtheile betrifft, so konnte
man zunächst den Feldspath als Kalkfeldspath bezeichnen,
weil er entweder der natronhaltige Kalkfeldspath, der Labradorit oder der reine Kalkfeldspath, der Anorthit ist. Hiernach könnte man Labradoritgabbro und Anorthitgab-
bro unterscheiden, wenn man es nicht vorzieht, den letzteren
als Eukrit abzuzweigen, wie es F. Zirkel im Gegensatz zu
Corsit that. Eine solche Trennung würde jedoch noch den
Eukrit als eine Varietät des Gabbro fortzuführen gestatten,
dem weitere solche Varietäten folgen würden, und wenn man
selbständige Gebirgsarten aus diesen Varietäten machte, so
würde sie der Name Gabbro generell umfassen, worüber die
Ansichten erst später einer Einigung entgegensehend noch abweichen.

Andere Vorkommnisse der Gabbro genannten Gebirgsarten enthalten aber anstatt des Kalkfeldspathes das in der Reihe
der beschriebenen Mineralarten (S. 24) Saussurit genannte
Kalkthonerdesilikat, und desshalb hat man solche als Saussuritgabbro benannt. Die mineralogische Unterscheidung des
Saussurit, der überhaupt als Mineralart noch etwas zweifelhaft
gilt, ist in den Gesteinen um so schwieriger, weil auch Saussurit mit Anorthit vorkommt und bei feinerem Korne die Trennung erschwert wird, daher auf die schwierige Schmelzbarkeit
des Saussurit vor dem Löthrohre, auf die Unlöslichkeit in

Säure und auf das höhere specifische Gewicht desselben, gegenüber dem Anorthit, zu achten ist. Da er aber gewöhnlich nur feinkörnig bis scheinbar dicht vorkommt, so liegt auch darin ein Erkennungszeichen, um bei grösserem Korne und deutlichen Spaltungsflächen, zumal diese meist die Zwillingsstreifung zeigen, sofort auf den Kalkfeldspath, Labradorit oder Anorthit zu schliessen. In der Färbung ist kein Unterschied, da sie als Kalkthonerdesilikate weiss bis grau, grünlich, gelblich und blaulich vorkommen und die Färbung bei allen durch ähnliche Ursachen hervorgerufen wird. Der Labradorit zeigt bisweilen die als Farbenwandelung benannte Erscheinung blauer, rother und grüner Farben, die bei verschiedener Stellung gegen das Auge auftreten und wechseln.

Der zweite wesentliche Gemengtheil der Gabbro genannten Gesteine ist Augit, und zwar ist es häufig die mit dem Namen Diallagit (Diallage) belegte Varietät, welche durch eine vollkommene perlmutterglänzende Spaltungsfläche charakterisirt ist und wegen eines eigenthümlichen Schillers auf dieser Fläche auch bisweilen Schillerspath, bei gelblicher bis bräunlicher Farbe des Schillers auch zum Theil Bronzit genannt wird. Da aber der Augit nicht allein als Diallagit solche Eigenschaften zeigt, so hat man die Namen Schillerspath und Bronzit, wie bei der Beschreibung der Minerale angeführt wurde, auch bei anderen gebraucht, die unter Umständen auch mit dem Aussehen des Diallagit vorkommen können. Der Diallagit enthält wesentlich wie der Augit Kalkerde, Magnesia und etwas Eisenoxydul; ist grau, grün, gelblich bis bräunlich, bald heller bald dunkler gefärbt, und enthält in Folge einer beginnenden chemischen Veränderung auch ein Wenig Wasser, je frischer er ist, um so weniger. Nach dem Vorkommen des Diallagit als Gemengtheil hat man solche als Diallagitgabbro benannt, zum Unterschiede von dem Smaragditgabbro, wenn anstatt des Diallagit der meist grasgrün gefärbte Smaragdit als Gemengtheil auftritt. Dieser Smaragdit ist ebenfalls auf den Augit oder Diopsid (eisenarmen Augit) zurückzuführen, und ist wahrscheinlich eine dem Uralit entsprechende Varietät, welche in Amphibol übergeht und desshalb zum Theil mit Amphibol verwachsen ist und auf ihren Spaltungsflächen eine auch bei Diallagit oft bemerkbare feine

Streifung hat, daher man die Spaltungsflächen nicht genau als
augitische bestimmen kann und wegen des damit verwachsenen
Amphibol auch die Spaltungsflächen dieses wahrnimmt, den
Smaragdit auch selbst als eine Varietät des Amphibol angesehen hat.

Die Bestandtheile des Gabbro sind, wie auch die angegebenen wesentlichen Gemengtheile, Kalkfeldspath und natronhaltiger Kalkfeldspath, Saussurit, Diallagit und Smaragdit
es erfordern, im Wesentlichen Kieselsäure (um 50 Procent
herum), Thonerde (um 17 Procent), Kalkerde, Magnesia,
Eisenoxydul (um 10 Procent) und Natron, neben welchem
auch noch etwas, wenn auch wenig Kali gefunden wurde, ein
Zeichen, dass selbst dieses als Stellvertreter in dem feldspathigen Gemengtheile vorkommt. Die Mengenverhältnisse schwanken entsprechend dem Mehr oder Weniger der beiderseitigen
Gemengtheile, und umgekehrt werden durch die ursprünglich
vorhandenen verschiedenen Mengen der Bestandtheile verschiedene Gabbro hervorgerufen, welche in ihren extremen
Varietäten einerseits in Feldspathgestein überführen oder andererseits in Augitfels.

Da jedoch auch im Verhältniss der Kalkerde gegenüber
der Magnesia ansehnliche Schwankungen vorkommen und diese
auf den augitischen Gemengtheil von Einfluss sind, so können
hier als Gabbrovarietäten noch zwei Gesteinsarten angereiht
werden, welche man gewöhnlich als eigene Gebirgsarten aufgestellt findet, der Hypersthenfels oder der Hypersthe-
nit und der Enstatitfels, welche einfach als Varietäten des
Gabbro den Hypersthengabbro und Enstatitgabbro
bilden. Schon bei der Beschreibung der wichtigsten Minerale
(S. 41) wurde angeführt, dass die beiden Hypersthen und
Enstatit genannten Minerale in einem nahen Zusammenhange
mit Augit stehen, indem sie, wenn die Augite, welche wesentlich Kalkerde, Magnesia und Eisenoxydul enthalten, denen
sich der Diopsid als eisenarmer Augit anreiht, durch die Formel $RO \cdot SiO_2$ ausgedrückt werden, dieselbe Formel haben und
ihnen nur als wesentlicher Bestandtheil die Kalkerde fehlt.
Sie sind in dieser Beziehung als Augite zu betrachten, im all-
gemeineren Sinne des Wortes, und stehen dem Augit unbedingt
näher als selbst Feldspathe zueinander, welche man als stell-

vertretende Gemengtheile gelten lässt, weil sie dasselbe Sauerstoffverhältniss der Basen zur Kieselsäure zeigen, worauf man
sonst ein so grosses Gewicht legt.

Der Hypersthen ist demnach als augitische Species ein
Magnesia-Eisenoxydul-Silikat und der Enstatit ein Magnesia-
Silikat der Formel RO. SiO_2, und sie stehen auch in ihrem kry-
stallographischen Verhalten den Augiten so nahe, dass sie dieselben Spaltungsflächen haben, insofern auch ihre Krystalle ein
rhombisches Prisma von nahe 87^0 bilden, dessen beiderlei Kanten durch die Quer- und Längsflächen abgestumpft vorkommen
und die Spaltungsflächen entsprechen diesen Flächen, wie bei
den Augiten. Desgleichen erscheinen sie, der dunkelgrün bis
grünlichschwarz gefärbte Hypersthen und der heller grün bis
grünlichweiss gefärbte Enstatit häufig schon etwas chemisch
verändert, indem zunächst durch höhere Oxydation des Eisens
und Aufnahme von Wasser eine röthliche, braune bis gelbe
Färbung eintritt und daher die Namen B r o n z i t und S c h i l l e r -
s p a t h stammen, je nachdem durch den höheren Eisengehalt
mehr ein bronzeartiger Schiller oder bei minderem Eisengehalt
ein grüner Schiller auf den Hauptspaltungsflächen eintritt.

Diese beiden entschieden augitischen Minerale, besonders
in petrographischer Beziehung, kommen nun wie der augitische
Gemengtheil der anderen Gabbro mit Kalkfeldspath (Anorthit)
und Natronkalkfeldspath (Labradorit) gemengt vor, und es
verhalten sich diese krystallinisch-körnigen Gemenge im Allgemeinen ganz wie die anderen Gabbro, in die sie auch Uebergänge der Art bilden, dass neben Hypersthen oder Enstatit
auch Augit vorkommt. Jedenfalls erscheint es daher zweckmässig, sie als Varietäten des Gabbro aufzufassen, mit dem sie
öfter verwechselt worden sind, oder umgekehrt wurden Gabbro
für Hypersthenfels gehalten, von denen es sich erwies, dass
der vermeintliche Hypersthen kein solcher war; bei dem Enstatitfels kam die Verwechselung in diesem Sinne nicht vor,
weil die Species Enstatit nicht so lange als solche bekannt ist,
wie der Hypersthen. Das sp. G. der verschiedenen Varietäten
des Gabbro ist nahezu $= 2,8 — 3,2$, also um 3 herum, im Allgemeinen etwas höher als das der Diorite.

Ausser den wesentlichen Gemengtheilen finden sich in
den Gabbro genannten Gesteinen auch noch verschiedene

unwesentliche, oder Uebergemengtheile, wie der schon erwähnte Amphibol neben Diallagit, Smaragdit und Hypersthen, und wird zum Theil als ein Umwandlungsproduct angesehen, Magnesiaglimmer, Chlorit, Talk, Granat, Epidot, Olivin, Magneteisenerz und Titaneisenerz, Quarz u. a. m., welche aber kaum Veranlassung gegeben haben, Gabbrovarietäten darnach zu unterscheidén, nur der Serpentingabbro wurde unterschieden, welcher aber nicht eigentlich Serpentin als Uebergemengtheil enthält, sondern Gabbro ist, dessen augitischer Gemengtheil in Serpentin ganz oder zum Theil umgewandelt vorkommt, wodurch in Folge weiterer Veränderung das ganze Gestein in Serpentin umgewandelt wird und Uebergänge in denselben oft gefunden werden.

Durch chemische Veränderung, welche sich zunächst schon in allen Gabbrovarietäten, besonders in dem augitischen Gemengtheile erkennen lässt, insofern derselbe nicht als unveränderter Augit, Diopsid, Hypersthen oder Enstatit, wenigstens selten gefunden wird, sondern den Diallagit, Smaragdit, Schillerspath, Bronzit oder Diaklasit bildet und welche Veränderung mit einer Aufnahme von etwas Wasser verbunden ist, das fast immer in mehr oder weniger geringer Menge bei den Analysen gefunden wird, welche sich in dem augitischen Gemengtheile bis zur Serpentinbildung erstreckt, ist auch das Vorhandensein von kohlensaurer Kalkerde zu erklären, welche oft bei der Prüfung des Gesteins mit Säuren durch Brausen erkannt wird. Desgleichen verwittern auch die Feldspathe, wie der thonige Geruch häufig beim Anfeuchten der Stücke zeigt, und selbst der selten bemerkbare Quarz kann eine Folge der Verwitterung sein, durch welche zuletzt die Gabbro in eine eigenthümliche, eisenhaltige, thonige, mehr oder weniger erdige Substanz, sogenannte Wacke, wie die Diorite umgewandelt werden, welche bei der Verschiedenartigkeit ihrer Ausbildung oft als Verwitterungsproduct erwähnt wird, ohne weder als Mineralspecies noch als Gebirgsart deutlich fixirt werden zu können, weil sie durch die gemeinschaftliche Zersetzung der beiden Gemengtheile entstanden ist und als ein Gemenge von Kaolin oder kaolinähnlichen Gebilden mit Eisenocher und anderen erdigen Substanzen erscheint, daher auch Eisenthon genannt wurde.

Ihrer Entstehung nach schliessen sich die Gabbro genannten Gesteine als ältere Eruptivgesteine, als plutonische Gebilde
den Dioriten und Syeniten an und finden sich massig oder Stöcke
und Gänge bildend, zum Theil, oft in Folge beginnender Verwitterung unregelmässig zerklüftet.

Wie bereits oben angedeutet wurde, fasste man früher unter dem Namen Grünstein verschiedene Gebirgsarten zusammen, bei denen vorwaltend die grüne, durch Amphibol
oder Augit erzeugte Farbe zur Unterscheidung von granitischen
Gemengen den Ausschlag gegeben zu haben scheint, und diese
Grünsteine, denen man auch Graustein gegenüber stellte,
ergaben sich, wie wir gesehen haben, als zwei Hauptreihen
von Vorkommnissen, von denen die einen als Gemenge von
Feldspath mit Amphibol, die anderen als Gemenge von Feldspath und Augit hervortreten, jene sind vorwaltend die Diorite, diese die Gabbro, während sich den Dioriten einerseits
die Syenite anreihen, welche häufig noch sich in ihrem Aussehen und in ihrem Vorkommen den Graniten anschliessen und
daher weniger als Grünsteine benannt wurden, andererseits die
gleichfalls wegen des Feldspathes unterschiedenen Corsite,
welche wie die Diorite in die Reihe der Grünsteine fallen.
Auch die Gabbro waren solche Grünsteine, und von diesen
wurde noch eine Art Grünsteine abgezweigt, welche aber bei
genauer Berücksichtigung aller Verhältnisse nicht scharf genug
charakterisirt werden können, obgleich sie seit einer Reihe von
Jahren als eigene Gebirgsart aufgestellt wurden. Es ist dies

12. der **Diabas.**

Mit diesem Namen, womit ursprünglich A. Brongniart
Diorite benannte, belegte Hausmann gewisse Gesteine,
welche als Gebirgsart mit den Gabbro genannten verglichen,
sich in gewisser Beziehung schwierig von denselben unterscheiden lassen, indem nämlich der zur Unterscheidung dienende Gemengtheil Chlorit als solcher seltener deutlich hervortritt. Man
bezeichnet daher mit dem Namen Diabas krystallinisch-körnige,
gemengte, massige, geschichtete und schiefrige Gesteine, als deren wesentliche Gemengtheile der Feldspath, der Gabbro,
Augit und Chlorit angegeben werden, mit der nothwen-
digen Bemerkung, dass der Chlorit häufig nicht deutlich

erkennbar ist. Somit stehen die Diabase dem Gabbro unmittelbar sehr nahe und lassen sich häufig kaum mit Sicherheit davon
unterscheiden. Ihr sp. G. wird = 2,8—3,0 angegeben.

Der Feldspath ist natronhaltiger Kalkfeldspath oder
kalkhaltiger Natronfeldspath und wird als Labradorit oder
Oligoklas benannt, je nachdem der Kalkerde- oder Natrongehalt bedeutender hervortritt, wozu auch noch, wie im Gabbro,
etwas Kali kommt, und es ist nicht unwahrscheinlich, dass weitere Untersuchungen auch in manchen nur auf Anorthit führen
werden. In den gewöhnlich klein- bis feinkörnigen Gesteinen
sind die Feldspathkörner klein und lassen bisweilen die Zwillingsstreifung erkennen; sie sind weiss, grau oder grünlichweiss.
Der Augit, an dessen Stelle auch hin und wieder Hypersthen
beobachtet wurde, ist grün, bräunlich bis grünlichschwarz, und
der Chlorit von dunkelgrüner Farbe durchzieht meist das
krystallinisch-körnige Gemenge von Feldspath und Augit als
feinschuppiges bis erdiges Pulver, seltener tritt er lamellar oder
deutlich schuppig, eher noch in kleinen schuppig-erdigen Parthien auf, und wenn er schliesslich als ein Umwandlungsproduct angesehen wird, so fällt der charakteristische Unterschied
von Gabbro weg und der Diabas wird eine besondere Varietät
des Gabbro, worin durch Umwandlung Chlorit entstanden ist.

Für diese letztere angedeutete Auffassung des Chlorit aber
würde ich mich nicht entscheiden, weil dieselbe das ganze Gemenge durchzieht und wesentlich auf die geschichteten und
schiefrigen Diabase, die Diabasschiefer von Einfluss gewesen zu sein scheint, sich in diesem Sinne zu der Ausbildung
der Diabase so verhält, wie der Glimmer in den Gneissen und
Glimmerschiefern und als ursprünglicher Gemengtheil aufzufassen ist.

Durch die Anwesenheit des Chlorit ist es auch erklärlich,
dass die Diabase überhaupt als krystallinisch-körnige Gesteine
verglichen mit dem Gabbro, meist klein- bis feinkörnige sind,
weil der überall verbreitete Chlorit die Krystallisation der anderen beiden Gemengtheile hinderte und bei der Abnahme des
Kornes die in Aphanit übergehenden Diabase durch den Chlorit
mehr sich der schiefrigen Bildung hinneigen, wodurch dann
die diabasischen Aphanitschiefer entstehen, welche das
lamellare Mineral noch deutlicher erkennen lassen, als die mehr

körnigen massigen. Durch Zunahme des Chlorit bilden auch Diabasschiefer Uebergänge in Chloritschiefer. Bisweilen werden auch die Diabase porphyrartig durch vereinzelt eingewachsene grössere Feldspathkrystalloide und bilden so Uebergänge in Aphanitporphyre, die dann speciell als Diabasporphyre benannt werden.

Im Uebrigen sind die Verhältnisse der Diabase denen des Gabbro sehr nahe liegende, wie schon aus den Gemengtheilen hervorgeht, so dass auch die wesentlichen Bestandtheile dieselben sind und in ähnlichen Mengenverhältnissen vorkommen, nur dass dann hier das Wasser als Bestandtheil des Chlorites ebenfalls wesentlich wäre, wenn auch seine Menge nur gering ist. Sie enthalten auch ähnliche Uebergemengtheile, Magneteisenerz, Titaneisenerz, Pyrit, Epidot, Amphibol, Olivin u. s. w., und eben so kohlensaure Kalkerde als Calcit, durch Behandlung mit Säure durch Brausen erkennbar oder auch sichtlich ausgeschieden. Ob derselbe immer nur als eine Folge von chemischer Veränderung anzusehen sei, lässt sich nicht mit Bestimmtheit sagen, so wahrscheinlich es häufig auch ist, im Allgemeinen aber verwittern die Diabase ziemlich schwierig, ähnlich wie Gabbro, und bilden dann sogenannte Wacken, oder sie zeigen auch Umbildung in Serpentin.

Im Anschluss an die Gabbro und Diabas genannten Gesteine wäre zunächst, wie bei den Syeniten und Dioriten, der Augitfels anzuführen, der gewissermassen als Schlussglied hier eintritt, doch ist nur noch vorher der Norit zu erwähnen, welcher jedoch als Gebirgsart nicht scharf getrennt ist. Scheerer nämlich nannte Norit ein Gestein von der Insel Hitteroë in Norwegen, welches aus Hypersthen oder Diallagit, Labradorit und natronhaltigem Orthoklas besteht, selbst auch noch zum Theil Quarz enthält; dasselbe dem Gabbro nahestehend, würde sich zum Gabbro verhalten, wie der Syenit zum Diorit, doch wurde der Name Norit auch noch auf andere norwegische Gesteine ausgedehnt, welche bald mehr als Gabbro, bald mehr als Diorit aufzufassen sind, daher es hier genügt, nur auf denselben verwiesen zu haben, bis weitere Untersuchungen die Natur des Norit festgestellt haben werden.

13. Der **Augitfels**.

Mit diesem Namen sind Gesteine zu bezeichnen, welche
der Hauptsache nach aus Augit bestehen und so als einfache
krystallinisch-körnige massige erscheinen, meist nur untergeordnet. Die Körner sind unbestimmt eckig und fest mit
einander verwachsen, vorherrschend grün, hell bis dunkel, ins
Gelbe und Braune übergehend. Sp. G. = 3,1—3,3. Bei Abnahme des Kornes gehen sie in fast dichte Massen mit splittrigem Bruch über. Der Augit ist im Eisengehalt wechselnd,
doch bei dem beschränkten Vorkommen ist darauf wohl kein
so grosses Gewicht zu legen, um besondere Namen, wie bei
den augitischen Mineralen, darnach zu geben. Im Augitfels
finden sich auch andere Minerale als Uebergemengtheile eingewachsen. An ihn reiht sich hier noch

14. der **Olivinfels,**

Dunit von F. v. Hochstetter genannt, nach dem Vorkommen im Dun Mountain, südöstlich von Nelson auf Neuseeland,
welcher als krystallinisch-körnige, einfache und massige Gebirgsart wesentlich aus Olivin besteht und im Aussehen dem
Augitfels ähnlich ist, sowie auch Uebergänge zwischen Olivinfels und Augitfels vorkommen, wie das mit dem Namen
Lherzolith benannte Gestein, welches in den Umgebungen
des kleinen See Lherz in den Pyrenäen vorkommt und aus Olivin, Enstatit (Magnesia-Augit) und Diopsid zusammengesetzt
ist und wie noch andere Vorkommnisse zeigen, so nach Sand-
berger bei Tringenstein in Nassau und im Ultenthal in Tirol.

Ein Rückblick auf die beschriebenen Gebirgsarten, welche
zwei analoge Reihen zeigen, von denen die eine im Wesentlichen Amphibol, die andere Augit im Gemenge mit Feldspathen aufweist, wobei die Feldspathe beiderseits differiren,
lässt die sich allmählich verändernden Verhältnisse deutlich
erkennen, welche von den granitischen Gesteinen aus bemerkt
werden konnten. Bei diesen nämlich waren vorwaltend die
alkalischen Basen Kali und Natron neben Thonerde und minderer Eisengehalt charakteristisch, während in den Dioriten,
Gabbro u. s. w. Kalkerde und Magnesia neben Thonerde und
höherer Eisengehalt charakteristisch sind, mit welchem Wechsel

der vorherrschenden Basen im Allgemeinen eine Abnahme der
Kieselsäure unverkennbar ist, wenn auch bei den alkalinischen
selbst wieder in einzelnen Fällen die Kieselsäure tief herab-
ging, während sie in den Quarziten gewissermassen ihr Maximum erreichte. Beide Gesteinsreihen, die amphibolischen
sowohl als auch die augitischen, nähern sich in einzelnen Gliedern und Varietäten den granitischen, und weitere Untersuchungen werden den sehr natürlichen Zusammenhang noch
deutlicher herausstellen, welcher auch in geologischer Beziehung constatirt ist. Dieses allgemeine Verhältniss der Zusammensetzung, welches andere Gesteinsreihen in analoger
Weise zeigen, gestattet im Anschluss an das frühere Schema
die im Weiteren beschriebenen Gebirgsarten, wie folgt, zu-
sammenzustellen:

Quarzschiefer
Quarzfels

| Granulit | Gneiss | Glimmerschiefer |
| Haplit | Granit | Greisen |

| Feldspath- | Kersantit | Glimmerschiefer |
| gesteine | Miascit | Glimmerfels |

Syenit	Norit
Diorit	Gabbro
Corsit	Eukrit

Diabas

| Amphibolit | Augitfels |

Olivinfels,

welche Zusammenstellung in der Folge zu Vergleichungen
Veranlassung geben wird. Vorläufig ersieht man, wenn man
nur die vorwaltenden Bestandtheile Kieselsäure, Thonerde,
Kali, Natron, Kalkerde, Magnesia und Eisenoxydul im Auge be-
hält, dass es wesentlich auf ihre Mengenverhältnisse ankommt,
um die verschiedenen Gebirgsarten zu erzeugen, und dass nicht
nothwendigerweise der abnehmende Kieselsäuregehalt die Bildung von Amphibol und Augit bedingt, sondern das Verhältniss der Thonerde zu den Basen, wesshalb auch in Dioriten
und Syeniten, in Norit und Gabbro Quarz vorkommen kann,
und dass die Feldspathe durchgehends die verbreitetsten Gemengtheile sind. Durch dieselben Basen können aber auch

noch Uebergemengtheile gebildet werden, deren Zahl ver-
grössert wird, wenn noch andere Bestandtheile dazutreten,
wie Eisenoxyd, Borsäure, Titansäure, Manganoxyde u. a.
Von solchen Uebergemengtheilen treten einzelne als stellvertretend ein, wie Turmalin, Granat, Nephelin, Chlorit, Talk
u. a., und es können local durch deren Menge Gebirgsarten
erzeugt werden, welche zum Theil nur als Varietäten der angeführten betrachtet werden und die auch zum Theil selbst-
ständig als Gebirgsarten aufgefasst werden. Alle diese untergeordneten Vorkommnisse aufzuführen, würde hier zu weit
führen, doch sollen einzelne derselben als Beispiele folgen:

15. Der **Turmalinfels.**

Turmalin (auch Schörl genannt, daher auch die Namen
mit diesem Worte zusammengesetzt), bildet in Granit, Gneiss,
Glimmerschiefer, Granulit u. a. einen häufig vorkommenden
Uebergemengtheil und wird zum Stellvertreter des Glimmer.
Er kommt nun im krystallinischen Gemenge mit Quarz auch
allein oder fast allein vor und bildet so eine analoge Gebirgsart
wie der Glimmer mit Quarz, massig als körniger Turmalinfels
bezeichnet, geschichtet und schiefrig, schiefriger Turmalinfels
oder Turmalinschiefer genannt. Der Turmalin ist körnig
oder kurzprismatisch bis nadelförmig, schwarz bis braun, glasglänzend und meist undurchsichtig, während der körnige Quarz
meist weiss oder graulichweiss ist. Durch hinzutretenden Glimmer wird der Uebergang in Greisen und Glimmerschiefer,
durch Feldspath der Uebergang in Granit und Gneiss bedingt.
Der Turmalin hat bei oberflächiger Betrachtung einige
Aehnlichkeit mit Amphibol, und da bei der Kleinheit der Gemengtheile, namentlich der nadelförmigen Krystalle die unterscheidenden Spaltungsflächen des Amphibol nicht gesehen
werden können, so muss man ihn eigens prüfen, doch ist der
Quarz schon ausreichend genug, wenn er erkannt werden kann,
weil Amphibol nicht mit Quarz gemengt vorkommt. Sehr feinkörniger Turmalinfels gleicht auch solchen Varietäten des
Gneiss und Granit, welche keinen oder den Turmalin als ac-
cessorischen, zum Theil stellvertretenden Gemengtheil enthalten, und bildet Uebergänge in dieselben.

16. Der **Topasfels,**

welcher sich dem Turmalinfels anschliesst, besonders ausgezeichnet am Schneckenstein in Sachsen vorkommend, ist ein
drusig-körniges Gemenge von Quarz und Topas, durchzogen
von Lagen des Turmalinfels, der auch zum Theil Topas enthält, sowie in jenem auch Turmalin vorkommt, wodurch ein
eigenthümliches breccienartiges Aussehen erzeugt wird, als wä
ren Bruchstücke des schiefrigen Turmalinfels durch den Topas-
fels verbunden.

17. Der **Epidosit.**

Dieser ist eine körnige bis dichte gemengte Gebirgsart,
bestehend aus pistaziengrünem Epidot und weissem Quarz,
welcher letztere auch bis zum Verschwinden zurücktritt oder bei
dem Uebergange in das Dichte nicht unterscheidbar ist; bei
drusig-körnigen Varietäten erkennt man die Krystalle beider
Gemengtheile. Bisweilen findet er sich variolithisch durch undeutliche krystallinische Concretionen, der dichte zum Theil mit
krystallinischem Epidot und Calcit durchzogen, auch wurde
eine erdige, mehr sandartige Varietät unterschieden.

18. Der **Eklogit,**

ein krystallinisch-körniges Gestein, welches wesentlich aus dem
sogenannten Smaragdit oder auch Strahlstein und Granat besteht.
Da meist der Smaragdit und der Strahlstein grün, der Granat
roth gefärbt ist, kann man beide gut unterscheiden, worauf
sich auch der Name bezieht. Häufig gesellt sich noch Glimmer,
Disthen, Quarz u. a. dazu, und bei Zunahme des Disthen hat
man den Disthenfels aufgestellt, der stellenweise fast ganz
aus Disthen besteht. Aehnlich ist der Cyanitit in Werm-
land, ein Gemenge von Disthen, Glimmer und Quarz, übergehend in disthenhaltigen Quarzit. Dem Eklogit verwandt ist
der von A. Erdmann beschriebene Eulysit bei Tunaberg in
Schweden, welcher ein krystallinisches, klein- bis feinkörniges,
gemengtes Gestein, zusammengesetzt aus rothem Granat, grünem Augit und einem gelblichen, eisenreichen, dem Olivin
ähnlichen Silikat bildet.

·19. Der **Granatfels.**

Eine krystallinische, körnige, einfache Gebirgsart, welche durch braunen bis rothen, gelben oder grünen Granat gebildet wird und einerseits bis fast dicht, andererseits auch drusig-körnig erscheint. In derselben sind manche andere Minerale, wie Amphibol, Augit, Epidot, Magneteisenerz, Calcit u. a. beigemengt und können stellenweise wieder als Gemenge des Granat mit einem oder dem anderen erscheinen, um eventuell als eigene Gebirgsart betrachtet werden zu können, wie über-haupt in dieser Richtung noch manche untergeordnete, ein-gelagerte oder gangartig auftretende Vorkommnisse als beson-dere Gebirgsarten sich unterscheiden liessen, die mehr von localem Interesse sind.

20. Der **Chlorit-** und der **Talkschiefer.**

Beide für sich, oder in wechselnden Uebergängen inein-ander vorkommend, sind, wie der Name bereits andeutet, krystallinische, schiefrige Gebirgsarten, von denen der C h l o r i t - s c h i e f e r wesentlich aus lamellarem Chlorit, der T a l k s c h i e - f e r wesentlich aus lamellarem, Talk genanntem Steatit zusam-mengesetzt ist und wobei beide, wenn die Lamellen sehr klein und fest mit einander verwachsen sind, als mikrokrystallinische so undeutlich krystallinisch erscheinen, dass nur der aus-gezeichnete phyllitische Charakter es ermöglicht, sie nicht für dicht zu halten. Der C h l o r i t s c h i e f e r wird hier unabhängig von der mineralogischen Unterscheidung verschiedener Chlorit-species, wie des C h l o r i t, K l i n o c h l o r und P e n n i n als Ge-birgsart aufgefasst, weil in ihm die unterscheidenden Merkmale jener Mineralarten nicht hervortreten, wesshalb eine Trennung in Chlorit-, Klinochlor- (oder Ripidolith-) und Penninschiefer nicht zweckmässig erscheint. Den Bestandtheilen nach, welche wesentlich Kieselsäure, Magnesia mit stellvertretendem Eisen-oxydul, Wasser und Thonerde sind, treten besonders Unter-schiede in der Färbung durch die Menge des Eisenoxyduls auf, wodurch sie mehr oder weniger dunkelgrün bis graulichgrün erscheinen. Durch den perlmutterartigen Glanz der Lamellen auf den parallel geordneten und beim Zertheilen sichtbar wer-denden Spaltungsflächen sind die Schieferungsflächen mehr oder weniger glänzend bis schimmernd, wodurch selbst bei grosser Kleinheit der Individuen auf den krystallinischen Zustand geschlossen werden kann. Bisweilen tritt der Parallelismus der Anordnung mehr zurück und die Gesteine werden schuppig-körnig bis körnig-blättrig, ohne dass es nothwendig erscheint, wie bei den Glimmerschiefern dadurch den Chloritfels abzuzweigen, weil derartige Vorkommnisse zu untergeordnet sind.

Der Wechsel in den Mengenverhältnissen der vorhandenen Bestandtheile und der Zutritt anderer lässt in Chloritschiefern verschiedene andere Minerale finden, wie häufig sogenannten Strahlstein, Talk, Magneteisenerz, Magnesiaglimmer oder minder häufig Granat, Turmalin, Epidot, Diopsid, Disthen, Dolomit u. a. m., ohne dass darnach besondere Varietäten zu unterscheiden sind, wenn auch bisweilen Uebergänge wie in Amphibolschiefer, Talkschiefer, Glimmerschiefer u. a. erzeugt werden können.

Der Talkschiefer hat viele Aehnlichkeit mit dem Chloritschiefer, lässt sich aber doch in den reineren Varietäten leicht unterscheiden. Durch die grössere Weichheit der Lamellen ist er entschieden weicher, doch tritt in Folge derselben auch eine innigere Fügung der Lamellen in einander ein, wodurch die Talkschiefer weniger deutlich krystallinisch-blättrig oder schuppig erscheinen, die Schieferung ist dabei weniger scharf ausgeprägt, als wie bei den Chloritschiefern, und sie lassen sich weniger leicht als jene darnach zertheilen, zeigen aber doch in Folge der vollkommenen phyllitischen Bildung und des einfachen basischen Blätterdurchganges des Talkes immer einigen Glanz, der mehr wachs- als perlmutterartig ist. Im Allgemeinen sind sie heller grün als Chloritschiefer, gelblich oder graulichgrün, weil der Gehalt an Eisenoxydul neben den wesentlichen Bestandtheilen Kieselsäure, Magnesia und Wasser durchschnittlich bedeutend geringer ist und das eigenthümliche seifenartige Anfühlen ist ein gutes Kennzeichen der reineren Varietäten. Im Uebrigen dienen zur weiteren Unterscheidung die oben S. 33 u. 34 angegebenen Eigenschaften. Andere Minerale finden sich ähnlich wie bei Chloritschiefern eingewachsen und durch den begleitenden Chlorit werden Uebergänge in Chloritschiefer erzeugt, welche man je nach dem vorwalten-

den Theile als chloritische Talkschiefer oder talkige Chloritschiefer benennen kann.

Beiden Schiefern schliesst sich der sogenannte Topfstein
an, welcher wegen seiner Weichheit, Zähigkeit und Feuerbestän-
digkeit zur Anfertigung von Oefen und Kochgeschirren ver-
wendet wird, und bildet ein massiges, selten schiefriges Gestein, welches mehr schuppig-körnig, filzartig verwoben, ein
inniges wechselndes Gemenge von Chlorit- und Talklamellen
darstellt und oft mit feinen Amphibol-(Strahlstein-)Nadeln und
Fasern durchzogen ist, welche zum innigen Zusammenhang
der ganzen Masse, selbst in geringer Menge bedeutend beizu-
tragen scheinen. Er ist grünlichgrau bis schwärzlichgrün und
enthält, wie obige Schiefer, verschiedene andere Minerale, wie
Glimmer, Magnet- und Titaneisenerz, Serpentin, Calcit, Dolomit u. a. als unwesentliche Beimengung eingewachsen.

In ihrem Vorkommen schliessen sich Chlorit- und Talkschiefer meist den Glimmer-, Thon- und Amphibolschiefern an
und gehören wie diese zu den ältesten krystallinischen Schiefern, welche die azoische Formation bilden, sind aber gewöhnlich nur untergeordnet eingelagerte Massen von verhältnissmässig geringer Ausdehnung und Verbreitung. Einzelne Vorkommnisse sind metamorphisch und jünger.

Wenn im Früheren mehrfach darauf hingewiesen wurde,
dass in genetischer Beziehung als Eruptivgesteine oder
als eruptive Gebirgsarten solche benannt und unterschieden werden, von denen man weiss oder annehmen kann, dass
sie aus dem Erdinneren von unten nach oben heraufgedrängt
wurden und dabei Massen bildeten, welche sich in einem weichen, breiartigen oder plastischen Zustande befanden, und dass
dieser Zustand einen gewissen, wenn auch verschiedenen hohen
Temperaturgrad derselben voraussetzt, wie einen solchen die
feurig-flüssigen Laven der Gegenwart zeigen, wesshalb sie auch
pyrogene oder pyrogenetische Gesteine genannt werden,
so ergaben sich durch die in einer gewissen bestimmbaren Zeit-
folge gebildeten sedimentären oder hydrogenen Gesteine,
durch die darauf gegründeten Formationen unzweifelhafte Zeit-
unterschiede für die eruptiven Gesteine, wesshalb man diese
als die älteren und die jüngeren, oder als plutonische und
Vulkanische (Plutonite und Vulkanite) unterschieden

findet. Die letzteren reichen von der Gegenwart bis in die Tertiärzeit zurück, und man trennte auch sie noch, insofern man mit dem Namen L a v e n die jüngsten und die noch gegenwärtig emporgedrängten eruptiven Massen bezeichnete, während die plutonischen bis in die ältesten Zeiten reichen, daher mit zu den sogenannten U r g e b i r g s a r t e n gerechnet wurden, zum Theil sich älter als alle Formationen erweisen.

Die Unterscheidung in plutonische und vulkanische war nicht allein durch die wirklich bestimmbare Altersfolge geboten, sondern es zeigen auch im Allgemeinen die plutonischen Gebirgsarten gegenüber den vulkanischen einen verschiedenen Charakter, der es selbst in Ermangelung der Betrachtung des wirklichen Vorkommens möglich macht, die plutonischen Gebirgsarten als solche in den meisten Fällen zu erkennen. Als solche plutonische Gesteine gelten die im Vorangehenden beschriebenen Gebirgsarten Granit, Syenit, Diorit, Gabbro u. s. w., welche als massige krystallinische und meist gemengte, ihrem Vorkommen nach diese Auffassung rechtfertigen, und zu ihnen gehören noch verschiedene Gebirgsarten, welche später beschrieben werden sollen.

Diese plutonischen Gebirgsarten, zunächst die beschriebenen krystallinischen, ergaben als wesentliche Bestandtheile Kieselsäure, Thonerde, die Alkalien Kali und Natron, die alkalischen Erden Kalkerde und Magnesia, zu denen noch von den untergeordneten Bestandtheilen abgesehen die Oxyde des Eisens kommen, und diese Bestandtheile ergaben durch ihre gegenseitigen Mengenverhältnisse verschiedene Mineralspecies, wie die Feldspathe, die Glimmer, Amphibole, Augite, Olivin, Quarz u. a. m., durch welche die plutonischen krystallinischen Gebirgsarten gebildet sind und durch deren Mengenverhältnisse die Arten und Varietäten unterschieden werden.

Es liegt nun sehr nahe, dass die Bestandtheile der plutonischen Gebirgsarten als Bestandtheile des Erdinneren vorhanden, auch als solche der jüngeren eruptiven Gesteine vorhanden sind, dass sie durch ihre Mengenverhältnisse und durch ihre Verbindungsweise dieselben oder ähnliche Mineralarten bilden, und dass somit in der chemischen und mineralogischen Zusammensetzung die jüngeren eruptiven Gesteine, die vulkanischen den älteren, den plutonischen, ähnlich sind, und dies

ist auch in der That so bis zu den jüngsten Bildungen. Trotz-
dem ist aber im Allgemeinen ein verschiedener Charakter der
jüngeren und älteren Gesteine in ihrem Aussehen zu bemerken,
der, wenn er nicht vorhanden wäre, andere krystallinische
eruptive Gebirgsarten aufzustellen nicht nothwendig gemacht
hätte. So wurden nun eine ganze Reihe von Gebirgsarten als
vulkanische unterschieden und wir werden sehen, dass sie auch
wirklich sich von den plutonischen im Allgemeinen und im Besonderen unterscheiden lassen, weil dieselben Mineralarten in
den plutonischen und vulkanischen Gesteinen unterscheidbare
Varietäten bilden oder selbst, wenn dies nicht der Fall ist, andere Verhältnisse Unterschiede hervorrufen, welche zum Theil
mit der Bildung, zum Theil auch mit dem wirklich verschiedenen Alter zusammenhängen.   Hierbei aber ist noch eine Frage
zu entscheiden, ob die vulkanischen wieder zu trennen sind?
ob man von ihnen als jüngste die Laven abzweigen solle, welche
sich dann wieder zu den anderen vulkanischen so verhalten würden, wie diese letzteren zu den plutonischen. In dieser Beziehung
sind die Ansichten verschiedene, indem nämlich entweder die
Laven von den vulkanischen eruptiven Gesteinen getrennt
oder nicht getrennt werden, wodurch dann der Name Lava
verschieden zu gebrauchen ist, entweder eine Reihe von Gebirgsarten als solche von den plutonischen und vulkanischen
unterscheidet, die wieder weiter zu unterscheiden sind oder
sich nur auf die Art und Weise bezieht, wie die gesammten
jüngeren eruptiven Gesteine als vulkanische auftreten. Ich
habe mich im Nachfolgenden mit der Ansicht derer einverstan-
den gezeigt, welche die Laven nicht als eine besondere neue
Gesteinsreihe von den vulkanischen trennen, weil die mineralogischen, chemischen und petrographischen Unterschiede nicht
so erheblich sind, um eine weitere Trennung zu rechtfertigen
und die Zahl der Gebirgsarten zu vermehren, auch selbst der
Unterschied, welcher durch die abschätzbare Zeit geboten er-
schiene, in keinem Vergleiche zu dem steht, welcher bei den
plutonischen und vulkanischen ersichtlich ist, wie es das Vorkommen, gegenüber den Formationen unzweideutig zeigt.
      Es würden sich nun an die früher beschriebenen krystalli-
nischen Gesteine überhaupt, die plutonischen mit inbegriffen,
diejenigen Gebirgsarten anreihen, welche als krystallinische

vulkanische ein ähnliches Verhältniss in chemischer und mineralogischer Beziehung zeigen, wie die plutonischen, insofern dieselben Bestandtheile und dieselben Mineralarten zur Sprache kommen, welche durch ihre wechselnden Verhältnisse es gestatten, sich im Allgemeinen an die plutonischen anzuschliessen und deren Verhältnisse zur Vergleichung zu benützen. Wir fanden, dass die plutonischen Gebirgsarten eine Reihe darstellten, welche sich in mehrfacher Weise erkennen liess, indem nämlich zunächst der relative Gehalt an Kieselsäure, das Sauerstoffverhältniss der Kieselsäure zu den Basen innerhalb gewisser Grenzen schwankt, wonach gewisse Gebirgsarten sich reich an Kieselsäure, andere ärmer daran erweisen, wenn wir z. B. die Granite, Syenite, Diorite, Gabbro u. s. f. mit einander vergleichen, welches relative Verhältniss zu der Benennung saurer und basischer Gebirgsarten führte, je nachdem sie einen kleineren oder grösseren Sauerstoffquotienten zeigen, oder indem die Gesteinsarten in dem Verhältniss der Basen untereinander in der Weise verschieden sind, dass bei gewissen vorwaltend die Feldspathbildung ermöglicht wurde, weil die Basen R_2O und RO zur Thonerde sich nahezu so verhalten, dass auf ein Aequivalent Al_2O_3 ein Aequivalent $(R_2O + RO)$ kommt, oder dass bei dem Abweichen dieses Verhältnisses vorwaltend die Thonerde abnahm und sich Silikate bildeten, wie die Augite und Amphibole, in seltenen Fällen auch die Thonerde überwiegend vorkommen konnte, oder dass endlich die Gebirgsarten in der Art der Basen R_2O (Kali oder Natron) und RO (Kalkerde und Magnesia) auffallende Unterschiede zeigen, bald mehr als alkalische erscheinen, bald mehr alkalische Erden enthalten.

Alle diese Unterschiede zeigen sich in den vulkanischen Gesteinen, und da damit auch dieselben Mineralarten grossentheils verbunden sind, so dürfte es leicht erscheinen, die vulkanischen mit den plutonischen zu parallelisiren und eine analoge Reihe von Gebirgsarten aufzustellen. Hier zeigten sich aber verschiedene Schwierigkeiten, welche die Ursache waren, dass man die Gebirgsarten als solche nicht so scharf trennte, sondern mehr summarisch ganze Reihen mit einem Namen belegte und dadurch mit solchen Namen belegte Reihen grosse Verschiedenheiten zeigten, und dass schliesslich sehr verschiedene

Namen in Gebrauch kamen, welche nicht so bestimmt wirkliche
abzugrenzende Gebirgsarten bezeichnen, sondern über die
Grenzen hinaus gebraucht werden. Die Hauptschwierigkeit
nämlich zeigte sich darin, dass in den gemengten vulkanischen
Gesteinen die Gemengtheile meist weniger scharf hervortreten,
dass in den krystallinischen wegen der meist geringen Grössenverhältnisse der Gemengtheile diese nicht wie in den plutonischen
deutlich der Art nach erkannt werden können, dass bei dem
häufigen Vorkommen porphyrartiger Gebirgsarten wegen des
feinkörnigen Gemenges die Trennung der porphyrartigen und
porphyrischen nicht scharf durchgeführt werden konnte und
chemische Analysen nicht reichlich genug vorlagen, um mit
ihrer Hülfe zu unterscheiden. Die fortgesetzten Untersuchungen haben aber schon Vieles aufgeklärt, nur können die einmal gebrauchten Namen nicht so leicht durch bestimmtere
ersetzt werden, wozu erst weitere Bestimmungen führen werden, wesshalb es hier zweckmässig erscheint, in der Benennung
sich mehr dem früheren Gebrauche anzuschliessen. Hiernach
unterscheiden wir die krystallinischen vulkanischen Gebirgsarten zunächst als trachytische und doleritische.

21. Die **Trachyte**.

Als Trachyte sind diejenigen krystallinischen vulkanischen Gebirgsarten zu bezeichnen, welche in ihrer Zusammensetzung sich zunächst mit den granitischen und syenitischen vergleichen lassen, indem sie nämlich als Bestandtheile vorwaltend
Kieselsäure, Thonerde und Alkalien enthalten und als Mineralarten vorwaltend Alkalifeldspathe, ausserdem Quarz, Glimmer
und untergeordnet Amphibol. Als krystallinische, gemengte
Gesteine sind sie massig, meist klein- bis feinkörnig und sehr
häufig porphyrartig, wesshalb sie Porphyrtrachyte zu nennen sind. Da das krystallinisch-körnige Gemenge als feinkörniges die Gemengtheile nicht deutlich erkennen lässt, oft scheinbar dicht wird, so hat man desshalb meist den Namen Trachytporphyr gebraucht, welcher nur dann gebraucht werden
sollte, wenn die Grundmasse wirklich als dichte trachytische
erscheint, daher dann auch in Ermangelung eines anderen Namens dichter Trachyt eingeführt wurde, wie man den Felsit
einen dichten Granit nennen kann.

Die Gemengtheile der Trachyte sind Kalifeldspath (der Sanidin genannte Orthoklas), Kali- oder kalkhaltiger Natronfeldspath (Albit, Oligoklas bis Andesit), Quarz, Glimmer und Amphibol, doch ist es nicht nothwendig, dass neben dem Feldspath oder richtiger neben den Feldspathen, weil kaum einer allein auftritt, die anderen gleichzeitig vorhanden sind, es kann auch ein oder der andere Theil fehlen. Als accessorische Gemengtheile finden sich verschiedene Minerale, ähnlich wie bei den granitisch-syenitischen Gesteinen. In dem krystallinisch-körnigen Gemenge lassen sich die Feldspathe ihrer Art nach durch das Auge schwierig unterscheiden, doch sind, wie die Analysen gezeigt haben, meist die drei Basen Kali, Natron und Kalkerde, also mindestens zwei Arten vorhanden. Auch der Quarz ist selten in dem Gemenge sichtbar und seine Anwesenheit in den meisten Fällen nur durch die Analysen darzuthun, weil die Feldspathe in der Regel farblos oder weiss bis grau sind, desgleichen der Quarz. Der Glimmer, fast ausschliesslich als Magnesiaglimmer vorkommend, ist braun bis schwarz, der Amphibol ebenso oder grünlich gefärbt. Daher sind auch die krystallinisch-körnigen Trachyte vorherrschend weiss bis grau und zeigen bei der unvollständigen Berührung der Gemengtheile eine eigenthümliche rauhe Beschaffenheit, worauf sich der Name (τραχυς, rauh) bezieht, die sich auch in den deutlicher krystallinischen klein- bis grobkörnigen erhält und die Gesteine drusig-körnig erscheinen lässt, wobei dann die Gemengtheile deutlicher zu unterscheiden sind.

Bei der so vorliegenden Beschaffenheit dieser Gesteine, welche im Allgemeinen sich wohl als krystallinische erweisen, die Gemengtheile schwierig, oft nur mit Hilfe der Lupe unterscheiden lassen, war es sehr natürlich, dass man mit dem Namen Trachyt verschiedene Gemenge einer Gesteinsreihe gemeinsam benannte und erst durch genauere Untersuchungen sie nach und nach verschieden fand. Jedoch wurde die Verschiedenheit schon einigermassen dadurch einleuchtend, dass die Trachyte sehr häufig porphyrartig sind, Feldspathkrystalle einzeln ausgeschieden enthalten und nach der Art der Feldspathe, die sich dann besser specifisch erkennen lassen, auch auf die vorherrschende Art des Gemenges geschlossen werden konnte, wonach man, unterstützt durch die chemische Unter-

suchung Sanidintrachyte, Sanidin-Oligoklastra-
chyte, Oligoklastrachyte und Quarztrachyte unterschied. Die eingewachsenen Feldspathkrystalle zeigen hierbei
im Allgemeinen ein etwas verschiedenes Aussehen gegenüber
den Feldspathen in den plutonischen Gesteinen, indem sie wie
in dem Gemenge farblos, weiss bis grau, grössere Durchsichtigkeit haben und stärker glasartig glänzen, häufig auch mit vielen
Rissen und Sprüngen durchzogen sind, welche sie weniger
durchscheinend oder durchsichtig erscheinen lassen, als sie es
selbst sind, wesshalb man den Orthoklas der Trachyte glasigen Feldspath und nach der Form (s. S. 17) Sanidin
nannte und sogar für eine eigene Species hielt. Dass man den
Natronfeldspath nicht rein als Albit findet, ist eine Folge
der früher besprochenen (S. 22) homologen Verwachsung,
die sich selbst bis auf den Sanidin erstreckt, welcher immer
etwas Natron enthält, mit Natronfeldspath verwachsen ist, wie
dieser mit dem Kalifeldspath und andererseits mit Kalkfeldspath,
wonach man Albit, Kalialbit und Oligoklas unterschied. Da
jedoch der Kalkerdegehalt auch noch höher vorkommt, so wurde
ausser Albit und Oligoklas der Kalk-Oligoklas oder Andesin
unterschieden und die Andesite von den Trachyten getrennt,
welche nebenbei auch reicher an Amphibol zu sein pflegen,
daher diese sich mehr mit den Dioriten vergleichen lassen.
Nach der Abzweigung der Andesite, welche in der Reihe der
trachytischen und doleritischen Gebirgsarten zwischen die Trachyte und Dolerite eingeschoben, nun einen Theil der Trachyte
und Dolerite in sich aufnahmen, wurden diese Andesite selbst
wieder getrennt, insofern sie zum Theil Quarz nachweisen
liessen, wie ja auch in Dioriten Quarz vorkommt und Quarzandesite unterschieden, und da sie als Mittelglieder zwischen
Trachyten und Doleriten sich zum Theil auf die letzteren,
welche Augit enthalten, ausdehnten, so unterschied man Amphi-
bolandesite (Hornblende-Andesite) und Augit- (oder Py-
roxen-) andesite, je nach der alleinigen oder vorherrschenden
Anwesenheit von Amphibol oder Augit neben den Feldspathen.
Der ganze Vorgang zeigt, dass hierdurch der Weg angebahnt
wurde, die Reihe vulkanischer Eruptivgesteine, welche in
trachytische und doleritische geschieden, ihre Verwandtschaft
mit den plutonischen Eruptivgesteinen nicht verkennen liessen,

ähnlich wie diese zu sichten. Schon die Aufstellung des Trachydolerit zwischen Trachyt und Dolerit eröffnete den Weg und die Einführung des Andesit führte weiter, zeigte aber durch die Trennung in Amphibol- und Augit- Andesit, dass es zweckmässiger ist, neue Namen nur in bestimmter Begrenzung zu gebrauchen, um nicht durch die Namen die Trennung zu erschweren.

Wenn wir daher bei dem Trachyt wesentlich wie bei den Graniten auf den Feldspath und Quarz sehen, so sind die Trachyte, wie oben angegeben wurde, krystallinisch-körnige, gemengte Gebirgsarten, welche vorherrschend Alkalifeldspath und Quarz, untergeordnet Glimmer und als Stellvertreter Amphibol enthalten. Lässt sich der Quarz nachweisen, so kann man vorläufig von Quarztrachyten sprechen, im Gegensatz zu quarzfreien, jene würden den Graniten parallel stehen, diese den Feldspathgesteinen, wie man auch schon Sanidinit aufstellte, oder den Feldspath-Glimmergesteinen und den durch vorwaltenden Feldspath ausgezeichneten Syeniten und Dioriten. Die Trachyte sind, wie angegeben wurde, klein- bis feinkrystallinisch, seltener grobkörnig, und treten sehr häufig als klein- bis feinkörnige porphyrartig auf durch ausgeschiedene Feldspathkrystalle, nebenbei finden sich untergeordnet, sowohl im Gemenge als auch in Krystallen ausgeschieden Glimmer und Amphibol. Verschiedene andere Minerale kommen als accessorische Gemengtheile vor, unter denen besonders auf die kleinen Octaeder und Körner von Magneteisenerz, auf Eisenglimmer, Titanit, Granat und Nephelin hinzudeuten ist. Die Quarzandesite würden sich zu den Trachyten verhalten, wie die Quarz enthaltenden Syenite und Diorite, welche man als Uebergangsglieder granitische nennt oder von Syenit- und Diorit-Granit spricht.

In Betreff der Bestandtheile, welche wesentlich Kieselsäure, Thonerde und Alkalien sind und zu denen untergeordnet Kalkerde, Magnesia, Oxyde des Eisens u. a. treten, verhalten sie sich ähnlich den granitischen Gesteinen, denen sie auch im sp. G. gleichen.

22. **Andesit** und **Trachydolerit.**

Bei den soeben geschilderten Verhältnissen der trachytischen Gesteine, welche hier als krystallinische besprochen wurden und später bei den Trachytporphyren besprochen werden, ergab sich die Trennung der Andesite und des Trachydolerit als eine Folge der genaueren Untersuchungen. Sie stellen in der Reihe vulkanischer Gebirgsarten diejenigen dar, welche als krystallinisch-körnige gemengte wesentlich aus Feldspath und Amphibol, oder aus Feldspath und Augit, oder aus Feldspath mit beiden bestehen, wozu noch, wenn auch untergeordnet Magneteisenerz kommt. Der Feldspath ist kalkhaltiger Natronfeldspath, Oligoklas, Kalkoligoklas oder Andesin genannt, und herrscht in den Gemengen vor, die wie bei den Trachyten klein- bis feinkörnige sind und durch ausgeschiedene Krystalle meist porphyrartig, doch häufig nicht so diesen Charakter der Einsprenglinge gegenüber der krystallinischen Grundmasse hervortreten lassen, wie die Trachyte. Ohne die eingewachsenen Krystalle würde es schwierig sein, in dem klein- bis feinkörnigen Gemenge, welches hell- bis dunkelgrau, zum Theil auch röthlich gefärbt ist, die Gemengtheile genau zu unterscheiden, und wenn dasselbe dicht wird, so bilden sie Porphyre, die nach der Beschaffenheit der Grundmasse anderen untergeordnet werden.

Da der wesentliche Unterschied zwischen Andesit und Trachydolerit in der Anwesenheit des Amphibol und Augit lag, so wurden sie später beide Andesit genannt und als Amphibol- und Augitandesit unterschieden, so dass der letztere Name für Trachydolerit gebraucht wird. Jedenfalls bilden sie Mittelglieder zwischen den Trachyten und Doleriten und es dürfte nicht zweckmässig sein, sie als Oligoklasdolerite gänzlich den Doleriten zuzuzählen, wie überhaupt die wechselnde Benennung nicht das Verständniss erleichtert. Ihre Bestandtheile sind wesentlich Kieselsäure, Thonerde, Natron mit stellvertretendem Kali, da auch Sanidin als Stellvertreter hinzukommt, Kalkerde und Magnesia, nebst Eisenoxyd und Oxydul, und das Gewicht liegt zwischen 2,55—2,8, ist etwas höher als das der Trachyte.

23. Dolerit.

So wurden diejenigen vulkanischen krystallinisch-körnigen Eruptivgesteine genannt, welche wesentlich aus Kalkfeldspath und Augit bestehen und nebenbei noch mehr oder weniger titanhaltiges Magneteisenerz oder Titaneisenerz enthalten. Der Kalkfeldspath ist entweder natronhaltiger, der sog. Labradorit, oder Anorthit, und neben Augit kommt auch Olivin vor, sowie die Anwesenheit von etwas Natron und Kali Nephelin bedingen kann, welcher dann den Feldspath zum Theil ersetzt. Die beiderseitigen Gemengtheile, der Feldspath und der Augit, oder deren mögliche Stellvertreter, Nephelin und Olivin, unterscheiden sich bei grob- bis kleinkörnigen zunächst durch die Farbe, indem der Feldspath und Nephelin weiss, graulich-, gelblich-, bräunlich-weiss, der Augit schwarz oder grünlich-schwarz bis grün, der Olivin gelblich- bis bräunlich-grün gefärbt ist. Bei feinkörnigen ist die Farbe im Allgemeinen eine graue bis grünlich-graue, selbst bis schwarze. Solche feinkörnige Dolerite, welche allmählich bis in scheinbar oder wirklich dichte Gesteine übergehen, hat man mit dem Namen Anamesit belegt, analog dem Namen Grünstein, insofern sie als Uebergangsglieder zwischen den deutlich erkennbaren Doleriten und den dichten Basanit und Basalt genannten Gesteinen stehen, jedenfalls aber nicht als selbstständige Gebirgsart aufzufassen sind. Das Gewicht der Dolerite liegt etwa zwischen 2,7 und 3,0 und ihre wesentlichen Bestandtheile sind Kieselsäure, Thonerde, Kalkerde, Magnesia, Eisenoxydul, wozu in geringer Menge auch Natron und Kali treten, und die Mengenverhältnisse sind nahezu die der Gabbro genannten plutonischen Gebirgsarten.

Durch einzeln ausgeschiedene Krystalle von Feldspath oder Augit in dem krystallinisch-körnigen Gemenge werden die Dolerite porphyrartig, Porphyrdolerite; die Gemengtheile sind im Allgemeinen fester verwachsen als bei den Trachyten, doch zum Theil wird das Gemenge drusig-körnig bis porös, dieses namentlich bei den feinkörnigen, die selbst Blasenräume enthalten und bei Ausfüllung derselben durch andere Minerale zu Mandelsteinen (Doleritmandelstein) führen. Von anderen unwesentlich eingewachsenen Mineralen ist nur das Vorkommen des Calcit und Siderit zu erwähnen, welche zum Theil Folge beginnender Zersetzung sind, durch welche auch meist eine geringe Menge Wasser bedingt ist, indem hier, wie bei Gabbro, chemische Veränderungen der Gemengtheile eintreten, wodurch wasserhaltige Silikate als Umwandelungsproducte erzeugt werden.

24. Nephelinit, Leucitophyr, Hauynophyr.

Wie schon vorher bemerkt wurde, dass durch die Anwesenheit von Natron und Kali untergeordnet Nephelin auftritt, so findet sich auch derselbe mit Augit und Magneteisenerz, das N e - phelindolerit, Nephelinit oder Nephelinfels genannte krystallinisch-körnige Gestein bildend, welches grob- bis fein-körnig vorkommt und als eine Varietät des Dolerit betrachtet werden kann, doch jedenfalls besser als eine selbstständige Gebirgsart. Die beiden Gemengtheile Augit und Nephelin unterscheiden sich in den grob- und kleinkörnigen durch ihre Farbe, indem jener schwarz, dieser weiss oder grau ist. Das Gemenge ist oft drusig und enthält verschiedene andere Minerale als Uebergemengtheile, wie Magnesiaglimmer, Olivin, Titanit, Leucit u. a. m. Bei feinem Korne wird es durch eingewachsene Krystalle und Körner von Nephelin porphyrartig, so wie auch porös, und in den Poren sind Nephelinkrystalle aufgewachsen. Feinkörnige werden dicht und als solche dem Basanit zugezählt. Das sp. G. schwankt zwischen 2,7 und 3,0.

Ein ähnliches Verhältniss, wie der Nephelinit als Nephelindolerit zu Dolerit, bedingt durch das Auftreten von Nephe· lin durch die Anwesenheit von Natron und Kali bei geringem Gehalt an Kieselsäure, zeigen noch einzelne vulkanische Gebirgsarten, welche sich ihrerseits durch andere Minerale auszeichnen, wie Leucit, Hauyn, Nosean, Sodalith und Granat. Es ist nämlich leicht erklärlich, dass, wenn die Basen Kali, Natron und Kalkerde neben Thonerde vorhanden sind, und die Kieselsäure nicht ausreicht, um Feldspathe zu bilden, diejenigen Minerale neben Augit und Magneteisenerz entstehen, welche weniger Kieselsäure erfordern, wie der Nephelin, Leu· cit, Hauyn u. s. w., ohne dass die Gesteine als solche gerade nur immer eines der genannten Minerale als wesentlichen Gemengtheil neben Augit und Magneteisenerz zeigen. Es bilden dieselben vielmehr eine Reihe analoger Bildungen, in denen bald dieses bald jenes Mineral vorwaltend bemerkbar ist, worauf sich dann gewisse Namen, wie Nephelinit, Leu· citophyr, Hauynophyr beziehen, oder es finden sich

gleichzeitig zwei oder mehrere der betreffenden Arten, wonach
man zusammengesetzte Namen, wie N e p h e l i n - L e u c i t o -
p h y r , N o s e a n - L e u c i t o p h y r , L e u c i t - N e p h e l i n i t gebildet hat, welche gewissermassen die Zwischenglieder bezeich-
nen. In ihrer Beschaffenheit schliessen sie sich dem Nephelinit
an, und werden als krystallinisch-körnige Gemenge bei feinem
Korne des Gemenges häufig porphyrartig durch eingewachsene
Krystalle der wesentlichen Gemengtheile und dann zum Theil
den Porphyren zugezählt, wie dies auch in den Namen Leucitophyr und Hauynophyr neben anderen ausgedrückt werden
sollte, ausserdem gehen sie aber in dichte Gesteine über, die Basanit genannt werden, oder andere Namen erhielten. Bei so
wechselnden Verhältnissen aber der an sich doch in beschränk-
tem Maasse auftretenden Gesteine ist die Vervielfältigung der
Namen nicht zweckmässig, wenigstens hier nicht darauf einzugehen, wo es sich mehr um eine Uebersicht der verwandten
Vorkommnisse handelt.

Aus der Zusammenstellung der wichtigsten vulkanischen
Gesteine aber ersieht man, dass sie ganz analoge Verhältnisse
zeigen, wie die plutonischen Eruptivgesteine, und dass es nicht
nothwendig erscheint, die L a v e n als eine dritte Reihe getrennt aufzustellen, weil ihre Verhältnisse der Zusammensetzung übereinstimmende sind und der Altersunterschied keine
wesentlichen Unterschiede in dem Charakter der Gebirgsarten
hervorruft, welche hier zusammengefasst wurden.

Als weitere krystallinische Gebirgsarten reihen sich den
beschriebenen Silikatgesteinen zunächst die Carbonate und Sulfate an, die, wie schon die übersichtliche Zusammenstellung
der einzelnen Minerale zeigte, ihrer Natur nach viel einfacher
sind, von denen aber einzelne in sehr ausgedehntem Maasse
vorkommen. Diesen sollen dann noch die übrigen folgen,
welche ebenfalls einfache Verhältnisse zeigen, so dass auch bei
der Beschreibung im Wesentlichen auf das zurückzuweisen ist,
was bei den einzelnen Mineralen angeführt wurde.

25. Der **Marmor** oder der **körnige Kalk.**

Obgleich der Name Marmor in technischer Beziehung in viel
weiterer Ausdehnung als ursprünglich gebraucht wird, so erscheint es doch am zweckmässigsten, als Varietät den krystalli-

nisch-körnigen Kalk nur Marmor zu nennen, um durch diesen einfachen Namen denselben in seinem Vorkommen als Gebirgsart zu
bezeichnen, während auch der krystallinisch-körnige Kalk als
Gebirgsart grossentheils U r k a l k oder U r k a l k s t e i n genannt
wurde, um auf das Alter, gegenüber anderen Kalken hinzuweisen, da aber auch krystallinisch-körnige Kalke von entschieden jüngerem Alter vorkommen, so ist der ursprüngliche
Name Marmor unabhängiger und desshalb vorzuziehen, zumal
durch den Ausdruck Kalkstein doch weit mehr die dichten
Kalke benannt werden.

Der Marmor ist hiernach eine krystallinisch-körnige einfache Gebirgsart, welche durch die eben so benannte Varietät
der Mineralart Calcit oder Kalk (kohlensaure Kalkerde, CaO.
CO_2) gebildet wird. Die körnigen Krystalloide sind in der Regel fest und im innigen Anschluss mit einander verwachsen,
und nach der verschiedenen Grösse des Kornes kann man
gross-, grob-, klein- und feinkörnigen Marmor unterscheiden,
und die letzteren werden bisweilen so feinkörnig, dass sie auf
den ersten Blick hin für dicht gehalten werden können. Da
der Calcit so vollkommen nach den Flächen eines stumpfen
Rhomboeders spaltbar ist, dreifachen Blätterdurchgang hat,
wobei die Spaltungsflächen sich unter 105° 5′ und 74° 55′ oder
kürzer unter 105° und 75° schneiden und die Spaltungsflächen
bei ihrer Vollkommenheit mehr oder weniger stark glänzen, so
lässt sich der krystallinische Zustand selbst bei feinem Korne
leicht erkennen, während bei gröberem und grossem Korne
auch die Spaltungsflächen der Zahl und Lage nach bestimmbar
sind. Der Bruch der körnigen Massen ist körnig, bei feinkörnigen wird er im Grossen flachmuschlig, im Kleinen uneben
bis splittrig.

Der Marmor ist, wenn er rein ist, weiss, mehr oder weniger rein, durch geringe Beimengungen graulich-, gelblich-,
röthlich-, blaulich-, grünlich-weiss, doch kommen auch durch
reichlichere Beimengung färbender Substanzen intensivere Farben vor, graue, gelbe, rothe, braune, schwarze, selten grüne
und blaue. Bei grösserer Reinheit ist er in Stücken mehr oder
weniger bis an den Kanten durchscheinend, meist fast oder ganz
undurchsichtig. Die übrigen Eigenschaften sind bei der Species
Calcit (S. 49) angegeben, nur ist hier noch besonders auf die

Härte, die Unschmelzbarkeit vor dem Löthrohre und das Kaustischwerden dabei, sowie auf die Löslichkeit mit starkem Brausen in kalten, selbstverdünnten Säuren aufmerksam zu machen, wobei die Beimengungen zum Theil ungelöst übrig bleiben, zum Theil mit, namentlich in nicht verdünnter Säure gelöst werden.

Obgleich der Kalk, mithin auch der Marmor, wesentlich kohlensaure Kalkerde enthält, so können doch andere Basen in geringer Menge mit vorkommen, wie namentlich kohlensaure Magnesia, durch deren Zunahme die Kalke dolomitisch werden und kohlensaures Eisenoxydul, welches durch Zersetzung auf die gelbliche Farbe Einfluss hat. Ausserdem sind feinvertheilter gelber, brauner und rother Eisenocher, thonige, kohlige und kieselige Beimengungen nicht selten, und da die färbenden Beimengungen nicht immer gleichmässig vertheilt sind, so können die Marmore ausser einfarbig auch mehrfarbig, bunt, gefleckt, geadert u. s. w. vorkommen, namentlich in grösseren Massen. Ausser pulverulenten Beimengungen finden sich im Marmor zahlreiche Minerale, namentlich Silikate sehr verschiedener Zusammensetzung, Erze, Graphit, Schwefelmetalle, Fluorit, Apatit u. a. m. eingewachsen, wodurch aber zweckmässiger Weise keine Varietäten des Marmor unterschieden werden, weil sie für ihn unwesentlich und besonders nur vom mineralogischem Interesse sind. Wenige machen eine Ausnahme, so z. B. Glimmer, welcher gewöhnlich in feinen Blättchen eingewachsen vorkommt und zu der Cipolin genannten Abänderung Veranlassung gegeben hat. Bei reichlicherem Vorhandensein des Glimmers führt derselbe auch, ähnlich wie bei den Quarziten, durch parallele Anordnung zu einer Art Schichtung und Schieferung, während gewöhnlich der Marmor massig ist, und viel Glimmer hat den sogenannten Kalkglimmerschiefer als Gebirgsart benennen lassen, welcher analog dem Glimmerschiefer eine krystallinische, schiefrige, gemengte Gebirgsart darstellend, aus Glimmerlamellen und Kalkkörnern besteht, denen sich auch Quarzkörner beigesellen, und so ein Mittelglied zwischen Marmor und Glimmerschiefer darstellt. Aehnlich verhält sich auch der Talk, wonach solche durch Talkblättchen erzeugte Mittelglieder zwischen Talkschiefer und Marmor Kalktalkschiefer genannt werden. Glimmer- und Talkblättchen können auch im

Marmor eingewachsen sein, ohne durch parallele Anordnung Schiefer zu erzeugen, wie dies z. B. die sogenannte
Brekzie von Serravezza aus der Gegend von Serravezza und Stazzema in Italien zeigt, ein feinkörniger Marmor, welcher nach allen Richtungen hin von einzelnen Talklamellen oder zusammenhängenden Lagen und Streifen desselben durchzogen ist und so an das Aussehen der Brekzien
erinnert. Mit Serpentin durchwachsener Marmor wurde Ophicalcit genannt, und weil eingewachsene Krystalle ein porphyrartiges Aussehen hervorrufen, nannte man auch Marmore
mit Krystallen von Granat, Augit, Amphibol, Feldspath oder
anderen Calciphyr, was nicht zweckmässig erscheint, weil
in keiner Weise der Vergleich mit Porphyr gerechtfertigt ist,
selbst nicht mit porphyrartigen krystallinischen Gebirgsarten,
indem die eingewachsenen Krystalle hier bei dem Marmor nicht
zur Gebirgsart wie dort gehören.

26. Der körnige Dolomit.

Dieser hat als krystallinisch-körnige, wesentlich aus Dolomit oder Bitterkalk $(Ca, MgO. CO_2)$ bestehende Gebirgsart
manche Aehnlichkeit mit dem Marmor, wie schon oben bei
seiner Beschreibung als Mineralspecies angeführt wurde, doch
wechseln zunächst die Dolomite nicht so in der Grösse des
Kornes, und sind gewöhnlich klein- bis feinkörnig, bei sehr
feinem Korne in fast dichten oder scheinbar dichten Dolomit
übergehend; grob- bis grosskörnige sind seltener anzutreffen.
Ausserdem sind in der Regel die körnigen Krystalloide des
Dolomits nicht so im innigen Anschluss an einander, wie gewöhnlich bei den Marmoren verwachsen, sondern die Dolomite
sind mehr drusig-körnig (zuckerkörnig, wenn man den
Dolomit recht passend mit Hutzucker vergleicht), und zeigen
dabei in den kleinen Zwischenräumen frei ausgebildete Krystalltheile, oder sie sind lockerkörnig bis zerreiblich. Wegen
der Kleinheit des Kornes sind auch die charakteristischen
Spaltungsflächen weniger bestimmbar als bei Marmor, doch
verräth bei feinkörnigen bis scheinbar dichten der Glanz auf
den kleinen Spaltungsflächen eben so deutlich den krystallinischen Zustand.

In der Farbe gleichen die Dolomite den Marmoren, indem

sie entweder weiss sind oder durch Beimengungen auch ähnliche Farben zeigen, im Uebrigen ist hier auf das wenig höhere specifische Gewicht, auf die etwas höhere Härte und auf das Verhalten gegen Säuren aufmerksam zu machen, welche kalt angewendet, nur langsam auflösend einwirken, wesshalb das charakteristische Aufbrausen hier nicht wie bei Marmor bemerkt wird, sondern erst deutlich beim Erwärmen und bei der Anwendung des feinen Gesteinspulvers.

Ausser dem wesentlichen Gehalte an kohlensaurer Kalkerde und kohlensaurer Magnesia, welcher in gewissen oben (S. 48) angegebenen Grenzen schwankt, wodurch Dolomite sich entweder dem Marmor oder dem Magnesit nähern und nicht immer scharf abgegrenzt sind, daher bei grösserem Gehalte an CaO in Säuren stärker brausen, enthalten sie noch oft kohlensaures Eisenoxydul, durch dessen chemische Veränderung die gelbe bis braune Färbung entsteht, auch kohlensaures Manganoxydul und ausserdem ähnliche Beimengungen, wie die Marmore, thonige, kieselige, bituminöse, kohlige und die gelben, braunen öder rothen Eisenocher.

Durch thonige und ochrige Beimengungen verunreinigte drusig-körnige bis cavernöse, zellige oder löcherige Dolomite werden auch Rauhkalk oder Rauhstein genannt, wegen des rauhen Anfühlens und Aussehens, denen sich noch die Rauhwacke (Rauchwacke) benannten anschliessen, welche sehr unrein, stark zellig und daher minder fest sind, deren Name ein unzweckmässiger ist, weil sonst mit dem Namen Wacke überhaupt ganz andere Gesteine benannt werden.

Andere Minerale verschiedener Art finden sich in Dolomiten wie in Marmoren eingewachsen.

Die Verwitterung wird hier wie bei dem Marmor durch Auflösung eingeleitet, doch scheinen die Dolomite, zum Theil durch den häufigeren und grösseren Gehalt an Eisenoxydul, zum Theil durch ihre drusig-körnige Bildung, welche Wasser leichter eindringen lässt, rascher zersetzt zu werden, werden locker, zerklüften und zerfallen zu lockerem Dolomitsand.

27. Der körnige Magnesit.

Derselbe findet sich als krystallinisch-körnige einfache Gebirgsart durch Magnesit, kohlensaure Magnesia, $MgO.CO_2$

gebildet, selten als selbstständige untergeordnete Gebirgsart,
und wurde erst viel später als der Dolomit von den ähnlichen
Vorkommnissen unterschieden.

28. Der **Siderit** oder **Eisenspath,**

welcher in seiner Bildungsweise als krystallinisch-körnige, einfache Gebirgsart sich dem Marmor und Dolomit als fest- und
drusig-körniges Gestein anschliesst, als Mineralart, wie oben
(S. 53) angegeben wurde, durch seine Eigenschaften leicht
unterschieden werden kann, Lager, Stöcke und Gangmassen
bildet, ein technisch-wichtiges Gestein wegen des daraus dar-
zustellenden Eisens ist, möge hier nur als in die Reihe der Carbonate gehörige Gebirgsart genannt werden, weil das Nöthigste
bereits angeführt wurde. Ihm schliesst sich der **Ankerit** an,
welcher zwischen ihm und Marmor steht, wie der Dolomit zwischen dem Magnesit und Calcit.

29. Der **Anhydrit.**

Derselbe hat als krystallinisch-körniges, einfaches, durch
die Mineralart Anhydrit, schwefelsaure Kalkerde, $CaO.SO_3$
gebildetes Gestein, im Aussehen eine gewisse Aehnlichkeit mit
Marmor, und findet sich gross-, grob-, klein- bis feinkörnig,
zum Theil so feinkörnig, dass er scheinbar dicht wird und
splittrigen Bruch zeigt, während der dreifache rechtwinklige
vollkommene Blätterdurchgang ihn bei grösserem Korne leicht
vom Marmor unterscheiden und den feinkörnigen als krystallinischen erkennen lässt. Bisweilen sind die einzelnen Körner
mehr in das Lamellare oder in das Lineare geneigt, wodurch
die Aggregate als körnige mehr körnig-blättrig oder selbst kurz-
nadelförmig gebildet erscheinen, was bei Marmor nicht bemerkt
wird, hier aber bei paralleler Anordnung an Schichtung erinnert,
wenn selbst in dem massigen Gesteine keine erkannt wird. Bei
den scheinbar dichten findet sich dagegen eine eigenthümliche
Bildung stark gebogener oder gewundener Schichten, die man
mit Fältelung oder wellenförmiger Bildung vergleichen kann
und der Varietät den Namen Gekrösestein verschafft hat.

Der Anhydrit ist häufig weiss, in Stücken durchscheinend,
in kleinen Spaltungsstücken bis halbdurchsichtig, durch Beimengungen bläulich (lila), gelblich, röthlich, graulich, oder

bei grösserer Menge bis schwärzlichgrau und fleischroth bis
röthlichbraun gefärbt. Wegen der sonstigen Eigenschaften ist
auf das früher Angeführte (S. 55) zu verweisen, nur hier hervorzuheben, dass er wenig härter und schwerer als Marmor,
bedeutend härter und schwerer als körniger Gyps ist, durch
Salzsäure in Gyps umgewandelt wird und im Glaskolben erhitzt
kein Wasser giebt, ausser wenn er schon Wasser aufgenommen
hat und theilweise Gyps geworden ist.

30. Der Gyps.

Dieser ist als krystallinischer im Gegensatz zum Anhydrit
meist klein- bis feinkörnig, seltener gross- oder grobkörnig.
Er ist als feinkörniger häufig so fein im Korne, dass er fast
dicht erscheint, da er aber sehr vollkommen spaltbar ist, so lässt
sich doch durch den Glanz oder Schimmer der bis mikrosko-
pisch kleinen Spaltungsflächen die krystallinische Bildung
erkennen. Bei grob- bis grosskörnigen ist ein Uebergang in
das Körnig-blättrige bemerkbar, so wie auch feinkörnige
schuppig-körnig werden durch lamellare Bildung der verwachsenen Individuen, die, wenn sie locker verwachsen sind und
feinschuppige Massen bilden, erdiger Gyps genannt wurden. Beiläufig ist auch der fasrige Gyps zu erwähnen, der parallel-fasrig
als Ausfüllung von Klüften vorkommt, zum Theil mit blättri-
gem verwachsen. In körnig-blättrigen Gypsen zeigt sich auch
stellenweise eine lineare Ausbildung, wodurch auseinander-
laufend strahlige Parthien gebildet werden, die bisweilen, wie
einzelne Gypskrystalle und Zwillinge in körnigen bis sogenannten erdigen Gypsen eingewachsen vorkommen.

Der Gyps ist wie der Anhydrit, wenn er rein ist, weiss,
durch Beimengungen gelblich, graulich, röthlich gefärbt bis
fleischroth, röthlichbraun und dunkelgrau, einfarbig und bunt.
Als wasserhaltige schwefelsaure Kalkerde unterscheidet er sich
zunächst vom Anhydrit durch den hohen Wassergehalt, der
beim Erhitzen im Glasrohre leicht gefunden wird, und besonders noch durch die geringe Härte und das niedrigere Gewicht,
wie diese oben (S. 54) und das übrige Verhalten angegeben
wurden. Ausser den pulverulenten färbenden Beimengungen
finden sich im Gyps verschiedene andere Minerale eingewachsen.

Obgleich Sedimentgesteine, erscheinen Gyps und Anhydrit meist massig, selten geschichtet, werden vom Wasser angegriffen und partiell aufgelöst, wodurch sie oft stark zerklüftet sind, und bilden Lager oder Stöcke, gewöhnlich in Begleitung von Steinsalz in verschiedenen Formationen von den ältesten an bis zu den tertiären.

31. Das **Steinsalz.**

Dasselbe Lager und Stöcke in verschiedenen, besonders in den Trias- und tertiären Formationen bildend, ist als einfache krystallinische Gebirgsart gross-, grob-, klein- bis feinkörnig und massig. Die Eigenschaften wurden früher (S. 55) angegeben und es ist hier nur die leichte Löslichkeit in Wasser und der reinsalzige Geschmack zu erwähnen. Durch Thon häufig verunreinigt, bildet es im Gemenge mit diesem den sogenannten Salzthon.

32. Das **Eis.**

Als Gebirgsart aufgefasst, gehört das Eis auch in die Reihe der krystallinischen, wenn selbst bei einzelnen Varietäten, dem Süsswassereis und dem Meereseis, der krystallinische Zustand nicht deutlich hervortritt, sondern die Massen dicht erscheinen, während das sog. Gletschereis krystallinisch-körnige, feste, das sog. Firneis krystallinisch-körnige, lockere Massen oder lose Körner bildet, in welche sich die nadelförmigen Krystalle des sog. Hochschnee allmählich durch Ab- und Verschmelzen umwandeln. Bei dem Wassereis, welches dem Gletscher- und Firneis als Schneeeis gegenübergestellt wird, ist auch noch das sog. Grundeis zu unterscheiden, welches sich auf dem Grunde von Gewässern, aber nicht in süssem Wasser ohne Strömung bildet und lockere Haufwerke krystallinischer Nadeln und Blättchen darstellt, zum Theil auch an der Oberfläche sich bilden und durch die Strömung zu Boden geführt werden soll.

33. Das **Magneteisenerz,**

auch Magneteisenstein genannt, als Species (S. 46) beschrieben, tritt untergeordnet, Lager, Gänge und Stöcke bildend, als Gebirgsart auf, ist krystallinisch-körnig bis scheinbar dicht, und von seinen Eigenschaften ist hier nur die schwarze Farbe, der schwarze Strich und der Magnetismus hervorzuheben.

34. Das Rotheisenerz.

Dasselbe bildet als krystallinisch-blättriges, sog. Eisenglimmer, für sich geschichtet und schiefrig oder im Gemenge
mit Quarz Eisenglimmerschiefer, oder als krystallinisch-
blättriges und körniges (Eisenglanz), im Gemenge mit einander und mit Magneteisenerz, desgleichen auch mit Quarz
den sog. Itabirit (benannt nach dem Pic von Itabira, an der
Serra da Piedade bei Sabara in Brasilien, wo er, so wie an anderen Orten in Brasilien vorkommt), welcher gleichfalls geschichtet und schiefrig ist und durch Zunahme des Quarzes in
Eisenglimmerschiefer und schliesslich in Itakolumit übergeht,
wenn Glimmer, Talk oder Chlorit dazu kommt. — Ausserdem bildet das Rotheisenerz krystallinisch-körnige bis fast dichte, selten
oolithische Gesteine, welche massig oder geschichtet sind, und
in denen das metallische Aussehen und die schwarze Farbe gegenüber dem in Eisenglimmerschiefer und Itabirit enthaltenen
Rotheisenerz bis zum Verschwinden zurücktritt, dieselben halbmetallisch bis unmetallisch im Aussehen wenig glänzen bis
schimmern, und röthlichgrau, röthlichschwarz bis bräunlichroth gefärbt sind und blutrothen Strich zeigen. Sie finden sich
als untergeordnete Lager und stockförmige Massen bisweilen
von ziemlicher Ausdehnung und Mächtigkeit.

II. Die porphyrischen Gebirgsarten oder die Porphyre.

Es wurde schon mehrfach hervorgehoben, dass eine bestimmte Grenze zwischen krystallinischen und porphyrischen
Gebirgsarten nicht existirt, wenn auch der Begriff beider als
verschiedener festgehalten werden muss. Bei mehreren der
beschriebenen krystallinischen gemengten Gebirgsarten zeigen
sich die Uebergänge in porphyrische unzweideutig, indem einerseits dieselben porphyrartig auftreten und die krystallinische
Gesteinsmasse sich zu den einzeln eingewachsenen Krystallen,
wie die Grundmasse der Porphyre zu ihren Einsprenglingen
verhält, andererseits die körnigen Krystalloide der gemengten
Gesteine so klein werden, dass dieselben in scheinbar dichte

Massen übergehen und so bei den porphyrartigen der Uebergang
in Porphyre theoretisch und thatsächlich eintritt. Wenn daher
auch im Allgemeinen die Porphyre als solche aus dichter Grundmasse und den zugehörigen Einsprenglingen bestehende Gesteine wesentlich verschiedene sind und von den krystallinischen
getrennt werden müssen, so wird häufig von ihrer Grundmasse
anzugeben sein, dass sie auch mikrokrystallinisch oder feinkörnig
ist, zumal die mikroskopische Untersuchung ergeben hat, dass nur
wenige eine völlig unkrystallinische Grundmasse haben. Wir
müssen uns aber doch im grossen Ganzen mehr an das halten, was
die Betrachtung der Gesteine dem unbewaffneten Auge zeigt, und
in dieser Beziehung ist dann der Ausdruck dichte Grundmasse
aufzufassen, indem es nicht zur Erkenntniss der Verhältnisse
beiträgt, wenn man die wirklich dichten Grundmassen nach
ihrem bezüglichen Aussehen anders benennt und die scheinbar
dichten als krystallinische dichte bezeichnet.

Bei dem wechselnden Verhältniss der Menge der Einsprenglinge, gegenüber der Grundmasse, werden gleichfalls
Uebergänge in krystallinische oder in dichte Gesteine gebildet,
wenn entweder die Einsprenglinge so zahlreich werden, dass
sie die Grundmasse scheinbar oder wirklich verdrängen, oder
so sparsam, dass der porphyrische Charakter nicht mehr als
wesentlich dem Beobachter entgegentritt. Es ist dies ja allgemein in jeder Richtung bei den Gebirgsarten zu beobachten,
die, wie die allgemeinen Verhältnisse derselben lehrten, jederzeit anders als die Mineralarten aufzufassen sind, keine genauen
Grenzen feststellen lassen, woraus auch nothwendig die abweichenden Ansichten über die Arten und die davon abhängige
Verschiedenheit in der Benennung hervorgehen.

In der Reihenfolge der zu beschreibenden Porphyre können wir uns an die krystallinischen Gebirgsarten anschliessen,
indem sie als eruptive Gesteine den älteren (plutonischen) und
den jüngeren (vulkanischen) parallel laufen und jede dieser
beiden Reihen in sich den analogen Wechsel der Bestandtheile
zeigt, wie die krystallinischen, wonach ausser der Grundmasse,
welche im Wesentlichen die bezüglichen Verhältnisse nachweisen lässt, die Einsprenglinge solche Minerale sind, von denen dort die Arten abhängig wurden. Da aber die Entstehung
der Porphyre von der Ausscheidung der Einsprenglinge in der

dichten Grundmasse abhängig ist, diese Ausscheidung aber
nicht nothwendig alle den Bestandtheilen entsprechenden Mineralarten betrifft, so können diese nicht allein zur Unterscheidung dienen, sondern es muss auch auf die Grundmasse ein
gleiches Gewicht gelegt werden, welche in gewissem Sinne
aus verschiedenen wesentlichen Mineralen zusammengesetzt gedacht wird, daher sie bei der Benennung der Porphyre ganz
besonders berücksichtigt wurde. Die wichtigsten Arten sind
hiernach folgende:

1. Die Felsitporphyre.

Darunter werden diejenigen Porphyre begriffen, deren
Grundmasse eine felsitische ist und in welcher als Einsprenglinge Quarz, Feldspath, Glimmer, untergeordnet auch Amphibol vorkommen, wobei jedoch von vornherein zu bemerken ist, dass nicht alle Arten der Einsprenglinge zugleich enthalten sein müssen, sondern dass selbst nur
eine Art sichtbar sein kann.

Was zunächst die Grundmasse betrifft, welche auch für
sich als eine dichte Gebirgsart, Felsit genannt, vorkommt,
daher als solche in der Reihe der dichten gleichfalls aufgeführt
wird, so ist dieselbe eine dichte, im Bruche splittrige, an den
Kanten durchscheinende bis undurchsichtige, gelblich- bis
bräunlichrothe, graulichgrüne bis grüne, oder graue bis
schwarze, schimmernde bis matte Gesteinsmasse, welche das
G. = 2,55—2,70, die Härte = 5,5—6,5 hat und im frischen
Zustande im Aussehen an dichte Quarze, wie Hornstein, Jaspis
oder Kieselschiefer erinnert, v. d. L. jedoch mehr oder weniger
schwierig, aber doch jederzeit schmelzbar ist. Ihre Bestandtheile sind vorwaltend Kieselsäure, dann Thonerde, Kali, Natron, Kalkerde, Magnesia nebst Eisenoxyd oder Oxydul in
wechselnden Verhältnissen, die nahezu den Graniten entsprechen. Schon bei den Graniten und den nächst verwandten
plutonischen Eruptivgesteinen wurde angeführt, dass sie als
höchst feinkörnige bis scheinbar dichte in Felsit übergehen,
und so schliessen sich auch an den dichten Felsit als Grundmasse der Felsitporphyre diese Uebergänge in das Feinkörnige
an, so wie andererseits die felsitische Grundmasse durch beginnende und zuweilen stark eingetretene Verwitterung ihren

beschriebenen Charakter verliert und schliesslich als mehr oder
minder feste im Bruche erdige Masse erscheint, welche mit
Wasser befeuchtet, durch starken Thongeruch die Kaolinisirung der versteckt enthaltenen Feldspathe anzeigt.

Durch dieses wechselnde Verhältniss der felsitischen
Grundmasse, welches sie als dichte, feinkörnige oder erdige
erscheinen lässt, wurden zunächst gewisse Varietäten der
Felsitporphyre unterschieden, denen sich noch einige, wesentlich auf die Grundmasse bezügliche, anschliessen und den
Felsitporphyren im Besonderen verschiedene Namen gegeben,
welche aber diese Varietäten nicht ausschliesslich bezeichnen,
da wieder nach anderen Verhältnissen benannte Varietäten zum
Theil mit jenen zusammenfallen. Man unterschied:

Hornsteinporphyr, Felsitporphyr, dessen Grundmasse als dichte und im Bruche splittrige, im Aussehen an
Hornstein erinnert, sich vom Hornstein aber durch Schmelzbarkeit v. d. L. unterscheiden lässt, daher auch Euritpor-
phyr genannt, — Feldsteinporphyr, wenn die Grundmasse mikrokrystallinisch bis feinkörnig ist, ohne dass dabei mit
freiem Auge Gemengtheile unterscheidbar sind, — Thon-
steinporphyr, wenn die Grundmasse durch beginnende
Verwitterung weicher geworden ist, ohne schon erdig zu sein,
— Thonporphyr, wenn die Grundmasse durch starke Verwitterung weich und locker, feinerdig geworden ist, — Gra-
nit- und Syenitporphyr, wenn die Grundmasse feinkörnig, Aehnlichkeit mit feinkörnigem Granit oder Syenit hat,
Uebergänge in den porphyrartigem Granit oder Syenit, Por-
phyrgranit oder Porphyrsyenit, — Melaphyrporphyr oder
Melaporphyr, wenn die Grundmasse dunkelgrau ist, woge-
gen auch der Name rother Porphyr für Felsitporphyr im
Allgemeinen gebraucht wurde, insofern sie häufig roth gefärbte
Grundmassen haben.

Von den als Einsprenglinge in Felsitporphyren vorkommenden Mineralen erscheint der Quarz meist in unbestimmt eckigen bis rundlichen Körnern oder bildet auch der
Gestalt nach bestimmbare Krystalle, welche mehr oder weniger
scharf ausgebildet, fast immer pyramidal gestaltet sind, indem
das Prisma gar nicht oder untergeordnet (s. Fig. 2 auf Seite 7)

ausgebildet ist. Er ist farblos, hell oder dunkelgrau bis bräunlich, zuweilen roth gefärbt, glasartig glänzend auf den muschligen Bruchflächen, mehr oder minder durchscheinend. — Der
Feldspath ist entweder Orthoklas (Kalifeldspath) oder
Oligoklas (kalkhaltiger Natronfeldspath), bildet entweder
deutlich der Gestalt nach bestimmbare Krystalle, deren Durchschnitte bei dem Zerschlagen der Stücke verschieden gestaltet,
meist sechsseitige oder oblonge sind und auf den zufällig sichtbaren Spaltungsflächen entweder gestreift oder ungestreift.
erscheinen, jedoch als ungestreifte nicht immer nothwendigerweise für Orthoklas zu halten sind, weil für diesen Unterschied
nur die basischen Spaltungsflächen maassgebend sind. Man
erkennt auch oft in den Durchschnitten die Zwillinge des Orthoklas, wie es bei demselben (S. 15) angegeben wurde. Die
Feldspathkrystalle sind meist etwas langgestreckt, leistenartig,
entweder in der Richtung der Hauptachse oder der Längsachse
ausgedehnt. Bisweilen finden sich auch mehr rhombische
Durchschnitte, wenn die Prismenflächen an den Krystallen
vorherrschen, daher auch der Name Rhombenporphyr.
Ausserdem bilden die Feldspathe oft nur unbestimmt ausgebildete Individuen, körnige Krystalloide, mehr oder weniger gestreckt oder tafelartig, oder unbestimmt eckige Körner. In der
Farbe sind beide Arten von einander nicht zu unterscheiden,
wenn auch häufig der Orthoklas fleisch- bis blut- oder bräunlichroth, der Oligoklas heller bis weiss und grünlich vorkommt, weil
die Farbe von Eisengehalt abhängig eine zufällige ist, daher bei
beiden in gleicher Weise vorkommen kann. Wenn jedoch zweierlei Feldspathe nebeneinander vorkommen, so unterscheiden sie
sich meist durch die Farbe. Die Feldspath-Einsprenglinge sind
frisch glänzend, besonders auf den Spaltungsflächen, durchscheinend bis undurchsichtig, durch beginnende Verwitterung
aber matt und undurchsichtig, die vorherrschend rascher bei
Oligoklas einzutreten pflegt, und schliesslich in Kaolin umgewandelt.

Der Glimmer ist Magnesiaglimmer und bildet kleine
sechsseitige tafelartige, selten kurzprismatische Kryställchen
oder kleine Blättchen bis Schüppchen, ist braun bis schwarz,
auch dunkelgrün, stark perlmutterartig glänzend auf den vollkommenen basischen Spaltungsflächen, durch beginnende Ver-

witterung halbmetallisch schillernd und dabei gewöhnlich etwas
heller gefärbt bis grau. — Der Amphibol, welcher in den
Felsitporphyren eigentlich als accessorischer Einsprengling zu
betrachten ist, jedoch wie in den granitischen Gesteinen zum
Stellvertreter des Glimmers wird, erscheint in Gestalt kleiner
bräunlich - oder grünlichschwarzer prismatischer bis nadelförmiger Krystalle, welche, wenn sie zerbrochen sind, wegen
ihrer Kleinheit weniger deutlich die Spaltungsflächen hervortreten lassen.

   Da die Felsitporphyre die angegebenen Einsprenglinge
nicht, wie die krystallinischen Gesteine die wesentlichen Gemengtheile gleichzeitig zusammen enthalten müssen, weil die
Ausscheidung der einzelnen jedenfalls ausser von der Anwesenheit der nöthigen Bestandtheile, auch noch von anderen Be-
dingungen abhängt, so finden sich Felsitporphyre, welche Quarz
und Feldspath, andere, welche nur Feldspath, andere, welche
Quarz, Feldspath und Glimmer, andere, welche Feldspath und
Glimmer, oder solche, welche noch dazu Amphibol, schliesslich solche, welche Feldspath und Amphibol, mit oder ohne
Glimmer enthalten, und es lag nahe, darnach die Felsitporphyre als Varietäten, oder wenn man die Felsitporphyre als ein
Genus ansehen will, Arten zu unterscheiden, sowie auch auf
die Art des Feldspathes Rücksicht zu nehmen. Hierdurch
ergaben sich Namen wie Quarzporphyr, Feldspath-
porphyr, Orthoklasporphyr, Orthoklas-Oligoklasporphyr, Glimmerporphyr, Glimmer-Orthoklas-
porphyr und andere, wobei sich bald herausstellte, dass
solche Namen nicht zweckmässig genug sind, um die Verschiedenheit der Porphyre genau zu bezeichnen. Die Folge davon
war, dass man die Felsitporphyre in einer anderen Weise
trennte, welche auch den gleichlaufenden Verhältnissen Rechnung trägt, welche sie mit den krystallinischen gemengten
plutonischen Eruptivgesteinen zeigen, da sie unverkennbar in
den wesentlichen Bestandtheilen, in dem Uebergange der
dichten Grundmasse in eine mikrokrystallinische bis feinkörnige, in den Einsprenglingen, die analog den Gemengtheilen wesentlich für die Porphyre sind, und in den Uebergängen in die krystallinischen Gebirgsarten durch Zurücktreten
der Grundmasse sich mit den granitischen Gebirgsarten ver-

gleichen lassen, denen sich die Feldspathglimmergesteine und der Syenit anreihen.

Bei dieser Trennung berücksichtigte man zunächst das Vorkommen des Quarzes als Einsprengling und unterschied sie als quarzführende und quarzfreie Felsitporphyre, wobei man natürlich von dem vereinzelten Vorkommen einiger Quarzkörnchen absehen muss, da es sich doch immer um das wesentliche Auftreten handeln kann. Da aber eine solche Benennung in Verbindung mit weiteren Zusätzen schleppend werden musste, so wurde der Name Porphyrit (porphyrites der Römer, womit eine gewisse Varietät benannt wurde) für die quarzfreien Felsitporphyre eingeführt, denen gegenüber der quarzführende Felsitporphyr, dann nur ausschliesslich Felsitporphyr genannt wird, wofür man den kürzeren Namen Quarzporphyr gebraucht. So zerfallen die Felsitporphyre in Quarzporphyr und Porphyrit.

1) Die Quarzporphyre enthalten demnach in der felsitischen Grundmasse als Einsprenglinge Quarz und Feldspath, mit oder ohne Glimmer, welcher überhaupt, wenn er vorhanden ist, doch nur eine untergeordnete Rolle spielt, und der Feldspath ist entweder Orthoklas oder Oligoklas, oder es treten beide gleichzeitig auf. Wenn man es für locale Vorkommnisse für vortheilhaft erachtet, kann man durch Namen die Feldspathe berücksichtigen, oder auch den Glimmer, sie sind dann zusammengesetzte und können, wie die ähnlichen Namen gewisser Porphyrite, leicht zu Verwechselungen Veranlassung geben. Bezüglich der Grundmasse werden die Namen gebraucht, welche oben (S. 170) angegeben wurden, in gleichem Sinne aber auch für die Porphyrite ihre Anwendung finden können. Die Quarzporphyre gehen nach ihrer wesentlichen Beschaffenheit den Graniten und Granuliten parallel, daher auch die Granitporphyre hierher gehören, die den Uebergang zu den Graniten, besonders zu den porphyrartigen oder Porphyrgraniten bilden.

2) Die Porphyrite oder die quarzfreien Felsitporphyre zeigen in der felsitischen Grundmasse als Einsprenglinge Feldspath, Glimmer und Amphibol, wobei der Feldspath entweder Orthoklas oder Oligoklas ist, jeder für sich oder beide mit einander vorkommend, mit oder ohne Glimmer oder

mit oder ohne Amphibol. Die wechselnden Verhältnisse in
dem Auftreten von Feldspath, Glimmer und Amphibol lassen
dreierlei Porphyrite unterscheiden: **Feldspathporphyrite**,
Glimmerporphyrite und **Amphibolporphyrite**, je
nach der hervorragenden Stellung, welche eines der drei genannten Minerale in den Porphyriten einnimmt.   ،

a. Die **Feldspathporphyrite**. Dieselben enthalten in
,felsitischer Grundmasse als wesentliche Einsprenglinge **Feldspath**, entweder Orthoklas oder Oligoklas, oder beide zusammen, während Glimmer oder Amphibol gar nicht oder nur sehr
untergeordnet bemerkbar sind. Desgleichen kann auch bisweilen etwas Quarz sehr untergeordnet bemerkt werden, während möglicherweise in der felsitischen Grundmasse sich derselbe noch durch die Analyse nachweisen lässt. - Sie schliessen
sich zunächst den Quarzporphyren an, und mit den krystallinischen Gebirgsarten verglichen den Feldspathgesteinen, welche
wesentlich aus Orthoklas und Oligoklas bestehen.

b. Die **Glimmerporphyrite**. Bei diesen sind als Einsprenglinge **Glimmer** und **Feldspath** (Orthoklas und Oligoklas) vorhanden, und nur selten fehlt der Feldspath, während der Glimmer auch verhältnissmässig gering auftreten kann
und durch sein Zurücktreten der Uebergang in Feldspathporphyrit vermittelt wird. Amphibol ist hier entweder gar nicht,
oder untergeordnet vorhanden, nur bei glimmerreichen bisweilen reichlicher zu bemerken. Charakteristisch ist also überhaupt der Glimmer, und da die Anwesenheit der dazu nöthigen
Bestandtheile in grösserer Menge, verbunden mit der grossen
Krystallisationstendenz des Glimmers, sein Auftreten wesentlich erleichtert, so giebt es Glimmerporphyrite (im Besonderen
mit dem Namen Minette früher belegt); in deren Grundmasse
gleichfalls der Glimmer bemerkbar wird, insofern diese mikrokrystallinisch ist oder bei denen der Glimmer an Menge bedeutend bei geringen Dimensionsverhältnissen desselben als Einsprengling die felsitische Grundmasse grossentheils dem Auge
verdeckt. Immerhin ist aber die mit dem Namen Minette
von Voltz belegte Gebirgsart, welche sich bedeutend entwickelt in den Vogesen, aber auch anderwärts findet, im
Wesentlichen Glimmerporphyrit, und wenn einzelne dazu gerechnete Vorkommnisse in andere Felsitporphyre übergehen,

so sind es eben dann andere Felsitporphyre, ohne dass es nothwendig erscheint gewisse Glimmerporphyrite mit ihren Uebergängen zusammen als eine eigene Gebirgsart, Minette, mit ihren sehr wechselnden Verhältnissen getrennt beizubehalten. Zu den Glimmerporphyriten gehört auch das Kersanton genannte Gestein der Bretagne, wenn es porphyrisch ist, und der Kersantit in den Vogesen, der noch Amphibol enthält, sowie der Fraidronit in den Cevennen und an anderen Orten in Frankreich, welcher fast keinen Feldspath ausgeschieden zeigt. Die Glimmerporphyrite vertreten in der Reihe der Felsitporphyre diejenigen, welche sich mit den krystallinischen Feldspath - Glimmer - Gesteinen vergleichen lassen würden, (s. S. 22).

     c. Die Amphibolporphyrite. Als solche sind diejenigen quarzfreien Felsitporphyre benannt worden, welche in felsitischer Grundmasse als Einsprenglinge Amphibol und Feldspath (Orthoklas oder Oligoklas) enthalten, zum Theil auch etwas Glimmer und bei Abnahme des Amphibol in die Feldspathporphyrite übergehen. Wird die Grundmasse feinkörnig, so heissen sie zum Theil Syenitporphyr, und könnten ebensogut auch zum Theil Dioritporphyr genannt werden, wenn der Feldspath Oligoklas ist. Sie lassen sich den an Amphibol armen Syeniten und Dioriten an die Seite stellen, insofern diese sich den granitischen Gesteinen anschliessen.

     Nachdem so die gesammten Felsitporphyre nach der Verschiedenheit ihrer Grundmasse und der Einsprenglinge betrachtet, gezeigt haben, dass sie eine Reihe verschiedener Porphyre bilden, welche sich durch ihre Zusammensetzung und Gemengtheile, die sichtbaren Einsprenglinge und die nicht sichtbaren, in der Grundmasse enthaltenen nahe verwandt herausstellen, ist noch zu bemerken, dass durch zufällige Mengenverhältnisse der Bestandtheile oder durch accessorische auch andere Minerale eingewachsen vorkommen können, wie in den granitischen Gebirgsarten, wie Granat, Turmalin, Talk, Chlorit, Magneteisenerz, Epidot, Pyrit u. a. m.

     Die Felsitporphyre sind vorwaltend massige Gesteine, welche bei Abnahme der Einsprenglinge in Felsit übergehen, durch Zunahme der krystallinischen Ausbildung der Grundmasse oder durch Zunahme der Einsprenglinge in krystallinische, in granitische, mit Einschluss feldspathreicher Varietäten des Syenit und Diorit, doch zeigen sie auch bisweilen eine gewisse schiefrige Bildung der Grundmasse, in welchem Falle man sie schiefrige Porphyre nennt. Ausserdem ist auch durch die Grundmasse hindurch eine Art körniger Absonderung zu bemerken, wonach man solche körnige Porphyre genannt hat. Bei beiden treten die Einsprenglinge an Menge zurück, weil durch diese Ausbildung der Grundmasse die Ausscheidung, wie es scheint, gehindert wird. An die letzteren schliessen sich die kugligen Porphyre, wenn in der dichten Grundmasse kuglige Ausscheidungen sichtbar werden, welche in verschiedener Grösse, von der Grösse etwa der Erbsen bis zu Kopfgrösse und mehr oder minder zahlreich eingewachsen sind. Diese kugelförmigen Ausscheidungen sind theils dicht wie die Grundmasse, besonders wenn sie klein sind, oder haben dieselbe Beschaffenheit wie der Porphyr, oder lassen eine gewisse regelmässige radiale Anordnung oder schalige Absonderung erkennen, wobei selbst die Minerale unterscheidbar hervortreten, welche zum Porphyr gehören, namentlich der Quarz. Sie bilden jedenfalls bemerkenswerthe Varietäten der Porphyre und sind durch die locale Entwickelung der Minerale oder durch Anhäufung gewisser Bestandtheile bedingt.

Schliesslich sind auch die porösen und drusigen Porphyre bei Felsitporphyren als besondere Vorkommnisse zu erwähnen, von denen die ersteren in der Grundmasse viele kleine und grössere, rundliche und unbestimmt geformte Hohlräume erkennen lassen, die letzteren in solchen Hohlräumen besonders aufgewachsene Quarzkrystalle zeigen. Solche Hohlräume scheinen in den meisten Fällen in Folge der Zersetzung der Feldspath-Einsprenglinge, vielleicht auch zum Theil anderer eingewachsen gewesenen Minerale entstanden zu sein, so wie auch die nachherige Auskleidung mit Quarzkrystallen oder Ausfüllung mit sog. Steinmark, die Folge späterer Umbildungsprocesse ist. Auch die vorherrschende röthliche, rothe bis rothbraune Färbung der Felsitporphyre scheint wenigstens grossentheils von einer Umwandlung im Laufe der Zeit abzuhängen, insofern eine ursprünglich vorhandene Verbindung von Eisenoxydul, welche früher eine grüne Färbung ver-

ursachte, durch Zersetzung das in solchen roth gefärbten Felsitporphyren allgemein als pulverulentes Pigment verbreitete
Eisenoxyd geliefert haben mag.

2. Die **Aphanitporphyre**.

Als solche sind im Gegensatz zu den Felsitporphyren diejenigen älteren, plutonischen Porphyre zu bezeichnen, deren G r u n d-
masse A p h a n i t ist und in denen als E i n s p r e n g l i n g e wesentlich F e l d s p a t h, A u g i t und A m p h i b o l vorkommen,
welche jedoch ebensowenig wie bei den Felsitporphyren gleichzeitig vorhanden sein müssen, sondern der Art nach entweder
einzeln oder zu zweien, oder zusammen vorkommen können.
Die Aphanitporphyre verhalten sich zu den Felsitporphyren,
wie die Diorite, Gabbro und Diabase zu den granitischen Gesteinen, und lassen sich in einzelnen Vorkommnissen ebensowenig scharf von einander trennen, wie die krystallinischen
verwandten Gebirgsarten, indem der Gegensatz nur im Grossen
hervortritt und dann die Aphanitporphyre durch relativ geringeren Gehalt an Kieselsäure und durch höheren Gehalt an
Kalkerde und Magnesia charakterisirt sind.

Was zunächst die aphanitische Grundmasse betrifft, welche
auch für sich als A p h a n i t (S. 197) vorkommt, so lehrte uns die
Betrachtung der krystallinischen Gebirgsarten Diorit, Gabbro
und der verwandten, dass man den Namen Aphanit gebraucht,
um diejenigen dichten Vorkommnisse zu bezeichnen, welche
als dichte oder scheinbar dichte dadurch hervorgehen, wenn
jene gemengten Gebirgsarten so feinkörnig werden, dass man
sie als dicht bezeichnet oder schliesslich wirklich dichte Massen
darstellen, welche in substantieller Beschaffenheit sich den krystallinischen unmittelbar anschliessen. So erscheint der Aphanit als dichte, im Bruche splittrige Masse, welche vorwaltend
grün gefärbt ist, einerseits bei heller Färbung bis grünlichgrau,
andererseits bis schwarz verläuft, ausserdem auch gelblich bis
bräunlich, selbst röthlich bis roth gefärbt sein kann, wenn Um-
wandelungen der vorhandenen Eisenoxydulverbindungen Ausscheidung von Eisenoxyd und Verbindung desselben mit
Wasser hervorrufen. Der Aphanit ist schimmernd bis matt,
an den Kanten durchscheinend bis undurchsichtig, hat die
Härte = 6 und darunter und G. = 2,7—3,0. Er ist v. d. L.

mehr oder weniger leicht schmelzbar zu einem durch Eisen grün
bis schwarz gefärbten, oft magnetischem glänzenden Glase und
wird von Säuren in verschiedenem Grade zersetzt. Als wesentliche Bestandtheile sind Kieselsäure, Thonerde, Kalkerde,
Magnesia, Eisenoxydul enthalten, wozu noch Natron und Kali
in meist geringer Menge kommen.

Obgleich der Aphanit auch Aehnlichkeit mit gewissen
Varietäten des dichten Quarzes, wie mit Hornstein, Jaspis oder
Kieselschiefer hat, so wurde hier bei den Varietäten der
Aphanitporphyre bezüglich der Grundmasse kein Name analog
dem Namen Hornsteinporphyr eingeführt, da hingegen der
Aphanit als scheinbar dicht allmählich in feinkrystallinischen
Zustand übergeht und der Name Grünstein vorlag, so findet
man Aphanitporphyre auch Grünsteinporphyre genannt,
oder wenn der krystallinische Zustand deutlicher hervortritt,
eine Vergleichung daher mit den krystallinischen Gesteinen
möglich wird, auch die Namen Diorit- und Diabaspor-
phyr gebraucht, wobei gewöhnlich der letztere Name im Einklange mit der vorherrschenden Beschaffenheit der Diabase die
undeutlichen Vorkommnisse bezeichnet, während Dioritporphyr
deutlicher die Verwandtschaft mit Diorit anzeigt. Solche Varietäten bilden den Uebergang in die porphyrartigen krystallinischen Gesteine, in den Porphyrdiorit, Porphyrgabbro u. a.
Immerhin aber werden die Namen Dioritporphyr und ähnliche,
welche die Verwandtschaft andeuten sollen, noch oft zu weit
ausgedehnt, und wie es der natürliche Zusammenhang der Porphyre mit den krystallinischen mit sich bringt, auf die porphyrartigen krystallinischen übertragen, wie auch die Namen
Granit- und Syenitporphyr zeigten, jedenfalls aber wäre es
zweckmässiger, sie nicht so weit auszudehnen, wenn man sich
überhaupt des Namens Porphyr bedienen will, und Porphyre
nicht porphyrartige Gebirgsarten zu benennen. Eine Grenze
existirt freilich nicht, sie muss aber nach Möglichkeit festgehalten werden, widrigenfalles man den Namen Porphyr auf
alle porphyrartigen Gebirgsarten ausdehnen müsste.

Nach der Farbe der Grundmasse, welche, wie angegeben
wurde, auch bis schwarz vorkommt, wurden solche Aphanitporphyre auch schwarze Porphyre, Melaphyre oder
Melaphyrporphyre genannt, woraus Verwechselungen mit

ähnlich gefärbten Felsitporphyren hervorgehen konnten und
hervorgingen. Die als Einsprenglinge in Aphanitporphyren vorkommenden Feldspathe sind als Albit, Oligoklas, Labradorit und Anorthit unterschieden worden, und man findet
auch die Namen Oligoklasporphyr und Labradorit-
porphyr, um nach der Art der vorherrschenden Feldspath-
Einsprenglinge Aphanitporphyre zu unterscheiden, käme aber
dadurch leicht in den Fall, andere Porphyre auch so benennen
zu müssen oder so benannt zu finden. Die Feldspathe der
Aphanitporphyre sind vorwaltend kalkhaltiger Natronfeldspath
oder natronhaltiger Kalkfeldspath, und sie können daher sowohl mit obigen Namen belegt werden, zu denen dann noch
der Andesin käme, da die Analysen der eingewachsenen Feldspathe die verschiedensten Verhältnisse des Natron- und Kalk-
erdegehaltes bis zu den Extremen hin ergeben haben, dieselben
auch zum Theil etwas Kali enthalten. Meist beschränkte man
sich nur auf die beiden Arten Oligoklas und Labradorit. Die
Feldspathe bilden mehr oder weniger deutlich ausgebildete
prismatische bis tafelartige Krystalle, mit Zwillingsstreifung
auf den basischen Spaltungsflächen, sind einzeln oder verwachsen eingewachsen, erscheinen oft nur in Gestalt unbestimmt
gestalteter körniger oder leistenartiger Krystalloide, oder sind
mit einander zu feinkörnigen Aggregaten verwachsen, die bis
zu scheinbar dichten Körnern oder körnigen bis dichten Ausscheidungen herabsinken. Sie sind weiss, grau, grünlich, gelblich bis röthlich gefärbt, halbdurchsichtig bis an den Kanten
durchscheinend, mehr oder weniger glänzend.

Der Amphibol bildet entweder deutlich ausgebildete
prismatische Krystalle mit den bekannten zur Erkennung dienenden Spaltungsflächen oder undeutlich gestaltete Krystalloide, ist grün bis schwarz gefärbt und verhältnissmässig sparsam
gegenüber dem viel häufiger in Aphanitporphyren vorkommenden Augit, welcher ebenfalls entweder deutlich krystallisirt,
oft Zwillinge bildend eingewachsen ist oder auch nur in unbestimmt eckigen Körnern erscheint, in der Farbe wie Amphibol grün bis schwarz und bei undeutlicher Spaltbarkeit mit
muschligem bis unebenem Bruche. Wegen des häufigeren Vorkommens des Augit hat man auch als Varietät Augitpor-

phyre unterschieden, welche allein oder vorwaltend Augit
als Einsprenglinge enthalten. Da ferner in Augitporphyren
die bei der Species Augit (S. 42) angeführte Umwandelung
des Augit in Amphibol, der Uralit gefunden wurde, so benannte man solche Porphyre Uralitporphyre, die jedoch
petrographisch nur eine Abänderung der Augitporphyre sind.
Uebrigens verändert sich der Augit auch noch auf andere
Weise, wird in eine grüne erdige Substanz umgewandelt,
welche als Mineralspecies Grünerde heisst, wesentlich ein
wasserhaltiges Magnesia-Silikat mit Eisenoxydul ist, aber selbst
noch weiter verändert und durch Beimengungen keine bestimmte chemische Formel ergeben hat, wie der Kaolin.

Ausser den angeführten Einsprenglingen der Aphanitporphyre enthalten manche auch noch Chlorit, doch meist in
untergeordneter Weise entwickelt, in Gestalt kleiner Blättchen bis Schüppchen, oder in kleinen kugelförmigen Anhäufungen, oder als sogenannten.erdigen Chlorit, ähnlich wie in
den Diabasen, wesshalb solche Aphanitporphyre Diabasporphyre heissen. Im Anschluss an die porphyrartigen Diabase verdient das Auftreten des Chlorit wohl einige Beachtung,
doch dürfte seine Anwesenheit oft auch nur die Folge von Zersetzung sein, wie in vielen Diabas genannten Vorkommnissen
und mit der Bildung der Grünerde zusammenhängen. Andere
Minerale finden sich als Uebergemengtheile, unter denen der
häufig vorkommende Magnetit hervorzuheben ist, selbst zum
Theil als wesentlich betrachtet werden könnte, sowie der seltener auftretende Olivin (oder auch Hyalosiderit), insofern
dieser bei hohem Magnesiagehalt sich neben Augit ausbildet,
doch leichter verwitternd noch seltener beobachtet wurde, als
er wirklich in sogenannten Augitporphyren vorkommt. Die
Mehrzahl dagegen von sonst noch angeführten Mineralen ist in
Folge eingetretener chemischer Veränderungen vorhanden, wie
verschiedene wasserhaltige Silikate, Kalkspath, Quarz u. a., da
die Aphanitporphyre verhältnissmässig leicht der Verwitterung
unterworfen sind.

Als Eruptivgesteine finden sich die Aphanitporphyre verglichen mit den Felsitporphyren vorwaltend massig, häufig mit
säulenförmiger und kugliger Absonderung, besonders aber.ist
das Vorkommen als Mandelsteine hervorzuheben, indem

die ursprünglich mit Blasenräumen erfüllten Gesteine in Folge
der Zersetzung, wie es bei der Mandelsteinbildung (S. 74) angegeben wurde, diese Blasenräume theilweise oder ganz mit
verschiedenen Mineralen ausgefüllt zeigen, sogenannte Achat-
mandeln bilden, wenn Quarzvarietäten vorwaltend darin enthalten sind, im Uebrigen ausser diesem oder auch ohne ihn andere Minerale enthalten, wie besonders wasserhaltige Silikate
und Kalkspath. — Da die zur Bildung der Aphanitporphyre bei-
tragenden Minerale, welche in der Grundmasse noch unentwickelt
oder unkenntlich enthalten sind oder als Einsprenglinge auftreten, die Feldspathe, der Augit und Amphibol zusammen mannigfach der Zersetzung unterliegen, so werden dadurch die Aphanitporphyre vorwaltend durch Kaolinisirung und Bildung von
Grünerde, durch höhere Oxydation des ursprünglichen Eisenoxydul und durch Aufnahme von Wasser allmählich in unrein
gefärbte erdige Massen von grauer, grüner, brauner und röth-
lichbrauner Farbe umgewandelt, welche dem Uebergange der
Felsitporphyre in die Thonstein- und Thonporphyre entsprechen und mit dem unbestimmten Namen Wacke belegt werden, die vorwaltend aus Gemengen von Kaolin, Grünerde und
Eisenocher bestehen und in ähnlicher Weise als Zersetzungs-
product anderer Gebirgsarten hervorgehen können.

Die Reihe der Varietäten, welche Felsit- und Aphanitporphyre bilden und welche durch die bezüglichen Namen Quarzporphyr, Feldspathporphyrit, Glimmerporphyrit, Amphibolpor-
phyrit, Diorit-, Diabas- und Augitporphyr anzeigt, wie sie allmählich in ihren Bestandtheilen und Mineralarten wechseln,
lässt unzweideutig sich mit den krystallinischen Gebirgsarten
Granit, Syenit, Diorit und Gabbro, wenn wir nur diese Namen
hervorheben, vergleichen und erkennen, dass in diesen älteren
Porphyren dieselben Veränderungen in den Bestandtheilen und
Mineralarten bezüglich Qualität und Quantität zur Bildung verschiedener Porphyre beitragen, welche einerseits im Kieselsäuregehalt abnehmen, andererseits mehr alkalische oder mehr erdige
Basen neben Thonerde enthalten und bei relativer Abnahme
der letzteren die thonerdefreien Silikate Amphibol und Augit
eintreten, nebenbei auch eine allmähliche Erhöhung des Eisengehaltes bemerkbar wird. Bevor wir die analoge Reihe der Porphyre jüngeren Alters, welche den trachytisch-doleritischen

Gesteinenentsprechen, vulkanische gegenüber jenen den älteren plutonischen sind, ist noch der

Pechsteinporphyre

zu gedenken, welche als Porphyre als Grundmasse den weiter unten (S. 196) genauer zu beschreibenden Pechstein enthalten und in denen als Einsprenglinge Alkalifeldspathe, Quarz und Glimmer vorkommen. Solche Pechsteinporphyre erscheinen nämlich als ältere und jüngere, ohne dass äusserlich ein Unterschied deutlich hervortritt. Die Pechstein genannte dichte Grundmasse, welche sich durch ihren mehr oder weniger starken Wachsglanz bei verschiedener Färbung gelb, grün, roth, braun bis schwarz, und durch ihren entschiedenen Wassergehalt auszeichnet, sonst in der Zusammensetzung dem Felsit am nächsten steht und reich an Kieselsäure ist, weist auf eine eigenthümliche Entstehungsweise unter Einfluss des Wassers hin.

3. Die **Trachytporphyre.**

Wenn sich die trachytisch-doleritischen Gebirgsarten als krystallinische, jedoch jüngere Eruptivgesteine oder als vulkanische in ihrer Entwickelungsweise bezüglich der Gemengtheile mit den älteren, den plutonischen parallel stellen liessen, so zeigen auch die porphyrischen Gesteine der gleichen Altersstufe eine analoge Reihe, wie sie die Felsit- und Aphanitporphyre darstellen, doch sind sie in der Ausbildung der Grundmasse viel mannigfaltiger, insofern dieselbe sich zum Theil mit dem Felsit und Aphanit vergleichen lässt, zum Theil eine halbglasige oder glasartig dichte oder glasartig schaumige ist und zwischen diesen glasartigen Bildungen und jenen wieder verschiedene Zwischenstufen liegen, denen sich auch die oben erwähnten Pechsteine anreihen. Für diese verschiedenen Grundmassen sind wohl verschiedene Namen gegeben worden, aber diese Namen sind fast durchgehends nicht so eng begrenzt worden, dass sie die vulkanischen Porphyre in so einfacher Weise gruppirt zeigen, wie es bei den älteren möglich war, indem sie anfänglich auf bestimmte Vorkommnisse bezogen wieder wegen ähnlicher Verhältnisse in anderer Beziehung auf andere übertragen wurden. Da die fortgesetzten Untersuchungen nothwendig zu einer bestimmten Nomenklatur führen müssen und es desshalb nicht zweckmässig erscheint, durch Namen allein den Resultaten späterer Untersuchungen vorzugreifen, so halte ich mich möglichst an die gegebenen, wesshalb ich zunächst als T r a c h y t - p o r p h y r e in Rücksicht auf das, was über die Trachyte angegeben wurde, diejenigen vulkanischen Porphyre bezeichne, deren G r u n d m a s s e als d i c h t e r T r a c h y t schon früher bezeichnet wurde, das heisst jene dichte, dem Felsit verwandte Masse, in welche der feinkrystallinische Trachyt als in eine scheinbar oder wirklich dichte Masse übergeht und welche bisweilen eine grosse Aehnlichkeit mit Felsit (oder wie dieser mit Hornstein) hat. Als E i n s p r e n g l i n g e enthalten sie wesentlich A l k a l i f e l d s p a t h, Q u a r z, G l i m m e r und A m p h i b o l, mit dem von Porphyren überhaupt bekannten Wechsel des gleichzeitigen Vorhandenseins.

Weil die porphyrartigen Trachyte häufig klein- bis feinkörnig sind und bei ihnen der Contrast zwischen porphyrartigem krystallinischem Gestein und Porphyr nicht so deutlich hervortritt, wie zwischen porphyrartigem Granit und Felsitporphyr, so zog man es vor, hier von dichtem Trachyt zu sprechen, während man den dichten Granit Felsit nannte und desshalb die Felsitporphyre von den Graniten trennte. Es fehlt demnach hier ein entsprechender Name, und da von F. v. R i c h t - h o f e n für gewisse hierher gehörige Porphyre der Name L i t h o i d i t p o r p h y r e gebraucht wurde, so schied man wieder felsitische und lithoidische Trachyte, ohne dass ein scharfer Gegensatz vorhanden ist, sondern das lithoidische Aussehen sich vom felsitischen nur durch wenig mehr hervortretenden Glanz unterscheidet. Ich glaube demnach es für zweckmässig halten zu können, den Ausdruck L i t h o i d i t, steinartiges Gebilde, wofür man kürzer L i t h o i d sagen könnte, für den dichten Trachyt zu gebrauchen, welcher nicht glasartig ist, sondern dicht mit schwachem oder unvollkommenem Wachsglanze bis glanzlos, wonach L i t h o i d p o r p h y r e oder L i t h o i d i t p o r p h y r e nun den Felsitporphyren analog wären, und wie diese mikrokrystallinisch werdend sich den porphyrartigen Trachyten anreihen. Es erscheint mir jedenfalls nothwendig, bei gleichlaufenden Verhältnissen verschiedener Gesteinsreihen auch in der Benennung consequent zu sein und die Grundmasse bei

den Porphyren zur Benennung zu benützen. Allerdings
könnte, wie ich früher schon andeutete, die mikroskopische
Untersuchung der Gebirgsarten den Unterschied entbehrlich
erscheinen lassen, wenn man findet, dass die gewöhnlich für
dicht gehaltenen Extreme der krystallinischen Gesteine, der
Felsit und der Aphanit bei den plutonischen, hier der dichte
Trachyt oder Lithoid und andere bei den vulkanischen nicht
wirklich dicht sind, sondern kryptokrystallinisch; da jedoch
für das Studium der Gebirgsarten die Anwendung des Mikroskopes nicht den Ausgangspunct bildet, sondern die Mikro-
skopie mehr Sache derer ist, welche sich bereits eine umfassende
Kenntniss der Gebirgsarten angeeignet haben, so muss die Unterscheidung dichter und krystallinischer Gesteine, dichter und
krystallinischer Grundmasse festgehalten werden, um nicht von
vornherein das Verständniss zu erschweren. Für den Anfänger
müssen diejenigen Begriffe fest und fortbestehen, welche er beurtheilen kann und er beurtheilt die Gebirgsarten, wie er sie
mit freiem Auge, höchstens mit Hilfe der Lupe sieht, und in
diesem Sinne ist schon der Ausdruck mikrokrystallinisch genügend, um anzudeuten, dass die Krystallisation nur schwierig zu
erkennen ist.

In der Grundmasse der Lithoidporphyre erscheinen
als Einsprenglinge Alkalifeldspathe, und zwar Kalifeldspath oder natronhaltiger Kalifeldspath, jener Orthoklas von
mehr glasigem Aussehen, welchen man Sanidin nennt, wie
bei den Trachyten, oder kalkhaltiger Natronfeldspath, Oligoklas, beide farblos bis weiss oder grau, bisweilen auch gelblich gefärbt, mehr oder weniger durchscheinend bis halbdurchsichtig, wobei die .gewöhnlich zur Unterscheidung dienliche
Zwillingsstreifung auf den basischen Spaltungsflächen gesehen
werden kann oder eine eingehendere Untersuchung nothwendig
wird. Für die Beurtheilung der Gestalt oder des Neigungswin-
kels der Spaltungsflächen sind die Krystalle meist zu klein. Der
Quarz, farblos bis rauchgrau, durchsichtig bis durchscheinend,
auf den Bruchflächen glasartig glänzend, bildet pyramidale Krystalle mit untergeordnetem Prisma (Fig. 2, S. 7) oder Krystallkörner, die sich durch den muschligen glasglänzenden Bruch
von Feldspathkörnern unterscheiden. Der Glimmer ist fast
immer Magnesiaglimmer, braun bis schwarz, perlmutterartig

glänzend, bildet gewöhnlich sechsseitige Tafeln oder kurze
Prismen, oder unbestimmt gestaltete Blättchen; der Amphibol, welcher selten vorkommt, erscheint in Gestalt kleiner
schwarzer prismatischer bis nadelförmiger Krystalle. Andere
Minerale kommen, wie in den Trachyten, accessorisch vor,
und hervorzuheben ist noch das Vorkommen des sogenannten
Sphärolith, kleiner grauer, brauner oder rother, aussen
matter Kugeln, welche im Inneren mehr oder weniger radial
fasrig bis stenglig sind und glasartig glänzen, krystallinische
Concretionen feldspathiger Natur.

Da bei den Felsitporphyren auf die An- oder Abwesenheit
des Quarzes ein so grosses Gewicht gelegt wurde, um diese als
Quarzporphyre und Porphyrite zu unterscheiden, so liegt die
Frage nahe, ob bei den Lithoidporphyren eine ähnliche Unterscheidung zu machen sei. Bei den Trachyten wurde auch darauf
hingewiesen, dass Quarztrachyte u. a. getrennt wurden, bei
diesen Porphyren aber lässt sich vorläufig keine solche Gliederung mit Bestimmtheit durchführen und es dürfte für einfachere Bestimmungen genügen, quarzführende und
quarzfreie zu unterscheiden, je nachdem man den Quarz als
Einsprengling wahrnimmt oder nicht.

Schliesslich ist noch anzuführen, dass die Lithoidporphyre
durch Kaolinisirung des Feldspathes verwittern und Thon-
stein-ähnlich werden, dass die Grundmasse bisweilen porös
ist und solche poröse Porphyre zum Theil in Folge der Verwitterung der Einsprenglinge entstehen, wobei, wie bei den
Thonstein-ähnlichen die Grundmasse matt, weich, gelblich,
röthlich bis bräunlich gefärbt erscheint und beim Befeuchten
mit Wasser ein starker Thongeruch bemerklich wird, endlich
noch, dass manche Porphyre eine gewisse plattenförmige bis
lamellare Absonderung zeigen und dann schiefrige genannt
werden.

An die mit dem Namen Lithoidporphyre wegen der Beschaffenheit der Grundmasse unterschiedenen Trachytporphyre
reihen sich als weitere trachytische Porphyre die

Obsidian- und Bimssteinporphyre,

wenn die Grundmasse Obsidian oder Bimsstein ist, entweder
eine vollkommen glasartige oder eine schaumig-fasrige glas-

artige. Da jedoch diese beiden Formen glasartiger Gesteine später
(S. 192) ausführlicher besprochen werden sollen, so ist hier nur
derselben zu gedenken, weil sie Porphyre der Trachytreihe bilden, wenn in ihnen als Einsprenglinge Feldspath, Glimmer oder
Quarz bemerkt werden. In gleichem Sinne gehören hierher die
Perlitporphyre, wenn das als Perlit zu beschreibende Gestein ¡S. 194) durch solche Einsprenglinge Porphyre bildet. Diese
stehen zwischen den Obsidian- und Lithoidporphyren und enthalten zum Theil, wie die letzteren, Sphärolith.

4. Die **Phonolithporphyre.**

Es wurde bereits bei den Lithoidporphyren angedeutet,
dass analog den Quarzporphyren und Porphyriten eine ähnliche
Trennung zu erwarten ist und dass die Unterscheidung quarz-
führender und quarzfreier Lithoidporphyre von der An- oder
Abwesenheit der Quarzeinsprenglinge abhängig sei. Es reihen
sich nun die Phonolithporphyre den quarzfreien an und entsprechen zum Theil den Feldspath- und Amphibolporphyriten,
wenn man die wechselnden Mengenverhältnisse der Bestandtheile der Phonolith genannten Grundmasse und die
Einsprenglinge Feldspath und Amphibol berücksichtigt. Diese Porphyre stehen auch zwischen den bereits beschriebenen der Trachytreihe und den nachher anzuführenden
Basanit- und Basaltporphyren der Doleritreihe, ähnlich aber
nicht parallel als Mittelglieder, wie früher die Andesite zwischen Trachyt und Dolerit gestellt wurden.

Die Phonolith genannte Grundmasse hat als dichte, im
Bruche flachmuschlige, unebene bis splittrige, hell bis dunkel-
graue, grünliche oder gelbliche, wachsartig schimmernde bis
matte, an den Kanten durchscheinende bis undurchsichtige,
deren Härte = 5,0—6,0, und deren G. = 2,4—2,6 ist, Aehnlichkeit mit Felsit und wird wie dieser auch mikrokrystallinisch,
schmilzt v. d. L. mehr oder weniger leicht bis schwierig zu
einem grauen bis grünem emailartigem Glase, giebt im Glaskolben erhitzt häufig ein Wenig Wasser und ist in Säure theilweise löslich, gallertartige Kieselsäure abscheidend. Die Bestandtheile sind wesentlich Kieselsäure, Thonerde, Alkalien,
mit wenig Kalkerde, Magnesia, Eisenoxyden und Wasser, und
aus dem nicht hohen Gehalte an Kieselsäure, welcher um

55 Proc. beträgt, erkennt man, dass bei nicht ausreichender Kieselsäure, um den Alkalien gemäss Alkalifeldspathe zu bilden, ein
Theil der Alkalien zur Bildung von Nephelin oder Nosean und
ähnlichen beiträgt, woher auch die theilweise Löslichkeit rührt
und dass durch chemische Veränderung zunächst aus diesen
sich sogenannte Zeolithe bilden können, während nebenbei
auch Amphibol angezeigt ist. Die mannigfachen Mineral-
combinationen, welche aus der Grundmasse berechnet werden
können, lassen sich bei Phonolithporphyren durch die Einsprenglinge erkennen, welche als Sanidin, Oligoklas, Amphibol,
seltener als Nosean, Hauyn, Nephelin, Glimmer u. a. beobachtet worden sind, von denen aber der Sanidin und Amphibol am deutlichsten und häufigsten hervortreten. Als alkali-
reiche Gesteine mit nicht hohem Kieselsäuregehalt stehen sie
gewissen Porphyriten und den krystallinischen, Miascit, Ditroit, Foyait genannten (s. S. 123) analog, wenn man auf die
Bestandtheile und die sichtbar werdenden Minerale der Phonolithporphyre der Vergleichung wegen Rücksicht nimmt. Sie
zeigen wie manche Felsitporphyre eine hier häufige plattenförmige bis schiefrige Absonderung, daher sie Klingstein,
Phonolith, wegen des hellen Klanges beim Anschlagen an die
dünnen flachen Stücke mit dem Hammer, auch Porphyr-
schiefer genannt wurden. Sie enthalten ausser den genannten Mineralen noch andere als Uebergemengtheile oder als
accessorische, oder als Folge eingetretener Zersetzung und
Neubildung.

5. Die **Basanit-** und **Basaltporphyre.**

Dem Dolerit, Nephelinit und zum Theil den Andesiten
gehen in der Reihe der vulkanischen Porphyre diejenigen
parallel, welche man nach der Grundmasse als Basanit-
und Basaltporphyre bezeichnen kann. Die Dolerite selbst
und die sich ihnen anschliessenden Andesite gehen bei Abnahme des krystallinischen Zustandes in scheinbar dichte bis
dichte Massen über, welche, wie später noch besprochen werden wird, als hellgraue bis schwarze dichte, schimmernde bis
matte, undurchsichtige, mit dem Gewicht $= 2,7 - 3,3$ Porphyre
bilden, indem als Einsprenglinge Labradorit, Anorthit,
Augit, Amphibol, Olivin und Titan- oder Magneteisenerz

ausser noch anderen eingewachsenen Mineralen vorkommen.
Die v. d. L. mehr oder weniger leicht zu grünem bis schwarzem glänzenden Glase schmelzbare Grundmasse ist in Säuren theilweise auflöslich und unterscheidet sich zunächst bei heller Farbe und G. = 2,7—3,0 als Basanit und bei dunkler Farbe und G. = 2,9—3,3 als Basalt, während in den Porphyren die Anwesenheit des Olivin den Basaltporphyr charakterisirt. Der Olivin bildet entweder grüne glasglänzende halbdurchsichtige bis durchscheinende Krystallkörner, oder prismatische Krystalle, oder krystallinisch-körnige Aggregate, Augit und Amphibol sind gewöhnlich schwarz, bräunlichschwarz oder grünlich, während die Feldspathe farblos, grau bis weiss, zufällig auch gelblich bis röthlich sind, wahrscheinlich in Folge eingetretener Zersetzung im Gestein, welche, wie bei Phonolith, durch etwas Wassergehalt angezeigt ist und zur Ausbildung verschiedener wasserhaltiger Minerale Veranlassung giebt, sowie sich auch Carbonate bilden, deren Anwesenheit durch Behandlung mit Säuren nachgewiesen werden kann.

Wenn auch bei der vorangehenden Beschreibung der Porphyre manche besonderen Verhältnisse übergangen werden mussten, um nicht zu weit in das Detail einzugehen, welches nur Gegenstand genauerer Studien sein kann, so liess sich doch erkennen, dass die Porphyre als eruptive Gebirgsarten verschiedener Altersstufen zwei Gesteinsreihen bilden, welche mit den krystallinischen eruptiven parallel gehen und unter sich wieder einen Parallelismus der Zusammensetzung zeigen, welcher bei annähernd gleichen Mengenverhältnissen derselben wesentlichen Bestandtheile zur Ausbildung ähnlicher Gebirgsarten führt. Dass dabei die vulkanischen Porphyre, wozu, wie bei den krystallinischen Gesteinen besprochen wurde, auch alle als Laven bezeichneten Vorkommnisse jüngster Bildung gerechnet werden, wenn sie als Porphyre vorkommen, eine grössere Mannigfaltigkeit zeigen, als die älteren plutonischen, ist wesentlich eine Folge der Verschiedenheit, welche die Grundmasse zeigt, und da die Verhältnisse derselben in der Reihe der dichten Gesteine noch eingehender besprochen werden, so wird noch Manches nach der Betrachtung derselben erklärlicher werden, was bei den Porphyren nur kurz angedeutet werden konnte. Es konnte auch um so eher auf diese

nachfolgende Darstellung Rücksicht genommen werden, weil
häufig bei den vulkanischen Gesteinen der porphyrische Zustand weniger scharf ausgeprägt ist, überhaupt die übersichtliche Kenntniss erst erlangt werden kann, wenn man alle Zustände vergleicht, weil keine scharfe Grenze in irgend einer
Richtung vorhanden ist.

III. Die dichten Gebirgsarten.

Schon bei der Trennung porphyrischer und krystallinischer
Gebirgsarten konnte man mehrfach sehen, dass eine Eintheilung in krystallinische, porphyrische und dichte durch die
mannigfachen Uebergänge auf gewisse Schwierigkeiten und
scheinbare Widersprüche stösst, doch liess sich bei den beiden
ersten Abtheilungen durch die allseitig oder theilweise eingetretene Krystallisation immer noch ein gewisser Anhaltspunct
finden, um die Stellung der Gesteine in diesen Abtheilungen
zu rechtfertigen, bei den dichten Gesteinen aber ist nicht allein
der Zusammenhang mit den krystallinischen oder halbkrystalli-
nischen gegeben, sondern es grenzen diese auch in vielfacher
Beziehung an die klastischen Gesteine und zwar an diejenigen,
deren Masse gleichfalls als dichte oder erdige erscheint. Dessenungeachtet müssen solche Vorkommnisse da oder dort eingereiht
werden, und es würde eine noch mehr gegliederte Eintheilung
immer wieder auf ähnliche Schwierigkeiten stossen, wesshalb
wir hier, wo es sich doch mehr um eine einfachere Darstellung
handelt, die Eintheilung in vier Hauptabtheilungen vorzogen.

In der Gruppirung der dichten Gesteine schliessen wir uns
sowohl an die bereits geschilderten Gebirgsarten und berücksichtigen auch den Zusammenhang mit den klastischen Gebirgsarten, je nachdem die besonderen Verhältnisse dadurch über-
sichtlicher hervortreten. Die wichtigsten der dichten Gebirgsarten sind hiernach folgende:

1. Der **dichte Quarz.**

Bei dem Quarz wurde schon angeführt, dass besonders vier
Varietäten als dichte zu unterscheiden sind: der Hornstein,
Jaspis, Feuerstein und Kieselschiefer, und es ist dabei

im Wesentlichen auf das zu verweisen, was zu ihrer Unterscheidung bei der Species Quarz (S. 9 u. 10) angeführt wurde.
Der Hornstein erscheint als sedimentäre Bildung, geschichtet und ungeschichtet untergeordnete Lager bildend im Gebiete mehrerer Glieder der secundären Formationen, zum Theil
in Kalken knollige Ausscheidungen bildend und als Versteinerungsmittel verkieselter Hölzer, daher auch als solcher Holz-
stein genannt. Dass mit Hornstein nicht die im Aussehen
wohl ähnliche felsitische Grundmasse der Hornsteinporphyre
genannten Felsitporphyre zu verwechseln ist, wurde oben
(S. 170) angeführt, ebensowenig gehört zum Hornstein das
Hornfels genannte Gestein, welches entweder für Felsit gehalten wird oder für ein Umwandelungsproduct der Grauwacke
durch Aufnahme von Kieselsäure. — Der Jaspis, seltener
petrographisch von einiger Bedeutung, schliesst sich im Vorkommen, wie als Varietät des dichten Quarzes dem Hornstein
an und geht in ihn über, findet sich auch in rundlichen Knollen, wie in den Bohnerzlagern von Kandern in Baden, wogegen die früher zum Jaspis gerechneten Bandjaspis genannten
Schiefer mit in der Farbe wechselnden Lagen fast alle zum Felsit
gehören (daher Bandporphyre genannt) und der Porzellanjaspis durch Kohlenflötzbrände umgewandelter Thon oder
Schieferthon ist — Der Feuerstein, untergeordnete zusammenhängende Lagen und verschieden gestaltige knollige Massen
bildend, findet sich vorwaltend in der Kreideformation und besonders in der Kreide, dabei auch oft das Versteinerungsmittel
darin auftretender Petrefacten bildend. — Der Kieselschiefer, welcher am reichlichsten vorkommt, bildet Lager in der
Uebergangsformation und schliesst sich den Thonschiefern an,
wie die Quarzschiefer den Glimmerschiefern, doch dürften auch
einzelne dem schiefrigen Felsit nahe stehen. — Schliesslich ist
hier noch als dichter Quarz der Süsswasserquarz oder
Limnoquarzit zu erwähnen, welcher unregelmässig gestaltete, zum Theil sehr umfangreiche, selten geschichtete Massen
in Sand-, Thon- und Mergelschichten oder Kalksteinen der
tertiären Bildungen darstellt und im Aussehen als dichter Quarz
den Hornsteinen ähnelt und gewöhnlich von sehr zahlreichen
Poren oder verschieden gestalteten Löchern durchzogen, porös
oder zellig, zerfressen erscheint. Er ist grau bis weiss, gelblich-

bis röthlich-, auch blaulichweiss und zeïgt oft in den Löchern
einen an Chalcedon erinnernden durchscheinenden Ueberzug,
auch hin und wieder Quarzkrystalle. Die in ihm sichtbaren
Pflanzenabdrücke und die eingewachsenen verkieselten Con-
chylien weisen auf eine Bildung aus süssem Wasser hin. Nach
der Verwendung erhielt er auch den Namen Mühlstein-
quarz.

2. Der Felsit.

Derselbe ist eine dichte oder kryptokrystallinische scheinbar einfache aber doch zusammengesetzte Gebirgsart, welche
nach ihren wesentlichen Bestandtheilen bezüglich der Art und
Menge zu urtheilen, im Wesentlichen als ein dichtes Gemenge
von Quarz und Feldspath (Alkalifeldspath, weil bald mehr
Kali, bald mehr Natron enthaltend, kalkhaltigem Natronfeldspath, wenn Kalkerde vorhanden ist) angesehen werden kann,
auch die zur Bildung von Glimmer nöthigen Theile enthält.
Er ist massig oder geschichtet und schiefrig, daher man Felsit-
fels und Felsitschiefer unterscheidet, hat flachmuschligen,
splittrigen bis unebenen Bruch, ist röthlichgelb, gelblich- bis
bräunlichroth, graulichgrün bis grün, grau bis schwarz gefärbt,
schimmernd bis matt, an den Kanten stark durchscheinend bis
undurchsichtig, spröde, hat im frischen Zustande die Härte
= 6,5 oder etwas darunter, das G. = 2,55 — 2,70, schmilzt
v. d. L. mehr oder weniger schwierig, etwa wie die in ihm
enthaltenen Feldspathe zu einer klaren bis trüben glasigen
Masse und wird von Säuren wenig oder nicht merklich angegriffen. Man hielt ihn früher für dichten Feldspath, Orthoklas
oder Albit, während dichter Feldspath nicht vorzukommen
scheint, und nannte ihn daher Feldstein, um den Mangel an
Krystallisation auszudrücken. Wenn der Felsit eingewachsene
Krystalle, Feldspath, Quarz, Glimmer oder Amphibol enthält,
so bildet er die früher beschriebenen Felsitporphyre
(s. S. 169), wenn er dagegen krystallinisch wird, mikrokrystallinisch, so bildet er den Uebergang in Granit, Gneiss
und Granulit, mit denen er, wie mit Felsitporphyren vorkommt.
Durch Verwitterung der in ihm enthaltenen Feldspathsubstanz
verliert er seine Festigkeit und wird weicher, zeigt beim Befeuchten mit Wasser mehr oder minder starken Thongeruch

und geht in sogenannten Thonstein über. An Kieselsäure
reiche Abänderungen wurden zum Hornstein oder Kieselschiefer, bandartig gestreifte zum Jaspis gerechnet.

3. Der Lithoid (Lithoidit).

Dieser verhält sich zu den Trachytgesteinen, wie der Felsit zu den granitischen, wesshalb er im Anklange an den Namen Felsit oder Feldstein Lithoidit genannt wurde, wofür ich
den kürzeren Ausdruck Lithoid gebrauche, weil es ja doch nur
darauf ankommt, den Gegensatz zu glasigen Massen auszudrücken, während er zum Theil, im engen Anschluss an
Trachyt und die bezüglichen Porphyre dichter Trachyt genannt
wurde. Verglichen mit dem Felsit, dem er bisweilen in dem
an Hornstein erinnernden Aussehen sehr ähnlich ist, ist der
Lithoid dicht bis kryptokrystallinisch, im Bruche flachmuschlig,
splittrig bis uneben, vorherrschend grau, auch gelblich, röthlich
bis bräunlich oder bläulich gefärbt, schwach wachsartig glänzend
bis matt, doch könnte auch der unvollkommene Glanz bisweilen
als glasartig bezeichnet werden, wenn er im Aussehen mit geringen Sorten von Porzellan verglichen werden kann, an den
Kanten durchscheinend bis undurchsichtig, spröde, hat die Härte
um 6 herum und das Gewicht = 2,5 — 2,7 und verhält sich
v. d. L. und gegen Säuren wie der Felsit. Durch eingewachsene Krystalle von Feldspath (Sanidin bis Oligoklas), Quarz,
Glimmer und Amphibol bildet er die Lithoidporphyre
(s. S. 183) oder geht durch sichtliches Hervortreten der Krystallisation in Trachyt über. Er enthält seiner Zusammensetzung
nach und wie der durch ihn gebildete Porphyr zeigt, als scheinbar einfaches, aber gemengtes Gestein wesentlich die Feldspathe
und den Quarz und schliesst sich bei abnehmendem Gehalte an
Kieselsäure zunächst an den Phonolith oder bei Zunahme des
glasigen Aussehens an Perlit und Obsidian.

4. Der Obsidian und Bimsstein.

Der Obsidian ist eine dichte, im Bruche muschlige,
glasartig glänzende, an den Kanten durchscheinende bis in
dünnen Stücken durchsichtige Gebirgsart, ein vulkanisches
Glas, welches heller oder dunkler grau, in Masse rein schwarz,
aber auch braun, grün bis röthlich oder gelblich gefärbt, ein-

farbig und bunt, gestreift, gefleckt, geadert, geflammt vorkommt, bei Abnahme des Glanzes und der Durchsichtigkeit
sich dem Lithoid oder im Aussehen dem Pechstein nähert. Er
ist spröde, leicht zersprengbar wie Glas, meist wie dieses scharfkantige Bruchstücke beim Zerschlagen ergebend. Er hat H.
= 6,0 — 7,0 und G. = 2,3 — 2,6. Er verliert beim Erhitzen
zum Theil seine schwarze Farbe und schmilzt v. d. L. zu einem
grauen oder grünlichen Glase und manche Obsidiane schwellen
mit Aufschäumen oder Aufblähen zu einer schaumigen Masse
an, an den Zusammenhang des Obsidian mit Bimsstein erinnernd, der nur eine besondere schaumig-blasige Varietät desselben ist. Der Obsidian enthält nämlich wie Glas viele kleine
Blasen, und wenn dieselben zahlreicher und grösser werden, so
erscheint er schaumig. Wurden dagegen durch die Bewegung
der im Fluss begriffenen schaumigen blasigen Masse die Blasen
langgestreckt, so entstand ein eigenthümlich verworren fasriges
Aussehen und streifenweise sind die Fasern in Menge nebeneinander parallel. Durch diese schaumige bis fasrige Bildung
der an sich glasartigen Masse, erscheint der Bimsstein heller
bis weiss gefärbt, oft seidenartig glänzend bis schimmernd, ist
scheinbar sehr leicht und weicher als Obsidian, weil die Fasern
und dünnen Wände der langgestreckten Blasen beim Ritzen
keinen erheblichen Widerstand leisten, doch zeigt er seine
Härte noch, wenn man mit ihm Glas zu ritzen versucht, welches
durch die Reibung angegriffen wird. V. d. L. und gegen Säuren
verhält er sich im Allgemeinen wie Obsidian, schmilzt zu Glas.
   Durch eingewachsene Krystalle wird der Obsidian und
Bimsstein Obsidian- und Bimssteinporphyr (s. S. 185),
durch eingewachsenen Sphärolith sphärolithisch, ein porphyr-
ähnliches Gebilde, worin die Sphärolithkugeln feldspathige
radiale Krystallausscheidungen sind, und geht in Sphärolithfels über, wenn die Kugeln die eigentliche Grundmasse verdrängen. Bisweilen ist er auch streifenweise mit solchen
Sphärolithausscheidungen oder mit Lithoidsubstanz durchzogen, welche in parallelen Lagen mit Obsidian wechselnd ein
geschichtetes Aussehen hervorrufen. Uebergänge des Obsidian
in Bimsstein durch Zunahme der Blasen an Menge und Grösse
sind nicht selten zu sehen, sowie er selbst in krystallinischem
Trachyt eingewachsen und im Wechsel mit diesem viele kleine

Parthien bildend scheinbar oder wirklich das glasige Bindemittel von Trachytbruchstücken, eine Trachytbrekzie darstellt.

In der Zusammensetzung verhält sich Obsidian und Bimsstein wie Trachyt, indem sie im Wesentlichen reich an Kieselsäure und an Alkalien neben der Thonerde sind, Kalkerde, Magnesia und Eisengehalt untergeordnet auftreten, da jedoch der glasartige Zustand eines Schmelzproductes auch bei doleritischen Mengenverhältnissen vorkommen kann, so erstreckt sich dieser bis zu jenen und man findet Obsidian- und Bimsstein-ähnliche Bildungen auch bei doleritischer Mischung der bezüglichen Bestandtheile unter Abnahme der Kieselsäure und Alkalien, und Zunahme der Kalkerde, Magnesia und des Eisengehaltes, welche jedoch mit anderen Namen zu bezeichnen sind, um den Obsidian und Bimsstein als trachytisch zu behalten.

5. Der **Perlit** oder **Perlstein**.

Man könnte denselben als eine Varietät des Obsidian betrachten, wenn ihm nicht ein gewisser, wenn auch geringer Wassergehalt eigenthümlich zu sein schiene, wodurch er sich zwischen Obsidian und Pechstein stellen lässt. Er ist ein aus kleinen oder grösseren, runden oder eckigen Körnern zusammengesetztes Gestein, dessen Kugeln und Körner eine email-, seltener glasartige Masse derselben Beschaffenheit bilden, scheinbar einfach sind, in der Zusammensetzung sich dem Obsidian bis auf den Wassergehalt eng anschliessen. Die rundlichen oder eckigen Körner zeigen eine concentrisch-schalige Bildung und bilden entweder die ganze Masse des Perlsteins oder werden durch ein ähnliches emailartiges Bindemittel zusammengehalten, oder nehmen an Menge so ab, dass der Perlstein vorwaltend dicht erscheint und dann im Aussehen an Obsidian, Pechstein oder Lithoid erinnert. Der Perlstein ist vorherrschend grau, blaulichgrau oder perlgrau bis lavendelblau, auch gelblich, röthlich, bräunlich bis schwärzlichgrau, hat wachsartigen Glasglanz, welcher wahrscheinlich durch die feinschalige concentrische Absonderung der kugligen Körner perlmutterartig wird, ist kantendurchscheinend bis undurchsichtig, spröde, hat H. = 6 oder etwas darüber oder darunter, und G. = 2,25 — 2,46, schmilzt bei mehr glasigem Aussehen unter Aufschäumen, *Aufblähen* und Leuchten zu einem Email, bei minder glasigem mehr lithoidischen Aussehen ruhiger. Durch eingewachsene Krystalle und Krystalloide von Sanidin, Glimmer und von selten vorkommendem Quarz wird er Perlitporphyr; ausserdem kommen in ihm auch die Sphärolith genannten, im Inneren radialen körnigen Feldspathausscheidungen vor, wodurch er als sphärolithischer Perlstein bei Zunahme dieser Körner in Sphärolithfels übergeht. Als Uebergänge werden noch der pechstein- und bimssteinartige Perlit unterschieden und in Folge der Verwitterung der thonsteinartige.

6. Der **Phonolith** oder **Klingstein**.

Schon aus dem, was bei dem Phonolithporphyr angeführt wurde, ergiebt sich, dass der Phonolith als dichte, scheinbar einfache, aber doch zusammengesetzte oder gemengte Gebirgsart sich den trachytischen Gesteinen Lithoid, Obsidian und Perlit anreiht, indem er bei wesentlichem Gehalt an Kieselsäure, Thonerde, Alkalien mit wenig Kalkerde, Magnesia und Eisenoxyden ebenfalls alkalinische Minerale enthält, aber ärmer an Kieselsäure ist, wodurch sich durch die Phonolithporphyre geleitet ausser Sanidin und kalkhaltigem Natronfeldspath Nephelin, Nosean, Hauyn und andere berechnen lassen. Als dichtes oder kryptokrystallinisches Gestein steht er im Aussehen den lithoidischen Massen am nächsten, hat flachmuschligen, splittrigen bis unebenen Bruch, ist massig, zeigt oft eine plattenförmige bis schiefrige Absonderung (daher Porphyr-schiefer genannt), ist vorherrschend grau, hell bis dunkel gefärbt, oder grünlichgrau, graulichgrün bis leberbraun, bisweilen dunkel oder weiss gefleckt, wenig wachsartig glänzend, schimmernd bis matt, an den Kanten durchscheinend bis undurchsichtig, spröde, hat H. = 5—6 und G. = 2,4—2,6. Im Glaskolben erhitzt giebt der Phonolith häufig etwas Wasser ab, v. d. L. schmilzt er mehr oder weniger leicht zu einer weissen oder grauen, oder grünlichen emailartigen glasigen Masse, und ist in Säuren theilweise löslich, meist Kieselgallerte oder nur schleimige Kieselsäure abscheidend.

Häufig erscheint der Phonolith mikrokrystallinisch oder zeigt ausgeschiedene Krystalle oder Krystalloide von Sanidin, Oligoklas, Amphibol, Nephelin, Nosean u. a., und wird dadurch

Phonolithporphyr, wobei oft die tafelförmigen Feldspathkrystalle mit ihren breiten Flächen der plattenförmigen bis
schiefrigen Absonderung parallel liegen und auf den flachen
Bruchflächen der Stücke durch ihren Glanz hervortreten,
gleichsam durch ihre conforme Lage die Ausbildung des Gesteins bedingend. Selten erscheint der Phonolith mandelsteinartig durch unregelmässige, oft mit Zeolithen erfüllte Hohlräume, welche meist in Folge der Verwitterung gebildet und
ausgefüllt zu sein scheinen, so dass der geringe Wassergehalt der
Phonolithmasse zum Theil davon abhängt, sowie von Kaolinisirung, in Folge welcher die Phonolithe in eine thonsteinartige
Masse übergehen, die als Phonolithwacke bezeichnet wird.

7. Die **Pechsteine.**

Diese eigenthümlichen Gesteine gehören zum Theil den
plutonischen, zum Theil den trachytischen Bildungen an, und
wenn sie auch in ihrer Art den Obsidianen nahe stehen, so
kann man sie nicht wie diese als glasige Massen bezeichnen,
weil sie nicht glasartig aussehen, sondern zunächst durch ihren
ausgezeichneten Wachsglanz charakterisirt sind, welcher bei
dunkler Farbe als Harz- oder Pechglanz benannt, dem Gestein
den Namen Pechstein verschafft hat. Bisweilen wird der Glanz
etwas glasartig oder er wird schwach, schimmernd wie bei manchen Obsidianen, bei beginnender Verwitterung werden sie
matt. Als dichte, scheinbar einfache Gesteine, haben sie unvollkommen muschligen bis splittrigen oder unebenen Bruch,
sind unrein grün, braun, gelb, roth bis schwarz gefärbt, einfarbig oder bunt, an den Kanten mehr oder weniger durchscheinend bis undurchsichtig, spröde, haben H. = 5,0—6,0
und G. = 2,2—2,4. Im Glaskolben erhitzt geben sie Wasser
ab und verändern ihre Farbe, v. d. L. schmelzen sie mehr oder
weniger leicht zu einem schaumartigen blasigen Glase oder einem
grauen oder grünlichen Email, von Säuren werden sie nicht
angegriffen.

In ihrer Zusammensetzung sind sie dadurch ausgezeichnet,
dass sie bei ihrem hohen, um 70 Procent herum betragenden
Kieselsäuregehalt wesentlich Wasser bis zu 10 Procent enthalten, ausserdem Thonerde und Alkalien, während Kalkerde,
Magnesia und Eisengehalt im Allgemeinen gering sind, bis-

weilen etwas stärker hervortreten. Wie die Bestandtheile in dem Gemenge von homogenem Aussehen mineralogisch zu gruppiren sind, lässt sich wegen des Wassergehaltes nicht angeben, doch treten in demselben als Grundmasse häufig mehr oder weniger deutlich entwickelt Krystalle und Krystalloide von Feldspath, gewöhnlich als Sanidin bezeichnet, Glimmer und Quarz auf, wodurch die Pechsteinporphyre entstehen. Durch Zersetzung oder Verwitterung werden sie in Thonstein umgewandelt.

Ihrem Alter nach müssten die Pechsteine als ältere und jüngere, als plutonische oder vulkanische, oder wie man sonst sagen wollte, unterschieden werden, da sie aber als solche sich nur durch das Vorkommen und die Uebergänge in Felsitporphyre oder in Perlstein oder Obsidian, nicht im Wesentlichen durch ihre Beschaffenheit unterscheiden lassen, so wurden sie hier nicht getrennt.

8. Der **Aphanit.**

Dieser als Grundmasse der Aphanitporphyre und für sich vorkommend ist ein dichtes, scheinbar einfaches Gestein mit splittrigem bis unebenem Bruche, vorherrschend oder wesentlich unrein grün gefärbt, hell bis grünlichgrau, dunkel bis grünlichschwarz, gelblich bis bräunlich, auch röthlich bis roth, in diese Nuancen wahrscheinlich schon durch beginnende chemische Veränderung versetzt, schimmernd bis matt, an den Kanten durchscheinend bis undurchsichtig, mehr oder weniger spröde, meist schwer zersprengbar, hat die H. = 5,0 − 6,0 und das G. = 2,7 − 3,0; schmilzt v. d. L. mehr oder weniger leicht zu einem durch Eisen grünem bis schwarzem glänzenden, zum Theil magnetischem Glase und wird von Säuren in verschiedenem Grade angegriffen. Dass er zuweilen im Glaskolben erhitzt Wasser abgiebt, ist nicht wesentlich, sondern bereits die Folge chemischer Veränderung, welche schliesslich zur Bildung sogenannter Wacke oder zu Serpentin führt. In seiner Zusammensetzung zeigt er bei wesentlichem Gehalt an Kieselsäure, Thonerde, Magnesia, Kalkerde, Eisenoxydul, wozu untergeordnet auch Alkalien kommen, ungefähr die Verhältnisse der Diorite und Gabbro, welche, wie die ihnen verwandten früher angeführten plutonischen Gebirgsarten, durch die Uebergangsstufe der Grünsteine mit dem Aphanit verbunden sind und sich aus ihm durch allseitig eintretende Krystallisation entwickelten. Sind dagegen nur vereinzelt Krystalle ausgeschieden, wie von Oligoklas, Labradorit, Anorthit, Augit, Amphibol, Magnesiaglimmer, Olivin, so bildet er die Reihe der Aphanitporphyre. Ausser dicht und massig findet er sich bisweilen schiefrig, blasig und durch Ausfüllung der Blasenräume Mandelsteine bildend, daher die Bezeichnung Aphanit-mandelstein.

Als eine besondere Varietät der Aphanite sind die Kalk-aphanite zu betrachten, welche oft geschichtet bis schiefrig in der dichten bis feinerdigen Aphanitmasse zahlreiche kleine, oder minder zahlreiche und dann etwas grössere, rundliche Kalkspath-körner eingewachsen enthalten. Diese Körner, welche nach den Spaltungsflächen zu urtheilen fast immer nur ein äusserlich nicht krystallinisch ausgebildetes Individuum bilden, sind in ihrem Verhältniss zum Aphanit noch nicht genügend erklärt, indem man sie für Ausfüllungsmasse kleiner Blasenräume gehalten hat, wofür eine oft bemerkbare feine Hülle von Chlorit oder Grünerde, oder von rothem oder braunem Eisenocher spricht, oder die Bildung der durch Kalkspath erfüllten Hohlräume für die Folge von Auswitterung eingewachsener Krystalle erklärt, die mit jener feinen Umhüllung nicht in Widerspruch steht, oder die Kalkspathkörner für krystallinische Concretionen hält. Da aber bei grösseren Einschlüssen der Kalkspath krystallinisch-körnig ist und nicht, wie bei Concretionen es gewöhnlich ist, eine centrische Anordnung bemerkt wird, so dürfte auch diese Erklärung nicht unbedingt ausreichend erscheinen. Wegen der bemerklichen Anwesenheit des Chlorit hat man auch diese Gesteine Kalkdiabas genannt, insofern sich der Aphanit dem Diabas anschliesst, man könnte aber den Chlorit oder die vorhandene Grünerde, den oft feinerdigen Zustand und das beim Glühen erhaltbare Wasser für Folgen der Zersetzung halten, sowie die Aphanite selbst, wenn man Chlorit als wesentlichen Gemengtheil der Diabase festhält, zum Theil diabasische Aphanite sind.

Eine zweite zum Theil im Aussehen nahestehende Varietät ist der variolitische Aphanit oder Variolit, welcher zahlreiche kleine, zum Theil im Inneren radialfasrige oder con-

centrisch schalige, grauliche oder grünlichgraue und grünlich-
weisse Feldspathconcretionen enthalten, die im Wesentlichen
einen unreinen natronhaltigen Kalkfeldspath darstellen.

9. Der Serpentin.

Diese bereits (S. 45) als Mineralspecies beschriebene dichte
einfache Gebirgsart soll hier als solche in der Reihe der dichten
Gesteine nur kurz besprochen werden. Ihre wesentlichen Eigenschaften wurden a. a. O. beschrieben, und obgleich der Serpentin
als eine bestimmte Mineralart angesehen wird, die gerade als
vollkommen dichte am bestimmtesten als solche auftritt, als
Gebirgsart Stöcke und Lager von nicht bedeutender Ausdehnung im Gebiete der azoischen Formationen bildet, so hält man
ihn nicht für eine ursprüngliche Bildung, sondern für ein Umwandlungsproduct, weil in der That unzweifelhafte Uebergänge
von gewissen Gabbro-Varietäten, Olivinfels u. a. in ihm beobachtet werden. Er findet sich massig bis plattenförmig abgesondert
und schiefrig, Serpentinschiefer, als solcher auch Uebergänge in Talk- oder Chloritschiefer bildend, oder erscheint zum
Theil durch eingewachsene Krystalle als Serpentinporphyr. Die in ihm eingewachsenen Krystalle oder Krystalloide
sind gleichfalls umgewandelte Augitarten, namentlich Enstatit,
in der Ausbildung, wie man sie als Schillerspath, Diaklasit, Bronsit, Bastit und Diallagit benannt hat.
Ausser diesen enthält er als accessorische Einschlüsse verschiedene Minerale, unter denen Granat, namentlich der durch
seine schöne rothe Farbe ausgezeichnete chromhaltige Magnesia-
Thonerde - Granat, der sogenannte Pyrop, Magnet - und
Chromeisenerz, Chlorit und die fasrige Serpentin-Varietät, der
Serpentin - Asbest zu erwähnen sind, welcher letztere häufig
als Ausfüllung von Sprüngen und Klüften in Adern und
Schnüren das Gestein durchzieht, oft auch mit dichtem Serpentin fest verwachsen, gleichsam als Gemenge vorkommt.
Wenn auch dieser fasrige Serpentin, in seinen reinsten Vorkommnissen den sogenannten Chrysotil bildend, unzweifel-
haft einen krystallinischen Zustand der Serpentinsubstanz darstellt, so ist der Serpentin als Gebirgsart doch nur selten
undeutlich krystallinisch-körnig oder körnig-blättrig, ein solcher undeutlich krystallinischer Zustand als wirklich krystalli-

nischer zweifelhaft, da er leicht nur scheinbar sein kann, wenn
krystallinisch-körnige Gesteine in Serpentin übergehen oder
schon der Name Serpentin gebraucht wird, wenn die Umwandlung noch nicht vollständig erfolgt ist, wie man sich durch die
Analyse solcher überzeugen kann.

10. Der **Basanit** und **Basalt.**

Wenn ich hier in der Reihe der dichten Gesteine, welche
als vulkanische zunächst mit dem Aphanit parallel zu stellen
sind, die beiden Namen B a s a n i t und B a s a l t als zwei verschiedene Gebirgsarten bezeichnende gebrauche, während man
gewöhnlich nur den Basalt als dichte Gebirgsart aufstellt, 'so
wird diese Trennung einer Reihe dichter Gesteine, welche
sich den oben beschriebenen Lithoid und Phonolith anschliessen,
dadurch gerechtfertigt, dass die gewöhnlich als Basalt charak-
terisirte Gebirgsart in ihrer Beschaffenheit und Zusammensetzung nur die am meisten basischen Vorkommnisse der dichten vulkanischen Gesteine umfasst. Wie aber die Unterscheidung der krystallinischen in Trachyte und Dolerite allein nicht
ausreichend erschien, weil sie zu verschiedenartig in ihren
Gemengtheilen auftreten, so ist es auch bei den dichten nothwendig, an eine Trennung zu denken, wenn dabei keineswegs
in Abrede zu stellen ist, dass Basanit und Basalt nicht scharf
von einander abgegrenzt werden können, ein Umstand, den
nicht allein die Lithoid und Phonolith genannten, den Felsiten
analogen, sondern auch die glasigen und halbglasigen, der Obsidian, Perlit und Pechstein erkennen liessen.

Bei den krystallinischen Gesteinen liessen sich von dem
Dolerit der Trachydolerit, auch Augitandesit genannt, der
Nephelinit, Hauynophyr und Leucitophyr trennen, bei den
Porphyren giebt die Anwesenheit des Olivin die Trennung des
Basaltporphyr von dem Basanitporphyr an die Hand, bei den
dichten aber ist die Trennung schwierig. Da wir es aber hier
mit einer Reihe von Vorkommnissen zu thun haben, welche
auf verschiedene Mineralgemenge zurückzuführen sind, indem
die in diesen vorhandenen Bestandtheile Kieselsäure, Thon-
erde, Kalkerde, Magnesia, Natron, Kali und Eisenoxydul und
Oxyd sehr wechseln, so erscheint es allerdings leichter, alle als
Basalt zusammenzufassen, als sie zu trennen, zumal nach der

gegenwärtigen Kenntniss dieser dichten Massen kein durch-
greifendes äusseres Kennzeichen vorzuliegen scheint. Diese
dichten Massen sind vorwaltend grau bis schwarz gefärbt,
nüanciren bei dunkler Färbung in das Bräunliche, Grünliche,
Röthliche und Blauliche, sie glänzen wenig oder schimmern
wachsartig oder sind matt, sind undurchsichtig, haben das G.
= 2,7—3,3, die Härte um 6 und schmelzen v. d. L. mehr oder
weniger leicht zu einem durch Eisen dunkelgrünen bis schwarzem glänzenden Glase. In Säuren sind sie theilweise löslich
und scheiden meist gelatinöse Kieselsäure ab. Im Glaskolben
erhitzt geben sie häufig etwas Wasser, welches nicht wesentlich zu sein scheint, in den meisten Fällen die Folge von Zersetzung und neu gebildeten wasserhaltigen Silikaten ist.

Unter solchen Umständen ist es jedenfalls schwierig, diese
dichten Massen als Basanit und Basalt zu trennen, wenn auch
bei dem häufigen Vorkommen eingewachsener Krystalle oder
Krystalloide dieselben als Porphyre durch den Olivin unterschieden werden können, der in den dichten Massen eingewachsen leicht durch sein Aussehen erkennbar ist, so dass man
durch ihn auf den Basalt geführt wird, selbst wenn man noch
nicht den Namen Basaltporphyr gebrauchen will, wenn dazu die
ausgeschiedenen kleinen Krystallkörner nicht hinreichend auf-
fordern. Berücksichtigen wir aber, durch welche Minerale die
dichten Massen gebildet sind, hierin durch die krystallinischen
und porphyrischen Gesteine geleitet, so enthalten sie, freilich
nicht durch das Auge erkennbar, neben Amphibol oder Augit,
welche getrennt oder miteinander vorkommen können, Kalkfeldspath, welcher natronhaltig als Andesit oder Labradorit, na-
tronfrei als Anorthit auftritt und an Kieselsäure arme Alkali-
Thonerde-Silikate, wie den Nephelin, Hauyn und verwandte
oder den an Kieselsäure armen Olivin. Durch diese letzteren
wird, wenn nicht Zersetzungsproducte vorliegen, besonders die
Ausscheidung der Kieselgallerte bewirkt, während die Feldspathe mit Ausnahme des Anorthit nicht gelatiniren.

Durch die Zusammensetzung aber wird im Wesentlichen
der Unterschied zwischen Basanit und Basalt bedingt, indem
in jenem der Thonerdegehalt relativ höher ist, bei diesem der
Magnesiagehalt, wodurch der davon abhängige Olivin entsteht,
welcher auch Einfluss auf das Gewicht ausübt, es erhöht. Man

kann daher für Basanit G. = 2,7—3,0, für Basalt G. = 2,9—3,3 aufstellen, doch ist die Grenze nicht scharf, weil in beiden mehr oder weniger Magnet- oder Titaneisenerz vorkommt und dieses durch seine Menge die Abgrenzung schwankend macht. In der Farbe pflegen die Basanite heller als die Basalte zu sein.

Auf die Farbe bezieht sich auch der Name Basanit, von βασανος, grau, sowie noch in dieser Richtung der Tephrit oder Tephrin, von τεφρος, Asche, aufgestellt worden ist, dem sich der phonolithische Leucostin anschliesst.

Beschränken wir uns aber nur darauf, Basanit und Basalt zu trennen, während der Tephrit zum Theil mit dem Basanit, zum Theil mit dem Phonolith zusammenfällt, zu welchem letzteren auch der Leucostin gehört, so gehen durch sichtliche Ausbildung des krystallinischen Zustandes der Basanit in Augit-Andesit, Nephelinit und olivinfreien Dolerit, der Basalt in olivinhaltigen Dolerit über, während diese Gebirgsarten als porphyrartige vorkommend, rückwärts in Basanit- und Basaltporphyr übergehen. In den Basalten und Basaltporphyren ist wesentlich Kieselsäure, Thonerde, Magnesia, Kalkerde und Eisenoxydul und Oxyd enthalten, der Gehalt an Alkalien untergeordnet und das Verhältniss der Thonerde zu den Basen so, dass die Basen RO vorwalten und zur Bildung von Augit und Olivin führen, welche als wesentliche Minerale neben Kalk- und natronhaltigem Kalkfeldspath, Anorthit und Labradorit enthalten sind. In den Basaniten und Basanitporphyren ist wesentlich Kieselsäure, Thonerde, Kalkerde, Magnesia, Eisenoxydul und Oxyd enthalten, der Gehalt an Alkalien untergeordnet oder erheblich und der Thonerdegehalt höher als in den Basalten, so dass in ihnen, weil nebenbei die Thonerde doch weniger beträgt, als 1 Al_2O_3 auf 1 (RO, R_2O), ausser Augit Kalkfeldspath oder natronhaltiger Kalkfeldspath (Anorthit, Labradorit, Andesin), bei einzelnen auch Nephelin und verwandte enthalten sind. Ausserdem kann bei beiden Reihen neben Augit auch Amphibol vorkommen, während, wie schon angeführt wurde, Magnet- oder Titaneisenerz in allen enthalten ist. Durch Zunahme des Alkaligehaltes gehen die Basanite in die Phonolithe über, und weil bei solchen Uebergängen immer wieder Mittelglieder festgehalten werden können, so wurde der oben erwähnte Tephrit als solches aufgestellt, derselbe hier

aber nicht als eigene Gebirgsart und desgleichen früher nicht
die Tephritporphyre getrennt, weil weitere Untersuchungen noch bestimmtere Kennzeichen für die Unterscheidung
bringen müssen.

Basanite und Basalte mit den davon abhängigen Porphyren
kommen als massige Eruptivgesteine auch als blasige mit verschiedenen Nuancen durch Zahl, Grösse und Gestalt der Blasenräume vor, zum Theil auch, wenn in solchen Blasenräumen
wasserhaltige Silikate, Carbonate und andere ausfüllende oder
bekleidende Minerale enthalten sind, mandelsteinartig, (Ba-
saltmandelsteine genannt) sind oft säulenförmig oder kuglig abgesondert und gehen durch Verwitterung in sogenannte
Wacken, Basaltwacke oder Basaltthon über.

Schliesslich ist hier noch zu bemerken, dass die glasige
Modification in der Reihe der doleritischen Gesteine auch vorkommt, im Aussehen an Obsidian erinnernd, und dass es zweckmässig wäre, für solche glasige dichte Gesteine einen anderen
Namen als Obsidian zu gebrauchen, weil dieser die trachytischen glasigen Vorkommnisse bezeichnet. Hierfür würde sich
der Name Tachylyt eignen, welcher einer solchen glasigen
Masse bereits gegeben wurde, als man sie, sowie früher die
Obsidiane, für eine Mineralspecies hielt. In diesem Sinne wurden noch andere eigends benannt, wie der Hyalomelan und
Sideromelan.

11. Die **Phyllite** und **Thonschiefer.**

Bei den krystallinischen Gebirgsarten Gneiss und Glimmerschiefer wurde erwähnt, dass dieselben durch zunehmende
Kleinheit der Gemengtheile in mikro- oder kryptokrystallinische
Schiefer übergehen, welche Thonschiefer genannt werden, und
wenn nun hier in der Reihe der dichten Gesteine die Thonschiefer als solche beschrieben werden sollen, so ist zu bemerken,
dass dieser Name sehr verschiedenen Schiefern gegeben worden
ist, welche nicht allein als die Schlussglieder der krystallinischen
Schiefer betrachtet werden können, sondern auch solchen,
welche als dichte schiefrige Gesteine zum Theil sogar in die
Abtheilung der klastischen gestellt werden könnten. Man hat
nun, wie uns die Betrachtung der verschiedenen Schiefer
zeigen wird, versucht, die unter dem allgemeinen Namen

Thonschiefer begriffenen Schiefer nach Möglichkeit zu trennen,
da aber doch wieder die Namen der Varietäten zum Theil in
demselben vielseitigen Sinne gebraucht werden, wie der Name
Thonschiefer selbst, so wollen wir zunächst nicht auf die nothwendige genetische Trennung Rücksicht nehmen, sondern sie
nach ihrer allgemeinen Benennung zusammengefasst beschreiben und dann auf die Unterschiede eingehen.

Hiernach sind die Thonschiefer dichte oder scheinbar
dichte bis feinkrystallinische Gesteine, welche als geschichtete und schiefrige sich in Folge dieser Ausbildung leicht
in Platten zertheilen lassen und beim Zerbrechen in der
Quere zersplittern. Auf den Schieferungsflächen der durch
Zertheilen erhaltenen Platten zeigen sie einen mehr oder weniger schwachen perlmutterartigen, zum Theil seidenartigen
Glanz oder Schimmer, oder sind glanzlos, matt. Ihre Farbe ist
sehr verschieden grau, einerseits bis unrein weiss, andererseits
bis schwarz, ausserdem grünlich-, blaulich-, gelblich-, röthlichgrau, grün, roth, röthlichbraun, sie sind undurchsichtig bis in
dünnen Splittern durchscheinend, milde und meist leicht zer-
brechlich, haben eine geringe Härte, die eigentlich dem Grade
nach nicht bezeichnet werden kann, weil sie aus feinen Theilchen zusammengesetzt, beim Ritzen jederzeit diese leicht trennen
lassen, daher mit niedrigen Härtegraden erscheinen; dagegen,
wenn man mit ihnen ritzt, ihre Härte oft viel höher erscheint,
abhängig von der Härte einzelner der kleinen mit einander
innig gemengten Theilchen. Ihr Gewicht ist etwa $= 2,5 - 2,9$.

In ihrer Zusammensetzung sind sie sehr mannigfaltig und
enthalten Kieselsäure, Thonerde, Kali, Natron, Kalkerde,
Magnesia, Eisenoxydul oder Eisenoxyd, kein oder wenig
Wasser, ohne dass es möglich ist, auch nur annähernd eine
mittlere Zusammensetzung nach Procenten anzugeben. Im Glaskolben erhitzt geben sie kein oder wenig Wasser aus, schmelzen
v. d. L. mehr oder weniger schwierig zu trübem, oft durch Eisen
gefärbtem Glase oder glasartigem Email und werden von Säuren in verschiedenem Grade angegriffen, theilweise aufgelöst.

In Rücksicht auf ihre schiefrige Ausbildung sind sie entweder vollkommen oder bis unvollkommen schiefrig, dick-
oder dünnschiefrig und ergeben dickere oder dünnere eben-
flächige Platten, wie die sogenannten D a c h - oder T a f e l -

schiefer mit glatten und ebenen Flächen, oder sie zeigen auf
den Schieferungsflächen feine Streifen, eine feine wellige Bildung, Fältelung, oder sind als gerade und gebogen-, ge-
knickt- oder wellenförmig-schiefrig zu bezeichnen. Bisweilen
lassen sie sich noch nach einer zweiten Richtung leicht zertheilen, wodurch sie in lange stenglige Stücke gespalten werden
können, wie die sogenannten Griffelschiefer. Bei manchen
Thonschiefern bemerkt man auf den Schieferungsflächen kleine
Erhöhungen (daher Knotenschiefer genannt), welche offen-
bar durch eingewachsene rundliche Körper erzeugt werden, deren Anwesenheit auf Mineralausscheidungen oder Einschlüsse
hinweist, die bei anderen in grösster Deutlichkeit wahrgenommen werden, wonach sie, wie wir im Ferneren sehen werden,
zum Theil auch benannt wurden.

Der auf den Schieferungsflächen hervortretende Glanz
zeigt meist eine krystallinische Bildung an, und man sieht bei
vielen mit freiem Auge oder durch die Lupe feine Glimmerlamellen, welche meist nicht scharf geschieden sind, sondern
zum Theil langgestreckt in einander verlaufen, wodurch der
perlmutterartige bis seidenartige Glanz oder Schimmer hervorgerufen wird und so mit Sicherheit die Anwesenheit eines phyllitischen Minerales anzeigt, welches entweder als wesentlicher
Antheil oder als Beimengung darin enthalten ist und durch seine
parallele Anordnung wie bei den Glimmerschiefern zur Ausbildung der Schiefer beiträgt, bei anderen durch die schiefrige
Ausbildung in diese es besonders sichtbar machende Lage gelangt ist. Beim Befeuchten mit Wasser oder beim Anhauchen erzeugen sie fast durchgehends den eigenthümlichen Thongeruch,
indem, wie auch der Wassergehalt der Mehrzahl anzeigt, Thon
vorhanden ist, welcher zunächst zu der Benennung Thonschiefer,
d. h. Schiefer, welche Thon enthalten, Veranlassung gab, und
wenn auch in einer Reihe solcher Schiefer der Thon unwesentlich ist, so ist er doch in vielen durch beginnende chemische
Veränderung des darin vorhandenen Feldspathes entstanden
und wird durch den Thongeruch angezeigt, während er in den
eigentlichen Thonschiefern wesentlich darin enthalten ist.

Der unzweideutige genetische Zusammenhang vieler derar-
tiger Schiefer mit krystallinischen Gesteinen, wie mit Gneiss,
Glimmerschiefer, Quarzschiefer, Chlorit-, Talk- und Amphibol-

. schiefer und anderer mit den Bildungen der Uebergangs- oder
Grauwackeformation zeigte nun, dass mit demselben Namen
in der That verschiedene Schiefer benannt wurden, wesshalb
man zunächst den Urthonschiefer und Uebergangs-
thonschiefer, als älteren und jüngeren trennte, aber damit
war nicht die petrographische Beschaffenheit eben so scharf im
Einklange, wenn auch einzelne einen erheblichen Unterschied
zeigen. In dieser Beziehung blieb der Thonschiefer schwankend
und man kann durch den petrographischen Charakter nicht
entscheiden, ob es ein älterer oder jüngerer ist, da sie in bestimmt verschiedenen Altersverhältnissen gefunden oft einander sehr ähnlich sind und die Metamorphose bedeutende Veränderungen erzeugte.

Aus dem genetischen Zusammenhange vieler älteren, Urthonschiefer genannten und aus der Zusammensetzung konnte
man schliessen, dass diese als scheinbar dichte bis mikrokrystallinische aus Feldspath, Quarz und Glimmer oder aus
Quarz und Glimmer oder Feldspath und Glimmer zusammengesetzt sind, auch noch andere Minerale, wie Talk, Chlorit und
Amphibol enthalten, aber ausser dem Glimmer tritt keines der
anderen Minerale sichtlich hervor, wesshalb man sie als primäre
Gesteine Glimmerthonschiefer oder Thonglimmerschiefer nannte und bei ihnen eine Reihe von Varietäten
unterschied. Keiner von beiden Namen erscheint mir passend,
da sie als Glimmerthonschiefer benannt wohl Thonschiefer
sind, bei denen der Glimmer charakteristisch ist, doch zeigen
nicht alle den Glimmer charakteristisch an, sondern auch jüngere, denen man den Namen Thonschiefer allein reservirte,
zeigen Glimmer; wogegen der Name Thonglimmerschiefer
sie als Glimmerschiefer benennt, welche Thon enthalten,
. und doch sind sie nicht alle Endglieder der Glimmerschiefer.
Aus diesen Gründen würde es mir zweckmässig erscheinen,
die Glimmerthonschiefer oder Thonglimmerschiefer genannten
ausschliesslich mit dem auch für sie vorhandenen Namen
Phyllit zu benennen, welcher in jeder Beziehung passend
ist, auf den Schiefer als solchen und auf den Glimmer hinweist und nicht mit dem Alter zusammenhängt.

Hiernach würde der Phyllit, wenn dieser Name aus-

schliesslich und unabhängig von dem Alter gebraucht wird,
von dem Thonschiefer als Gebirgsart getrennt bestehen und
man hätte dann verschiedene Varietäten zu unterscheiden,
welche zum Theil bei Thonschiefern auch unterschieden werden, nämlich: wenn der Phyllit Uebergänge in Glimmerschiefer zeigt, den Glimmerphyllit (sonst glimmerreicher
Thonglimmerschiefer, Glimmerthonschiefer genannt); bei dem
Uebergange in Talk-, Chlorit- oder Amphibolschiefer den
talkigen, chloritischen oder amphibolischen Phyl-
lit (sonst talkiger, chloritischer oder hornblendehaltiger Thonglimmerschiefer genannt); bei dem Uebergange in Gneiss
den Gneissphyllit (sonst feldspathhaltiger Thonglimmerschiefer genannt); bei dem Uebergange in Quarzschiefer den
Quarzphyllit (sonst quarzreicher Thonglimmerschiefer genannt). Zu diesen Varietäten kommen noch diejenigen,
welche durch besondere Minerale hervorgerufen werden; so
wurde in den am Taunus vorkommenden Phylliten eine
eigenthümliche Glimmerart als wesentlich gefunden und Se-
ricit genannt, ein wasserhaltiger Kaliglimmer, wonach man
die Taunusschiefer Sericitschiefer nannte. Ausserdem
wurde schon oben angeführt, dass gewisse Thonschiefer den
Namen Knotenschiefer erhielten und dass diese körnigen
Ausscheidungen auf ein nicht bestimmbares Mineral hindeuten. Solche undeutliche Mineralausscheidungen gaben auch
zu den Namen: Fleck-, Frucht- und Garbenschiefer
Veranlassung, wenn die Ausscheidungen sich durch dunklere
Flecke zu erkennen geben, oder bei stärkerer Ausbildung durch
längliche Körner mit Getreidekörnern, Frucht, sich vergleichen
liessen, oder solche Körner durch Verwachsung an Gestalten der
Garben erinnerten. Wenn dagegen die Mineralausscheidungen
mineralogisch als bestimmte Arten erkennbar sind, so diente
der Name des Minerals dazu, die Schiefer zu benennen, wie
Chiastolithschiefer, wenn Chiastolith, Ottrelitschiefer,
wenn Ottrelit, Staurolithschiefer, wenn Staurolith, Dipyrschiefer, wenn Dipyr, granathaltiger Thonglimmerschiefer, wenn Granat eingewachsen ist, welche Benennungen meist
nur von localem Interesse sind, oder man nannte den Schiefer
porphyrartig, wenn Feldspathkrystalle eingewachsen vorkommen. Endlich zeigen gewisse Phyllite reichlich pulver

lenten Kohlenstoff eingemengt, wodurch sie schwarz gefärbt
und nebenbei erdig erscheinen, wesshalb man sie Zeichnenschiefer oder schwarze Kreide nannte, während andere
Kohlenstoff beigemengt enthaltende Phyllite Pyrit (Schwefeleisen FeS_2) eingewachsen enthielten oder enthalten, durch dessen
Zersetzung sich Schwefelsäure bildet und diese auf die Mineraltheile des Phyllit einwirkend zur Alaunbildung Veranlassung
giebt, wonach man sie Alaunschiefer genannt hat, Varietäten, welche auch bei Thonschiefer und Schieferthon vorkommen.

Trennt man in der angegebenen Weise den Phyllit, der
durch Zersetzung der in ihm enthaltenen Feldspathe oder Glimmer durch Kaolinbildung thonig sein kann, von dem Thonschiefer, diesen Namen auf diejenigen, gewöhnlich mit dem
Phyllit vereinigten Schiefer allein anwendend, welche sich dem
Schieferthon auf das Engste anschliessen, so zeigen solche Thonschiefer im Allgemeinen, wie schon im Eingange der Beschreibung angegeben wurde, grosse Aehnlichkeit mit gewissen Phylliten, so dass man in Rücksicht auf die Schieferbildung ebenfalls
Dach-, Tafel-, Würfel-, Griffelschiefer unterscheidet.
In ihrer Zusammensetzung sind sie aber im Wesentlichen dadurch unterschieden, dass sie ursprünglich Kaolin oder Thon
enthalten und wie bei dem Thon, bei welchem als Varietät der
dem Thonschiefer nahestehende Schieferthon unterschieden wird,
besprochen werden soll, ihrer Entstehung nach als klastische
oder in anderer Deutung als dialytische Gesteine aufzufassen
sind, hier aber nach ihrer Beschaffenheit als dichte Gesteine
eingereiht wurden. Der Thon derselben ist aber nicht rein,
sondern enthält noch verschiedene andere Mineraltheile in pul-
verulenter, daher nicht unterscheidbarer Form beigemengt,
wodurch die Thonschiefer in ihrer Zusammensetzung zum
Theil grosse Aehnlichkeit mit den Phylliten haben, selbst Uebergänge in jene bilden.

Zu dieser Aehnlichkeit in den Bestandtheilen tritt noch
weitere Aehnlichkeit in der Weise hinzu, dass sie auch Glimmerlamellen eingewachsen enthalten und daher als glimmerreiche
Thonschiefer oder Glimmerthonschiefer benannt, im Aussehen
mit ähnlich aussehendem Phyllit verwechselt werden können,
gleichviel ob dieser Glimmer nur als Beimengung enthalten ist
oder sich im Laufe der Zeit im Thonschiefer als Mineralart

ausbildete, wie auch bei den eigentlichen Thonschiefern als Varietäten Knoten-, Fleck-, Frucht-, Garben-, Chiastolith-, Ottrelit- u. s. w. Schiefer aufgeführt wurden, weil solche Mineralausscheidungen eintreten, sich Thonschiefer thatsächlich in Phyllit umwandeln, metamorphisch werden, wodurch die äusserlichen und inneren Unterschiede verschwinden und nur das geologische Vorkommen, das Vorhandensein von Versteinerungen und andere Verhältnisse über das Alter und die Benennung entscheiden konnten. Es finden sich in ähnlicher Weise auch bei dem Thonschiefer die Zeichnenschiefer (schwarze Kreide), die Alaunschiefer, kieselige Thonschiefer oder Quarzthonschiefer, welche zum Theil auch Wetzschiefer wegen der Verwendung heissen, ausserdem noch sandige Thonschiefer mit beigemengtem feinem Quarzsande, kalkige Thonschiefer oder Kalkthonschiefer mit kohlensaurer Kalkerde imprägnirt oder Kalk in körnigen knotigen Ausscheidungen enthaltend, kalkknotige Thonschiefer (in Westphalen Kramenzelstein) genannt, um sie von den anderen Knotenschiefern zu unterscheiden.

Auch nach Fundorten, wie der Taunusschiefer genannte Phyllit, sind Thonschiefer benannt worden, wie Utica-, Malmö-, Hudson-River-, Lenne-, Hamilton-, Genesee-, Glarus- oder Glarner Schiefer, sowie nach charakteristischen Versteinerungen, wie die Graptolithen-, Orthoceras-, Cypridinen- und Posidonomyen-Schiefer, bei welchen Benennungen bisweilen auch Schiefer eintreten, welche phyllitisch sind. Sowie aber die Thonschiefer eng mit den Phylliten in Zusammenhang stehen, so nahe ist andererseits ihre Verwandtschaft mit den Schieferthonen, (S. 213) von denen sie sich im Wesentlichen durch ihre vollkommene Schieferung und durch den hervortretenden Glanz oder Schimmer auf den Schieferungsflächen unterscheiden, ihnen aber in der Zusammensetzung am nächsten stehen.

12. Der Thon.

Bei der Mineralspecies Orthoklas (s. S. 17) wurde angeführt, dass durch Zersetzung dieses Feldspathes eine eigenthümliche weisse feinerdige, leicht zerreibliche Substanz, ein wasserhaltiges Thonerde-Silikat entsteht, welches nach der Formel $H_2O . Al_2O_3 + H_2O . 2SiO_2$ zusammengesetzt, in 100

Theilen 39,77 Thonerde, 46,33 Kieselsäure, 13,90 Wasser
enthält und Kaolin oder Porzellanerde genannt wird.
Diese feinerdige Substanz ist rein weiss, durch Beimengungen
röthlich-, gelblich-, grünlichweiss oder grau, matt, undurchsichtig, hat G. = 2,2 — 2,3, ist sehr weich, milde und fühlt
sich im trockenen Zustande fein und mager an. Im Wasser
unlöslich bildet sie angefeuchtet eine plastische, knetbare
Masse. V. d. L. ist sie unschmelzbar, wird mit Kobaltsolution
befeuchtet und geglüht blau, was den Gehalt an Thonerde anzeigt, und ist in kochender Schwefelsäure auflöslich, während
Salz- oder Salpetersäure sie kaum angreifen. Durch kochende
Kalilauge wird sie zersetzt und gelöst.

Der Kaolin oder die Porzellanerde entsteht nicht allein
aus Orthoklas, sondern auch aus anderen Feldspathen, und bei
dem häufigen Vorkommen der Feldspathe in den beschriebenen
krystallinischen, porphyrischen und dichten Gebirgsarten ist
die Kaolinbildung oder die Kaolinisirung der Feldspathe eine
weit verbreitete Erscheinung, durch welche nicht allein die
eingewachsenen Feldspathkrystalle und die Feldspathe als Gemengtheile zersetzt, sondern die sie enthaltenden Gesteine auf-
gelockert und dem Wasser zugänglich gemacht werden, zerfallen und von fliessendem Wasser fortgeführt werden, sowie
auch der Kaolin selbst innerhalb der Gesteine mechanisch dis-
locirt und in Höhlungen, Klüften, Spalten angehäuft wird,
sodass solche Anhäufungen zum Theil etwas fester zusammenhängende Massen, das sogenannte Steinmark oder den dichten Kaolin ergeben. Unter allen diesen Umständen ist es leicht
erklärlich, dass allmählich der Kaolin durch Beimengungen
unrein wird, andere noch unzersetzte Mineraltheile oder andere
Zersetzungsproducte beigemengt enthält, deren Menge und Art
verschieden ist und in mannigfacher Weise auf die Eigenschaften des unreinen Kaolin oder Thon Einfluss hat, dessen Varietäten hiernach sehr verschiedene sind.

Wenn man überhaupt petrographisch den Kaolin als Porzellanerde vom Thon trennt, so hat der erstere die oben angegebenen Eigenschaften und bildet erdige Massen, welche lagerartig in der Nachbarschaft derjenigen Gebirgsarten vorkommen,
aus deren Zersetzung die Porzellanerde gebildet wurde oder
füllt Hohlräume und Klüfte aus.

Der Thon, unreiner Kaolin, ist eine dichte, feinerdige, im Bruche erdige, undurchsichtige, matte, verschieden gefärbte Masse, welche unrein weiss, grau, gelb, roth, braun, grün gefärbt ist, einfarbig oder bunt, gefleckt, streifig, geadert, geflammt und dergleichen. Das Gewicht ist wenig über oder unter 2. Durch Berührung mit den Fingern oder durch Streichen mit dem Fingernagel bekommt er meist einen schwachen wachsartigen Glanz, fühlt sich etwas fettig oder seifenartig an, hängt je nach dem Zustande der Trockenheit mehr oder weniger an der feuchten Lippe, saugt das Wasser ein und verbreitet mit Wasser angefeuchtet einen eigenthümlichen starken Geruch, den man als Thongeruch bezeichnet, und bildet eine weiche, plastische, knet- und formbare Masse, daher man gewisse Thone, welche diese Eigenschaft gut zeigen, gegenüber anderen auch plastischen Thon oder nach der Verwendung Pfeifen- oder Töpferthon nennt. Beim Trocknen schwindet der Thon, nimmt an Volumen etwas ab, bei raschem Erhitzen berstet er und bei starker Hitze lässt er sich hart brennen, ist aber v. d. L. unschmelzbar., Mit Säuren braust er nicht und wird von Schwefelsäure mehr oder weniger gelöst.

In der Zusammensetzung ist der Thon sehr schwankend, seine wesentlichen Bestandtheile aber sind Thonerde, Kieselsäure und Wasser, wobei die Kieselsäure meist relativ höher ist, als es die Kaolinformel erfordert, weil häufig Kieselsäure in der Form feiner pulveriger Quarztheilchen vorhanden ist, die sich mit dem Auge nicht wahrnehmen lassen, dagegen ist oft der Quarzsand als solcher in Gestalt kleiner Körnchen beigemengt, welcher dann durch Schlemmen zum Theil abgetrennt werden kann, zuweilen auch beim Berühren mit den Fingern schon wahrnehmbar ist, so dass man bei reichlicher leicht nachweisbarer Beimengung von Quarzsand den sandigen Thon als Varietät unterscheiden kann. Nächstdem finden sich als Beimengung feine Glimmerblättchen, welche durch ihren Glanz erkennbar sind und zuweilen in Folge des langsamen Absatzes des Thon aus Wasser eine gewisse parallele Anordnung zeigen, eine Art Schichtenbildung, im Anschluss an die deutlich geschichteten bis schiefrigen Thone, welche man Schieferthon nennt und welche sich an die Thonschiefer anschliessen.

Besonders häufig tritt in den Thonen gelber, brauner oder

rother Eisenocher als Beimengung auf, wodurch sie entsprechend gefärbt sind, wenn auch die Menge des Ochers nicht bedeutend ist; bei grösserer Menge kann man die Thone als eisenschüssige benennen, denen sich zum Theil die Wacke (S. 181) als Eisenthon anschliesst. Durch weitere Beimengungen, wie von kohlensaurer Kalkerde als feines Kalkpulver, werden die mergeligen oder kalkigen Thone, welche mit Säuren brausen, durch Beimengung bituminöser Stoffe, die bituminösen Thone, welche grau bis schwarz gefärbt, beim Brennen sich entfärben oder verfärben, durch nicht sichtbare Beimengung von Eisenocher sich roth brennen, ferner durch Beimengung von Steinsalz die Salzthone, welche den Salzgehalt durch den Geschmack anzeigen, durch Beimengung von Schwefeleisen, welches sich zersetzend Alaun und Vitriol erzeugt, die Alaun und Vitriolthone unterschieden, in denen die Anwesenheit solcher Mineralsubstanzen sich durch den Geschmack wahrnehmen lässt.

Ausserdem haben verschiedene Thone, ohne Rücksicht auf obige Verschiedenheiten nach dem geologischen Vorkommen, nach Fundorten oder nach Versteinerungen Namen erhalten, wie Braunkohlenthon, Wealdenthon, Londonthon, Bartonthon, Ornatenthon, Turnerithon, Opalinusthon, Amaltheenthon u. a. m.

Der Thonstein, auch verhärteter Thon genannt, welcher vom eigentlichen Thon, als dem plastischen unterschieden wird, bildet, wie schon der Name andeutet, festere Massen als jener, welche flachmuschligen und erdigen Bruch haben und zum Theil unmittelbar, wie bei verschiedenen Gebirgsarten, Felsitporphyr, Felsit, Pechstein, Lithoid u. a. angeführt wurde, aus diesen durch Verwitterung hervorgehen oder als sedimentäre Bildung, geschichtet bis schiefrig, durch besondere Beimengungen oder Umstände eine festere, zusammenhängende, in Farbe, Glanzlosigkeit, Undurchsichtigkeit und anderen Eigenschaften mit Thon übereinstimmende Gesteinsmasse bilden, aber mit Wasser angefeuchtet nicht plastisch werden. In der Zusammensetzung lassen sie auch noch durch etwas grösseren als bei Thonen gewöhnlich vorkommenden Gehalt an Kali, Natron oder Kalkerde erkennen, dass die Zersetzung nicht vollständig die Feldspathe in Kaolin umgewandelt hat oder *dass durch* die aus den Feldspathen ausgeschiedenen Basen

Neubildungen hervorgehen, welche dem Thon des Thonsteins beigemengt sind.

Der Schieferthon, welcher als schiefriger Thon ebenfalls eine Varietät darstellt, hat mit dem Thonstein auch die grössere Festigkeit, den festeren Zusammenhang der Masse gemeinsam, wesshalb er im Wasser nicht plastisch wird, doch öfter in demselben erweicht und zerfällt. Im Aussehen schliesst er sich dem Thonschiefer an, ist mehr oder weniger vollkommen schiefrig, im Allgemeinen aber weniger fest, milde, erdig, enthält oft Glimmerblättchen und Quarzkörnchen beigemengt, daher man glimmerreiche und sandige Schieferthone unterscheidet; mehr oder weniger gelben, braunen oder rothen Eisenocher, daher durch sie gefärbt, als bunter Schieferthon oder Schieferletten unterschieden; kalkige Theile, so als mergeliger Schieferthon in Mergelschiefer übergehend; bituminöse Substanzen, durch sie als bituminöser Schieferthon zum Theil in die Brandschiefer übergehend, welche reich an bituminösen, kohligen Beimengungen sogar mit Flamme und Rauch ausbrennen; kohlige Substanzen als Reste von Pflanzen, die zum Theil ihrer Form nach durch Abdrücke erkenntlich sind, daher Kohlenschiefer oder Kräuterschiefer genannt; Schwefeleisen, durch dessen Zersetzung Schwefelsäure entsteht und den Schiefer angreift, Alaun bildend, daher Alaunschiefer genannt. Die Schieferthone finden sich als mehr oder minder mächtige Ablagerungen in den verschiedenen Formationen bis zur Braunkohlenformation herauf.

Der Lehm, zum Theil etwas schiefrig Letten genannt, ist als Varietät der Thone ein sehr unreiner Thon, welcher abschwemmbaren Quarzsand, Glimmerblättchen und verschieden gefärbten Eisenocher enthält, ist dicht, massig, hat erdigen Bruch, ist weich, zerreiblich, fühlt sich mager und rauh an, wird mit Wasser angemacht weniger plastisch als der Thon, lässt sich aber noch formen, wie seine bekannte Verwendung zu Ziegeln, ordinärem Töpfergeschirr u. s. w. zeigt, brennt sich hart und meist roth. Das etwas höhere Gewicht = 2,5—2,6 ist die Folge der verschiedenen Beimengungen und als Unterscheidung nicht von Belang. Ihm nahe verwandt ist der sogenannte Löss, ein kalkiger Lehm oder thoniger Mergel, ein Mittelglied zwischen

Mergel und Lehm, local in beide übergehend, mächtige nicht
geschichtete Ablagerungen bildend von gleichartigem Aussehen,
grau bis gelb, locker bis feinerdig, doch ausser fein beigemengtem Kalk, daher mit Säuren brausend, feinen abschlemmbaren
Quarzsand und Glimmerblättchen enthaltend. Er wird mit Wasser
angemacht nicht plastisch, sondern schmierig oder schlammig.

Die ganze Reihe der hier unter Thon zusammengestellten
Vorkommnisse, welche auf die wichtige Rolle hinweisen,
welche die Kaolinisirung der Feldspathe spielt, das Material zu
denselben liefernd, welche wohl in einzelnen Verhältnissen
sehr von einander abweichen, wenn wir nur die Hauptvarie-
täten Kaolin oder Porzellanerde, Thon, Thonstein,
Schieferthon, Lehm und Löss hervorheben, zeigen, dass
sie als dichte Gebirgsarten ihrer Entstehung nach sich in einzelnen Gliedern wie klastische Gesteine verhalten, das fein
zertheilte Material anderer Gebirgsarten darstellen, doch wurden sie nicht getrennt, sondern alle hier vereinigt, weil ihnen
der Kaolin als durchgehends wesentlicher Theil ihrer Massen,
diese Stellung anweist, insofern derselbe ein chemisches Umwandlungsproduct der Feldspathe ist, welches durch Wasser
fortgeführt und mit anderen Stoffen gemengt zu sedimentären
Bildungen Veranlassung giebt, wesshalb sie auch im Hinblick
auf die Entstehung durch Zersetzung dialytische Gesteine
genannt worden sind, oder limmatische, weil sie schlamm-
artige Absätze aus Wasser darstellen, wenn der vom Wasser fort-
geführte Kaolin sich allmählich in demselben zu Boden senkte.

Schliesslich können noch wegen ihrer nahen Beziehung zu
den Thonen hier zwei eigenthümliche Bildungen erwähnt werden, welche aus Thonen verschiedener Art durch Verbrennen
von Kohlenlagern im Inneren der Erde entstehen, der Feuerthon und der Porcellanit.

Wie bei der technischen Verwendung die Thone gebrannt
werden, so werden sie durch unterirdische Kohlenbrände gebrannt und je nach dem Product unterschieden. Die mit den
Ziegeln vergleichbaren Feuerthone, auch gebrannter
Thon oder gebrannter Schieferthon genannt, zeigen
einen minderen Grad der Hitze an, wodurch sie als dichte,
zum Theil schiefrige Masse noch den ursprünglichen erdigen
Zustand erkennen lassen, etwa die Härte = 2,0 — 3,0 haben,

gelb, roth bis braun, einfarbig oder bunt, matt, undurchsichtig
sind, Feuchtigkeit stark einsaugen, daher an der feuchten
Lippe haften. Bei stärkerer Hitze wurden sie porzellanartig,
halbglasig, in welchem Zustande man den Namen Porcellanit (wegen der Aehnlichkeit mit Jaspis, Porzellanjaspis,
Jaspoid) gebraucht. Als solche sind sie viel härter, feldspath-
hart, haben muschligen, unebenen oder splittrigen Bruch, sind
schwach wachs- bis glasartig glänzend, undurchsichtig, graulich-
blau, blaulichgrau, gelb, roth bis braun gefärbt, einfarbig und
bunt, und beide Producte, Feuerthon und Porcellanit gehen in
einander über, sodass man selbst an demselben Stücke beide nebeneinander und ineinander verschmolzen sehen kann. Bisweilen
entstehen auch durch dieselbe Ursache schlackenartige, blasige,
graue, schwarze, rothe oder braune Massen, die theilweise verglast
oder gefrittet den Namen Erdschlacke, Kohlenbrand-
schlacke erhalten haben und Stücke jener eingeschlossen enthalten. Aus der ganzen Reihe solcher Bildungen ersieht man,
dass sowohl die verschieden starke Hitze, als auch die Beimengungen der Thone auf die Art des Schmelzproductes Einfluss haben.

13. Die Mergel.

So nennt man dichte, scheinbar einfache Gesteine,
welche in der Mitte zwischen dichtem Kalk und Thon
stehen, Gemenge beider sind und als dichte mehr oder minder
fest zusammenhängend bis erdig vorkommen, massig oder geschichtet bis schiefrig sind und so Mergelschiefer genannt
werden.

Da die Mergel genannten Gemenge von Kalk und Thon
dichte, mehr oder minder feste bis erdige Gesteine sind, so
lassen sich die beiden Gemengtheile nicht durch das Auge
wahrnehmen, sondern die Mergel sind im Aussehen gleichartig,
und da die Varietäten des Thones selbst schon sehr verschiedene sind, bei dem dichten Kalk auch eine Reihe Varietäten
unterschieden werden, so nehmen daran die Mergel Theil und
zeigen zum Theil erhebliche Verschiedenheit, sind aber doch
im Ganzen leicht zu charakterisiren und zu erkennen.

Je nachdem sie dicht und fest oder dicht und erdig sind,
unterscheidet man den dichten Mergel, welcher auch
verhärteter Mergel, Steinmergel oder Mergelstein

heisst, analog dem Thonstein, und den erdigen Mergel
(Erdmergel, Mergelerde), welcher dem plastischen Thone
ähnlich ist, aber mit Wasser angefeuchtet nicht plastisch wird.
Geschichtet bis schiefrig bilden die Mergel den schon erwähnten Mergelschiefer, welcher dem Schieferthon oft sehr
ähnlich ist. Der dichte Mergel ist nicht so hart, wie der dichte
Kalk, der Kalkstein, der Bruch ist flachmuschlig bis uneben
und auf den Bruchflächen erkennt man die erdige Bildung,
noch deutlicher bei dem erdigen, der zum Theil leicht zerreiblich ist. Sie fühlen sich meist fein und mager an, nur gewisse
etwas rauh, die sogenannten Sandmergel, welche gröberen
Quarzsand beigemengt enthalten. Die Farben, meist hellere,
sind verschieden, weiss, grau mit verschiedenen Abstufungen
in gelb, roth, braun, grün; die Mergel sind zuweilen gefleckt
(bunte Mergel, Fleckenmergel, Flammenmergel) und
haben mitunter dendritische Zeichnung durch infiltrirte Eisen-
und Manganverbindungen. Sie sind matt und undurchsichtig,
und ihr G. ist = 2,3 — 2,6. Im Wasser zerfallen sie zum Theil in
Stückchen oder bilden eine krümliche bis schlammige Masse,
die dichten nicht, verbreiten aber alle einen starken Thongeruch. Sie saugen im trockenen Zustande Wasser stark ein
und haften daher häufig mehr oder weniger stark an der
feuchten Lippe. Mit Säure behandelt brausen sie abwechselnd
stark, je nach der Menge des Kalkes oder dem Grade der
Festigkeit, werden in Salzsäure gelöst, indem der Kalk aufgelöst wird und der Thon als Rückstand bleibt, der dann bei
Behandlung mit Schwefelsäure sich wie Thon verhält. Beim
Glühen zerfallen sie meist, während sie v. d. L. zum Theil zu
schlackigen Massen verschmelzen.

Nach dem Wechsel der wesentlichen Gemengtheile Kalk
und Thon unterscheidet man zunächst den Thonmergel und
den Kalkmergel, je nachdem der Thon oder Kalk vorherrscht, denen sich der Sandmergel anschliesst, wenn der
Thon sandig ist, und der Glimmermergel, wenn viel
Glimmerblättchen wie in den glimmerreichen Thonen beigemengt sind. Die Thonmergel stehen in ihrem ganzen
Verhalten dem Thon näher, fühlen sich zum Theil etwas fettig
an, brausen schwächer mit Säuren, werden aber im Wasser
nicht plastisch, wenn auch bisweilen etwas bildsam, und sind

weniger dicht, mehr erdig, zum Theil schiefrig. Die Kalkmergel, welche sich den thonigen oder mergeligen, sowohl
dichten als erdigen Kalken anschliessen, sind wie diese dicht
und fest oder erdig, zum Theil geschichtet bis schiefrig. Sie
brausen stark mit Säuren, riechen mit Wasser befeuchtet nach
Thon, werden nicht plastisch, erweichen selbst oft nicht einmal. Zu diesen Mergeln gehören auch die S. 79 erwähnten Tutenmergel, sowie in ihnen, aber auch in Thonmergel anders
gestaltete kalkige Concretionen vorkommen, welche verschieden
benannt werden, wie die Laukasteine, Mergel- oder Lösskindchen, in ähnlicher Weise auch in Thonen ausgeschieden
gefunden werden und Kalkmergel sind. Die Sandmergel,
mit mehr oder minder feinem Quarzsand gemengt, sind selten
schiefrig, fühlen sich rauh an, haben geringen Zusammenhalt
und zerfallen zum Theil schon beim Trocknen an der Luft.

Ausser den angeführten werden noch einige andere als
Varietäten unterschieden, so die bituminösen Mergel,
zum Theil auch Stinkmergel genannt, welche bituminöse
Substanzen beigemengt enthalten und durch sie grau bis
schwarz gefärbt sind, beim Zerschlagen, Reiben oder Erwärmen bisweilen einen unangenehmen Geruch entwickeln, bei
grosser Menge solcher Substanzen anbrennen, ohne zu verbrennen, indem nur die bei der Hitze gasförmig ausgetriebene Beimengung sich entzündet und so in sogenannte Brandschiefer
übergehen. Bituminöse Mergelschiefer der Kupferschieferformation enthalten auch verschiedene Kupfererze eingemengt,
wesshalb sie dann Kupferschiefer heissen. Andere Mergel
enthalten Gyps beigemengt, werden Gypsmergel genannt,
die sich den thonigen Gypsen oder dem Gypsthon anreihen,
andere enthalten kleine grüne, Glaukonit genannte Körnchen
eingemengt und heissen Glaukonitmergel, noch andere
oolithische Kalkkörnchen, oolithischen Mergel bildend.

Auch nach gewissen geologischen Verhältnissen sind Mergel benannt worden, die aber dann nicht als Varietäten aufzufassen sind, indem sie als Mergel einem oder dem anderen
der genannten angehören; so sind nur beispielsweise Namen
wie Kreidemergel, Plänermergel, Jurensismergel, Keupermer-
gel nach Formationen, Numismalismergel, Pholadomyenmergel,
Cyrenenmergel nach Versteinerungen benannt anzuführen,

während der Name Wellenmergel auf die wellenförmige Bildung der Schichtungsflächen hinweist.

Schliesslich sind hier noch, wenn sie auch nicht wahre Mergel sind, der Dolomitmergel und der Sideritmergel anzuführen, welche, so wie der aus Kalk und Thon bestehende Mergel Gemenge von Thon und Dolomit oder von Thon und Siderit, den zwei dem Kalk analogen Carbonaten sind. Die Dolomitmergel gleichen im Aussehen den gewöhnlichen Mergeln, nur brausen sie wegen des Dolomitgehaltes mit Säuren weniger stark bis schwach und sind ein Wenig schwerer. Durch beigemengte Eisenocher sind sie gefärbt wie andere. Der Sideritmergel (auch thoniger Sphärosiderit genannt und zu den Thoneisensteinen gerechnet) ist ein Gemenge von Thon und mikrokrystallinischem Siderit, daher bisweilen etwas körnig, sonst gewöhnlich hart und fest, mit muschligem bis unebenem Bruche, grau bis braun gefärbt, zuweilen roth, indem der Siderit sich zersetzt, verschiedene Farben durch die Umwandelung erzeugt, wodurch schliesslich die Sideritmergel in wahre Thoneisensteine übergehen. Sie bilden oft nierenförmige und andere rundliche Gestalten, daher der Name Sphärosiderit, kommen aber auch in Platten und lagerartig vor. In Säuren brausen sie mehr oder minder, wie die Dolomitmergel, stark beim Erwärmen und sind wegen des höheren Gewichtes des Siderit etwas schwerer, indem ihr G. = 3,0— 3,5 ist.

14. Die **Thoneisensteine.**

Diese reihen sich hier am besten durch den Sideritmergel, aus dem sie zum Theil entstehen, den thonigen Gesteinen an und werden am besten als gelbe bis braune und rothe Thoneisensteine unterschieden, je nachdem sie Gemenge von Thon mit gelbem bis braunem Eisenocher, d. i. erdigem Limonit, oder Gemenge von Thon mit rothem Eisenocher, d. i. erdigem Hämatit sind. Sie sind dicht und fest bis erdig, mit flachmuschligem bis erdigem Bruch, matt, undurchsichtig, erzeugen mit Wasser angefeuchtet starken Thongeruch und sind mit Säuren insoweit löslich, als der Eisenocher gelöst wird. Zu den braunen Thoneisensteinen gehört das sogenannte *Bohnerz*, welches kuglige oder rundliche Körner verschie-

dener Grösse bis sehr kleine bildet, welche meist eine gewisse
schalige, concentrische Absonderung zeigen und im Innern einen
mehr erdigen Kern oder auch ein Sandkorn enthalten. Diese
Bohnerzkörner finden sich mehr oder weniger reichlich in eisen-
schüssigem, sandigem oder kalkigem Thon eingewachsen und
sind als limonitische mit Thon gemengte Concretionen zu betrachten, die innerhalb der Thonlager entstanden, diese selbst
aber bilden lagerartige Massen oder Spaltenausfüllungen, besonders in der Juraformation. Der rothe Thoneisenstein findet
sich bisweilen stenglig abgesondert in Folge der Einwirkung
der Hitze brennender Braunkohlenlager als gebrannter eisen-
reicher Thon. Der mehr erdige rothe Thoneisenstein wird
Röthel genannt und zum Schreiben gebraucht, sowie auch
erdige gelbe Thoneisensteine als sogenannte Gelberde als
Farbe ihre Verwendung finden. Manche Thoneisensteine sind
reich an beigemengter Kieselsäure und heissen kieselige
Thoneisensteine.

15. Der dichte Kalk.

Der dichte Kalk oder Kalkstein, dem auch hier der
erdige Kalk oder die Kreide angereiht wird, ist als dichte
feste, bis erdige Gebirgsart wesentlich die kohlensaure Kalkerde, wie sie als unkrystallinische Varietät der Species Kalk
oder Calcit, Gebirgsarten bildend, auftritt und als solche verschiedene Varietäten darstellt. Der dichte Kalk oder Kalkstein, massig, geschichtet bis schiefrig, als solcher Kalkschiefer genannt, ist mehr oder minder fest, hat flachmuschligen, splittrigen, unebenen bis erdigen Bruch, ist graulichweiss, grau, gelb, braun, roth oder schwarz in den verschiedensten Abstufungen und Mischungen der genannten Farben,
welche im Wesentlichen durch thonige, ochrige, bituminöse
und kohlige Pigmente als Beimengungen erzeugt werden, einfarbig oder bunt, und hierbei die mannigfachsten Farbenzeich-
nungen zeigend, wesshalb sie unter dem technischen Namen
Marmor, als solche noch mannigfach benannt, verarbeitet
werden und davon der Begriff des bunten Aussehens in das
Wort Marmor übertragen wurde. Es wurde jedoch bei der
Species Kalk und bei der Gebirgsart Marmor (S. 159), dem krystallinisch-körnigen Kalke, darauf hingewiesen, dass der Name

Marmor wesentlich zur Benennung des letzteren dienen soll,
den man oft auch im Gegensatz zu den dichten, Marmor genannten Kalken, als Statuenmarmor unterscheidend benannt
findet. Ich glaube aber, dass wir hier ebensowenig wie bei den
Edelsteinnamen uns daran halten dürfen, wie solche Namen
allmählich von einem bestimmten Gegenstande auf andere übertragen wurden, ebensowenig wie wir den Namen Topas z. B.
auf alle gelben geschliffenen Steine übertragen, weil sie so genannt werden, sondern nur den Topas als Mineralspecies damit
benennen. So ist auch der Name Marmor ursprünglich dem krystallinisch-körnigen Kalke gegeben worden, der wie das griechische Wort μαρμαιρω oder μαρμαρω, schimmern, flimmern,
glänzen andeutet, wegen seiner Beschaffenheit so genannt
werden konnte, weil er als krystallinisch-körniger, durch seine
vollkommene Spaltbarkeit, die selbst bei höchst feinkörnigen
noch das Schimmern hervorruft, diesen Namen rechtfertigt.
Dass nun von ihm aus andere Kalksteine und schliesslich noch
andere Steine so genannt wurden, am Ende jeder der Politur
fähige Stein, hindert uns nicht, den Namen Marmor richtig zu
gebrauchen, zumal er dann die bestimmte Varietät kurz und
bestimmt ausdrückt.

    Der Kalkstein ist matt oder nur dann schwach schimmernd,
wenn er auf der Uebergangsstufe zwischen Marmor und Kalkstein steht, weil hier, wie bei anderen Gebirgsarten solche
Uebergänge vorkommen. Er ist undurchsichtig, oder an den
Kanten schwach durchscheinend, hat die Härte = 3 oder wenig
darunter, bei den später anzuführenden kieseligen Kalken auch
etwas darüber und sein Gewicht ist = 2,6—2,7, selten durch
Beimengung von Eisenocher ein Wenig höher, was von der
Menge der Beimengung abhängt, dessgleichen er auch durch
andere Beimengungen ein Wenig leichter sein kann. Sein Verhalten beim Erhitzen v. d. L. und in Säuren ist das bei der
Species Calcit angegebene.

    Als Varietäten sind zu nennen: der dolomitische Kalk-
stein, welcher neben der wesentlichen kohlensauren Kalkerde
auch kohlensaure Magnesia enthält, dadurch Uebergänge in
Dolomit bildend, welche weniger durch das schwächere Aufbrausen in Säuren erkenntlich sind, sondern bei der Behandlung mit Essigsäure einen Rückstand geben, welcher in er-

wärmter Salzsäure mit Brausen sich auflöst. Ihr Gewicht ist
wenig höher als das des reinen Kalkes. Der kieselige Kalkstein oder Kieselkalk, welcher pulverulente Kieselsäure
beigemengt enthält, oder mit hornstein- oder opalartiger Kieselsubstanz innig durchdrungen ist, in diesem Falle fest und
hart, bis H. = 6, und mit Säuren schwächer brausend auflöslich, einen unlöslichen Rückstand hinterlassend, der, weiter
geprüft, sich als Kieselsäure erweist, mit Soda v. d. L. zu
einem klaren Glase schmelzend. Der thonige Kalkstein
oder Mergelkalkstein mit beigemengtem Thon, den Uebergang in Mergel bildend, beim Befeuchten mit Wasser Thongeruch zeigend und mit Säuren stark brausend auflöslich, den
Thon als erdigen, in Schwefelsäure löslichen Rückstand hinterlassend. Der Eisenkalkstein oder Siderokonit mit
beigemengtem gelbem, braunem oder rothem Eisenocher gemengt, daher intensiv gefärbt und bisweilen bei reichlicher Beimengung ein Wenig schwerer. Der sandige Kalkstein mit
beigemengtem feinem bis grobem Quarzsand, welcher bei der
Behandlung mit Säure als Rückstand übrig bleibt, den Kalkstein rauh beim Anfühlen erscheinen lässt, daher dieser bisweilen auch Grobkalk genannt wird. Der glaukonitische
Kalkstein, welcher die kleinen grünen Glaukonit genannten
Körner beigemengt enthält, und dadurch mehr oder weniger
grün gefärbt ist. Der bituminöse Kalkstein, welcher
mit bituminösen Substanzen durchdrungen, grau, braun bis
schwarz gefärbt ist, sich v. d. L. weiss brennt, dabei, sowie
auch schon beim Reiben und Anschlagen einen unangenehmen
Geruch entwickelt, daher auch Stinkkalk genannt. Der
Kohlenkalk, auch z. Z. Anthrakonit oder Anthrakolith genannt, durch beigemengten Kohlenstoff schwarz
gefärbt und sich weiss brennt, bei Behandlung mit Säure
einen schwarzen, pulverigen Rückstand hinterlässt.

Der erdige Kalk oder die Kreide ist erdig, dabei mehr
oder weniger fest bis zerreiblich, im Bruche erdig abfärbend,
weiss, grau oder wenig gelblich bis röthlich gefärbt, matt und
undurchsichtig. In petrographischer Beziehung ist die Kreide
in der nach ihr benannten Kreideformation vorkommend, zum
Kalk gestellt worden, obgleich nach G. Rose dieselbe eine
eigene mineralogische Species darstellt, amorphe, kohlensaure

Kalkerde, in Form mikroskopischer kleiner kugliger Gestalten, denen noch ausserordentlich kleine, unter dem Mikroskop erkennbare Schalen von sog. Polythalamien u. a. beigemengt sind. Durch beigemengten Glaukonit wird die glaukonitische Kreide, durch Thon die mergelige Kreide unterschieden, sowie sie auch zuweilen kieselig wird und sehr häufig Feuerstein in Gestalt von Kugeln, Knollen u. s. w. eingewachsen enthält. Der sog. Kreidetuff, das oberste Glied der Kreideformation in der Gegend von Mästricht ist ein feinerdiges Aggregat fein zerriebener Reste von Korallen, Foraminiferen, Echiniten, Bryozoen und anderen Organismen, gleichfalls Feuerstein in knolligen, kugligen u. a. Gestalten einschliessend, gewöhnlich gelblichweiss bis blass ochergelb durch gelben Eisenocher gefärbt.

Der oolithische Kalk, Oolith, Rogenstein genannt, schliesst sich dem dichten Kalk an, indem er in mehr oder minder dichtem bis lockerem, erdigem, zum Theil mergeligem Kalk, der als Bindemittel dient, unzählige kleine runde Körnchen von Kalk eingewachsen enthält, welche gewöhnlich in der Grösse von Hirsekörnern (daher auch Hirsestein, Kenchrit genannt) bis Erbsen vorkommen, bei mikroskopischer Betrachtung häufig eine concentrisch schalige und bisweilen radial fasrige Bildung der scheinbar dichten Körner erkennen lassen, zum Theil einen fremden Körper in der Mitte, um welchen die Masse sich bildete, erinnernd an die Erbsensteine des Aragonit. Der oolithische Kalk ist geschichtet und findet sich in den verschiedenen secundären Formationen, besonders in der Juraformation, die auch darnach ganz oder zum Theil als Oolithformation benannt wurde.

Der poröse Kalk endlich, meist auch Travertin, Tuffkalk (Kalktuff) genannt, ist eigentlich ein dichter, bis mikrokrystallinischer Kalk, der zum Theil erdig, locker erscheint, dabei aber zellig, löcherig, porös, cavernös oder mit unregelmässigen Hohlräumen durchzogen ist, welche durch lockere Anhäufungen vegetabilischer Reste, Stengeln, Blättern, Moosen u. s. w. entsteht, die durch Absatz des Kalkes aus Wasser incrustirt werden und worin verschiedene Reste von Thieren, wie Schnecken, Muschelschalen, Knochen u. s. w. eingemengt sind, daher noch gewissen Abänderungen besondere Namen gegeben wurden.

Schliesslich ist anzuführen, dass auch nach geologischen Verhältnissen, Formationen, Fundorten, Versteinerungen und s. w. den Kalken verschiedener Art zahlreiche Namen gegeben worden sind, wie Zechstein-, Jura-, Liaskalk, Leitha-, Dachstein-, Gothland-, Niagarakalk, Muschel-, Korallen-, Ostreen-, Hippuriten-, Enkriniten-, Cerithien-, Belemnitenkalk, Wellen-, Klippen-, Steppenkalk u. s. w., deren Zahl sehr gross ist, die aber hier nicht näher zu erörtern sind.

An den dichten Kalk reihen sich noch einige dichte Gebirgsarten an, wie bei dem krystallinischen Kalk, welche aber weniger ausgedehnt vorkommen und daher nur in Kürze erwähnt werden:

16. Der dichte Dolomit.

Dieser verhält sich als dichter, fester bis erdiger, zum Theil poröser oder zelliger, zum krystallinischen, wie der dichte Kalk zum Marmor und unterscheidet sich, im Aussehen den Varietäten des dichten Kalkes ähnlich, von diesem durch die bei der Species Dolomit (S. 51) angegebenen Eigenschaften, ist ebenfalls häufig unrein durch ähnliche Beimengungen, daher die etwaigen Varietäten durch dieselben Namen wie kalkige, mergelige, bituminöse, kieselige, sandige, eisenschüssige u. s. w. Dolomite benannt werden. Bei der Unterscheidung von dichten Kalken ist zwar auf das schwächere Aufbrausen der Dolomite mit Säuren besonders hinzuweisen, doch ist dieses bei den dichten bis erdigen Dolomiten weniger entscheidend, weil der mindere Zusammenhang der Theilchen das Auflösen erleichtert, wesshalb es immer zweckmässiger ist, in der Lösung die Kalkerde durch Schwefelsäure auszufällen und im Reste die Magnesia nachzuweisen.

17. Der dichte Gyps.

Derselbe findet sich viel seltener, als man auf den ersten Blick glauben möchte, indem viele bei oberflächlicher Betrachtung als dichte erscheinende Gypse bei genauerer Ansicht sich als feinkrystallinisch erweisen. Als dichte, weisse oder graue, gelblich oder röthlich gefärbte Gesteine unterscheiden sie sich von ähnlich aussehenden Kalken durch ihr minderes Gewicht, durch ihre geringe Härte, durch ihr Nichtbrausen mit Säuren und geben, im Glasrohr erhitzt, reichlich Wasser aus. Der dichte Gyps enthält häufig Thon beigemengt, daher **Thon-gyps** genannt im Anschluss an den Gypsthon, oft auch als **bituminöser Gyps** kohlig-bituminöse Substanzen.

Noch seltener findet sich der **Anhydrit** (s. S. 54) dicht, welcher als wasserfrei vom Gyps als dem wasserhaltigen unter-schieden bei sonst gleicher Zusammensetzung wohl durch den Mangel an Wasser unterschieden werden kann, sowie durch höhere Härte und Gewicht, aber da durch die Umwandelung des Anhydrit in Folge der Aufnahme von Wasser Gyps erzeugt wird, so sind beide oft mit einander im Gemenge und es bedarf dann einer Bestimmung des relativen Wassergehaltes, um den Anhydrit neben dem Gyps in der anscheinend gleichartigen dichten Masse zu erkennen.

18. **Dichtes Roth- und Brauneisenerz.**

Diese beiden Eisenerze, dicht, fest bis erdig, als Ocher, vorkommend, durch die Farbe, wie die Namen angeben unter-schieden, bilden nur untergeordnete lagerartige Vorkommnisse, in denen sie petrographisch zu beachten sind. Das dichte Roth-eisenerz, auch **Rotheisenstein** genannt, ist meist krypto-krystallinisch, bis zum Verschwinden des Kornes feinkörnig, oder auch wirklich dicht, enthält thonige oder kieselige Bei-mengung, in den rothen Thoneisenstein oder in rothen **Eisen-kiesel** übergehend. Das dichte Brauneisenerz, **Brauneisen-stein**, braun bis gelb gefärbt, ist gleichfalls oft thonig oder kieselig, in braunen bis gelben Thoneisenstein, oder braunen bis gelben Eisenkiesel übergehend. Die wesentlichen Unter-schiede beider ergeben sich aus dem, was S. 46 und 47 über diese Species gesagt wurde, woselbst auch schon das dichte, oft löcherige, zellige, zerfressene Vorkommen des dichten Braun-eisenerzes angeführt wurde, welches nach seiner Bildungsweise **Raseneisenstein**, **Wiesen-**, **Sumpf-**, **Morast-** oder **Seeerz** genannt wird und lagerartige Massen bildet, chemische Niederschläge aus eisenhaltigem Wasser und wie die beson-deren in den Namen ausgedrückten Bildungsstätten anzeigen, mannigfache Beimengungen hat, besonders phosphorsaure Verbindungen des Eisenoxyd oder Oxydul in Folge der Zer-örung animalischer Reste.

IV. Klastische Gebirgsarten.

Wenn irgendwelche der bis jetzt beschriebenen Gebirgsarten in ihrem natürlichen Vorkommen durch der Art nach verschiedene Ursachen mechanisch zertheilt werden, so entstehen
Gesteinstrümmer. So können beispielsweise Gesteine, welche frei an der Oberfläche der Erde sichtbar sind, durch die
wechselnden Einflüsse der Temperatur, Trockenheit und Nässe
zerklüften und bei weiterem Vorschreiten der Zerklüftung in
immer kleinere Gesteinstrümmer zerfallen, oder es können Gesteine durch theilweise Verwitterung im Verein mit jenen Ursachen in Gesteinstrümmer übergehen, welche zum Theil nicht
mehr so deutlich das präexistirende Gestein erkennen lassen;
ebenso können im Innern der Erde durch Erschütterungen,
Hebungen und Senkungen, Auswaschungen, Einstürze u. s. w.
Gesteine zertrümmert werden oder es kann allmählich vorschrei-
tende Verwitterung und chemische Veränderung den festen
Zusammenhang lockern und alle auf die verschiedenste Weise
entstehenden Gesteinstrümmer, welche in den Grössenverhält-
nissen sehr differiren, können als lose Bruchstücke oder Fragmente gefunden werden, die ihrer Art nach so zu bestimmen wären, wie die Gebirgsarten selbst, deren Bruchstücke sie sind. Sie
werden auch als solche oft an dem Orte ihrer Entstehung gefunden
oder werden durch fliessendes Wasser, zum Theil auch durch Eis
(durch die Gletscher, durch schwimmendes Meer- oder Flusseis)
von dem Orte der Entstehung fortgetragen oder fortgeschoben,
wobei sie in ihrer äusseren Gestalt verändert, abgerollt werden
(Gerölle, Geschiebe genannt) bis sie vereinzelt oder an geeigneten Orten angehäuft liegen bleiben und so in der Grösse verschieden als Blöcke, Brocken, Körner, Sand, Staub gefunden werden. Nun können aber solche Gesteinstrümmer oder
Gesteinschutt, Gerölle oder Geschiebe aller Grössen bis zum feinsten Staube herab wieder zu festen Gesteinen durch ein Bin-
dungsmaterial, Cement oder Bindemittel genannt verbunden werden und solche Gesteine heissen als Gebirgsarten
klastische, von dem griechischen Worte κλαστος, zertheilt,
zerbrochen.

Aus der nur sehr oberflächig angedeuteten, in ihren Ein-

zelnheiten oft sehr complicirten Entstehungsweise der klastischen Gebirgsarten geht hervor, dass die Bestimmung und Unterscheidung derselben einerseits von der Bestimmung derjenigen Gebirgsarten abhängt, welche das Material der klastischen
lieferten, dass aber andererseits hier eine ganz andere Methode
einzuhalten ist, Gebirgsarten aufzustellen, als bei den früher
geschilderten, wo wir im Wesentlichen auf die Minerale zu-
rückgehen konnten, welche sichtlich oder versteckt gemengte
oder einfache Gebirgsarten bilden. Bei den klastischen Gebirgsarten, denen man in gewisser Beziehung auch die unverbun-
denen Anhäufungen von Gesteinstrümmern anreihen kann,
sind zunächst zwei Dinge zu berücksichtigen, die Gesteinstrümmer, die Bruchstücke der präexistirenden Gebirgsarten
und das Bindemittel oder Cement. Bei den ersteren ist es die
Grösse, welche bei der Unterscheidung klastischer Gesteine
den grössten Einfluss ausübt, denn wenn die Trümmer so gross
sind, dass man an ihnen die Gebirgsart erkennen kann, welche
das Material geliefert hat, so ist eine Unterscheidung möglich
und nicht schwierig, wenn sie dagegen so klein werden, dass
man sie ihrer Art nach nicht mehr erkennen kann, so muss die
Unterscheidung auf Nebenverhältnisse gestützt werden und desshalb ist auch zunächst die Grösse der Gesteinstrümmer benutzt
worden, um nach Naumann's Vorgange die klastischen Gesteine in drei Gruppen zu theilen, in psephitische, psammitische und pelitische klastische Gebirgsarten,
deren Namen von den griechischen Worten ψηφος, kleiner Stein,
ψαμμος, Sand und πηλος, Schlamm entlehnt sind und denen
auch die Benennungen makroklastische, mikroklasti-
sche und kryptoklastische parallel gehen.
    Solche Maassverhältnisse sind, wie wir schon öfter gese-
hen haben, nicht genau, und man kann demnach keine scharfe
Trennung erwarten, zumal die Gesteine selbst in der Grösse
ihrer gleichzeitig cementirten Bruchstücke variiren, doch im
Allgemeinen ist eine solche Unterscheidung nicht allein zweckmässig, sondern sehr nothwendig. So werden mit der Benennung
psammitische Gesteine diejenigen benannt, deren cementirte Gesteinstrümmer etwa in der Grösse zwischen der der
Erbsen und der der Mohnkörner liegen; wird die Erbsengrösse
überstiegen, so heissen sie psephitische, liegt sie unter der

der Mohnkörner, so heissen sie pelitische, doch genau sind
diese Maasse nicht, da namentlich bei psammitischen oft die
Grösse viel kleiner ist, überhaupt es vielleicht viel zweckmässiger wäre zu sagen, dass die psammitischen so tief herabgehen,
als der Ausdruck Korn noch zu gebrauchen ist, im Gegensatz
zu staubartigen Theilen.

Ausser der Grösse der cementirten Gesteinstrümmer ist
ferner darauf Rücksicht genommen worden, ob dieselben ihre
erste Gestalt der Bruchstücke behalten haben, oder ob sie
durch Abreiben dieselbe verloren haben, doch lässt sich diese
Unterscheidung nicht weit verfolgen und verliert in vielen
Fällen ihre Bedeutung, weil bei abnehmender Grösse selbstverständlich diese Beurtheilung unmöglich wird und die Abrundung scharfer Kanten und Ecken auch ohne Abreibung eintreten kann, so namentlich bei Gesteinen, welche unter dem
Einfluss der Verwitterung und chemischen Umwandlung in Gesteinstrümmer übergehen, ausserdem auch durch den Verband,
durch das Cement der Formenunterschied oft verdeckt wird.·

Wenn nun die klastischen Gesteine in der angedeuteten
Weise nach der Art, Grösse und Gestalt der Bruchstücke und
nach dem Bindemittel beurtheilt werden, um Arten zu unterscheiden, so ergiebt sich für die Reihenfolge, in welcher sie
mit möglichster Kürze zu beschreiben sind, dass wir mit den
pelitischen beginnen, welche sich den dichten Gebirgsarten
anreihen, obgleich es unter Umständen zweckmässiger erscheinen möchte, die Reihe umzukehren, weil die pelitischen am
schwierigsten zu unterscheiden sind, da jedoch bei den psephitischen bisweilen auf die pelitischen zu verweisen ist. so ist
es doch besser, mit ihnen zu beginnen.

1. Pelitische Gesteine oder Tuffe.

Als Trümmergesteine, in denen die cementirten Trümmer
präexistirender Gebirgsarten pulver- oder staubartig fein sind,
können dieselben als dichte, mehr oder minder feste bis zerreibliche erdige Massen weder die Gesteinstrümmer noch das
Bindemittel durch das Auge erkennen lassen und wenn man
durch die Beobachtungen bei den Eruptionen der Vulkane geleitet
die vulkanische Asche, das zu feinem Sande oder zu staubi-
gem Pulver zerriebene oder zertheilte Material verschiedener Ge-

birgsarten als Anhaltspunct für die Tuffe hat, welche zunächst
solches durch Wasser früher oder später agglomerirtes Zertheil-
lungsproduct gewisser eruptiver Gebirgsarten bilden, welches
später noch durch andere unter dem Einfluss des Wassers entstandene Bindemittel dauernder gebunden sein kann, wenn nicht bloss
die agglomerirten zum Theil schlammähnlichen Massen einfach
erhärtet sind und dadurch einen gewissen Zusammenhang erhalten
haben, so könnten ausser solchen Tuffen wohl noch andere pelitische Gesteine existiren. Als solche würden manche in der Reihe
der thonigen Gesteine betrachteten zu deuten sein, da aber der
Thon auf Kaolin zurückführbar nicht eigentlich unmittelbares
Zerreibungsproduct der unveränderten Gebirgsarten ist, so
wurden sie zusammen als dichte Gesteine belassen. Ebenso
sind auch ein grosser Theil dichter Kalksteine gewiss durch
fein zerriebenes Kalkpulver entstanden, welches vom Wasser
fortgeführt, sich aus demselben allmählich absetzte und Kalksteine ergab. Da aber auch hier wieder keine Grenze gegen
anders entstandene dichte Kalke gegeben ist, so erschien eine
Trennung überflüssig und es bleiben somit in der That nur als
pelitische Gesteine oder Tuffe diejenigen übrig, bei denen man
den Ursprung nachweisen oder aus gewissen Umständen schliessen kann, dass sie die Producte der mechanischen Zertheilung
eruptiver Gebirgsarten sind.

    Da hierbei die feinen Gesteinstheile in Betreff ihres Aus-
sehens keinen sicheren Anhaltspunct zur Unterscheidung geben,
so kann man aus der substantiellen Beschaffenheit, aus der chemischen Zusammensetzung, sowie aus zufällig eingestreuten
grösseren Fragmenten von Gebirgsarten, aus Krystallen und
Bruchstücken derselben, welche weniger fein zerrieben wurden
und in den Tuffen gefunden werden und aus örtlichen geologischen Verhältnissen zu einem gewissen Urtheile über die Art
der Tuffe kommen, vorausgesetzt, dass der Tuff jedesmal im
Wesentlichen von einer Gebirgsart oder wenigstens von mehreren nahe verwandten Gebirgsarten herrührt. Auf diesem jedenfalls etwas umständlichen und zum Theil unsicheren Wege
hat man eine Reihe Tuffe als Arten aufgestellt, welche sich auf
ältere und jüngere eruptive Gesteine beziehen und nach ihnen
benannt werden. Die wichtigsten sind nachfolgende:

    a. die Trachyttuffe. Diese als mehr oder minder feste bis

Lockere zerreibliche Massen in der Nachbarschaft trachytischer Gesteine vorkommenden Tuffe sind weiss bis grau, zum Theil gelblich, röthlich oder bräunlich, bisweilen auch grünlich gefärbt, matt, undurchsichtig, werden bei grösseren Theilchen auch psammitisch und bilden selbst wieder local das Bindemittel von Trachytbrekzien und Conglomeraten, wie überhaupt bei diesen und anderen Tuffen diese Uebergänge stattfinden, wesshalb dies in der Folge nicht immer wiederholt werden soll, sowie auch später die Angabe nicht immer zu wiederholen ist, dass sie mehr oder minder fest bis zerreiblich sind, weil dies die allgemeine Beschaffenheit der Tuffmassen ist. Sie enthalten nebenbei oft grössere oder kleinere, mehr oder minder zersetzte Trachytbruchstücke, Krystalle und Krystallbruchstücke von Sanidin, Amphibol, Glimmer, Magnetit und Titanit als Einschluss und sind selbst mehr oder weniger zersetzt, da solche Tuffe ihrer Beschaffenheit nach der Zersetzung leicht unterworfen sind, wodurch auch Ausscheidungen von Opal, wasserhaltiger Kieselsäure, entstehen, welche eingewachsen bis fein eingesprengt enthalten sind, selbst als Bindemittel dienen können. In der Zusammensetzung lassen sie ihren trachytischen Ursprung durch Kieselsäure, Thonerde und Alkalien erkennen, wozu noch geringe Mengen anderer Basen, auch Wasser kommen, die in ihren Verhältnissen durch die Einflüsse der Zersetzung wechseln. — Hierher gehört auch z. Th. der sogenannte Posilip - oder Pausilipptuff aus der Gegend von Neapel und andere schlichthin als vulkanische Tuffe benannte.

b. Der Bimssteintuff. Derselbe steht dem vorigen im Aussehen und in der Beschaffenheit sehr nahe, wie die Bimssteine selbst den Trachyten, welche bei ihrer an sich der Zerreibung wenig Widerstand entgegensetzenden Beschaffenheit für Tuffbildung besonders geeignet sind. Ausser Bimssteinstückchen, die wesentlich auf den Ursprung der bezüglichen Tuffe schliessen lassen, enthalten sie auch Sanidin, Oligoklas, Glimmer, Amphibol, Magnetit und Trachytbrocken, sowie Opalausscheidungen. Zu ihm gehört zum Theil der schon erwähnte Pausilipptuff und das Trass (Tuffstein, Duckstein) genannte Gestein aus der Gegend von Andernach am Rheine, welches jedoch weniger reiner Bimssteintuff, sondern mit Tuffen anderer Arten aus der Reihe doleritischer Gesteine gemengt ist, wie die chemische Beschaffen-

heit durch die Anwesenheit von mehr Kalkerde und Magnesia
neben Alkalien, verhältnissmässig geringen Gehalt an Kieselsäure
und die eingewachsenen Fragmente von Basalt, Krystalle von
Augit, Hauyn, Leucit neben den oben genannten anzeigen.

    c. Der Phonolithtuff. Grau bis braun, zum Theil
ziemlich fest, auch mit Säuren brausend durch Neubildung von
Kalk in Folge der Zersetzung, Bruchstücke von Phonolith,
local von verschiedenen anderen Gebirgsarten enthaltend, welche mehr zufällige Einschlüsse sind, Krystalle und Theile von
Sanidin, Amphibol, Glimmer, Augit, Magnetit, Olivin u. a.
welche auf Beimengungen von Theilen anderer vulkanischen
Gesteine schliessen lassen. Oft thonig durch Zersetzung. Bei
ihnen bemerkt man auch, wie bei anderen der genannten Tuffe
kleine kuglige, aus Tuffmasse bestehende, zum Theil concentrisch-schalig abgesonderte Körner eingewachsen, nach welchen die Tuffe pisolithische genannt wurden.

    - d. Der Basalttuff. Grau bis braun, auch gelblich, röth-
lich, grünlich gefärbt, mit mehr oder weniger abgerundeten
Fragmenten verschiedener Grösse von Basalt und Dolerit,
Krystallen und Krystallstücken oder Körnern von Augit, Amphibol, Olivin, Magnetit und Glimmer, mit Säuren mehr oder
weniger stark brausend durch kohlensaure Kalkerde, welche
durch die spätere Zersetzung entstand und als Bindemittel
dient, auch wasserhaltige Silikate, sogenannte Zeolithe enthaltend und durch Zersetzung selbst schliesslich umgewandelt in die Wacke genannte Substanz. Ihm nahe verwandt ist
der Peperin genannte Tuff des Albaner-Gebirges bei Rom,
welcher weniger rein basaltisch auch Leucit und Hauyn enthält,
auf Gesteine hinweisend, welche wie der Leucitophyr, Hauynophyr u. a. sich den doleritisch-basaltischen Gesteinen anreihen.
Derselbe ist meist deutlich geschichtet, eine Ausbildungsweise,
welche auch bei den anderen Tuffen gefunden wird, sowie in
ihnen zuweilen Pflanzenreste und Abdrücke vorkommen.

    An die Basalttuffe reiht sich eine eigenthümliche Bildung,
welche den Namen Palagonittuff erhalten hat, weil der Basalttuff selbst sich allmählich in eine gelbe, braune bis schwarze
amorphe Mineralsubstanz umwandelt, in Palagonit, nach einem
Vorkommen bei Palagonia in Sicilien benannt und ein schein-
ur homogenes, doch durch Beimengungen mehr oder weniger

verunreinigtes wasserhaltiges Silikat von Eisenoxyd, Thonerde, Magnesia und Kalkerde darstellend. Dasselbe schmilzt v. d. L. leicht zu einer schwarzen magnetischen Perle, ist in Salzsäure auflöslich, gelatinöse Kieselsäure abscheidend, hat G. um 2,5, H. = 4,0—5,0, wachsartigen Glasglanz bis Wachsglanz und ist undurchsichtig bis kantendurchscheinend. Da der Basalttuff sich in Palagonit umwandelt, während die eingeschlossenen Gesteinsbruchstücke und Krystalle erhalten bleiben, bildet nun der entstandene Palagonit gleichsam das Cement jener und muss, wenn wenig Einschlüsse vorhanden sind, fast ganz das Gestein bilden, so dass man es dann Palagonitfels nennt. Aus Allem ersieht man aber, dass die Benennung Palagonittuff eigentlich nicht richtig ist, weil der Palagonit kein Tuff ist, sondern ein Umwandelungsproduct des Tuffes und nicht das unmittelbare pelitische Gestein, daher man diese Bildung richtiger zu den psephitischen zu stellen hätte, weil sie ein Conglomerat darstellt, dessen Bindemittel Palagonit ist.

Den verschiedenen Tuffen trachytisch - doleritischer Gebirgsarten schliessen sich noch analoge Bildungen älterer eruptiver Gesteine an:

e. der Felsittuff, auch Porphyrtuff genannt, indem man auf die exclusive Benennung Porphyr für die Felsitporphyre zurückgeht. Derselbe ist als Tuffmasse dicht bis erdig, unrein weiss, gelb, braun, grün, bläulich gefärbt, einfarbig und bunt, oft im Aussehen an Thonstein erinnernd und daher selbst so genannt, zumal er sich in Thonstein umwandeln kann, wie der Felsit für sich und als Grundmasse der Felsitporphyre, doch als Felsittuff wie Felsit v. d. L. schmelzend. Er enthält Bruchstücke von Felsit, Felsitporphyren und anderen Gesteinen, auch Quarzkörner, Glimmerlamellen und Feldspathkrystalle als Einschluss, die so wie in den obigen Tuffen als Reste der zerriebenen Gebirgsarten vorhanden sein können, zum Theil als Neubildungen angesehen werden, in Folge welcher Regeneration die Tuffe selbst stellenweise krystallinisch erscheinen. In der Zusammensetzung stehen sie dem Felsit nahe, enthalten viel Kieselsäure, Thonerde und Alkalien mit etwas Wasser durch Kaolinisirung der Feldspathsubstanz.

f. Der Aphanittuff, auch Grünsteintuff oder Diabastuff genannt, weil der Name Grünstein im Allgemeinen

für die Gebirgsarten gebraucht wird, welche in Aphanit übergehen, unter denen auch der Diabas vorkommt. Dieser Tuff
ist vorherrschend unrein grün gefärbt bis grünlichbraun und
entspricht in der Zusammensetzung den Grünsteinen, verglichen
mit den Felsittuffen bedeutend weniger Kieselsäure enthaltend,
dagegen neben Alkalien auch Magnesia und Kalkerde, ausser
Thonerde und Eisengehalt, während Wasser und Kohlensäure
durch die eintretende Zersetzung aufgenommen wurden, die
allmählich zu der Bildung sogenannter Wacke führt. Häufig
ist er geschichtet bis schiefrig und bildet Uebergänge in den
sehr mannigfach ausgebildeten Schalstein, welcher als sedi-
mentäres schiefriges Gestein, besonders in Nassau in weiter
Verbreitung vorkommend, gewissermassen mit dem Thonschiefer verglichen werden kann, nur dass sein wesentliches
Material sich den Aphanittuffen anschliesst. Er ist wie diese
gefärbt, auch roth durch rothen Eisenocher oder grau, sich den
Thonschiefern nähernd, und enthält wenig bis viel kohlensaure
Kalkerde, daher Kalk mit den Silikaten innig gemengt, selbst
lagenartig vertheilt (Kalkschalstein) oder in Gestalt unregelmässig gestalteter Körner, Kugeln und Linsen eingewachsen vorkommt (daher Blatterstein schiefer, Schalsteinmandelstein genannt). Bisweilen ist er auch porphyrartig
durch eingewachsene Labradoritkrystalle und Krystallkörner
und wird Schalsteinporphyr genannt.

2. Psammitische Gesteine.

Nach der oben angegebenen Unterscheidung der klastischen Gebirgsarten nach der Grösse der Gesteinsfragmente,
welche von früher da gewesenen Gebirgsarten herstammen und
durch ein Bindemittel zu neuen Gebirgsarten verbunden sind,
ist bei den psammitischen Gesteinen die ungefähre Grenze als
Grösse der Erbsen und Mohnkörner angegeben worden, und in
dieser Beziehung zeigen sich öfter Uebergänge aus den angeführten pelitischen Gesteinen in die psammitischen, obgleich
für gewöhnlich Psammite oder Sandsteine nicht von den beschriebenen Arten der Tuffe geschieden werden, sondern in
der Regel dann bald auch die grösseren Dimensionen zu der
Trennung von Conglomeraten oder Brekzien im Gegensatz zu
den Tuffen Veranlassung geben, weil bei der Sachlage kaum

eine so gegliederte Unterscheidung möglich wird, indem in der
Regel bei diesen eruptiven Gesteinsarten, welche Tuffe liefern,
die Grössenverhältnisse der Gesteinsfragmente innerhalb derselben Bildung mannigfach wechseln. Wenn dagegen die Gesteinstrümmer verschiedener Gebirgsarten durch die Fortbewegung in Wasser abgerollt werden, so leisten nur die
härteren einen grösseren Widerstand, und da bei der Zertrüm-
merung auch die Verwitterung Einfluss hat, so tritt für die
psammitischen Gesteine besonders ein Mineral in den Vorder-
grund, welches den grössten Widerstand leistet, der Quarz,
und auf diese Weise ist zunächst der Name Sandstein für diejenigen in Gebrauch gekommen, welche im Wesentlichen
Quarzkörner cementirt enthalten. Da jedoch auch noch andere
psammitische Gesteine existiren, welche nicht vorwaltend
Quarzsand enthalten, so konnte man den Namen Sandstein
nicht allgemein brauchen, um die psammitischen Gesteine zu
bezeichnen, wesshalb dieser Name am zweckmässigsten zu
beschränken ist und andere psammitischen Gesteine anders
zu benennen sind, wenn man sie als solche von dem Sandstein
getrennt halten will. In diesem Sinne wollen wir daher den
Namen Sandstein nur exclusive gebrauchen. Unter den psammitischen Gesteinen erscheint daher am häufigsten :

1) der Sandstein. Sandsteine heissen somit alle klastischen psammitischen Gesteine, bei denen die cementirten Gesteinstrümmer allein oder vorherrschend Quarz sind, welche
Quarzkörner durch verschiedene Bindemittel zu Gesteinen verbunden sind. Obgleich im Allgemeinen angegeben wurde, dass
man bei den Gesteinstrümmern auch darauf Rücksicht nimmt,
ob die Fragmente in ihrer ursprünglichen Form vorhanden oder
ob sie durch die Fortbewegung abgerollt sind, so kann bei der
angedeuteten Grösse der in psammitischen Gesteinen verkitte-
ten Körner darauf keine Rücksicht genommen werden, sondern
es handelt sich wesentlich nur bei den Varietäten der Sandsteine im engeren Sinne des Wortes um das Bindemittel. Dass
nun in Sandsteinen neben Körnern verschiedener Quarzvarietäten, die hier als solche unberücksichtigt bleiben, auch noch
andere Körner vorkommen, sieht man am besten bei der Betrachtung mit der Lupe, obgleich die verschiedenen Farben der
Körner in demselben Sandsteine nicht immer der Beweis sind

dass verschiedene Minerale da sind, weil die Quarzkörner
selbst verschieden gefärbt sein können, wie die bei Quarz angegebenen Varietäten gezeigt haben und wie bei der Beschreibung von Gebirgsarten angegeben wurde, welche Quarzkörner
als Gemengtheile enthalten. Die Sandsteine sind sedimentäre
Gesteine, welche in der Dicke der Schichten grosse Verschiedenheit zeigen, daher einerseits selbst massig erscheinen können, während sie andererseits schiefrig werden und daher
Sandsteinschiefer heissen.

Aus der Art und Weise, wie die Sandsteine entstehen, geht
hervor, dass neben den Quarzkörnern häufig noch andere Minerale vorkommen können, denn wenn solche Gesteine, in welchen
der Quarz wesentlich enthalten ist, wie in den Graniten,
Glimmerschiefern, Quarziten, Felsitporphyren und anderen, in
Folge der Verwitterung in losen Gesteinsschutt übergehen oder
sonst wie zertrümmert werden, so werden nicht allein Gesteinstheile, sondern auch andere als accessorische vorkommende
Minerale vom Wasser fortgeführt und zu Körnern abgerieben,
die, je härter sie sind, um so mehr Widerstand leisten und zum
Theil ihre Form erkennen lassen. Daher finden sich in Sandsteinen ausser den sehr häufig vorkommenden Glimmerschüpp-
chen, Feldspathkörnchen, Felsitkörner, Granat, Eisenglanz-
körner und Lamellen, Eisenglimmer, Magneteisenerz u. a. m.,
ohne dass dadurch besondere Varietäten unterschieden werden,
nur in selteneren Fällen, wenn ihre Menge besonders auffällt.
Häufig enthalten sie Reste von Thieren und Pflanzen, welche
im Allgemeinen weniger gut erhalten sind, weil die harten
Quarzkörner, so lange sie mit diesen gemeinschaftlich im
Wasser in Bewegung erhalten werden, dieselben abreiben und
zum Theil zerreiben. Nach der Natur des Bindemittels sind
die Sandsteine mehr oder weniger fest bis zerreiblich und haben
häufig durch pulverulente Theile, wie durch die verschieden
gefärbten Eisenocher oder durch kohlige Substanzen verschiedene Farben.

Nach der Grösse der Körner unterscheidet man grobkörnigen, kleinkörnigen (auch gemeiner Sandstein
genannt), und feinkörnigen Sandstein, denen sich noch
der sogenannte Krystallsandstein anschliesst, wenn die
geriebenen Quarzkörner ihre krystallinische Gestalt erkennen

lassen. Die grobkörnigen Sandsteine gehen in conglomerat-
artigen über und durch diesen in die psephitischen Gesteine,
in Quarz-Conglomerate, wenn die grossen Quarztrümmer zahlreicher werden.

Nach dem Bindemittel unterscheidet man als Varietäten:

a. Die quarzigen Sandsteine, auch kieselige oder
Kieselsandsteine genannt, deren Körner durch ein kieseliges
Bindemittel, durch Quarz gebunden sind und welches bisweilen
so reichlich vorhanden ist, dass die Körner nicht sichtlich hervortreten, wie verschmolzen erscheinen. Sie sind gewöhnlich
sehr fest und erscheinen bisweilen wie dicht, hornsteinähnlich,
aber doch im flachmuschligen Bruche als Sandsteine durch eine
gewisse Unebenheit oder körnige Beschaffenheit der Bruchflächen erkenntlich. Sie sind weiss, grau bis gelblich gefärbt,
bleiben im Wasser unverändert und werden von Säuren nicht
angegriffen, ebensowenig als durch Zerschlagen und Abschlem-
men das Bindemittel getrennt werden kann. Sollte jedoch in
einzelnen kieseligen Sandsteinen das Bindemittel Opal, wasserhaltige Kieselsäure sein, so würden sie durch Kochen mit Kalilauge zerfallen oder zerreiblich werden, weil diese den Opal löst.

b. Die thonigen Sandsteine, auch Thonsand-
steine genannt, sehr häufig vorkommend, deren Bindemittel
Thon ist, mehr oder weniger rein, daher man als eine besondere Varietät noch den kaolinigen Sandstein oder den
Kaolinsandstein unterschieden hat, welcher sich am besten
durch weisse oder hellgraue Farbe erkennen liesse, während im
Allgemeinen die thonigen Sandsteine wie die Thone grau, gelblich, grünlich oder röthlich gefärbt sind, doch hängt auch zum
Theil die Farbe von der der Quarzkörner ab, wenngleich diese
oft durch das thonige Bindemittel verdeckt wird. Sie sind mehr
oder weniger fest bis zerreiblich, zeigen mit Wasser angefeuchtet oder beim Anhauchen einen starken Thongeruch, werden
durch längeres Liegen im Wasser mürbe und zerreiblich oder
zerfallen von selbst, und durch Abschlämmen mit Wasser lassen
sich die Quarzkörner vom Bindemittel trennen, welches dann
als Thon näher bestimmt werden kann. Mit Säuren brausen sie
nicht, beim Erhitzen im Glaskolben geben sie etwas Wasser
aus und brennen sich bei langsamem Erhitzen meist hart. Bisweilen enthalten sie grössere Parthien von Thon ausgeschieden,

rundliche Massen, welche Thongallen heissen und sich wie
Thonstein verhalten. Durch Zunahme des Thones gehen sie in
sandigen Thon, Schieferthon, Thonschiefer und sandigen Thonstein über und enthalten wie diese auch Glimmerblättchen, besonders auf den Absonderungsflächen der mehr oder minder
dicken Schichten. In Folge der Einwirkung des Wassers, welches das Bindemittel stellenweise fortführt, sind sie oft zerklüftet.

     c. Die kalkigen Sandsteine, auch Kalksand-
steine genannt, minder häufig, sind solche, deren Bindemittel
kohlensaure Kalkerde, Kalk ist und welches durch Behandlung
mit Säuren sich leicht durch starkes Aufbrausen erkennen lässt.
Sie sind mehr oder minder fest bis locker und zerreiblich, je
nach der Menge des Bindemittels, welches bisweilen selbst krystallinisch ist. Sie sind grau, gelblich oder grünlich, riechen
beim Anfeuchten mit Wasser nicht nach Thon, werden nur
zum Theil durch längeres Liegen im Wasser mürbe, zerfallen
mit Säure behandelt vollständig und werden durch Brennen
gleichfalls locker bis zerreiblich. Durch Zunahme des Bindemittels gehen sie in sandigen Kalkstein über, sowie durch Beimengung von Thon in

     d. die mergeligen Sandsteine, auch Mergelsand-
steine, in der Schweiz Molasse oder Molassesand-
steine genannt, welche in der Mitte zwischen den thonigen
und den kalkigen stehend nächst den thonigen am häufigsten
vorkommen und in ihrem Verhalten die Eigenschaften beider
zeigen. Sie sind mehr oder minder fest bis locker und zerreiblich, grau, gelblich bis bräunlich oder grünlich gefärbt, entwickeln mit Wasser befeuchtet Thongeruch, werden im Wasser
mürbe und zerreiblich, brausen mit Säuren mehr oder minder
stark und zerfallen. Bei Zunahme des Bindemittels gehen sie
in sandige Mergel über.

     e. Die dolomitischen Sandsteine, denen sich noch
die sideritischen anreihen, sind solche, deren Bindemittel
Dolomit oder Siderit ist und welche in ihrer Art auch mergelige sein können, wenn ausserdem noch Thon beigemengt ist
oder das Bindemittel dolomitischer oder sideritischer Mergel
ist. Sie sind grau, gelb bis braun, besonders die sideritischen,
und verhalten sich nahezu wie die kalkigen und mergeligen
gen Wasser und Säuren, doch ist das minder starke Brausen

mit Säuren, welches Dolomit und Siderit in Säuren zeigen, hier weniger hervortretend zu bemerken und als Kennzeichen zu benützen, weil der feinvertheilte Zustand der Carbonate die Säure rascher einwirken lässt, daher eine besondere Untersuchung erforderlich ist, um den Magnesiagehalt nachzuweisen, während die sideritischen sich roth brennen, was zum Theil auch bei den dolomitischen, so wie bei anderen gelb bis braun durch Eisenocher gefärbten Sandsteinen stattfinden kann. Die sideritischen sind auch etwas schwerer als gewöhnlich, doch will dies nicht viel sagen, da das Gewicht der Sandsteine überhaupt um 2,5 — 2,7 betragend zunächst vom Quarz abhängt und nur viel Bindemittel dasselbe etwas erhöht oder verringert, je nach dem Gewicht desselben.

Andere Varietäten, welche auch nach dem Bindemittel unterschieden worden sind und den obigen angereiht werden könnten, sind entweder seltene Vorkommnisse oder zweifelhafte Sandsteine, oder es kann das Bindemittel als Beimengung betrachtet werden. So ist der barytische Sandstein mit Baryt, schwefelsaurer Baryterde als Bindemittel ein seltenes Vorkommen, zum Theil auch der gypsige, während ebensolche, von denen angegeben wird, dass der Quarz im Gyps eingeschlossen krystallisirt vorkommt, wohl nicht als Sandstein zu betrachten sind. Bei dem asphaltischen Sandstein (Asphaltsandstein, Pechsand) ist der Asphalt später in dem bereits bestehenden Sandstein durch in denselben eingedrungene Naphtha entstanden, daher man Naphtha, Bergtheer und Asphalt darin findet.

Zu den durch Beimengungen zu unterscheidenden gehört:

f. der eisenschüssige Sandstein oder Eisensandstein, welcher gelben, braunen oder rothen Eisenocher enthält und dadurch entsprechend gefärbt vorkommt, einfarbig, bunt, gefleckt, (daher die Namen bunter und rother Sandstein, Tigersandstein) ist gewöhnlich einer der bereits angeführten thonigen, mergeligen oder kalkigen Sandsteine, doch könnte man auch unter Umständen bei thonigen gelben, braunen oder rothen Thoneisenstein als Bindemittel annehmen, sowie solche in die sandigen Varietäten derselben übergehen.

g. Der glaukonitische Sandstein oder Grünsandstein, welcher mehr oder minder reichlich Glaukonitkörnchen

enthält und dadurch grünlichgrau bis graulichgrün gefärbt ist,
bisweilen bis bräunlichgrün oder braun, wenn eine Verwitterung des Glaukonit eingetreten ist.

h. Der Glimmersandstein (Micopsammit), welcher
viel Glimmerblättchen enthält. An diesen könnten sich noch
andere reihen, die durch eine reichlich bemerkbare Beimengung
unterscheidbar wären, doch genügen die angegebenen als die
wichtigsten.

Bei dem Vorkommen der Sandsteine in allen Formationen
sind denselben auch Namen nach den Formationen gegeben
worden, wie Molasse-, Braunkohlen-, Lias-Keuper-
Sandstein u. a. m., oder nach Fundorten und Gegenden,
wie Karpathen-, Wiener-, Rallig,- Vogesen-Sand-
stein, oder nach Versteinerungen, wie Spiriferen-, Tha-
lassiten-, Fucoiden-, Blätter-Sandstein u. s. w. , oder
nach anderen Verhältnissen, wie Quader-, Meeres-,
Kupfer-, Mühlstein-Sandstein u. a.

Wie oben bemerkt wurde, kommen zwischen gewissen
Tuffen und Conglomeraten Uebergangsglieder vor, welche
psammitisch sind, doch sind sie bis jetzt nicht eigends getrennt
worden, und nur selten findet man sie durch einen Namen
unterschieden, wie Diabassandstein, Grünsteinpsam-
mit, obgleich manche als Psammite unterscheidbar wären, wie
bei den trachytischen, doleritischen und basaltischen Tuffen.
Desshalb ist hier nur noch ein Psammit anzuführen:

2) der Feldspathpsammit (Arkose), welchen man
selbst noch den Sandsteinen, den Quarzpsammiten hätte anreihen können, weil er auch Quarz enthält. Als Psammit enthält er vorwaltend Feldspathkörner, besonders Orthoklas,
nebenbei Quarz und Glimmer, sein Bindemittel ist kieselig
oder thonig und er scheint meist unmittelbar an Ort und Stelle
entstanden zu sein, wenn der durch Zersetzung von Granit
oder Gneiss entstandene Gesteinsschutt, im Wesentlichen aus
unzersetzten oder theilweise zersetzten Feldspathkörnern, Quarzkörnern und Glimmerblättchen bestehend, durch das kieselige
oder thonige Bindemittel später zu festen Massen verkittet
wurde, welches selbst wieder aus der Zersetzung der Gesteine
durch Ausscheidung der Kieselsäure und durch Kaolinisirung
rvorging.

3. Psephitische Gesteine oder Conglomerate.

Bei diesen sind zur Unterscheidung die Bruchstücke der
Gebirgsarten gross genug und es würde ziemlich einfach erscheinen, nach erlangter Kenntniss der krystallinischen, porphyrischen und dichten Gesteine die aufgestellten Arten pse-
phitischer Gesteine zu erkennen. In gewisser Beziehung ist
auch dies nicht schwierig, wenn die Bruchstücke nicht durch
chemische Veränderung unkenntlich geworden sind, und man
kann bei der Unterscheidung in Arten auch ziemlich kurz, ja
fast gemeinschaftlich für alle die Charakteristik angeben, insoweit sie nur davon abhängt. In den seltensten Fällen aber sind
die cementirten Trümmer einerlei Art und man kann daher nur
auf die vorwaltenden oder vorwaltend sichtbaren das Gewicht
legen, um die Arten zu benennen, wobei es jedoch auch vorkommen kann, dass innerhalb derselben Schichte die Trümmer wechseln. Die Namen werden demnach nach dem Totaleindruck
gegeben, nach dem vorherrschenden Material, so dass zunächst
ebensoviele psephitische Arten möglich sind, als Gebirgsarten
unterschieden werden, welche nicht klastische sind. Ein zwei-
tes Moment tritt dadurch ein, dass man berücksichtigt, ob die
Bruchstücke in psephitischen Gesteinen als solche in ihrer Form
unverändert sind, oder ob sie durch gegenseitige Reibung oder
durch Bewegung und Reibung überhaupt ihre ursprüngliche
Form verloren haben, abgerollt sind, Gerölle oder Geschiebe bilden. Hiernach unterscheidet man möglicherweise für jede früher
trennbare Art zwei, indem man Conglomerate diejenigen
psephitischen Gesteine nennt, deren cementirte Trümmer Gerölle sind, Brekzien (Breccien) diejenigen, in denen sie
ihre ursprüngliche Gestalt haben. So trennt man z. B. Kalk-
steinconglomerat und Kalksteinbrekzie, aber diese Unterscheidung ist nicht überall durchzuführen, weil einerseits die ursprünglichen Bruchstücke nicht immer scharfkantige sind, andererseits abgerollte und unveränderte gleichzeitig mit einander
vorkommen können. Desshalb erscheint es am einfachsten,
alle psephitischen Gesteine allgemein Conglomerate zu nennen
und den Namen Brekzie nur dann als Name einer Varietät zu
gebrauchen, wenn dieser Charakter mit Bestimmtheit hervortritt, sodass, wenn man Kalkstein-, Feuerstein-, Granit- u. a.

Conglomerate nennt, darunter die Brekzien auch begriffen sind und diese nur nebenbei zu unterscheiden wären. Drittens endlich ist das Bindemittel zu berücksichtigen, welches für Trümmer derselben Art verschieden sein kann, in der Regel aber nicht zur Unterscheidung der Arten dient. Im Allgemeinen kann man in Betreff des Bindemittels bemerken, dass dasselbe mit den cementirten Trümmern verwandt oder verschieden sein kann, so z. B. können Quarzconglomerate ein kieseliges oder ein thoniges Bindemittel haben, dass das Bindemittel so seiner Art nach bestimmt werden kann, wie bei den Sandsteinen, oder dass es eine psammitische oder eine pelitische Gesteinsart ist, so können z. B. Quarzconglomerate durch Sandstein gebunden sein, Trachytconglomerate durch Trachyttuff, und auf diese Weise gehen psephitische, psammitische und pelitische Gesteine in einander über, wie man z. B. conglomeratartiger Sandstein sagt, welcher den Uebergang von Sandstein in Quarzconglomerat bildet.

Diese Angaben mögen hier genügen, um die Verschiedenheiten der psephitischen Gesteine anzuzeigen, ohne dass wir hier auf die detaillirte Beschreibung der als Arten unterschiedenen Gesteine näher eingehen wollen, deren Zahl ziemlich gross ist, weil eine solche Auseinandersetzung zu weit führen würde, wenn sie vollständig gegeben werden sollte, in abgekürzter Weise nicht die besonderen Verhältnisse veranschaulicht. Obgleich von der Mehrzahl der Gebirgsarten psephitische Gesteine oder Conglomerate möglich sind, so sind doch nicht alle in den bis jetzt unterschiedenen Arten vertreten. So findet man von gemengten Gebirgsarten Granit-, Syenit-, Gneiss-, Glimmerschiefer-, Thonschiefer- (mit Einschluss des Phyllit), Grünstein- oder Diabas-, Felsitporphyr-, Augitporphyr- (Aphanitporphyr-), Trachyt-, Trachytporphyr-, Perlstein-, Bimsstein-, Dolerit-, Phonolith-, Basalt-Conglomerate angegeben und bei einzelnen, wie bei Gneiss, Grünstein oder Diabas, Felsit- und Aphanitporphyr, Trachyt und Bimsstein sind noch Brekzien unterschieden worden. Von einfachen Gebirgsarten sind Quarz-, Kalkstein- und Dolomit-Conglomerate und Brekzien benannt worden, und im Besonderen noch Quarzit-, Feuerstein-, Kieselschiefer- und Hornstein-, und Stinkstein-Conglomerate oder Brekzien getrennt worden. Endlich hat man auch als **polygene Conglomerate** solche bezeichnet, bei denen (wie in der schweizerischen **Nagelfluh**) Trümmer verschiedener Gebirgsarten gleichzeitig vorkommen, doch werden auch oft in den eigends benannten nebenbei noch andere Bruchstücke angetroffen, welche von der Gebirgsart verschieden sind, deren Namen das Conglomerat trägt.

Bei den Conglomeraten und Brekzien gemengter Gebirgsarten ist das Bindemittel in der Regel ein verwandtes, psammitisches bis pelitisches Material derselben Gebirgsart, oder in Folge vorgeschrittener Zersetzung mehr thonig, zum Theil etwas kalkhaltig, wie bei denen, bei welchen mit der Zersetzung Carbonatbildung eintritt, wie beispielsweise bei Diabas und Basalt. Bei den einfachen ist das Bindemittel auch ein verwandtes oder sandsteinartiges. — Von klastischen Gesteinen ist **Sandstein-Conglomerat** gefunden worden, cementirt durch Siderit, in der Gegend von Kreuznach an der Nahe.

Als ein bemerkenswerthes Conglomerat ist das in der Provinz Minas Geraes in Brasilien vorkommende **Eisenconglomerat** oder **Tapanhoacanga** genannt, anzuführen, welches meist eckige und scharfkantige, zum Theil abgerundete Bruchstücke von Eisenglanz, Eisenglimmerschiefer, Magneteisenerz und Brauneisenerz, cementirt durch Braun- oder Rotheisenerz, enthält, zum Theil auch noch Trümmer anderer Gebirgsarten, wie von Quarzit, Itakolumit, Thon, Talk- und Amphibolschiefer. Die als **Knochenbrekzie** (im Besonderen noch als **Reptilien-** und **Fischbrekzie** benannten Vorkommnisse, welche Knochen, Zähne, Schuppen und Excremente, sogenannte Koprolithen von verschiedenen Thieren, cementirt durch ein sandsteinartiges, mergeliges, sandig-kalkiges, dolomitisches oder thoniges Bindemittel enthalten und zum Theil sehr reich an solchen ganzen und zerbrochenen Thierresten sind, kann man wohl nicht als eine Brekzie in der Reihe der psephitischen Gesteine anführen, weil die Thierreste nicht mit den Trümmern von Gebirgsarten zu vergleichen sind, wenn gleich solche Vorkommnisse, die noch als **Höhlen-** und **Spalten-Knochenbrekzie** unterschieden werden, in geologischer und paläontologischer Beziehung ihre grosse Bedeutung haben. Als Gebirgsarten können sie nur dann aufgefasst wer-

den, wenn sie, wie die Reptilien- und Fischbrekzie in der
Keuperformation als sedimentäre Schichten vorkommen, dann
sind sie aber als Sandstein-, Mergel- oder Thon-Varietäten zu
betrachten, in denen auch sonst noch Reste von Thieren und
Pflanzen, Versteinerungen vorkommen, nach denen sie (s. S.
212, 217, 238) als Varietäten benannt werden.

Zum Schluss möge hier kurz erwähnt werden, dass ausser
den klastischen Gesteinen, den durch ein Bindemittel verbundenen Gesteinstrümmern auch noch die Gesteinstrümmer
unverbunden vorkommen und in dieser Weise nicht wie jene
als Gebirgsarten angesehen werden können, wenngleich sie in
gewissem Sinne local mächtige Anhäufungen oder Ablagerungen bildend sich mit den sedimentären Gesteinen vergleichen
lassen. Man unterscheidet nach der Grösse lose Gesteinstrümmer als Blöcke, Geschiebe und Gerölle, Stein- oder
Gesteinsschutt, Gruss und Sand, bei vulkanischen
Blöcke, Lapilli, Sand und Asche. Der Ausdruck
Blöcke wird gebraucht, wenn die Stücke ungefähr über einen
Fuss im Durchmesser haben. Diese finden sich entweder in
der unmittelbaren Nähe derjenigen Gesteine, durch deren Zer-
trümmerung sie entstanden, als vulkanische Auswürflinge in
der Umgebung der Kratere, und sind ihrer Art nach, wie die
Gebirgsarten, zu bestimmen und zu benennen. Blöcke, welche
durch die bewegende Kraft des Wassers oder des Eises fortgeführt wurden und sich bisweilen sehr weit von ihrem Ur-
sprungsorte entfernt finden, werden erratische Blöcke genannt. Kleinere Stücke werden, wenn sie sich am Orte ihrer
Entstehung finden, mit zum Gesteinsschutt oder Gruss
gerechnet, während man bei vulkanischen Blöcken auch noch
die vulkanischen Bomben, kugel- oder birnförmige Stücke
unterscheidet, welche als flüssige Masse emporgeschleudert,
sich formten und dabei erstarrten. Gesteinsschutt ist das
kleinere Material, welches sich an Bergabhängen oder in der
Nachbarschaft durch Wasser zusammengeführt anhäuft, während man mit dem Ausdrucke Gruss gewöhnlich die durch
Verwitterung entstandene, aus losen Gesteinstheilen bestehende
Bedeckung bezeichnet, welche dem ursprünglichen noch festem
Gesteine aufliegt und unmittelbar in dasselbe übergeht, daher
seiner Art nach auch so zu benennen ist. Geschiebe und

Gerölle, kleinere Kies (local Grand oder Grien) heissen die vom Wasser fortgeführten und abgerollten Gesteinstrümmer, welche kleiner als Blöcke sind und zu gross, um Sand genannt werden zu können. Bei ihrer so ungefähr bestimmten Grösse lassen sie sich ihrer Art nach bestimmen und benennen und bilden entweder grössere oder kleinere Lager im Wechsel mit anderen Gebirgsarten oder finden sich im Bette fliessender Wasser. Bei den vulkanischen Trümmern heissen die kleineren Stücke Lapilli oder Rapilli, Steinchen im Gegensatz zu den Blöcken oder Bomben und dem vulkanischen Sand.

Da als Sand im Allgemeinen die kleineren Stücke benannt werden, welche etwa von Erbsengrösse bis Mohnkörnergrösse oder selbst noch tiefer hinabgehen, so lange überhaupt noch der Ausdruck Sand als passend erscheint, die Körnchen noch fühlbar sind, so ist bei diesem nur die besondere Benennung möglich, wenn man gleichartige Sandkörner in grosser Menge zusammenfindet, und man unterscheidet so Quarzsand, Kalksand, Dolomitsand, Magneteisensand, Titaneisensand, Glaukonitsand u. a., und kann dabei, wie bei dem am häufigsten vorkommenden Quarzsand auch noch nach Beimengungen kalkigen, thonigen, glimmerigen, glaukonitischen u. s. w. unterscheiden. Bei dem vulkanischen Sand sind weitere Unterscheidungen nicht angezeigt, weil hier gewöhnlich verschiedene Gesteinstheile mit einander vorkommen, bisweilen wohl auch vorherrschend eine besondere Gestein- oder Mineralart erkennen lassen. Bei den vorher angeführten hat besonders das specifische Gewicht einen Einfluss, indem bei der Fortbewegung im Wasser eine partielle Sonderung eintritt, weil die schwereren eher zu Boden sinken, die gleichartigen daher mehr zusammengefunden werden, wie bei dem Magnet- und Titaneisensand. Die vulkanische Asche, das feinste bei vulkanischen Eruptionen zertheilte Gesteinsmaterial, welches zu der Bildung der Tuffe Veranlassung giebt, kann unter Umständen eine Bestimmung zulassen, wie dies die früher ihrer Art nach unterschiedenen Tuffe zeigten.

Anhang: Die Kohlen.

In den verschiedensten Formationen finden sich mehr oder minder mächtige Ablagerungen vegetabilischer Substan-

zen, welche als solche den Gebirgsarten an die Seite zu stellen
sind, ohne dass sie bestimmte Mineralarten bilden. Man pflegt
zwar die Kohlen den Mineralen anzureihen und unterscheidet
in diesem Sinne als Arten die Braun- und Schwarzkohle
und den Anthracit, doch sind sie keine Mineralarten, weil
sie nach ihrem Vorkommen in den verschiedenen Formationen
von dem jüngsten entsprechenden Gebilde an, dem Torf, eine
fortlaufende Reihe von Umwandelungsproducten vegetabilischer
Ablagerungen darstellen, welche nur gestatten, gewisse Gruppen unter einem Namen zusammenzufassen, durch gewisse
Eigenschaften unterscheidbar erscheinen zu lassen, aber eine
bestimmte Grenze ist nicht vorhanden. Selbst eine grössere
Zahl sogenannter Arten würde die Verhältnisse nicht klarer
hervortreten lassen. Pflanzen und Pflanzentheile der verschiedensten Art gaben das Material, und die allmähliche Veränderung zeigt sich im Wesentlichen darin, dass diese Ablagerungen
reicher an Kohlenstoff werden. Der Torf wurde nie zu den
Mineralarten gezählt, doch bildet er hier den Ausgangspunct
der zu unterscheidenden Hauptvorkommnisse.

1) Der Torf, welcher sich gegenwärtig an dazu geeigneten Orten, in muldenförmigen Vertiefungen der Erdoberfläche bildet, bei welchen die die Unterlage bildenden Schichten eine reichliche Ansammlung von Wasser ermöglichen, in
Torfmooren, ist eine mehr oder minder lockere Masse, welche
aus miteinander verwachsenen, zum Theil noch deutlichen
Pflanzentheilen von Sumpf- und Wasserpflanzen besteht, gelb-
lich- bis schwärzlichbraun gefärbt, mit unorganischen Substanzen gemengt ist und in welcher als zufällig hineingekommen
auch Theile anderer, als der sogenannten Torfpflanzen, gefunden
werden. Durch Trocknen an der Luft oder bis 100° erwärmt,
um ihn von dem Wasser, welches als hygroskopisches bezeichnet
wird, zu befreien, wird er verbrennbar, er verglimmt oder ver-
brennt mit mehr oder minder lebhafter Flamme, Rauch und mit
einem unangenehmen Geruch, eine verschieden grosse Menge
Asche hinterlassend. Eine bestimmte chemische Zusammensetzung hat der Torf nicht, nur nach dem Mittel verschiedener
Analysen kann man nach Abzug des hygroskopischen Wassers
und der Asche ungefähr 60 Procent Kohlenstoff, 6 Procent
Wasserstoff und 34 Procent Sauerstoff angeben, mit dem zum

letzteren gerechneten Stickstoff, dessen Menge veränderlich
von 1 bis 6 Procent wechselt. Sein Gewicht ist wenig über oder
unter 1. Man unterscheidet nach den Pflanzen, aus denen er
entsteht, nach der Beschaffenheit der Masse, nach dem Vorkommen, nach Beimengungen und nach der Gewinnung verschiedene Varietäten, wie die Namen: Rasen-, Moos-, Con-
ferven-, Holz-, Pech-, Faser-, Papier-, Erd-, Wie-
sen-, Haide-, Moor-, Wald-, Meer-, Vitriol-, Stich-,
Press-, Streich-, Baggertorf und noch manche andere
zeigen.

2) Die Braunkohlen, so genannt wegen ihrer gelblich-
bis schwärzlichbraunen Farbe, bisweilen auch bräunlich- oder
pechschwarz, bilden derbe Massen, welche dicht bis erdig sind,
zuweilen blättrig abgesondert und häufig mit deutlich erkenn-
barer Holzstructur. Sie haben muschligen, unebenen, spitt-
rigen oder erdigen Bruch, sind wachsartig glänzend bis matt,
undurchsichtig, haben H. = 2,5 oder niedriger und G. = 1,0
bis 1,5. V. d. L. verbrennen sie mehr oder weniger leicht mit
starker bis schwacher Flamme, unangenehm riechendem Rauche
und hinterlassen einen Rückstand als Asche; sie schmelzen
nicht, entzünden sich aber meist schon in der Kerzenflamme.
Im Kolben erhitzt geben sie reichlich Wasser und graue Dämpfe
die sich als gelbe bis braune Flüssigkeit am Glase absetzen. In
ihrer Zusammensetzung stehen sie noch dem Torf nahe, indem
sie ausser Kohlenstoff, 50—80 Procent, viel Sauerstoff 25—36
Procent, wenig Wasserstoff 2—7 Procent, im Mittel 67 Procent
Kohlenstoff, 6 Wasserstoff, 27 Sauerstoff und ein Wenig Stickstoff enthalten. Da sie bisweilen der Schwarzkohle im Aussehen gleichen, so kann man sie dadurch unterscheiden, dass sie
mit Kalilauge gekocht, die Flüssigkeit gelb bis braun färben,
ebenso auch bei der Behandlung mit Salpetersäure, indem in
ihnen noch Humussäuren enthalten sind, welche den Schwarzkohlen fehlen. Sie finden sich vorzugsweise in der Tertiärformation, welche desshalb Braunkohlenformation heisst, doch
giebt es auch etwas ältere und selbst jüngere Kohlen, welche
man nach ihren Eigenschaften zur Braunkohle zählen muss,
obgleich sie geologisch nicht so genannt werden.

Man unterscheidet verschiedene Varietäten, so ausser der
holzartigen (dem bituminösen Holze oder Lignit)

deutlicher Holzstructur die gemeine Braunkohle, welche
derb, dicht, oft etwas schiefrig, wenig glänzend bis matt und
braun ist; die Pechkohle (Pechbraunkohle im Gegensatz
zu ähnlicher Schwarzkohle), welche derb und dicht, häufig
zerborsten ist, muschligen Bruch und bei bräunlichschwarzer
Farbe Wachs- oder Pechglanz hat; die erdige Braunkohle
(Erdkohle), welche zerreiblich, matt und hell bis dunkel braun
ist, wozu auch die sog. Alaunerde gehört, durchdrungen
von Strahlkies, durch dessen Zersetzung und Einwirkung auf
die erdigen Beimengungen Alaune und Vitriole gebildet werden; die schiefrige Braunkohle (Schieferkohle z. Th.),
welche deutlich schiefrig ist, die Papier- oder Blätter-
kohle, der sich auch der sog. Dysodil anreiht, aus sehr
dünnen Lagen bestehend, und verschiedene andere.

3) Die Schwarzkohlen, auch Steinkohlen wegen
ihrer grösseren Festigkeit genannt, und weil bei ihnen die
vegetabilische Abstammung selten mit freiem Auge zu erkennen
ist. Diese sind vorherrschend schwarz, bisweilen bräunlichschwarz, wachs- bis glasglänzend, undurchsichtig, haben H.
= 2,0—2,5 und G. = 1,2—1,5. Sie sind derb, massig, geschichtet und schiefrig, haben muschligen, unebenen oder ebenen Bruch, schwellen beim Erhitzen etwas an, verbrennen v.
d. L. mit Flamme, Rauch und bituminösem Geruch, erdige
Theile als Aschenrückstand hinterlassend, und enthalten gegenüber den Braunkohlen mehr Kohlenstoff bis 96 Procent und
entsprechend weniger Sauer- und Wasserstoff, ohne dass die
Verhältnisse irgendwie bestimmte sind, wenn auch im Mittel
84 Procent Kohlenstoff, 5 Wasserstoff und 11 Sauerstoff angegeben werden können. Da bei ihnen durch den Umwand-
lungsprocess bituminöse Substanzen entstanden sind, so zeigen sie auch zum Theil beim Erhitzen ein geringes Schmelzen, indem sie zusammensintern oder verschmelzen, wenn sie
als Pulver im Tiegel erhitzt werden (daher solche Sinter- und
Backkohlen genannt, im Gegensatz zu den Sandkohlen,
deren Pulver ohne Zusammenhang bleibt).

Auch sonst werden noch verschiedene Varietäten unterschieden und zum Theil wie bei der Braunkohle benannt. So
unterscheidet man die undeutlich schiefrige Grobkohle, die
deutlich schiefrige als Schieferkohle, zu der auch die dünn--

schiefrige B l ätt e r k o h l e gehört, welche gewöhnlich stärker
und weniger glänzende, wechselnde Lagen unterscheiden lassen; die dichte wachsglänzende P e c h k o h l e mit kleinmusch-
ligem bis unebenem Bruche, welcher sich die bitumenreiche
dichte, wenig wachsglänzende bis matte c a n d l e - c o a l der
Engländer (Kerzenkohle) anschliesst, so genannt, weil sie
angezündet ruhig fortbrennt, mit 'flachmuschligem bis ebenem
Bruche, ziemlich zäh, so dass sie sich schneiden und drechseln
lässt, ferner die R u s s k o h l e , welche derb aus locker verbundenen bis staubartigen Theilchen besteht, daher unebenen bis
erdigen Bruch hat und wenig glänzend bis matt ist, die F a s e r -
k o h l e , welche in anderen Varietäten dünne Lagen bildend
und eingesprengt vorkommt, fasrig und leicht zerreiblich ist,
beim Berühren stark abfärbt und seidenartig schimmert und
noch andere Varietäten.

4) Der A n t h r a c i t (zum Theil G l a n z k o h l e , wie gewisse Schwarzkohlen oder auch harzlose Steinkohle genannt),
welcher schwarz, zum Theil wie manche Schwarzkohlen bunt
angelaufen, glas- bis halbmetallisch glänzend, undurchsichtig
ist und schwarzen Strich hat. Der Bruch ist muschlig bis ün-
eben, die H. = 2,0—2,5, das G. = 1,4—1,7. Er ist fast reiner Kohlenstoff mit sehr geringen Mengen von Wasser- und
Sauerstoff, ist schwierig entzündlich und brennbar mit schwacher
Flamme, bei starkem Luftzuge aber viel besser und giebt eine
bedeutende Hitze, v. d. L. verbrennbar mit sehr geringem
Rückstande (Asche), ohne zu schmelzen oder zu sintern. Er ist
unkrystallinisch, zeigt keine Pflanzenstructur, ist massig oder
geschichtet, kommt derb und eingesprengt vor, ist bisweilen
parallelepipedisch zerklüftet, (so s t e n g l i g e r A n t h r a c i t genannt) und bildet vorzüglich Lager in der Uebergangsformation,
während die Schwarzkohle hauptsächlich in der nach ihr benannten Schwarz- oder Steinkohlenformation vorkommt, doch
kommen auch selbst in der Braunkohlenformation Kohlen vor,
welche man ihrer Beschaffenheit nach Anthracit nennen muss,
durch locale Ursachen in Anthracit umgewandelte Braunkohlen.

Schliesslich kann man auch noch bei den Kohlen den
G r a p h i t erwähnen, welcher in krystallinischen Schiefern
untergeordnet als Lager vorkommt, oft auch als Uebergemengtheil, wie die Namen Graphitgneiss, Granit und Glimmerschiefer

zeigten, während er mehr oder weniger rein als Graphit-
schiefer auftritt. Er ist krystallinisch, lamellar, in feinschup-
pigen Aggregaten fast dicht, eisenschwarz, metallisch glänzend,
undurchsichtig, milde, in dünnen Blättchen biegsam, fettig
anzufühlen, färbt leicht ab und wird zum Schreiben benützt.
H. = 1,0 und darunter, G. = 1,9—2,2. Es ist reiner Kohlenstoff, nur durch Beimengungen verunreinigt, v. d. L. unschmelzbar und nur sehr schwierig verbrennbar, in Säuren unlöslich. Ob er als letztes Umwandlungsproduct vegetabilischer
Reste anzusehen sei, ist bei seinem Vorkommen schwierig nachzuweisen, zumal er krystallinisch ist, doch in manchen Fällen
nicht unwahrscheinlich, da auf künstlichem Wege oder zufällig
durch hohe Hitze Umwandelung vegetabilischer Substanzen in
Graphit beobachtet worden ist.

   Durch die allmähliche chemische Umwandelung der vege-
tabilischen Ablagerungen entstehen als besondere Producte
bituminöse Substanzen, unter denen durch massenhaftes Vorkommen das sogenannte Erdöl oder die Naphtha (auch Pe-
troleum genannt) bemerkenswerth ist, und durch dessen weitere Veränderung das Erdpech oder der Asphalt, denen
sich noch manche ähnliche Kohlenwasserstoffverbindungen oder
Verbindungen dieser mit Sauerstoff anschliessen und in technischer Beziehung wichtige Vorkommnisse sind.

Register.

In demselben sollen ausser den hinweisenden Seitenzahlen der im Buche mehr oder weniger ausführlich besprochenen Gebirgsarten und Varietäten, und der angeführten Minerale noch verschiedene Namen mit kurzen Erläuterungen folgen, weil es mir nicht zweckmässig erschien, durch mehr als die angeführten Synonyme das Verständniss zu erschweren, aus welchem Grunde auch verschiedene Gebirgsarten und Varietäten nicht erwähnt wurden, die im Register kurz erläutert aufgefunden werden können. Dagegen wurden, um das Register nicht zu lang zu machen, die durch Adjectiva bezeichneten Varietäten meist nicht aufgeführt, weil diese sich leicht bei den betreffenden Artikeln auffinden lassen.

Dioritwacke, in Wacke umgewandelter Diorit.

Dipyrschiefer 207.

Disthen 43.

Disthenfels 44, 145.

Ditroit 123, 124.

Dogger, kalkiger eisenschüssiger Sandstein, auf Lias in Yorkshire in England lagernd, daher auch analoge anderer Orte so genannt.

Dolerine nannte **Jurine** einen Talkschiefer der penninischen Alpen, welcher Feldspath und Chlorit beigemengt enthält.

Dolerit 156.

Doleritbrekzie u. Conglomerat 240.

Doleritlava, Dolerit.

Doleritmandelstein 157.

Doleritporphyr, porphyrartiger Dolerit.

Doleritwacke, aus Dolerit entstandene Wacke.

Dolomie, Dolomit.

Dolomit 48, 51, 162, 223.

Dolomitasche 52.

Dolomitbrekzie u. Conglomerat 240.

Dolomitglimmerschiefer, schiefrige krystallinische Gebirgsart, bestehend aus Dolomitkörnern und Glimmerlamellen.

Dolomitmergel 218.

Dolomitsand 51, 163.

Domanik, Localname von Brandschiefern, welche an der Uchta im südlichen Theile der Bergkette Timan im arktischen Ural vorkommen.

Domit nach dem Puy de Dôme in Frankreich benannter Trachyt, welcher feinkörnig und nicht fest, zum Theil in Folge von Zersetzung, Kalknatronfeldspathkrystalle eingewachsen enthält, auch Amphibol und Glimmer.

Duckstein 229.

Dunit 142.

Dykes, Gänge.

Dysodil, ein dünnblättriger bituminöser Schiefer, welcher sich der Papierkohle und den Brandschiefern anreiht, zur Hälfte aus vegetabilischer Substanz, zur Hälfte aus Kieselsäure mit Thonerde und Eisenoxyd bestehend.

Egeranschiefer nannte **Reuss** ein dünnschiefriges krystallinisches Gestein von Haslau in Böhmen, welches ein feinkörniges Gemenge von Kalk, Augit, Grammatit und Glimmer bildend auch Egeran, Granat, Quarz und Albit enthält.

Eis 56, 166.

Eisenchlorit, an FeO reicher Chlorit.

Eisenchloritporphyr, Delessitporphyr.

Eisenconglomerat 241.

Eisenfels, Itabirit.

Eisenglanz, krystallisirter und krystallinischer eisenschwarzer metallisch-glänzender Hämatit.

Eisenglanzgestein, wesentlich aus Eisenglanz bestehend, zum Theil mit Quarz gemengt.

Eisenglimmer 46, 167.

Eisenglimmergneiss 113.

Eisenglimmerschiefer 167.

Eisengranit 106.

Eisenkalk 51.

Eisenkalkstein 221.

Eisenkies, Pyrit, z. Th. auch Strahlkies.

Eisenkiesel 10.

Eisenmulm, erdiges Roth- und Magneteisenerz.

Eisennieren 47.

Eisenocher 46, 47.

Eisenoolith, oolithisches Rotheisenerz, zum Theil das Bohnerz.

Eisenquarz 10.

Eisenrogenstein, Eisenoolith.

Eisensand, durch Eisenocher gefärbter Quarzsand.

Eisensandstein 237.

Eisenspath 53, 164.

Eisenthon 138.

Eisenthongranat 25.

Eisenthonmandelstein, Mandelstein durch Eisenthon gebildet.

Eklogit 145.

Eläolith 28.

Elvan, Felsitporphyr.

Encrinitenkalk, zur Muschelkalkformation gehöriger Kalkstein mit Encrinus liliiformis.

Enstatit 40, 41.

Enstatitfels 136.

Enstatitgabbro 136.

Epidosit 145.

Epidot 29.

Epidotgranit 106.

Erbsenstein 50.

Erdkohle 246.

Erdkrume, Bodendecke aus durch Verwitterung entstandenem Ge-

Fluolith, ein grünlichschwarzer isländischer Pechstein.
Fluorit, Fluorcalcium als Mineralart, mit H. = 4, G. = 3,1 — 3,2 und mit Säuren nicht brausend.
Flussspath, krystallinischer Fluorit.
Flussstein, undeutlich krystallinischer Fluorit.
Flussspathgestein, als Gebirgsart benannt.
Flysch, kalkige Thon- oder thonige Kalkschiefer der Tertiärformation der Schweiz.
Folkstonemergel, der englischen Gaultformation angehörig.
Forellengranulit, schiefriger Granulit mit dunklen Flecken.
Forellenstein von Neurode in Schlesien, Gabbro, dessen augitischer Gemengtheil in Serpentin umgewandelt ist, daher als Gemenge von Natronkalkfeldspath oder Labradorit und Serpentin erscheinend.
Formationen 83.
Formsand, sehr feiner mit Glimmer und Kohlentheilchen gemengter Sand der Braunkohlenformation in der Mark Brandenburg.
Foyait 123, 124.
Fraidronit, Minette, deren grüne felsitische Grundmasse Glimmer eingewachsen enthält und durch Chlorit grün gefärbt sein soll; im Dep. der Lozère und in den Cevennen in Frankreich.
Fruchtgneiss, Fruchtschiefer mit Feldspathausscheidungen.
Fruchtschiefer 207, 209.
Fucoidensandstein mit Fucoidenresten.
Fucoidenschiefer, eocäne und ältere Thonschiefer mit Fucoidenresten.
Fullers earth, Walkthon.

Gabbro 133.
Gabbronorit, Norit genannter Gabbro.
Gabbro rosso, Aphanitporphyr oder wenn mehr körnig, Gabbro.
Gabbroschiefer 134.
Gagat, candle coal.
Gänge 81.
Garbenschiefer 207, 209.
Gaskohle, bitumenreiche Schwarzkohle, weil zur Gasbereitung verwendbar.
Gault, ursprüngliche Benennung gewisser Thone unter dem oberen

Grünsand in Cambridgeshire in England.
Gekrösestein 55, 164.
Gelbeisenerz 47.
Gelberde, gelber eisenschüssiger Thon 219.
Gelenkquarz 117.
Geneseeschiefer, mitteldevonische Thonschiefer in Nordamerika.
Geoden, grosse Brauneisenerznieren und Ausfüllungsmassen grosser Blasenräume.
Gerölle 225, 242.
Gervillienkalk mit Gervillia socialis, zur Muschelkalkformation gehörig.
Geschiebe 225, 242.
Geyserit, Sinteropal.
Giltstein, Topfstein.
Glanzkohle 247.
Glanzeisenerz, Eisenglanz.
Glarusschiefer oder Glarner Schiefer, Thonschiefer der Flyschformation in der Schweiz nach dem Canton Glarus benannt.
Glasquarz 8.
Glasurlehm mit eingemengten Feldspaththeilchen.
Glaswacke, kieseliger fester Sandstein mit hornsteinähnlichem Ausseheh.
Glauconie crayeuse, glaukonitische Kreide.
Glauconie sableuse, Grünsandstein.
Glaukonit 217.
Glaukonitkalk, glaukonitischer Kalkstein.
Glaukonitmergel 217.
Glaukonitsandstein, Grünsandstein.
Gletschereis 166.
Glimmer 31.
Glimmerdiorit 122, 131.
Glimmerfels 121.
Glimmerfelsitporphyr, Felsitporphyr, welcher ausser Quarz und Feldspath auch Glimmer als Einsprenglinge enthält.
Glimmergneiss wurde der Gneiss benannt, um ihn so als Art von den Varietäten zu unterscheiden, welche ein anderes Mineral, wie Amphibol (der Syenitgneiss) oder Talk (der Protogingneiss) als Stellvertreter des Glimmers enthalten.
Glimmergyps, mit Glimmer oder Talk gemengter krystallinischer Gyps.
Glimmermelaphyr, Glimmerporphyrit, welcher zu dem Melaphyr gerechnet wurde.

schliessend, diese aber nicht Uebergänge aus dem massigen in den schiefrigen bildend; die, welche Uebergänge bilden, enthalten keinen Thonschiefer.

Lenneschiefer, mitteldevonische Thonschiefer Westphalens.

Lepidolith 121.

Leptinite, Leptynite, Granulit.

Letten 213.

Lettenkohle, Kohle der Keuperformation.

Leucilit, Leucitophyr.

Leucit 26.

Leucitbrekzie u. Leucitconglomerat, körniges Gemenge von Leucit und Augit, meist ohne Bindemittel mit noch anderen Mineralen, in die Kategorie des vulkanischen Sandes, der Lapilli gehörig. Durch vulkanische Asche und Wasser cementirt bilden sie Tuffe, deren Bindemittel oft sehr gering ist.

Leucitfels, Leucitophyr.

Leucitgestein, Leucitophyr.

Leucitit, Leucitophyr.

Leucitlava, Leucitophyr.

Leucitnephelinit 159.

Leucitophyr 158.

Leucitporphyr, Leucitophyr.

Leucittuff, Leucitkrystalle enthaltender vulkanischer Tuff.

Leucostin nannte Berthelot gewisse Phonolithe.

Levisilex, Schwimmkiesel.

Lherzolith 142.

Liaskalk, Liasmergel, Liassandstein nach der Liasformation benannt.

Liasschiefer, Liasmergelschiefer.

Lignit 245.

Lignite, Braunkohle.

Liimestone, Korallenkreide.

Limakalk, mit Lima striata, zur Muschelkalkformation gehörig.

Limestone, Kalkstein und Kalk überhaupt.

Limnocalcit, Süsswasserkalk.

Limnoquarzit 193.

Limonit 47.

Liparite nannte J. Roth die an Kieselsäure reichen trachytischen Gesteine, krystallinische, porphyrische und glasige, wonach der Name Liparit den Namen Rhyolith umschliesst, da er das Gewicht auf die Kieselsäure, nicht auf das Kali legt.

Listwänit, quarziger Talkschiefer

mit accessorischem Dolomit, zunächst bei Beresowsk am Ural.

Lithionglimmer 32.

Lithionit 32.

Lithoid 183, 192.

Lithoidit 183, 192.

Lithoiditporphyr 183.

Lithoidporphyr 183, 192.

Lithophysen nannte F. v. Richthofen knollige bis faustgrosse im Inneren nicht gänzlich ausgefüllte, zum Theil zellige Ausscheidungen in den Perliten.

Litorinellenkalk mit Litorinellen im Mainzer Tertiärbecken.

Llandeilo flags, glimmerreiche plattenförmig abgesonderte grauwackeartige Sandsteine der unteren englischen Silurformation.

Loam, Lehm.

Londonthon, eocäner Thon im Londoner Becken.

Löss 213.

Lösskindchen, männchen, püppchen, knollige Kalkconcretionen im Löss.

Luiullan, bituminöser Kalk.

Lumachell, Lumachellkalk, zum weissen Jura gehörig.

Luxulian, porphyrartiger Turmalingranit im Kirchspiel Luxulien bei Lostwithiel in Cornwall.

Lydienne, Kieselschiefer.

Lydit, Kieselschiefer.

Lyditbrekzie und Conglomerat 240.

Lymnäenkalk, tertiär.

Macigno, grünlichgrauer eocäner Sandstein in Oberitalien.

Madreporenkalk, zur Juraformation gehörig, auch alluvial.

Magnesiaglimmer 31.

Magnesit 48, 52, 163.

Magneteisen, Magnetit.

Magneteisenerz 46, 166.

Magneteisengestein, dieses als Gebirgsart.

Magneteisensand 243.

Magneteisenstein, dieser als Gebirgsart.

Magnetit 46.

Magnetitgneiss, Magnetit enthaltender Gneiss.

Mahlsand, feiner Quarzsand.

Malakolithfels, Augitfels.

Malbstein, Dolomit im oberen schwäbischen Muschelkalk.

Malmoëschiefer, mittelsilurischer Thonschiefer in Norwegen.

Mandeln 75.
Mandelsteine 74.
Mandelstein, granitischer 107.
Marcellusschiefer, mitteldevonischer Thonschiefer in Nordamerika.
Marekanit, mehr oder weniger durchsichtige Obsidiankugeln in den Perliten von der Marekanka bei Ochotzk in Russland.
Margarit 33.
Margarodit 33.
Markasit, Strahlkies.
Marl, Mergel.
Marlekor, mergelige Kalkconcretionen in Schweden.
Marmolith, Serpentin.
Marmor 49, 159.
Marmor Lacedämonium viride, Aphanitporphyr.
Marne, Mergel.
Marschland, alluviale Schlammniederschläge.
Masegna, Trachyt in den Euganeen.
Massifs 80.
Meereseis 166.
Meerkalkstein, alluvialer Kalk.
Meersandstein, alluvial 238.
Meertorf, aus Tangarten gebildet.
Mehlbatzen, Mehlkalk.
Mehlkalk, fein poröser Kalk der Muschelkalkformation.
Mehlkreide 50.
Melanterite, Zeichnenschiefer.
Melaphyr, schwarzer oder dunkelgefärbter Aphanit und Felsitporphyr (Augitporphyr und Porphyrit), doch auch damit selbst Gesteine benannt, welche in die entsprechenden dichten oder kleinkörnig krystallinischen Gebirgsarten übergehen.
Melaphyrbrekzie, durch Melaphyrfragmente gebildete Brekzie.
Melaphyrmandelstein, M. durch Melaphyr gebildet.
Melaphyrpechstein nannte Zirkel ein dichtes pechsteinähnliches schwarzes Gestein vom Weisselberge am Hunsrück, welches seiner Zusammensetzung nach sich den Felsiten anreiht.
Melaphyrporphyr 170, 178.
Melaphyrwacke, zersetzter Melaphyr.
Melaporphyr 170.
Menakan, Menakanit, aus Gabbro von Menakan stammender Titaneisensand.

Menilit, knolliger Opal im Klebschiefer vom Menilmontant bei Paris.
Mergel 215.
Mergelerde 216.
Mergellehm, mergeliger Lehm.
Mergelkalk 221, 222.
Mergelsandstein 236.
Mergelschiefer 215.
Mergelstein 215.
Metamorphose 86.
Métaxyte, Kohlensandstein.
Meulière, Süsswasserquarz.
Miarolit, drusiger oligoklasreicher Granit aus der Gegend von Lyon, aus dem Jägerthal in den Vogesen und von Baveno in Oberitalien.
Miascit 123.
Micaschiste, Glimmerschiefer.
Micaslate, Glimmerschiefer.
Micopsammit 238.
Mikrotinit, zum Andesit gehörig.
Miliolitenkalk, fast nur aus Milioliten (Foraminiferen) bestehend, im Tertiärbecken von Paris.
Millstonegrit, Mühlsteinsandstein.
Mimesit, Dolerit.
Mimophyr, Grauwacke.
Mimose, Dolerit.
Minérais de fer d'alluvion, Raseneisenerz u. ähnl.
Minette 122, 174.
Mittelgneiss, zwischen rothem und grauem Gneiss stehender Gneiss.
Mohrenkopffels, Tapanhoacanga.
Moja, durch Wasser aus vulkanischer Asche entstehender Schlamm.
Molassesandstein, zur Molasseformation gehörender Sandstein, auch nur Molasse genannt 236. 238.
Moldawit, zum Obsidian gezählte mehr oder weniger durchsichtige olivengrüne kuglige und knollige Geschiebe im Sande und in der Dammerde zwischen Moldauthein und Budweis in Böhmen.
Monotenkalk, zur Liasformation gehörig.
Monzoni-Hypersthenit, nach dem Vorkommen am Monzoni in Tirol benannt, welcher aus Hypersthen und Labradorit, zum Theil mit Augit, Titaneisenerz und Glimmer besteht und dessen Hypersthen nach de Lapparent Amphibol sein soll, wonach das Gestein sich dem Diorit anreihen würde.

Nierenerz, rundliche Brauneisenerz-
Concretionen in Thon.
Nierenkalkstein, zur Uebergangs-
formation gehörig.
Norit 141.
Normalgneiss, normaler grauer Gneiss
bei Freiberg.
Nosean 26.
Nosean-Leucitophyr 159.
Nosean - Melanitgestein, dem Hauy-
nophyr verwandtes Gestein mit
Nosean, Melanit, Sanidin und
Augit.
Noseanphonolith, Phonolithporphyr,
Nosean und Sanidin als Einspreng-
linge enthaltend.
Novaculite, Wetzschiefer.
Nulliporenkalk, mariner Kalk des
neogenen Wiener Tertiärbeckens.
Numismalismergel, Kalkmergel des
mittleren Lias in Schwaben mit
Terebratula numismalis.
Nummulitenkalk, zur eocänen For-
mation gehörig.
Nummulitensandstein, eocäner Sand-
stein mit Nummuliten.

Obsidian 192.
Obsidianbimsstein, nach seiner Ent-
stehung aus Obsidian benannt.
Obsidianlava, Obsidian.
Obsidianperlit, Mittelglied zwischen
Obsidian und Perlit.
Obsidianporphyr 185.
Obsidienne, Obsidian.
Obsidienne scoriforme, Bimsstein.
Oelschiefer, Brandschiefer und bitu-
minöse Mergelschiefer.
Old-red-Sandstone, zur engl. Devon-
formation gehöriger Sandstein.
Oligoklas 21.
Oligoklasdolerit 156.
Oligoklasfels 116.
Oligoklasgneiss 110.
Oligoklasgneissit, jüngerer grauer
Gneiss mit Oligoklas und Ortho-
klas.
Oligoklasgranit, mit vorwaltendem
Oligoklas.
Oligoklaslava, Oligoklastrachyt und
Andesit.
Oligoklasporphyr 179.
Oligoklasporphyrit, Feldspathpor-
phyrit, dessen Feldspath vorwal-
tend Oligoklas ist.
Oligoklasquarzporphyr, Quarzpor-
phyr mit Oligoklas - Einsprenglin-
gen neben Orthoklas.

Oligoklastrachyt 154.
Olivin 42.
Olivinbasalt, Basaltporphyr.
Olivindolerit, Olivin enthaltender
Dolerit.
Olivinfels 142.
Omphacitfels, Eklogit.
Oolith, oolithischer Kalk.
Oolithenkalkstein, dsgl.
Oolithensandstein, Sandstein mit
Oolith wechselnd, besonders der
Buntsandsteinformation.
Opal 11.
Opalschiefer nennt Naumann bei
Bilin in Böhmen vorkommenden
Halbopal, welcher bis klaftergrosse
Blöcke in basaltischen Tuffen bil-
det und eine fein ausgebildete ver-
schiedenfarbige Streifung zeigt.
Opalinusthon, mit Ammonites opa-
linus im unteren schwäbischen
braunen Jura.
Ophicalcit 162.
Ophiolith, Serpentin, Gabbro.
Ophit, Serpentin, Diorit.
Ornatenthon, mit Ammonites orna-
tus im oberen schwäbischen brau-
nen Jura.
Orthoceras - Schiefer, mittlere und
untere devonische Thonschiefer in
Nassau mit in Pyrit umgewandel-
ten Cephalopoden.
Orthoceratitenkalk oder Orthoceras-
kalk, mit Orthoceratiten, zur süd-
norwegischen Obersilurformation
gehörig.
Orthoklas 13.
Orthoklasfels 116.
Orthoklasgestein, derselbe oder überhaupt Gesteine, welche wesentlich
Orthoklas enthalten, wie in dieser
Weise auch viele andere Gesteinsreihen nach einem Minerale benannt wurden, ohne hier erwähnt
zu werden, weil sie generelle Namen sind.
Orthoklasgneiss 110.
Orthoklasit, Orthoklasfels.
Orthoklas - Liebeneritporphyr, Feldspathporphyrit mit Orthoklas und
Liebenerit genannte Pseudomor-
phosen des Nephelin als Einspreng-
lingen.
Orthoklas-Oligoklasporphyr 172.
Orthoklas-Oligoklas-Syenit, Mittelglied zwischen Syenit und Diorit.
Orthoklasporphyr 172.

Schieferthone und Felsittuffe über
der Steinkohlenformation.
Rubellan, braunrother Magnesiaglimmer.
Rudistenkalk, zur Kreideformation
gehörig.
Russkohle 247.

Sagenarienkohle,sächsischeSchwarz-
kohlen nach ihrer Entstehung aus
Sagenarien.
Salzgyps, von Fasersalz durchzoge-
ner Gyps.
Salzkohle,Steinsalz,welches reichlich
verkohlte Pflanzentheile enthält.
Salzspath, stengliges Steinsalz.
Salzthon 166.
Salztrümmergestein im Liasgebiete
bei Bex in der Schweiz, durch
Salz cementirte Bruchstücke und
Sand von Anhydrit und Kiesel-
kalk, Spalten ausfüllend.
Sand 225, 242.
Sand, vulkanischer 242.
Sandkalkstein, sandiger Kalkstein.
Sandkohle 246.
Sandmergel 217.
Sandstein 233.
Sandstein, biegsamer oder elasti-
scher, Itakolumit.
Sandsteinconglomerat 241.
Sandsteinschiefer 234.
Sandstone, Sandstein.
Sanidin 17.
Sanidinit 155.
Sanidin-Felsitporphyr, solcher, des-
sen Orthoklas das Aussehen des
Sanidin hat.
Sanidin-Oligoklastrachyt 154.
Sanidin-Quarzporphyr, solcher, des-
sen Orthoklas das Aussehen des
Sanidin hat.
Sanidintrachyt 154.
Sanidophyr nannte v. Dechen
Trachytporphyr von der Rosenau
im Siebengebirge mit hornstein-
ähnlicher Grundmasse und durch-
scheinenden tafelförmigen Feld-
spath-Einsprenglingen.
Saugkiesel, Saugschiefer.
Saugschiefer, stark an der Zunge
haftender, dem Polirschiefer ähnlicher Schiefer, welcher durch
imprägnirte Opalsubstanz härter
und fester ist als jener.
Saurierbrekzie, Knochenbrekzie,
deren Knochen von Sauriern her-
rühren.

Saussurit 24.
Saussuritgabbro 134.
Saustein, bituminöser Kalkstein.
Schalenporphyr, Bandporphyr.
Schalstein 232.
Schalsteinbrekzie und Conglomerat,
durch Schalsteinfragmente ge-
bildet.
Schalsteinmandelstein 232.
Schalsteinporphyr 232.
Schaumkalk, Mehlkalk.
Schichten 80.
Schiefer, lithographischer, dünn ge-
schichteter Jurakalk.
Schiefergneiss 109.
Schieferkalkstein, schiefriger Kalk-
stein.
Schieferkohle 246.
Schieferletten 213.
Schieferthon 213.
Schilfsandstein, Keupersandstein mit
zahlreichen Calamitenstengeln.
Schillerfels, Serpentinporphyr mit
sogenanntem Schillerspath, Bastit
als Einsprenglingen und weiter
ausgedehnt auf Gabbrovarietäten
mit Schillerspath.
Schillerspath 41.
Schiste aimantifère, magnetithalti-
ger Phyllit.
—— alumifère, Alaunschiefer.
—— ardoise, Thonschiefer.
—— argileux, Thonschiefer.
—— bituminifère, Brandschiefer.
—— chloriteux, Chloritschiefer.
—— commun, Thonschiefer.
—— graphique, Zeichnenschiefer.
—— grossier, Schieferthon.
—— maclé, Chiastolithschiefer.
—— maclifère, derselbe.
—— micacé, Glimmerschiefer.
—— —— calcaire, Kalkglimmerschiefer.
—— novaculaire, Wetzschiefer.
—— tabulaire, Tafelschiefer.
—— talqueux, Talkschiefer.
—— tégulaire, Dachschiefer.
—— tripoléen, Polirschiefer.
Schlackenkuchen, scheibenförmige
Lavamassen, welche beim Nieder-
fallen plastisch sich auf dem Boden
platt drückten.
Schlammtorf, Baggertorf.
Schlick, oberste Schlammlage des
Seemarschbodens.
Schneidestein, Topfstein.
Schollerde, Torfkrume.
Schörl 28.

formation in Yorkshire in England gehöriger Thon.

Sperone, Leucitophyr.

Sphärolith 185.

Sphärolithfels, sphärolitischer Perlit mit überwiegendem Sphärolith und verschwindendem Perlit.

Sphärolithperlit, Perlit mit eingewachsenem Sphärolith.

Sphärosiderit 218, z. Th. Siderit.

Sphärosiderit, kieseliger, Gemenge von Siderit und Quarzsand, sandiger Siderit.

Spilit, den Aphanitmandelsteinen und Kalkaphaniten verwandtes Gestein von Faucogney im Dep. Haute-Saône, welches mit Kalk und Delessit erfüllte Höhlungen bei aphanitischer Gesteinsmasse enthält.

Spilosit nannte Zincken graue am Harz vorkommende Thonschiefer mit dunklen Körnchen.

Spiriferensandstein mit vielen Spiriferenresten, zur unteren Devonformation am Rhein und Harz gehörig.

Spizasalz, sandhaltiges Steinsalz.

Splint-coal, Sinterkohle.

Spodit, vulkanische Asche.

Spodumengranit, Spodumen enthaltender Granit.

Spongitenkalk, zur Juraformation gehörig.

Stahlstein, Siderit.

Stangenkohle, stengliger Anthracit.

Statuenmarmor, nach der Verwendung benannt, im Gegensatz zu anderen Marmor genannten Kalken.

Staubsand, sehr feinkörniger loser Quarzsand.

Staurolithschiefer 207.

Stéaschiste, Talkschiefer.

Steatittopfstein, vorwaltend Talk enthaltender Topfstein.

Stein, hebräischer, Schriftgranit.

—— lithographischer, nach der Verwendung benannter plattenförmig abgesonderter Jurakalk.

—— lydischer, Kieselschiefer.

—— Namiester, Granulit von Namiest in Mähren.

Steinkohle 246.

Steinmark 210.

Steinmergel 215.

Steinöl, Naphtha.

Steinsalz 55, 166.

Steinschutt 242.

Stengelgneiss 109.

Steppenkalk, sehr junge brakkische Kalkbildung in Südrussland.

Stigmit, Pechstein und Obsidian.

Stigmite perlaire, Perlitporphyr.

Stillolith, Sinteropal.

Stinkgyps, bituminöser Gyps.

Stinkkalk 51, 221.

Stinkmergel 217.

Stinkquarz 10.

Stinkstein 51.

Stinksteinbrekzie 240.

Stinkstone, Stinkstein.

Stipite nannte A. Brongniart jurassische Kohle.

Stöcke 81.

Stockerz, Nierenerz.

Stockwerksporphyr, Zwittergestein.

Strahlkies oder Markasit, wie Pyrit zusammengesetzt, aber mehr gelblichgrau gefärbt und oft in kugligen, innerlich strahligen Gestalten.

Strahlstein 38.

Strahlsteinfels 132.

Strahlsteinschiefer 132.

Streams, Ströme.

Streichkohle, Moorkohle.

Streifenthon, gestreifter Thon.

Striatenkalk, Muschelkalk mit Lima striata.

Stringocephalenkalk, devonischer Kalk in Deutschland mit Stringocephalus Burtini.

Ströme 83.

Stückkohle, gemeine dichte Braunkohle

Stylastritenkalk, zur Steinkohlenformation gehörig.

Stylolithen 79.

Stylolithenkalk, nach den Stylolithen benannt.

Süsswassereis 166.

Süsswasserkalk, tertiäre und jüngere Kalkbildungen aus süssem Wasser abgesetzt.

Süsswasserquarz 190.

Sumpferz 47, 224.

Surtrbrand, Braunkohlen, deren Flötze in Island zwischen basaltischen Tuffen liegen.

Swinestone, Stinkkalk.

Syenit 125.

Syenitconglomerat 240.

Syenitgneiss 113, 126, 127.

Syenitgranit 106, 127.

Syenitgranitporphyr, Amphibol enthaltender Granitporphyr.

Trass 229.
Traversellit 42.
Travertin 222.
Triebsand, feiner Quarzsand.
Tripel, unreiner thoniger erdiger Opal, grau bis gelb, mager bis rauh anzufühlen, massig, selten geschichtet.
Tripelschiefer, schiefriger Tripel, auch gleich Polirschiefer.
Triphangranit, Spodumengranit.
Trochitenkalk, zum Muschelkalk gehörig.
Trümmergesteine 66, 225.
Trümmerporphyr, Trachyt- u. Felsitporphyrconglomerate u. Brekzien.
Tschernosem, Schwarzerde.
Tschiervaporphyr, Felsitporphyr vom Piz Tschierva im Berninagebirge in der Schweiz.
Tuf, Tuff.
Tufaite, vulkanischer Tuff.
Tuff 227.
Tuffkalk 50, 222.
Tuffkreide, erdige Kreide.
Tuffstein 229.
Turbinitenkalk, zum Muschelkalk gehörig.
Turmalin 28.
Turmalinfels 144.
Turmalingneiss 113.
Turmalingranit 106.
Turmalingranulit 116.
Turmalinschiefer 21, 144.
Turnerithon mit Ammonites Turneri im schwäbischen Lias.
Tutenkalk 79.
Tutenmergel 79, 217.
Typhons, Stöcke.

Uebergangsdiorit, —granit, —grünstein, —gyps, —kalk, —kieselschiefer, —syenit, —thonschiefer wurden die bezüglichen Gebirgsarten nach ihrem Vorkommen als Glieder oder zur Zeit der Uebergangsformation gebildete genannt.
Uebergangstrapp, Uebergangsdiorit.
Uralit 42.
Uralitporphyr 180.
Urdiorit, -glimmerschiefer, - gneiss, —kalk, —grünstein, —dolomit, —gyps, —kieselschiefer, —thonschiefer wurden die bezüglichen Gebirgsarten nach ihrem Vorkommen als Glieder der primären Formationen oder als vorausgesetzt älteste Bildungen benannt.

Urfelsconglomerat, polygenes Conglomerat, dessen Trümmer Urgebirgsarten angehören.
Urtrapp, Diorit.
Uticaschiefer, untersilurische Thonschiefer in Nordamerika.

Variolit 198.
Verde antico, mit körnigem Kalk verwachsener Serpentin.
Verde di Corsica, Gabbro auf Corsika, welcher Labradorit, Smaragdit und Talk enthält.
Verrucano, an der Verrucca bei Pisa vorkommende Conglomerate, welche dem Sernfconglomerat entsprechen, wodurch der Name auf die Sernfgesteine übertragen wurde.
Vitrioletten, analog Vitriolthon.
Vitriolschiefer, analog Alaunschiefer benannte Thonschiefer und Schieferthone, welche Veranlassung zur Vitriolbildung geben.
Vitriolthon 212.
Vitrioltorf, analog benannter Torf.
Vitrit wurde das opalartige Gestein von Meronitz in Böhmen genannt, worin Pyrop eingewachsen ist.
Vogesensandstein, zur untersten Abtheilung der Buntsandsteinformation der Vogesen gehörig, wonach auch Vogesenconglomerate benannt wurden.
Vosgit, ein für Labradorit gehaltener Feldspath im Aphanitporphyr der Vogesen.
Vulkanite 148.
Vulpinit, Anhydrit von Vulpino bei Bergamo in Ober-Italien, welcher Quarz beigemengt enthält.

Wachskohle, Pyropissit.
Wacke 138, 181.
Wackemandelstein, in Wacke umgewandelte Mandelsteine.
Walkerde, Walkererde, Walkthon als Mineralspecies vom Thon getrennt und Smektit genannt, ist petrographisch als Varietät des Thon zu betrachten, wird im Wasser nicht plastisch, nur breiartig.
Wasser 56.
Wassereis, Eis, im Gegensatz zum Schneeeis, welches sich in stehendem und fliessendem Wasser bildet.
Wasserchrysolith, Moldawit.

Druck von Breitkopf und Härtel in Leipzig.